How to tame a Mafiaboss
von Don Both
Deutsche Erstausgabe Februar 2018

Kontakt: bethy86@hotmail.de
https://www.facebook.com/pages/DonBoth/248891035138778
http://donboth.weebly.com/
Lektorat: Isbella Kaden
Korrektorat: Anke Neuhäußer – mit besonderen Dank an Kerstin Patze
Cover: Babels Art
Erschienen im A.P.P.-Verlag
Peter Neuhäußer
Gemeindegässle 05
89150 Laichingen
Mobi: 978-3-96115-236-0
Epub: 978-3-96115-237-7
Print: 978-3-96115-238-4

Don Both

How to tame a
MAFIABOSS

A.P.P.

Kurzbeschreibung

Journalistin, überzeugte Tierschützerin, leidenschaftliche Tänzerin und Powerfrau, das ist Elina Wrangler. Als sie mit ihrer Tanzgruppe, bestehend aus Waisenkindern, zurück in das Land muss, in dem sie einst ihr Herz verlor, ist ihr alles andere als wohl zumute, und trotzdem wagt sie den Schritt in Richtung Tanzkarriere.
Das Schicksal geht jedoch seine eigenen Wege, und ehe sie sich versieht, findet sie sich in Kristov Romanovs muskulösen Armen wieder.
Der ist erstens: Mafiaboss.
Zweitens: irrsinnig verführerisch.
Drittens: unsagbar direkt.
Viertens: eiskalt, und vor allem fünftens: absolut nicht bereit, seine Traumfrau wieder gehen zu lassen. Für den Mann, dem ein ganzes Imperium gehört, ist klipp und klar, er bestimmt die Regeln und Elina hat nach diesen zu spielen.
Kann sie den Mafiakönig mit den sturmgrauen Augen zähmen, oder wird sie sich erneut im Wirbel aus Emotionen selbst verlieren?
Kann die Liebe siegen, obwohl sie deinen letzten Atemzug bedeuten könnte?

Prolog

Er war, schön, er war arrogant, er raubte mir wie immer den Atem, als er locker auf mich zu schlenderte, und er war vor allem gefährlich. In meinem Kopf schrillten alle Alarmglocken, und ich wich langsam vor ihm zurück – ganz instinktiv. Als er es bemerkte, lächelte er teuflisch und so wissend. »Ich bringe dich immer noch völlig durcheinander.«

»Du täuschst dich!«, gab ich fest zurück und blieb stehen, auch wenn es mir alles abverlangte. Es war, als würde ich mich freiwillig einem ausgehungerten wilden Löwen stellen, anstatt davonzulaufen.

»Ich täusche mich nie. Das müsstest du doch schon wissen«, stellte er klar und begann, mich zu umrunden. Ich drehte mich mit ihm, wollte ihn nicht aus den Augen lassen.

»Was soll ich hier, Kristov?«

»Schon einmal ließ ich dich gehen. Das wird nicht noch einmal passieren. Du gehörst mir, Elina Wrangler.« Er machte einen Schritt auf mich zu, und ich wich erneut instinktiv zurück. Mit dem Rücken knallte ich an die Brüstung, konnte ihm nicht mehr entrinnen – und wollte es auch nicht.

Da stand er vor mir, in diesem dunklen Anzug. So dunkel wie seine Seele. Dieser Mann, den ich nie hatte vergessen können. Dieser Mann, der einmal alles für mich gewesen war – und noch viel mehr.

Er war noch kälter.

Noch unnahbarer.

Noch gefährlicher.

Und leider – noch heißer.

Sein Blick sagte nur eines: *Du bist mein!*

Und er würde mich verschlingen, mit Haut und Haaren.

Er würde mich mitreißen, in diesen Strudel aus Verlangen, Hingabe, Rebellion und Leidenschaft, und ich würde mich ihm hingeben, mich ihm fügen.

Wieso?

Weil ich ihn liebte.

Seit sieben verdammten Jahren.

Daran würde sich nie etwas ändern.

Niemals!

1. Pleiten, Pech und Hot Nerds

»Du blöder Affenarsch, gib das her!«

»Du bist selber ein Affenarsch!«

»Nein, du!«

»Nein, du!«

»Einmal immer mehr Affenarsch als ich!«

»Unendlich immer mehr Affenarsch als ich!« Müde rieb ich mir die Stirn und fragte mich zum tausendsten Mal, wieso in Gottesnamen wir uns nur dazu entschieden hatten, mit dem Zug zu fahren. Wieso waren wir nicht mit einem Bus gefahren oder mit einem Flugzeug geflogen? Alle vorn und ich ganz allein hinten.

Nein, stattdessen hatte Heath die grandiose Idee gehabt, den Zug zu nehmen – nach *Moskau*. Das hieß unendliche Stunden voller Qual und Terror – eingepfercht mit vier Jugendlichen, die natürlich in zwei Lager aufgespalten waren – Jungen und Mädchen, *ihhhh* – und nichts Besseres zu tun hatten, als sich während der gesamten Fahrt zu bekriegen. Anhaltend.

Mein Kopf dröhnte, der Schweiß stand mir sowieso auf der Stirn, da die Klimaanlage genauso wie das W-Lan ausgefallen und es der heißeste Sommer seit Menschengedenken war. Also konnte ich nicht mal Agnes oder Alex schreiben, um all die angestauten Emotionen rauszulassen. Die Fenster ließ sich natürlich auch nicht öffnen, daher schwitzte ich vor mich hin. Nur eine Flasche Mineralwasser, die ich im Stundentakt neu bestellte, kühlte etwas meine Stirn, meine Arme und mein Dekolleté, kurz, alles, was nicht von dem rot gepunkteten Kleid bedeckt war.

Düster starrte ich den Mann mir gegenüber an, während ich fühlte, wie der Stoff an mir klebte. Heath war mir auch keine große Hilfe. (O-Ton: »Hör einfach weg. Du weißt, sie meinen es nicht so!«) Seelenruhig saß er mir im stickigen Sechs-Mann-Abteil gegenüber. Das Bein in der perfekt gebügelten schwarzen Anzughose überschlagen, das weiße Hemd tadellos, die schokobraunen kurzen Haare streng nach hinten gekämmt, jedes Stück Stoff am richtigen Fleck. Keine Perle Schweiß auf der Stirn – wie machte er das nur? – las er in seinem Buch und scherte sich nicht weiter um gar nichts. Außer, dass er ab und zu über den Rand seiner eckigen modernen schwarzen Gucci-Brille sah, Damian und Natascha mit seinem patentierten *»Jetzt ist Ruhe!«*-Blick aus seinen stechenden grünen Augen ins Visier nahm und dann wieder auf sein Buch starrte.

Das war so typisch!

Heath war *immer* die Ruhe selbst, er ließ sich nie von irgendwas in seiner absoluten Lässigkeit stören und er las gerade einen Wild Western-Roman. Heath und Wild Western, das ich nicht lache! In ihm steckte so viel Cowboy wie in Mike Tyson ein kleines Mädchen mit blonden Zöpfen.

Nämlich gar nicht. Er war ein Jahr jünger als ich, aber mit seinen 25 vom Denken her ein Fünfzigjähriger. Sein Psychologie-Studium hatte er mit Bestnoten und Auszeichnung abgeschlossen, nachdem er auf dem Internat etliche Klassen übersprungen hatte. Hochintelligent, keine Frage. Ein Nerd, sowieso. Und zu allem Überfluss ein Klugscheißer. Aber sein Herz saß am rechten Fleck – und er war meine einzige Hoffnung.

»Bitte Heath, tu was, oder ich töte sie!«

Er seufzte und wandte seinen Blick von seinem Buch ab, dann sah er die Streithähne an – mehr nicht. Die beiden erstarrten und taten schnell so, als hätte es den Affenarschkrieg nie gegeben. Natascha blätterte kaugummikauend in ihrer Zeitung; Damien verschränkte die Arme vor der Brust und schaute aus dem Fenster.

Heath senkte wieder den Blick mit einem kleinen Schmunzeln. Ich verdrehte die Augen. *Ja, ja, Mister Angeber! Ich sehe schon, wie du sie unter Kontrolle hast. Du bist der Beste, Tollste und überhaupt! Leck mich!*

Er grinste breiter, was ihm zwei süße Grübchen verlieh.

Ungefähr drei Minuten lang herrschte seliger Frieden, dann stieß Damien Natascha nicht gerade unauffällig mit dem Fuß gegen ihr Schienbein, woraufhin sie natürlich sofort explodierte. Gut, sie zum Explodieren zu bringen war nicht schwer. Natascha war schon immer unsere »Rebellin« mit äußerst hitzigem Temperament gewesen. Momentan setzte sie auf den Reggae-Look. Das heißt: dicke rote Rastas wellten sich wie Würmer um ihren Kopf, während das leicht übergewichtige Mädchen immer viel zu weite afrikanische

Sachen trug, mit denen sie die Wanne im Heim versaut hatte, als sie diese selbst gebatikt hatte. Außerdem war sie immer sehr stark und sehr knallig geschminkt. Eine Maske, damit keiner ihr wahres hochsensibles Wesen erkannte. Sie war mit zwölf zu uns gekommen, nachdem sie ihrem Vater beim Schlafen einen Böller in die Nase gesteckt und angezündet hatte. Aus ihrer Akte, die ich nicht lesen konnte, ohne haltlos vor mich hin zu schluchzen, wusste ich, dass er es verdient hatte. Das und noch viel mehr. Es existieren Dinge im Leben, für die gibt es keine Entschuldigung – besonders, wenn man sich an Unschuldigen vergreift! Allerdings hatte das die holde Mutter, die stark alkoholabhängig war, anders gesehen und ihre einzige Tochter ins Heim gesteckt. Jetzt waren drei Jahre vergangen und Natascha hatte es noch immer nicht verkraftet.

Damian war im Alter von 15 zu uns gekommen. Zu der Zeit konnte er kein ordentliches Wort Deutsch, obwohl er hier aufgewachsen war. Gut, man hatte ihn und seine Eltern in eines unserer schönen Slums gesteckt, wo ein Deutscher nicht mal einen Zeh hineinsetzen würde, was die hohlen Politiker dann Integration nannten. Seine Lieblingswörter waren »Dooffotze«, »Fickfresse« und »Affenarsch«, oder er erfand einfach andere wenig schmeichelhafte Ausdrücke. Über seine Vergangenheit sprach er nicht, niemals. Es gab auch keine Akte. Nichts. Deswegen hatte ich keine Ahnung, wie der dunkelhäutige, wirklich unsagbar hübsche Junge mit den strahlend türkisfarbenen Augen davor gelebt hatte. Aber ich hatte ein Prinzip. *Woher ein Mensch kommt, ist egal. Was er in seiner Vergangenheit gemacht hat, ist egal. Was zählt, ist das Hier und Jetzt, denn jeder kann sich ändern, wenn er nur den Willen dazu hat.*

Zu unserer kleinen Gruppe gehörte noch Simon, ein stiller rothaariger Junge mit vielen Sommersprossen, der mit acht zu uns gekommen und seitdem von zwei Pflegefamilien wieder zurückgeschickt worden war. Als Autist lebte er in seiner eigenen Welt, zu der ein *normaler* Mensch kaum Zugang findet, und tat Dinge, die ein *normaler* Mensch niemals verstehen würde. Natürlich war es nicht immer leicht mit ihm, aber er besaß ein gutes Herz, eine reine Seele und das schönste Lächeln dieser Welt – nur hob er sich das für jene auf, die es sich seiner Meinung auch verdient hatten, und ging damit sehr sparsam um.

Ihm gegenüber saß Dalia und schaute mit leeren dunklen Augen aus dem Fenster. Ein Mädchen aus Syrien, das ohne ihre Eltern hierhergekommen und erst seit einem Jahr bei uns war, kaum sprach und sehr schüchtern war, das mir persönlich aber sehr am Herzen lag und deren Talent mich schon oft sprachlos gemacht hatte. Sie war gerade mal 16 und tanzte wie eine Profitänzerin. Sie tanzte, als hätte sie nie etwas anderes gemacht. Mit ihren Bewegungen konnte sie ihre Gefühle ausdrücken – und zwar nur so –, einen innerhalb von Minuten in eine andere Welt entführen und alles andere vergessen lassen. Mal abgesehen davon, dass sie eine unsagbare Schönheit war, besaß sie eine Anmut und Eleganz, für die viele Mädchen alles gegeben hätten. Das hatte ich schon bald erkannt und versucht, sie zu fördern, wo es nur ging. Sie hatte auf diese Tour nicht mitkommen wollen, fand sich nicht gut genug, aber ich wusste es besser, denn sie war nicht nur gut, sie war herausragend.

Und so tuckerte ich mit einem Kollegen und gleichzeitig einem meiner besten Freunde mit vier Jugendlichen durch Russland.

Wie ich dazu kam?

Meine Mutter, Mia Wrangler, und ich hatten vor etlichen Jahren begonnen, elternlose Kinder aufzunehmen und aus unserem Camp für schwer erziehbare Jugendliche ein Heim für genau jene zu machen. Anfangs hatte ich den Kids – neben meinem Hauptberuf als Auslandsjournalistin – ein paar Tanzkurse gegeben, um ihre Teamfähigkeit zu stärken, um die ständig gelangweilten Minimenschen zu beschäftigen, aber vor allem, um ihnen das so dringend nötige Selbstbewusstsein zu vermitteln.

Diese vier Jugendlichen, die nun bei mir waren, waren damals noch Kinder gewesen, deren tänzerisches Talent sich Stück für Stück herauskristallisiert hatte. Sie konnten so viel mehr – wie jeder Mensch – und wollten mehr vom Leben, als auf die Hauptschule zu gehen und dann in einem schlecht bezahlten Job zu verrotten, den sie eigentlich hassten und der sie null forderte.

Aus einer Schnapsidee heraus hatte ich unsere Tanzgruppe gegründet, zusammen mit Heath, der eigentlich der Psychologe/Sozialarbeiter/Sozialpädagoge/Nerd des Vertrauens im Heim war und, wie ich mit Erstaunen festgestellt hatte, jede einzelne Tanzart bis zur Perfektion beherrschte und das Rhythmusgefühl in sich trug. Okay, bei seinem Vater war das eigentlich nicht weiter verwunderlich, der nach wie vor als Rockstar um die Welt tourte und die größten Stadien füllte – vom Wembley bis zum Madisson Square Garden.

Heath Josef – kein Spaß, diesen Zweitnamen hatte er seine Mutter Hannah zu verdanken, die bei uns als Anstandsdame arbeitete – Hunter, Sohn des legendären Mason Hunter, hatte sich nach langem Betteln einverstanden erklärt, die Gruppe mit mir aufzuziehen.

Nun waren wir so gut, dass wir zu der *Dance for Peace* in Moskau fuhren, eine der größten Tanzconventions weltweit. Das Preisgeld betrug umgerechnet schlappe 25.000 Euro, die meine Mutter für das Heim benötigte. Die Kids waren sofort Feuer und Flamme gewesen, also hatte ich uns angemeldet und ein paar Videos mitgeschickt.

Ihr könnt euch vielleicht vorstellen, wie groß die Freude gewesen war, als wir tatsächlich mitmachen durften. Dieses Turnier wurde sogar jedes Jahr im Fernsehen übertragen.

O!

M!

G!

Also hatte ich meine Recherche über mein derzeitiges Projekt – ich schrieb gerade einen mehr als aufreibenden Artikel über den Menschenhandel in Ostblockländern – auf Eis gelegt und die letzten vier Wochen damit verbracht, sie auf ihren großen Tag vorzubereiten und mich auf den Moment, *zurückzukehren*. In das Land, in dem mir das Herz gebrochen worden war, welches sich seitdem nie wieder davon erholt hatte.

***

Nach endlosen Stunden waren wir endlich da und fuhren langsam ratternd in die schlafende Stadt ein. Vorbei an vielen Graffitis, dreckigen Häuserfronten und tausenden Ecken, in denen das Elend nur so lauerte. Diese Stadt widerte mich an und das nicht erst seit meiner letzten Recherche hier. In welche menschlichen Abgründe ich für diese Berichterstattung hatte sehen müssen, war grenzwertig gewesen. Okay, eigentlich grenzüberschreitend.

Vor zwei Jahren hatte ich mich für vier Wochen hier aufgehalten und mich an die Fersen eines Drogen-Dealers geheftet, der laut neuesten Informationen kurz nach Erscheinen meines Artikels leider spurlos verschwunden war. Dabei hatte ich versucht, unauffällig zu sein, ihn rauszuhalten, und seinen Namen nirgendwo genannt. Aber eines hatte ich bitter gelernt: Die Mafia hat ihre Augen und Ohren überall – ganz besonders die russische. Ein gutes Jahr hatte ich an dem, was ich bei den Recherchearbeiten zu dem Projekt »Krokodil« erfahren hatte, zu knabbern gehabt. Die Bilder, die ich damals gesehen und die Worte, die ich gehört hatte, verfolgten mich noch bis heute in meinen Träumen. Für diesen Bericht hatte ich zwar den Pulitzerpreis gewonnen, aber mir gleichzeitig geschworen, nie wieder einen Fuß in die russische Hauptstadt zu setzen. So gern ich auch die Augen öffnete und auf die Missstände dieser Welt aufmerksam machte, so sehr ich auch das Bedürfnis hatte, gegen das Schlechte zu kämpfen – mich selbst wollte ich dafür nicht zerstören.

Und doch war ich wieder hier.

***

»Ich mag nicht mehr gehen!«

»Natascha, wir gehen gerade mal seit drei Minuten!« Wie eine Entenfamilie watschelten wir über den überfüllten Bahnsteig.

»Aber mein Koffer ist so schwer!«

»Damian, hilf ihr doch!«

»Nö!«

»Ich muss kacken!«

»Natascha, jetzt sei ruhig, bitte!« Ich war völlig orientierungslos und krallte mich an Heaths Hemdzipfel fest. An der anderen Hand hielt ich Dalia, während wir über den riesigen Bahnhof hetzten. Ich hatte sowieso schon Probleme, mich unter den Menschenmassen zurechtzufinden, da half es nicht gerade noch, einen quengelnden Teenager im Nacken zu haben. Ehrlich nicht! Und Heath? Der grinste nur vor sich hin, hatte mit seiner Größe von 1,89m den vollen Überblick, ließ sich grundsätzlich ja nicht aus der Ruhe bringen und zog geduldig seinen Koffer, genau wie Dalias. Für sie tat er *alles*, denn sie war sein heimlicher Liebling, auch wenn er das vehement abstritt, wenn ich ihn direkt darauf ansprach. Denn Lieblinge zu haben, war unprofessionell, und wenn der Oberklugscheißer eines war, dann professionell bis zum Erbrechen. Und darüber hinaus.

»Ich werde aber nicht ruhig sein! Ich habe Hunger, ich muss aufs Scheißhaus und ich glaube, ich krieg Haarausfall!«

»Klar, bei den Haaren!«, murrte Damian, doch sie hatte es zum Glück nicht gehört und motzte in einer Tour weiter. Ich musste mir auf die Zunge beißen, um sie nicht anzufahren, denn ich wusste, wieso sie so war und betete es mir in solchen

Momenten, in denen sie mich absichtlich bis aufs Blut provozierte, immer und immer wieder vor. *Bei den Eltern kein Wunder! Sie hat ein leichtes Aufmerksamkeitsdefizitsyndrom, ist aber ansonsten ein liebes Mädchen, sie braucht ihren Kopf noch! Eli, beruhige dich!*

»Heath, wo ist hier der blöde Ausgang? Ich muss noch zu irgendeinem Geldautomaten!«

»ICH MUSS PIPI!«, brüllte Natascha jetzt von hinten, und Damian wirbelte zu ihr herum.

»Halt endlich dein Maul oder ich schwöre dir, ich stopfe es!« Dafür, dass er nicht ordentlich Deutsch hatte sprechen können, als er zu uns gekommen war, beherrschte er es nun perfekt, vor allem wenn er jemandem drohen konnte.

»Von dir lass ich mir gar nichts sagen, du Bimbokind!«

»Wie hast du mich gerade genannt, du Fettqualle?«

»Boah!« Natascha stürzte sich auf Damian, doch ich ging sofort dazwischen und schob sie zurück, bevor sie ihn mit ihrem Rastafarisack, den sie als Handtasche benutzte, umnieten konnte.

»Ruhe jetzt! Beide! Oder wir drehen um und fahren zurück, ich hab eure Faxen echt dicke!«

»Leck mich!«, blaffte mir Natascha ins Gesicht.

Sofort schob sich das strahlend weiße Hemd zwischen uns.

»Wie bitte?« Heath J. Hunters Stimme war leise, sein Körper angespannt, alles an ihm so respekteinflößend, dass sogar ich erschauerte. Wow! Er überraschte mich in solchen Momenten immer wieder. Auch Natascha und Damian wurden sofort ganz kleinlaut.

»Ich, ich …«

»Hast du gerade zu Elina allen Ernstes ›Leck mich‹ gesagt? Zu der Frau, die dir all das hier ermöglicht? Die sich in den letzten Wochen den Arsch für euch aufgerissen hat? Ehrlich?«

»N… nein …«, stammelte Natascha, und ich strich mir müde durch die Haare.

»Danke«, wisperte ich ihm zu, aber er war noch nicht fertig.

»Entschuldige dich bei ihr, *sofort*!«

Natascha wollte gerade mit Tränen in den Augen ansetzen, als es verhalten an meinem Ärmel zupfte. Ich drehte mich um und sah in Dalias weit aufgerissene Augen.

»Was ist?«, blaffte ich sie nur mit den Nerven leicht am Ende an. Sie zeigte in die Richtung, in der unsere Koffer stehen sollten. Ihr Blick war tränenverschleiert, und Simon, der meinen Koffer geschoben hatte, starrte käseweiß im Gesicht zu Boden.

»Fuck!«, wisperte ich, als mir klar wurde, wieso die liebe Dalia kurz vor dem Weinen war.

Man hatte zwei unserer Koffer geklaut! Und das obwohl wir noch nicht mal zehn Minuten hier waren!

Genial!

***

Nach einem mehr als nervenaufreibenden Einkauf mit Natascha, deren Koffer neben meinem hatte dran glauben müssen, kamen wir am Abend vor dem Hotel an.

Schon als wir vor dem dreistöckigen Gebäude standen, das einmal rot, aber nun eher rotschwarz war, machte sich leichte Beklemmung in meinem Magen breit.

Sie ließ nicht nach, als wir klingelten und ein uralter knochiger Mann mit Hosenträgern und einer Baskenmütze wacklig öffnete. Er konnte kein Wort Deutsch, aber ich ein wenig Russisch. Die Rezeption war überfüllt mit Papieren, ein einziges Chaos, und eine knarrende Treppe, die lediglich von einer funktionierenden Glühbirne erhellt wurde, führte in die oberen Stockwerke. Kein Aufzug, also schleppten Heath und Damian das meiste hoch, während ich meine Einkaufstüte mit dem nötigsten selbst trug. Zum Glück waren unsere Kostüme nicht weg, sonst hätten wir gleich nach Hause fahren können. Alles Wichtige trug ich immer in meiner Handtasche, direkt am Körper. Ganz im Gegensatz zu Natascha. Ihr Tablet war weg, genauso wie ihr Lieblingsrock und ihre anderen Klamotten. Jetzt musste sie diesen, wie sie es nannte, Langweilerscheiß anziehen, und außerdem waren ihre Kaugummis im Koffer gewesen, *Mann, sie liebte ihre Kaugummis*.

Japp, so ging das die ganze Zeit.

Bis ich über den langen Flur vor eines der letzten Zimmer trat, das gegenüber dem von Heath lag, und den Schlüssel in das ramponierte Schloss steckte. Nicht nur einmal war hier eingebrochen worden, wie man am Türrahmen genau erkannte. Sehr beruhigend.

Heath neben mir grinste mich mit hochgezogener Augenbraue an, als ich ihn skeptisch anblickte.

»Ich werde schon merken, wenn sich jemand zu deinem Zimmer Zutritt verschaffen will!«, meinte er locker, und ich kaute unschlüssig auf meiner Unterlippe, während ich mit dem Schloss kämpfte, das natürlich auch noch klemmte.

»Wie willst du das denn merken?«, keuchte ich, immer wütender ruckelnd.

»Ich habe sehr gute Ohren, und die Wände sind dünn wie Papier. Jetzt geh mal weg, das kann sich ja keiner mit ansehen!« Ich verdrehte die Augen, als er mich zur Seite schob, den Schlüssel vorsichtig bewegte, bis die Tür aufsprang.

Triumphierend grinste er mich an, ich murmelte »Angeber!«, bevor ich meine zwei Einkaufstüten nahm und in das Zimmer schlüpfte.

Heilige Scheiße!

Omastil aus dem vorherigen Jahrhundert war noch untertrieben.

Aber wir hatten eben nicht das Geld für ein Luxushotel, und diese Unterkunft befand sich ganz in der Nähe des Austragungsortes. Außerdem war es perfekt, weil Damien und Natascha grundsätzlich schwer aus den Federn kamen und wir bereits um neun dort sein mussten. Ich überblickte mit einem leichten Magengrummeln das winzige Bett, das winzige Fenster, den winzigen Schrank – ehrlich, der war gerade mal eine handbreit –, den uralten Fernseher auf dem klapprigen Tischchen und die kleine Tür, die ins Bad führte. Seufzend trat ich ein und ließ meine Tüten fallen.

Natürlich steckte ich sofort den Schlüssel ins Schloss und sperrte zu, dann ging ich ins Bad. Okay, es war sauber, aber wirklich winzig. Die Toilettenspülung konnte man von der Dusche aus über eine Schnur betätigen, und ein Waschbecken gab es erst gar nicht.

Es war wirklich bescheiden, aber völlig ausreichend.

Ich brauche keinen Luxus!, sprach ich mir Mut zu, ging zum Fenster und wollte es öffnen, um zu lüften. Kurz darauf hatte ich den Griff in der Hand. Das Fenster war immer noch zu, also musste ich wohl oder übel auf frische Luft verzichten, und das bei diesen Temperaturen!

Da draußen ist sowieso alles voller Smog!, beruhigte ich mich erneut und brachte den Griff wieder an. Dann steckte ich mein Handy zum Laden ein, Gott sei Dank gab es hier Adapter, und entschloss mich dazu, endlich aus den verschwitzten Klamotten zu kommen und zu duschen. Oh ja! Das würde mir verdammt guttun!

Ich holte aus den Tüten ein weißes Höschen und den passenden BH raus. Zum Glück war es kein Problem, für Körbchengröße D etwas zu finden. Dann kramte ich nach einem hellgrünen Kleid, das mir sofort gefallen hatte, und zwängte mich ins Bad.

Nachdem ich die Toilette benutzt hatte, schälte ich mich aus meinem Kleid und trat nur in Unterwäsche an die Dusche heran. Skeptisch betrachtete ich das Teil, aus dem es im Zehn-Sekunden-Takt tropfte, und betätigte den Hebel. Einer göttlichen Eingebung folgend stellte ich mich noch nicht darunter.

Gott sei Dank, denn das Wasser kam nicht gerade klar und rein heraus, sondern als braune verrostete Pampe!

»Verdammt!«

Ich überlegte runterzugehen, mich zu beschweren, dem alten Herrn die Hölle heiß zu machen und ein neues Zimmer zu verlangen, aber dann dachte ich daran, dass er kaum die

Treppen hochgekommen und wie billig dieses Zimmer war und entschied mich anders.

Schnell band ich mir ein sauberes weißes Handtuch um und trat in den Gang, in dem eine Glühbirne kurz vor dem Aufgeben vor sich hin flackerte, nur, um wie angewurzelt stehen zu bleiben. Denn in das Zimmer neben meinem versuchte gerade jemand hineinzugelangen. Mit Schlüssel, aber sturzbetrunken, wie man am eindeutigen Wanken erkennen konnte. Der Typ trug ein rotes Shirt, kurze blaue Shorts und vor allem eine Glatze. Seine Wampe hing weit über den Hosenbund – alles in allem erinnerte er an ein besoffenes Teletubby.

Er sah auf, als ich nur in Handtuch heraustrat. Die rot geränderten Augen des übergewichtigen Mannes weiteten sich, dann grinste er mich verschmitzt an und sagte auf Russisch mit laut dröhnender Stimme: »Na, was haben wir denn da?«

»Hallo«, grüßte ich knapp und versuchte, ihn zu ignorieren und meine Contenance – eines von Heaths Lieblingsworten – zu bewahren, schloss die Tür und ging auf Heaths Zimmer zu. Doch das besoffene Teletubby lachte laut, faselte was von Kätzchen und kam wild schwankend auf mich zu. Ich wollte gerade klopfen, als Heaths Tür aufgerissen wurde und mein Mund aufklappte.

Heath stand in nichts weiter als einem weißen Handtuch vor mir und tropfte vor sich hin, aber vor allem sah er den Mann mehr als warnend an.

»Ja, bitte?«, fragte er ihn, und woah, der Blick! Also ich hätte mich nicht mit ihm angelegt! Der Kerl anscheinend auch nicht, denn er hob sofort seine Hände, drehte ab, rannte dabei fast gegen die Wand und wankte zurück in Richtung seines Zimmers. Dabei nuschelte er irgendwas auf Russisch vor sich hin.

Ich war ein bisschen abgelenkt, denn der Supernerd war tatsächlich trainiert und sah echt verdammt heiß aus, so halb nackt und ohne Brille! Noch feucht vom Duschen, während Tropfen im schummrigen Licht über seine muskulöse glatte Brust, den leichten Sixpack und an dem klar definierten V herab perlten.

Alter Falter! Das hätte ich nie erwartet!

»Ja, Eli, was willst du hier, außer auf meinen Bauch zu starren?«, fragte er mich trocken.

Ich riss mich wieder zusammen und schaute in sein belustigtes Gesicht. »Du bist ja richtig heiß, Heath!«

Seine Miene gab keine einzige Gefühlsregung preis. »Genau genommen ja, da hier unmenschliche Temperaturen herrschen und mit jeder Minute, in der ich in diesem stickigen Flur und nicht unter der Dusche stehe, werde ich heißer, aber du hast mir immer noch nicht gesagt, was du hier willst!«

Ich hob entschuldigend grinsend meine Badetasche. »Duschen?«

Er lachte leise, dann trat er zurück und ließ mich in sein winziges Zimmer. Mit schief gelegtem Kopf starrte ich grinsend auf seinen Hintern, in der Hoffnung, das Handtuch würde sich, obwohl es bereits drohte, herunterzurutschen, komplett lösen und zu Boden fallen. Im letzten Moment hielt er es gerade so fest.

»Menno, Spielverderber!« Ich schmollte, er lachte und trat ins Bad.

»Ich mach schnell fertig, dann kannst du, du Spannerin!«

»Okay, danke!«, trällerte ich und ließ mich auf sein Bett fallen. Hier war das Fenster zum Glück offen und man konnte es aushalten, also öffnete ich mein Handtuch, während ein leichter Wind über meinen Körper strich. Ich seufzte und hörte dabei zu, wie die Dusche anging und Heath anfing zu singen – alles andere als schief.

Oh Mann, er hatte eine genauso sexy Stimme wie sein Vater.

Ich lächelte, als er »I wanna fall in Love with somebody, I wanna feel the Heat with somebody. With somebody I knoooow!« sang und schloss die Augen.

Oh ja, das würde ich auch mal wieder, so gern, aber das war unmöglich.

2. Maybe now?

Die Kids bekamen Pizza und waren mehr als begeistert. Natascha und Dalia, die zu Natascha mittlerweile Vertrauen gefasst hatte, weil sie wusste, dass diese jedem auf die Nase hauen würde, der Dalia auch nur schief ansah, waren in ihrem Zimmer. Damian und Simon hatten ein ähnliches Verhältnis zueinander, denn Ersterer wusste instinktiv, wie er mit dem stillen Jungen umgehen musste. Aus deren Zimmer dröhnte laut Linkin Park und sie machten Party – na ja, wohl eher Damian –, während aus Nataschas Zimmer Bob Marley schallte.

Ein Gutes hatte dieses Hotel, es war überall so laut, dass sich sicher keiner beschweren würde.

Heath, dessen Name echt irgendwie Programm war, seitdem ich wusste, wie sein Körper ohne Kleidung aussah, und ich hatten uns entschieden, nur zu zweit ganz ruhig essen zu gehen. Das machten wir öfter. Vor einiger Zeit war ich endlich von daheim ausgezogen, direkt in das Haus nebenan, das eigentlich meinem großen Bruder Robbie und mir gehörte. Aber der war sowieso nur noch unterwegs oder bei seiner

Freundin, und so konnte ich das ganze Teil für mich allein nutzen. Oft saßen Heath und ich abends noch zusammen auf der Veranda und tranken Wein oder wir gingen essen oder wir chillten einfach nur vor dem Fernseher. Mit Heath zusammen zu sein, war für mich so leicht wie Atmen, absolut natürlich und ungezwungen, weil ich genau wusste, woran ich bei ihm war und dass ich ihm vollkommen vertrauen konnte. Obwohl er größtenteils im Internat aufgewachsen und nur in den Sommerferien bei uns gewesen war, war er wie ein zweiter großer Bruder für mich, und ich wollte ihm das kleine süße Restaurant im Herzen Moskaus unbedingt zeigen, das ich so toll fand.

Also stand ich um Punkt 18 Uhr in einem pastellrosa Kleid, mit engem Oberteil und breitem, knielangem Rock, weißen echt hohen Heels, denen ich vorhin im Kaufhaus einfach nicht hatte widerstehen können, und meinen goldbraunen, nicht zähmbaren Haaren in einem einfachen hohen Pferdeschwanz vor seiner Tür und klopfte.

»Gleich!« Es rumpelte.

War er gerade irgendwo gegengelaufen? Dann riss er die Tür auf und grinste mich an. »Sorry! Diese Manschettenknöpfe gehen einfach nicht zu!« Und da stand er vor mir, in seinem weißen Hemd und seiner schwarzen Hose und dachte über seine Manschettenknöpfe nach! Er war wahrscheinlich der einzig arme Irre, der zu einem ganz normalen Abendessen Manschettenknöpfe tragen würde. Ich lachte leise und schlug ihm leicht auf die Finger.

»Lass die weg! Heute machen wir aus dir die Cooligkeit in Person!«

»Aha«, murmelte er, ließ mich aber, als ich mich kichernd daran machte, die Knöpfe zu entfernen und sein Hemd bis zu den Ellbogen locker hochzukrempeln. »Ich denke nicht, dass das Wort Cooligkeit im Duden vorkommt, wenn, dann heißt es …«

»Ach! Sei ruhig, du KS!« Dann öffnete ich noch zwei obere Knöpfe seines Hemdes, sodass man etwas von seiner sehr wohl gebräunten Haut sehen konnte, denn er kümmerte sich auch um die Tiere unseres Gnadenhofes (ein zweites verrücktes Herzens-Projekt meiner Mutter) und war im Sommer oft mit den Kids am See. Nachdem ich seinen Kragen glatt gestrichen hatte, schaute ich zu ihm hoch, zog aber verwundert eine Augenbraue hoch, denn er starrte mich an, als hätte er Schmerzen!

Einen kurzen Moment verschlug es mir den Atem. Dann grinste ich ihn an und klopfte ihm mit beiden Händen auf die harte Brust, während mein Herz förmlich in meiner zu rasen anfing.

»Jetzt können wir gehen, Mister Heath Ledger!«, singsangte ich nur ein wenig zittrig, nahm seine Hand, drehte mich um und tanzte aus der Tür.

Was war das denn jetzt gewesen?

***

Wir gönnten uns ein Taxi und fanden uns schon bald in dem kleinen ramschigen Schuppen ein, der die besten Pelmeni dieser Welt machte. Zum Glück hatte ich reserviert, denn jeder von den 20 Tischen war besetzt. Im Hintergrund dudelte leise russische Musik, die Gespräche waren aber laut und ausschweifend, und es war – natürlich – ziemlich heiß im Raum.

Heath schaute mich mit hochgezogener Augenbraue an, als wir den Laden betraten, und ich Igor, den uralten rundlichen Besitzer, links und rechts auf die Wange küsste, ehe er mich an sich zog und sich lautstark darüber freute, dass ich wieder da war. Während meiner Recherchezeit hatte ich hier fast jeden Tag gegessen, weil ich um die Ecke in einer Jugendherberge untergekommen war. Deswegen kannten mich noch alle zu gut, und sogar die zwei Kellner Alinka und Sascha – Igors mittlerweile erwachsene Kinder – kamen und grüßten mich fröhlich. Sie fragten mich, ob ich endlich mal einen Mann gefunden hätte und ob Heath mein Freund sei. Sofort wurde ich knallrot und verneinte. Alinka konnte ab dem Moment nicht ihre Augen von meinem besten Freund lassen, und ich grinste in mich hinein. Ja, wäre schon mal Zeit für ihn, sich eine Freundin zu suchen, denn er hatte noch niemals eine gehabt, dabei war er wirklich alles andere als hässlich! Ganz im Gegenteil, wie ich heute zu gut gesehen hatte! Heath führte mich zum Tisch und zog mir den Stuhl zurecht, nachdem er mir das kurze, leichte, weiße Bolero-Jäckchen abgenommen hatte. Wieder einmal fiel mir auf, was für vorzügliche Manieren er besaß, außerdem war er wirklich witzig, wenn er auftaute. Als er sich mir gegenübergesetzt und das Besteck noch mal poliert hatte – okay, er hatte einen leichten Sauberkeitsfimmel, aber darüber konnte man hinwegsehen –, fragte ich ihn einfach gerade heraus.

»Wieso hattest du eigentlich noch nie eine Frau?« Er stockte in der Bewegung, sah mich nicht an, sondern das Besteck, legte es sehr penibel, wie mit dem Lineal abgemessen, an seinen richtigen Platz und hob dann den Blick. Sein Jadegrün bohrte sich in mein verwaschenes Braun, bevor er sich locker zurücklehnte – einen sehnigen, muskulösen Arm auf dem Tisch. Er lächelte mich charmant an, dann fragte er: »Wer sagt, dass ich bisher noch keine Frau hatte?« Damit brachte er mich völlig aus dem Konzept. Meine Augen wurden groß und ich beugte mich zu ihm vor.

»Wer war es?«

»Das sag ich dir nicht!«

»War es Susi?«

»Susi, die bei uns ihre Sozialstunden abgearbeitet hat und jeden Tag in so knappen Hotpants kam, dass man Angst hatte, ihre Arschbacken würden beidseitig rausfallen? Ernsthaft?« Ziemlich arrogant musterte er mich.

»Ja, okay, das ist nichts für dich.«

»Ich bin doch kein Höhlenmensch!« Er trank einen Schluck von seinem Wasser, und ich wollte gerade weiterreden, als Igor wieder an den Tisch kam, und zwar mit einer Flasche Wodka.

»Habe ich selbst gemacht! Ihr müsst probieren, Kinder«, verkündete er väterlich und schenkte uns zwei Schnapsgläser ein. Eigentlich tranken wir nichts Hartes, aber jetzt konnten wir schließlich nicht Nein sagen, denn wenn du eins bei Russen niemals machen darfst, ist es Trank und Speis abzulehnen, du könntest da echt vom Blitz getroffen werden. Also stießen wir mit Igor an und kippten das brennende Zeug hinunter, das meinen Magen sofort noch mehr erwärmte, als er sowieso schon von den Temperaturen war. Oh Mann!

Ich verzog angewidert das Gesicht und musste husten, während sich die beiden Männer köstlich über mich amüsierten. Haha!

Schnell nahm ich einen riesigen Schluck von Heaths Wasser, er protestierte nicht, da mein Glas bereits leer war. Zu meiner Erleichterung ließ das Brennen in Hals, Magen und sogar in den Augen schnell nach.

Igor stand neben mir und schaute mich fragend an. »Und?«

»Ganz toll!», keuchte ich und trank noch etwas Wasser. »Wirklich lecker!«, krächzte ich mit Tränen in den Augen, und Heath lachte auf seine leise unaufdringliche Art. Wieso war mir eigentlich nie aufgefallen, dass sein Lachen äußerst melodisch klang, genau wie der Rest seiner Stimme? So tief und beruhigend, echt angenehm.

»Also, wo waren wir stehengeblieben, bevor er uns dieses Höllengetränk brachte?«, fragte ich den belustigten Kerl mir gegenüber, der unwirsch abwinkte.

»Du hast mich genervt, wie immer.«

»Ah ja! Wieso du keine Freundin hast!«, fiel es mir wieder ein.

Sein Ausdruck verdunkelte sich, ehe er sich vorbeugte, die Unterarme auf den Tisch lehnte und dann leise mit bohrendem Psychologenfratzenblick fragte: »Wieso hast du eigentlich keinen Freund, Elina Wrangler?«

Fuck! Ich fühlte sofort, wie es in meinem Bauch stach, allein schon, wenn die Gedanken ansatzweise in *diese*

Richtung gingen. »Ach, wer will schon so eine Verrückte wie mich?«

»Nein«, meinte Heath fest. »Daran liegt es nicht. Ich habe selten einen Menschen getroffen, der diese Welt ganz instinktiv klarer sieht, der höhere moralische Ansichten und ein ausgeprägteres Gewissen hat, als du. Du bist weit entfernt davon, verrückt zu sein. Auch wenn du dich stark von den vermeintlich normalen Menschen unterscheidest, so bist du nicht verrückt. Du bist nur anders. Das ist nicht der Grund!«

»Ich bin fett wie ein Nilpferd!« Ich versuchte, unser Gespräch ins Lächerliche zu ziehen, auch wenn ich wusste, dass ich von wahrer Fettleibigkeit ziemlich weit entfernt war.

»Du bist nicht adipös!«, konterte er trocken. »Du hast Kurven, wie eine Frau sie haben sollte, und zwar an genau den richtigen Stellen. Probier es noch mal!« Waren seine Augen da gerade echt dunkler geworden, als er über meinen Körper gesprochen hatte?

Oh Mann, das war mir schon vorhin im Hotel aufgefallen, als ich erst vor seiner Tür gestanden und dann aus seiner Dusche gestiegen war, in nichts weiter als meinem Handtuch. Er hatte währenddessen mit seiner Nerdbrille an seinem Lappy gesessen und gearbeitet, weil Heath keine Sekunde ausließ, um zu arbeiten, nur Shorts tragend, denn anders waren diese Temperaturen nicht auszuhalten. Sein Blick war kurz über mich geglitten, und es war mir so vorgekommen, als wäre etwas darin gewesen, was dort noch nie gewesen war! Jetzt grinste er mich an.

»Also ich höre, wieso ist keiner gut genug für dich, Eli, denn wenn ich eines weiß, dann, dass die Männer bei dir nur so Schlange stehen. Es liegt an dir, und zwar nur an dir! Du scheinst dich gar nicht für das andere Geschlecht zu interessieren. Es ist, als gäbe es uns gar nicht. Als würdest du dich schützen wollen.« Das konnte ich gerade echt nicht bestätigen, denn je länger er mich so bohrend ansah, desto heftiger und ertappter schlug mein Herz. Ich musste den Blick senken.

Zum Glück kam wieder Igor mit seinem Wodka, und wir tranken das nächste Gläschen dieses Höllengetränks. Gott sei Dank, sonst hätte Heath womöglich noch die Wahrheit herausgefunden, und die durfte keiner wissen! Niemals!

»Wir waren gerade nich bei mir, Mista Psychoheini!«, versuchte ich schon leicht angetüdelt abzulenken. Zum Glück kam jetzt das Essen! Denn Heath zuckte mit den Schultern und fing an zu essen, akkurat und sehr anständig, während ich mein Kleid schon mit dem ersten Bissen vollsaute.

»Das ist so typisch!« Grinsend tupfte er mir mit seiner strahlend reinen Serviette den Fleck vom Kleid, während ich leicht kicherte. In meinem Kopf war es bereits irgendwie ziemlich schummrig. Der Wodka war megastark, und ich war es nicht gewohnt zu trinken, auch noch auf nüchternen Magen. Schnell aß ich die leckeren Fleischtaschen mit Schmand und Essigzwiebeln und stöhnte nur so vor mich hin. Drei weitere Tropfen landeten auf meinen Brüsten – ja sorry, sie waren zu groß und immer im Weg –, und Heath tupfte sie jedes Mal weg, was ich echt total niedlich fand.

Igor kam und wir tranken noch zwei weitere Gläschen. Dann drehte sich die Welt schon ein kleines bisschen schneller und sah bunt und fröhlich und toll aus.

Die meisten Leute waren schon verschwunden, die Stühle wurden bereits auf die Tische gestellt, und die Nacht hatte sich gänzlich auf die russische Stadt herabgesenkt. Ein Ventilator war extra nur auf uns gerichtet worden, und so ließen sich die tödlichen Temperaturen aushalten. Sein leises Surren war irgendwie beruhigend und lauschig.

Heath und ich unterhielten uns immer noch in der kleinen Welt unserer Ecke, die Köpfe zueinander gesteckt, die Hände aufgestützt. Gerade sprachen wir über Amerika und Russland. Keiner von uns hatte die Frage noch mal gestellt, wieso wir beide allein waren. Keiner wollte zu viel preisgeben. Wie immer waren wir uns ohne viele Worte einig und diskutierten angeregt. Ich konnte mich stundenlang mit ihm unterhalten. Mein Kinn auf eine Hand gestützt sah ich ihn an, während er mir erklärte, wieso eigentlich Amerika das Arschloch war, und nicht Russland – auf seine wahninnig intelligente Art und Weise, ehrlich, ich kannte keinen, der schlauer war als er. Nicht einmal Agnes! Dabei gelang es ihm, es mir so zu vermitteln, dass sogar mein lahmes Hirn mit meiner einfachen Denkweise hinterherkam. Trotzdem gab er mir nie das Gefühl, dumm zu sein, sondern respektiert und geschätzt.

Zwischen uns brannte eine Kerze. Die kleine Flamme warf tanzende Schatten auf sein Gesicht, und mir fiel auf, dass es eigentlich ziemlich perfekt war. Keine Hautunreinheiten, keine Narben waren zu sehen, nur große ausdrucksstarke Augen, eine kerzengerade Nase und ein sexy glatt rasierter Kiefer.

Sexy Kiefer? Huch! Ich hatte echt genug getrunken! Aber Igor kam, schenkte uns nach und fragte, ob wir noch eine Nachspeise wollten. Bei Nachspeise sagte ich nie nein, vor allem nicht bei russischer. So brachte uns Igor kurz darauf den weltbesten Kuchen, und weil er mich ärgern wollte, mit nur einer Gabel. Er wackelte mit den buschigen Augenbrauen über den geröteten Pausbacken, und ich verdrehte meine Augen, bevor ich die Gabel nahm, ein Stück Kuchen aufspießte und das Teil vor Heaths Lippen hielt.

»Iss!«, forderte ich in Fiftymanier. Er stöhnte entnervt, beugte sich aber schmunzelnd vor und legte seine Lippen um die Gabel. Dabei sah er mir tief in die Augen, ich schluckte, ehe er sich wieder kauend zurücklehnte. Wow, also mir war noch nie aufgefallen, wie schön sein Mund war, fast perfekt! Er könnte Model sein!

»Was ist?«, fragte er mich schmunzelnd. »Ist nicht vergiftet, du kannst loslegen!«

Schnell teilte ich auch ein Stück für mich ab und schob es mir in den Mund. Ich stöhnte und schloss genüsslich die Lider, weil dieser Schokotraum mit dem flüssigen Kern so verdammt gut schmeckte.

Als ich die Augen öffnete, starrte ich Heath an, und zwar schon wieder mit diesen dunklen Augen, verschränkten Armen sowie etwas in seinem Blick, was da tatsächlich noch nie gewesen war. Die Flammen tanzten immer noch auf seinem Gesicht und gaben ihm etwas Verwegenes, etwas Dunkles und Bad Boy-mäßiges. Ich stand auf Bad Boys, mehr als gesund für mich war, was mir schon mal zum Verhängnis geworden war.

Mir blieb die Luft weg, sogar die Spucke, und ein Gedanken schoss in meinen Kopf. Vielleicht konnte er es schaffen! Vielleicht konnte er mich *ihn* endlich vergessen lassen. Vielleicht war Heath J. Hunter genau der Richtige für mich, um *endlich* darüber hinwegzukommen. Gerade *weil* er das genaue Gegenteil von *ihm* war!

Ich müsste Heath nur eine Chance geben und hoffen, dass auch er mich wollte.

»Eli«, hauchte er kaum hörbar, beugte sich vor, und mit einem Mal legte er seine schöne Hand mit den schlanken Pianistenfingern auf meine und sah mir tief in die Augen. Mein Herz blieb stehen, mein Mund wurde trocken. Heaths Blick machte seinem Namen alle Ehre. Er war so heiß, heißer als die Flamme zwischen uns.

Oh mein Gott!

Ich schluckte mühsam. Er wollte gerade den Mund aufmachen und etwas sagen, da erklang das Glöckchen über der Tür und riss mich aus dieser so ungewohnten Situationen.

Noch bevor ich mich umdrehte, signalisierte mir mein Körper, wer in den Laden gekommen war. Ich war mir nicht sicher, ob mich mein Gefühl täuschte, ob es vielleicht doch an Heath lag, dass meine Hormone verrücktspielten. Der Drang nachzusehen, wurde übermächtig.

Als ich meinen Körper in die Richtung wandte, aus der die Schritte hallten, blieb mir das Herz stehen, nur um mir eine Sekunde später fast aus dem Hals zu springen!

Das war *er*!

Schockiert sah ich dabei zu, wie er sich selbstsicher, als würde dieser Ort und alles andere auf der Welt ihm gehören, seinen Weg von drei Bodyguards flankiert durch den Laden bahnte und direkt auf ein Hinterzimmer zuging.

Endlich, nach all den Jahren, war ich bereit, ihn aufzugeben und meinem verräterischen Herzen einen Tritt zu verpassen! Aber nein, er musste genau in diesem Moment erneut in mein Leben platzen.

Aber wem machte ich hier was vor, er hatte es doch nie verlassen. Immer hatte er eine präsente, fast übermächtige Größe dargestellt, auch wenn er nicht anwesend gewesen war, und jetzt war er hier!

Oh mein Gott!

3. Devil Eyes

Eli

Wie hypnotisiert stand ich auf, umrundete den Tisch und wollte den Männern in den schwarzen Anzügen gerade hinterhergehen, als mich eine Hand am Oberarm packte. Diese Berührung riss mich aus meiner Trance, und ich sah nach unten, geradewegs in Heaths grüne Augen, die hinter der stylischen Brille gefährlich blitzten.

»Was denkst du, was du gerade tust?«, zischte er mich im mittlerweile menschenleeren Restaurant an, und ich schüttelte ihn schnell ab.

»Ich muss auf die Toilette. Du bleibst hier und bewegst dich keinen Millimeter!« Ich wollte weitergehen, aber er stand auch auf, packte mich erneut am Oberarm und wirbelte mich zu sich herum.

»Ja klar, Toilette!«, meinte er sarkastisch. »Elina Wrangler, ich kenne dich besser als du dich selbst! Ich weiß ganz genau, wie gern du dich in die Scheiße reitest, und ich muss dich dann wieder raushauen. Diese Typen sehen nicht nur gefährlich aus, sie sind es auch. Du bleibst hier!«

»Lass mich sofort los, Heath!«, zischte ich ihn an und stemmte mich gegen ihn. »Du kennst mich kein bisschen. Denn wenn du das würdest, dann wüsstest du, dass ich mir von *dir* sicher nichts befehlen lasse! Wir sind nicht zusammen und werden es auch nie sein! Und jetzt lass mich endlich, ich muss gehen!«

»Nein!« Absolut ruhig sah er mich an und hielt mich noch fester, als ich mich erneut losreißen wollte. Ich kämpfte ein bisschen mit ihm, aber ich hatte keine Chance, während ich immer verzweifelter wurde und mir Tränen in die Augen stiegen.

Verdammt! Wenn ich jetzt nicht ging, dann sah ich ihn vielleicht nie wieder!

»Lass mich los!«, brüllte ich lauter, doch er schüttelte nur den Kopf!

Kurzerhand presste ich die Lippen zusammen und schlug ihm mit voller Wucht gegen das Brustbein, so, wie Dad es mir gezeigt hatte. Mit einem Keuchen ließ er mich sofort los, presste die Hände auf die Stelle und krümmte sich japsend zusammen.

»Es tut mir so leid!«, rief ich ihm noch zu, wirbelte herum und lief … lief *ihm* hinterher.

***

Ich kam zu einer Treppe, die in einen dunklen Keller führte, und ich nahm sie mit wild klopfendem Herzen und zitternden Knien. Ich wusste, dass Heath mir nicht folgen würde … hoffte es zumindest und beeilte mich … in den langen Kellergang zu stolpern. Es war kein Licht an und ich traute mich auch nicht, welches anzumachen. Es roch nach Moder und Staub, schnell eilte ich an den Türen entlang und blieb an der letzten stehen, aus der eindeutig Geräusche kamen. Geräusche … die mir den Magen umdrehten. Geräusche davon, als würde man Teig klopfen, gemischt mit Keuchen und Grunzen und gedämpftem Brüllen …

Oh Gott!

Mit wild rasendem Herzen kam ich an der letzten Tür an, durch die ein Lichtstrahl in den Keller drang, und spähte durch den Spalt … Was ich sah war nicht sehr aufschlussreich. Es waren die breiten Rücken von zwei Anzugträgern, ich konnte an ihnen nicht vorbeisehen … Aber als eine Stimme völlig ruhig, fast desinteressiert, sprach, war ich sofort wieder in einer anderen Welt … in einer Welt, die perfekt war … zumindest für mich.

In einer Welt, in der ich in seiner Nähe war.

»Und du dachtest wirklich, ich würde es nicht merken …«, hauchte diese tiefe Stimme verboten sanft. Ein weiterer Schlag … es mussten Schläge sein … folgte, ein Würgen und ein Keuchen … dann ein leises Schniefen, das absolut nicht zu dem melodischen Klang passte … »Es ist besser, du sagst mir die Wahrheit oder ich denke, Sergej muss sich mit deiner Tochter unterhalten, hättest du Lust, Sergej?« Ein kühles Lachen strömte wie unsichtbares Eis durch den Raum und verursachte sogar bei mir Gänsehaut. »Also ich wusste doch, du wirst schlau sein. Nimm es ihm aus dem Mund! Ja, ich höre …«

»Ich … ich wollte es nicht! Es war alles Kyrill!«

»Oh, du wolltest es nicht? Weißt du, ich will dich auch nicht umbringen, zu viel Geschrei, zu viel Blut, und doch wirst du jetzt mit deinem abgefuckten Leben bezahlen.«

Ehe ich mich versah, hatte mein Körper wieder eigenständig gehandelt, ich hatte die Tür aufgestoßen und war mit einem »NEIN!« In den Raum gestürmt.

So viel zu unüberlegten Aktionen ...

***

Vier Köpfe wirbelten zu mir herum. Alle außer Igors, der am Boden kniete, Blut rann ihm übers aufgequollene Gesicht und tropfte auf den dreckigen Kellerboden. Er wurde von einem riesigen Mann heruntergedrückt, sodass er nicht aufsehen konnte. An den Wänden entlang reihten sich wackelige Regale mit Konservendosen, nur eine Glühbirne spendete schummriges Licht, aber all das bekam ich nur am Rande mit. Denn aus diesem Szenario ragte nur eines heraus. Ein Sturm, in dessen Auge ich gefangen war. Mein Magen hob sich, wild schlug das Herz in meiner Brust.

Einige Sekunden konnten wir uns nur anstarren. Er genauso ungläubig wie ich. Als gäbe es nur uns beide. Als wäre nichts anderes von Belang.

Doch dann riss ich mich los und rannte auf Igor zu.

Kristov Romanov hob die Hand und hinderte seine Leute daran, mich aufzuhalten, dabei starrte er mich unentwegt mit diesem so durchdringenden Blick an. Ich fiel vor Igor auf die Knie, Tränen liefen mir über die Wangen, wie ich erst jetzt bemerkte, und schaute anklagend zu dem Mann hoch, den ich verdammt noch mal liebte und immer lieben würde. Ein Blick in diesen Sturm hatte gereicht, um mir das klar zu machen.

»Wie kannst du so was tun! Nimm deine Pfoten da weg!« Ich schlug die Hand von diesem gruseligen, dürren Riesen mit einem Glasauge von Igors Nacken, zückte ein Taschentuch aus der Tasche meines Kleides und fing an, Igors Gesicht abzutupfen, der nur haltlos vor sich hin schluchzte, wie ein kleines, dickes, übergroßes Baby.

»Äh, Boss?«, fragte einer von ihnen.

Aber *der Boss* zischte nur: »Raus!« Immer noch, ohne mich aus den Augen zu lassen.

»Boss?«, fragte erneut einer seiner Leute, diesmal der Riese mit dem Glasauge, der mich entfernt an eine Gottesanbeterin erinnerte. Aber Kristov warf ihm nur einen derart aussagekräftigen Blick zu, dass dieser sofort verstummte und alle förmlich aus dem Raum flohen.

»Shhh, es wird alles gut, beruhige dich«, wisperte ich und tupfte vorsichtig das Blut weg. Mir war klar, dass Igor in ein Krankenhaus musste, doch ich war wie gelähmt, denn *er* stand über mir, während sein Blick sich förmlich in mich zu brennen schien.

Igor betete auf Russisch vor sich dahin, völlig in einer anderen Welt gefangen, und wippte vor und zurück, vor und zurück. Es brachte so nichts, er musste ins Krankenhaus. Kristov Romanov immer noch ignorierend, wollte ich mir Igors fleischigen Arm um die Schulter legen und ihm aufhelfen.

»Das wirst du nicht tun, Elina!«, meinte Kristov ruhig.

Igor fing wieder an, haltlos zu schluchzen. »Nein, bitte!«, und wollte sich auf mich werfen, um mich zu umarmen, doch Kristov trat ihm einfach ins Gesicht, sodass der ältere Mann umkippte.

»SPINNST DU!«, brüllte ich ihn an. Doch bevor ich mich über den wild keuchenden, schluchzenden, jammernden Igor beugen konnte, packte eine mir allzu bekannte Hand mich am Oberarm und zog mich ruckartig auf die Beine.

»Du hast da unten nichts zu suchen!«, knurrte mich Kristov an. Er war so nah, sein unvergleichlicher Duft strömte ungehindert auf mich ein – er benutzte dasselbe Parfum wie damals. In seinen Augen tobte der Sturm, aber sie waren *anders,* als sie damals gewesen waren. *Tot.*

Ich erschauerte, als ich seinen Blick erwiderte ich und wisperte: »Lass mich los, Kristov!« Ich konnte einfach nicht lauter reden, fühlte mich wie eine verschreckte Maus, aber seine Nähe war zu überwältigend, seine Berührung allein setzte meine Haut in Brand. Er ließ mich sofort los, mit mahlendem Kiefer, und trat einen Schritt zurück.

»Was willst du hier?«

Ich nahm all meinen Mut zusammen, ballte die Hände zu Fäusten und brüllte ihn an. »Ich sage es dir noch mal, lass ihn in Ruhe, lass ihn gehen!«

Amusiert schüttelte er den Kopf. Na super! Und dann glitt sein Blick über meinen Körper, von oben nach unten und wieder zurück, als hätten wir uns woanders getroffen. In einem Club, vielleicht im Kino oder irgendwo auf der Straße und nicht in diesem abgefuckten Keller mit diesem blutigen Mann am Boden.

»Du siehst umwerfend aus«, raunte er, als wäre er soeben nicht im Begriff gewesen, ein unschuldiges Leben auszulöschen.

War er jetzt komplett irre?

»Und du bist völlig wahnsinnig! Wie kannst du so was mit einem unschuldigen Menschen tun!«

»Unschuldig!« Hart und humorlos lachte er auf. Mit einem Mal ging er neben dem blutigen Fleischhaufen in die Hocke, packte dessen wenige Haare, zog ihn hoch auf die Knie und zwang Igor, mich anzusehen. Er brachte sein perfektes Gesicht an das seines Opfers und funkelte mich an. Wie das Raubtier kurz vor dem Sprung forderte er leise von Igor: »Sag es ihr! Sag ihr, was du getan hast!«

Igor wimmerte, Kristov packte ihn fester. »SAG ES IHR ODER ICH MACHE DASSELBE MIT DEINEN KINDERN!«

Ich wollte gerade wieder dazwischen gehen, da krächzte Igor heiser: »Ich … ich brauchte das Geld. Und … sie haben nichts davon gemerkt. Ich habe sie unter Drogen gesetzt, bevor die Freier kamen. Ich … ich … Sie haben nichts gemerkt!« Ich keuchte auf und spürte, wie das Blut meine Wangen verließ. Kristov sah mich geduldig an, doch ein leichter Schmerz hatte sich in seine Augen geschlichen, etwas, das ihn ein wenig wie meinen alten Kristov aussehen ließ. Der Ausdruck in seinem Blick war weicher, fast mitfühlend.

Kaum hörbar wisperte ich: »Wer?«, schon von einer bösen Vorahnung beschlichen.

Kristovs Gesicht verhärtete sich. Er ließ den Mann los, schleuderte ihn förmlich wieder in den Dreck und stand auf. Dann sah er mich an, mit diesen neuen eiskalten Augen, zog seine schwarz glänzende Waffe aus einem Brustholster unter seinem Jackett und meinte: »Kinder, Elina! Nicht jedes Monster sieht wie eines aus!« Und somit schoss er Igor oder dem, was von ihm noch übrig war, direkt in die Stirn.

4. Death inside

»Eli, was ist da unten in dem Keller passiert?«, fragte mich Heath zum dritten Mal, doch ich starrte nur nach draußen, während die Stadt an uns vorbeizog. Wie die Male davor antwortete ich nicht. Ich war leer, ausgelaugt, völlig erschöpft.

Vielleicht war ich immer noch so naiv wie früher, aber das hätte ich niemals von dem netten, lustigen, so gastfreundlichen Igor gedacht. Und von Kristov auch nicht. So kaltblütig, so abgestumpft, so berechnend. Er hatte mir Angst gemacht. Richtige Angst.

Aber nicht, als er mir danach vorsichtig, fast sanft, den Arm um die Schulter gelegt und mich nach oben an seinen Männern vorbeigeführt hatte. Ich hatte nichts mehr gesagt, stattdessen war ich fast blind vor unvergossenen Tränen und Schock neben ihm her gestolpert. Wenn er mich nicht gehalten hätte, wäre ich zusammengebrochen.

Es hatte sich erst wieder was in mir geregt, als ich Heath im Restaurant sitzen sah. So wunderbar normal, in seinem weißen Hemd und seiner Anzughose, seiner akkuraten Frisur, kam er mir vor wie der einzig sichere Hafen. Zwar angepisst

auf mich wartend, aber er war da!
Sofort hatte ich mich von Kristov losgemacht und war zu Heath gelaufen, hatte mich wortlos in dessen Arme geworfen und Kristov verängstigt angesehen. Dieser hatte sich mit Heath ein stummes Duell geliefert, der gar nicht wusste, was abging, aber der sehr genau mein Zittern spürte.

»Fahr sie, wo auch immer sie hin will«, hatte Kristov einem seiner Männer befohlen, ohne mich aus den Augen zu lassen, und sich zu mir vorgebeugt. Ich hatte sofort die Lider geschlossen, als sein Duft auf mich einströmte.

»Es tut mir leid, Elina!«, hatte er mir zu gewispert und dann meine Stirn geküsst. Ich war an ihn gesunken, automatisch, weil … weil es immer nur ihn gegeben hatte, ihn und sonst keinen!

Immer wieder Kristov Romanov!

Doch er hatte sich umgedreht und war gegangen. Er war gegangen und hatte mich einfach stehen lassen, ohne noch einmal zurückzublicken.

Ich sollte nicht so empfinden, aber ich wollte ihm hinterher, ich wollte ihm so vieles sagen, ihn so vieles fragen. Ich wollte … wollte doch nur …

»Eli!« Heath nahm mein Kinn und zwang mich, ihn anzusehen. Als ich in das klare Grün seiner Augen schaute, beobachtet von dem Gruseltyp, der die Limousine fuhr, riss es mich aus meinen Erinnerungen.

»Ja, Heath?«, fragte ich leise, und mir fiel auf, wie einfach sein Name über meine Lippen kam, wie unbeschwert sein Klang war, wie gern ich ihn sagte und wie leicht es wäre, ihn bis an den Rest meines Lebens zu sagen, wenn momentan auch etwas tonlos. Er schaute mich gequält an und wirkte dabei unsagbar schön. Verdammt, was war nur los mit mir? Wieso hatte ich zuvor nie bemerkt, dass er so attraktiv war? Wieso hatte ich in ihm immer nur den Nerd gesehen?

Eine winzige Sekunde stellte ich mir vor, wie es wäre, mich einfach vorzubeugen und meinen Mund auf seinen zu drücken.

»Wer war das, Eli? Wieso kannte er deinen Namen und wieso küsst er dich einfach?«

»Das war Kristov Romanov«, wisperte ich kaum hörbar und spürte dabei den stechenden Blick des Einäugigen auf mir, während ich wieder nach draußen sah.

Kristov Romanov – einer der mächtigsten Männer der Welt, Mafiaboss und eiskalter Killer – machte nie, was man von ihm erwartete.

Natürlich nicht.

Er hatte nicht einmal auf den Brief geantwortet, den ich ihm geschrieben hatte. Vor so vielen Jahren, mit so vielen Hoffnungen. Er hatte es ihn eiskalt ignoriert, hatte mich eiskalt, wie nur er sein konnte, aus seinem Leben gestrichen.

Kristov Romanov hatte zwei Seiten. Die eine war kalt wie Eis, die andere heiß wie Feuer, und ich hatte mich an ihm verbrannt. Die Brandnarben hatten sich tief in mich gefressen, hatten mich für immer gezeichnet und mich nie wieder einen anderen wirklich lieben lassen. Nie wieder hatte ich mich einem Mann so öffnen können wie diesem dunklen Dämon, diesem Biest, das sich niemals in den schönen Prinzen verwandelt hatte. Wir hatten kein *Glücklich bis an unser Lebensende bekommen*, nein, nur ein *Ich verzehre mich jedem*

Tag nach ihm, ich träume jede Nacht von ihm und doch weiß ich, dass er für alle Zeit verloren ist.

»Romanov, der Name sagt mir was. Die Romanovs waren die mächtigste Familie in Russland.« Heaths grübelnde Stimme riss mich aus meinen Gedanken. »Sie sind die direkten Nachfahren von Katharina der Großen. Viele sagen, alle wurden ermordet, aber Verschwörungstheoretiker munkeln, es haben einige überlebt.« Ich musste schwach über Heathipedia lächeln, wie ich ihn manchmal nannte, denn er wusste einfach immer alles. Ich wandte mein Gesicht wieder Heath zu, während er da so unwissend von allem seine Vermutungen anstellte.

»Außerdem ist er Boss der russischen Mafia.« Der Fahrer verriss kurz das Lenkrad, sodass wir beinahe von der Straße abkamen. Sein Gesicht war weiß geworden. Oh, oh. Ich senkte meine Stimme und beugte mich zu Heath, hieß seinen klaren Duft nach frischer Dusche und Rasierwasser willkommen und ließ ihn die Ereignisse dieses Abends wegwaschen, so gut es geben ging. »Aber reden wir später weiter!«, wisperte ich ihm zu und nickte nach vorn.

»Okay!«, flüsterte er zurück, sich der lauernden Gefahr sehr wohl bewusst, und versteifte sich am ganzen Körper, als wäre er bereit, einen Angriff abzuwehren. Ich lehnte meinen Kopf an seine Schulter und schloss die Augen. Er ließ es zu, und ich spürte, wie er seine Wange nach leichtem Zögern vorsichtig auf mein Haar legte. Heaths Nähe war Balsam für meine Seele. Mit ihm würde ich vergessen, was heute geschehen war, und mich nur auf das konzentrieren, weswegen wir hier waren! Nur auf das und sonst nichts! Das schwor ich mir und driftete in einen unruhigen Schlaf, in dem mich, wie nicht anders erwartet, sturmgraue Augen verfolgten, aber nun so eiskalt und tödlich wie noch niemals zuvor – und leider absolut unvergesslich.

5. Unforgottable

Kristov Romanov

Mit kalten Augen beobachtete ich den Mann in dem Anzug, der sich winselnd vor dem lodernden Kamin zusammenkrümmte. Ich nickte knapp, und ein weiterer Finger wurde ihm von Sergej – meinem besten Mann – gebrochen. Einem Mann, der genauso wenig sprach wie ich und mit dem ich mich dennoch oder gerade deswegen hervorragend verstand.

»Also«, hob Sergej erneut an. »Behauptest du immer noch, es nicht gewesen zu sein? Behauptest du immer noch, Igor war es allein?«

»*Nein*!«, jammerte der Kerl. »Ich war es wirklich nicht, bitte! Es war Antonov! *Bitte*!« Ahhh, endlich hatte der Vogel gezwitschert, wenn auch nur die halbe Wahrheit. Ich nickte erneut. Sein Knie musste als Nächstes dran glauben. Sergej war so verdammt gut in dem, was er tat, und es brachte mir eine gewisse Art von Befriedigung, zu sehen, wie die Maske fiel, wie das Überhebliche einfach weggewischt wurde, wie aus diesem gottverdammten Monster, das so vielen Menschen

Leid angetan hatte, das *sich an Kindern vergriffen hatte,* ein Opfer wurde, ein winselndes Häufchen Elend und schließlich nichts weiter als ein kalter Körper, dem keiner nachtrauern würde.

Ja.

Es tat wirklich gut.

So verdammt gut.

Es lenkte mich ab, wenn auch nur kurzzeitig.

»Haben sie auch so gebrüllt?«, fragte Sergej mit funkelnden kalten Augen – zumindest mit dem verbliebenen, das andere war starr und weiß – und brach ihm das andere Knie mit einem lauten durchdringenden Knacken. Fast lächelte ich, doch sobald meine Mundwinkel nach oben zuckten, erstarrte ich innerlich. Zu lächeln fühlte sich falsch an. Ich lächelte nicht mehr seit sieben verdammten Jahren. Denn mit ihr war alles gegangen, was es wert gewesen wäre, Glück zu empfinden. Befriedigung. Was es wert gewesen war zu leben, richtig zu leben.

Zurückgelassen hatte sie eine kalte Hülle.

Der es nichts ausmachte, im nächsten Moment von feinen Spritzern warmen Blutes getränkt zu werden. Ohne jegliche Eile holte ich mein Taschentuch heraus, wischte mir damit über das Gesicht, tupfte meine graue Weste und mein weißes Hemd ab, beugte mich schließlich nach vorn, bettete meine Handgelenke auf meine locker gespreizten Knie und nahm dieses Stück Dreck vor mir ins Visier. Er zuckte allein schon vor meiner Nähe zurück. Sergej wusste sofort, was er tun musste, und auch Sascha reagierte. Sie packten den Kerl an den Schultern, hoben ihn auf die gebrochenen Knie –

weswegen das Gebrüll noch lauter wurde –, und Sergej riss ihm an seinen kurzen Haaren den Kopf zurück, sodass dieser Abschaum vor mir ansehen musste, wie ich auf dem Sessel über ihm aufragte und ihn genauestens musterte wie eine Ratte auf dem Seziertisch. Seine Lider fielen immer wieder zu. Blut rann aus etlichen Wunden, vor allem aus seiner Nase, während sein hässliches Gesicht bereits anschwoll. Er flehte. Das taten sie alle …

»Bitte, ich wusste nicht … bitte … ich konnte nicht anders! Bitte, habt Erbarmen!«

»Erbarmen bekommen die, die es verdient haben«, meinte ich sehr ruhig und sehr leise. »Erbarmen bekommen die, die es selber kennen.«

Somit stand ich auf und verließ den Raum.

Sergej wusste, was zu tun war, und ich musste mir den Rest nicht mehr mit ansehen. Denn ich hatte, was ich wollte; ich kannte nun den verdammten Namen des Mannes, der für so viel Leid und Elend verantwortlich war in meiner Organisation!

Hinter meinem Rücken!

Dafür würde er büßen!

Und ich wusste auch schon genau wie! Und wo!

In einem mir allzu bekannten Club!

***

Einmal die Woche suchte ich diesen Club auf, vor allem, um nach dem Rechten zu sehen, aber auch, um einfach ein wenig zu entspannen. Ich fickte nur hier – immer eine derselben bestimmten Damen, die allein für mich reserviert waren, und nur von hinten. Doch heute würde ich den Laden aus einem anderen Grund besuchen.

Ich nahm den Laden komplett auseinander.

Ehrlich gesagt konnte ich es irgendwie nicht glauben.

Von Antonov hätte ich nicht gedacht, dass er – wie dieser schleimige Igor – Kinder zur Prostitution zwang, dass er sie den Armen der Eltern entriss und eine eigene kleine Organisation innerhalb meiner gegründet hatte.

Vor sieben Jahren hatte ich alles eher unfreiwillig von meinem Vater geerbt, mit all den guten und all den schlechten Seiten, und ja, ich hatte versucht, etwas zu ändern, hatte versucht, die wahren Monster auszumerzen, aber es war so gut wie unmöglich. Ich tötete einen und es standen sofort zwei neue zur Stelle – angetrieben von Raffgier. Ohne jegliches Gewissen, ohne Seele, ohne den geringsten Funken Menschlichkeit in sich. Ich war immer wieder erschüttert – tief in mir, sichtbar für niemanden. Vor allem, wenn einige meiner besten Männer in Wahrheit solche Monster waren und so etwas taten. Sogar ich konnte mich also noch in den Leuten täuschen, obwohl ich mir auf die Fahnen geschrieben hatte, dass ein Blick reichte, um zu wissen, wen ich vor mir hatte.

Monster oder Heiligen.

Es gab zu viele Monster in meinem Leben, die sich perfekt als Heilige tarnten – das hatte ich bitter erkennen müssen. *Ich würde sie alle finden und beseitigen. Ich würde nicht eher ruhen, bis alle tot waren!* Trocken lachte ich auf. Das hatte ich vor Jahren beschlossen und versagt. Gründlich. Und das war ein paar Kinderseelen teuer zu stehen gekommen.

Unschuldige Kinder!

Bljid nachuj!

Wie konnten die Menschen so was tun?

»Boss?« Sergej sprach mich an. Er war riesig und dürr, aber flink und unsagbar gefährlich. Außerdem hatte er ein Glasauge, was ihm einen echt gespenstischen Touch verlieh, aber das passte zu seinen Aufgaben als meine rechte Hand. Ich hatte ihn, als er noch fast ein Kind gewesen war, aus der größten Scheiße geholt. Seitdem war er mir treu ergeben. Er war das, was für mich Familie am nächsten kam. Er wäre für mich gestorben und ich für ihn.

Ich löste meinen Blick von der vorbeirauschenden dunklen Stadt, in er so viele widerliche Ratten lebten, in der es so viel Leid und Elend gab, die jedoch auch mir gehörte, und sah ihn an.

»Es ist nicht deine Schuld«, meinte er und sein Glasauge starrte mich wissend an.

Ich biss die Zähne aufeinander und nahm noch einen Schluck von meinem Wasser. Eine Antwort sparte ich mir, denn wir beide kannten die Wahrheit.

Natürlich war es nicht meine Schuld. Aber es passierte trotzdem, und machte mich krank!

Ich hatte versagt, und ich hasste es zu versagen!

So, wie ich bei *ihr* versagt hatte!

Und ich hasste es zu verlieren!

So, wie ich sie verloren hatte!

Den einzigen Menschen, der meine Schale geknackt hatte, der die Wolken, seitdem meine Mutter gestorben war, zur Seite geschoben und wieder Sonnenschein in mein Leben gebracht hatte! Den einzigen Menschen, den ich jemals wirklich geliebt hatte und für den ich alles getan hätte.

Und ich hasste mich vor allem selbst jeden Tag ein bisschen mehr dafür, dass ich ihr nicht hinterhergereist war, dass ich sie nicht zurückgeholt oder wenigstens den beschissenen Brief gelesen hatte, den sie mir einen Monat, nachdem ihr Vater da gewesen war, um sie wegzubringen, geschickt hatte. Ungeöffnet hatte ich ihn in die lodernden Flammen meines Kamins geschmissen, denn tief in mir hatte ich gewusst: Ohne mich war sie besser dran.

Was sollte so eine Frau wie Elina Wrangler auch mit mir? So ein reines unschuldiges Wesen mit einem skrupellosen Killer, und nach dem Tod meines Vaters auch Boss der größten Mafiaorganisationen Russlands?

Die Ratten verfolgten mich. Sie wollten mich alle bei lebendigem Leib auffressen, um an meinen Platz zu kommen oder um wenigstens ein Stück von meinem Einfluss und der Macht zu erlangen.

Ich hätte ihnen am liebsten alles kampflos überlassen.

Aber ich wusste, mein Vater hätte es nicht gewollt. Er hatte mich dafür ausgebildet, keine Gefühle zuzulassen, in anderen zu lesen, wie in einem Buch, und ihnen immer einen Schritt voraus zu sein. Jedes Wort von ihm, jede Lektion, die er mir beigebracht hatte, hatte einem Zweck gedient: Dass ich besser, kälter und raffinierter wurde als alle anderen. Dass ich das hier übernahm, ohne jemals wieder gestürzt werden zu können. Dass ich der Stärkste von allen war. Und es war ihm geglückt.

Außerdem gab es noch einen weiteren Punkt, der mich dazu brachte, nicht aufzugeben und die Zügel in die Hand zu nehmen. Ohne meinen Einfluss würde es noch schlimmer werden. Noch mehr Menschen würden leiden. Und wenn ich Elina Wrangler eines schuldig war, dann, ein besserer Mann zu sein als diese Monster. Ich wollte kein Biest sein, ich wollte ihrer würdig sein. Damit, wenn ich sie vielleicht irgendwann wiedersehen würde, ich ihr in die Augen blicken könnte und wüsste: *Ich habe sie verdient. Ich und sonst niemand!*

Dann würde ich sie mir nehmen und sie nie wieder gehen lassen! Koste es, was es wolle!

Okay, als ich sie vorhin bei Igor wiedergetroffen hatte, hätte ich vielleicht nicht ganz so radikal vorgehen sollen. Aber ihr musste klar werden, wozu ich fähig war; ihr musste klar werden, dass die Welt nicht so rein und wunderbar war, wie sie annahm. Ihr musste klar werden, dass es da eine dunkle Seite in mir gab. Sie musste die Wahrheit kennen, bevor sie überlegte, sich noch mal auf mich einzulassen. Es war eine Kurzschlusshandlung, als ich dieses unbändige Vertrauen in ihren Augen gesehen hatte. In dem Moment musste ich handeln, sie von mir stoßen, ihr das wahre Biest zeigen … Aber ab morgen würde sich alles ändern. Ab morgen würde ich der Mann sein, der sie verdiente! Ab morgen würde mein neues Leben beginnen!

Denn ich konnte mich einfach nicht mehr von ihr fernhalten. Ich war nicht stark genug. Gegen alles und jeden konnte ich kämpfen, aber nicht gegen die Anziehung, die diese Frau auf mich ausübte. Niemals!

6. Lessons

Eli

Am nächsten Morgen lag ich in Heaths Zimmer auf seinem Bett – das Fenster sperrangelweit offen, weil es schon um acht Uhr brütend heiß war – und wartete darauf, dass ich nach einer verschwitzten Nacht endlich duschen konnte, bevor wir zur Probe fuhren, während ich mit der wichtigsten Person in meinem Leben telefonierte.

Die Ereignisse von gestern hatte ich in eine Schublade gepackt und versucht zu vergessen. Es war nicht das erste Mal, dass ich mit angesehen hatte, wie jemand sterben musste. Damals war es ein kleiner Junge gewesen. Blond, blauäugig, unsagbar süß und gerade mal sieben Jahre alt. Ich hatte ihn in den Armen gehalten, als er starb. Das war die dunkelste Zeit in meinem Leben gewesen, das war meine Recherchezeit. Der Junge hieß Boris und er hatte nie eine Chance gehabt. Er war ein sogenanntes »Krokodilkind«. Von seinen eigenen Eltern verkauft, um diese schreckliche Droge herzustellen. Ich hatte vorgehabt, ihn mit nach Deutschland zu nehmen, ihn rauszuholen, hatte aber versagt. Sein »Besitzer« war mir auf die Schliche gekommen, was der Kleine mit dem Leben bezahlt hatte. Direkt vor mir hatte er ihn erschossen, als wäre das Kind nichts weiter, als ein lästiges Insekt. Ich hatte ihm nicht helfen können und war nur deshalb heil rausgekommen, weil einer seiner eigenen Männer mich gerettet hatte. Die Bilder von dem kleinen röchelnden Jungen, dessen Lunge sich langsam mit Blut füllte, verfolgten mich bis heute. Sie hatten mich mit einem Schlag ernüchtert, erwachsen werden lassen, zerstört und gleichzeitig abgehärtet, dachte ich zumindest. Dass Kristov in meinem Beisein jemanden umgebracht hatte, hatte alles wieder nach oben gebracht. Früher hätte er so etwas nie getan, okay, vielleicht schon, aber niemals vor mir! Jetzt hatte er ohne zu zögern ein Leben beendet, als wäre es nichts wert, als wäre auch er innerlich tot. Er hatte jemanden umgebracht, den ich supernett gefunden, dem ich sogar so etwas wie kindliche Gefühle einem Vater gegenüber entgegengebracht hatte, und der nur ein weiteres Monster dieses Planeten mit einem netten Lächeln gewesen war. Wie konnte ich mich nur immer wieder so täuschen?

Das gestern war ein weiterer Punkt auf der Liste dessen gewesen, was mich bis an mein Lebensende verfolgen würde. Wie die Kugel sich durch Igors Gehirnwindungen gebohrt und sein Leben für immer ausgelöscht hatte. Wenn er ein Kinderschänder gewesen war, dann hatte er es verdient! Absolut! Es war grausam, aber wahr! Keiner durfte Kindern so etwas antun! Sie waren das kostbarste Gut dieser Menschheit. Kristov hatte wie immer absolut skrupellos, aber richtig gehandelt!

Trotzdem hatte ich letzte Nacht kein Auge zugemacht.

»Und? Wie ist Moskau so? Riecht es da nach Knoblauch?«, fragte meine ganz persönliche Sonne kichernd und riss mich aus den düstersten Orten, die es in mir gab. Erleichtert verdrehte ich die Augen. Ich konnte mir genau vorstellen, wie sie mit ihren Hasenzähnen, die nur teilweise vorhanden waren, vor sich hin gackerte und musste auch lächeln.

»Das hat Opa zu dir gesagt, oder?«

»Nenn mich nicht Opa, das hört sich so verschissen alt an!«, schrie der besagte Opa, der wirklich alles andere war als das, im Hintergrund, weil der Lautsprecher an war, damit Mum und Dad das Gespräch auch mitverfolgen konnten.

»Es ist unsagbar heiß, aber sehr aufregend hier. Der Rote Platz ist wirklich wunderschön, besonders bei Nacht. Und die Russen sind, entgegengesetzt zu dem, was dein *Opa*«, ich betonte das Wort und hörte förmlich, wie mein Vater die Augen verdrehte, »dir erzählt hat, sehr nett und gastfreundlich!«

»Habt ihr schon getanzt?«, fragte sie aufgeregt, sicherlich mit riesigen sturmgrauen und wahnsinnig seltenen Augen. Ich seufzte.

»Nein, mein Schatz, heute ist die Generalprobe.«

»Wirst du dann mit Onkel Heath tanzen?«

Ich wurde knallrot. »Ja, das weißt du doch, Baby. Ich tanze immer mit Onkel Heath.«

»Wird er dich auch küssen?« In diesem Moment ging die Badtür auf und Heath kam in nichts weiter als schwarzen Calvin-Klein-Shorts und ohne Brille ins Zimmer geschlendert.

Oh du meine Güte! Die Temperatur nahm trotz des geöffneten Fensters um gefühlte zehn Grad zu, während meine Augen diesem perfekten, noch leicht feuchten, haarlosen V genau auf meiner Sichthöhe folgten.

»Nein, das wird er nicht!«, wisperte ich meiner Tochter zu, die aufgeregt vor sich hin kicherte.

»Also ich will schon, dass er mich küsst! Heath hat sooo schöne Lippen, wie der Prinz beim Froschkönig!«

»Heath hat also Froschlippen?«, fragte ich *etwas* abgelenkt, weil er sich gerade ein Unterhemd überstreifte. Meine Güte, wie konnte es nur so sexy sein, wenn sich ein Mann anzog? War das nicht eigentlich erst sexy, wenn er die Hüllen fallen ließ? Mit gerunzelter Stirn und einer erhobenen Augenbraue legte Heath den Kopf schief.

»Ich habe Froschlippen?«, fragte er leise, und ich lachte auf.

»Ja! Laut Lili hast du das!«

»Ist Heath da?«, fragte sie, sofort ganz Feuer und Flamme, und ich konnte förmlich sehen, wie ihre sonst so blassen Wangen – sie wurde einfach nicht braun, obwohl sie pechschwarzes Haar schon seit der Geburt besaß und ich eigentlich sehr schnell Farbe bekam – knallrot wurden.

»Ja, dein Heath ist da, willst du ihn sprechen?«

»Mama! Was ist das denn bitte für eine Frage?«

Ich lachte leise und hielt Heath das Handy hin. »Da! Deine naseweise Verehrerin!«

»Na wenigstens eine!«, meinte er, setzte sich neben mich aufs Bett und nahm das Smartphone mit einem »Hi Prinzessin« entgegen. Ich hörte ihr aufgeregtes Gebrabbel noch gedämpft, nahm meine Sachen und ging ins Bad. »Sag ihr, dass ich sie ganz doll lieb hab!«, rief ich ihm noch zu. »Und dass ich später noch mal anrufen werde, und sag ihr, sie soll *Opa* und Oma nicht ärgern!«

»Das hab ich gehört, du Ausgeburt des Teufels!«, brüllte Dad durchs Zimmer, weil Heath auch den Lautsprecher angemacht haben musste. Ich lachte, zog mich aus und stieg unter die erfrischende Dusche, in der es noch mehr als wunderbar roch.

***

Als ich mich nach einer Nacht, in der ich mich nur umhergeworfen und geschwitzt hatte, endlich wieder wie ein Mensch fühlte, schlang ich mir das Handtuch um den Körper und ging in nichts weiter rüber in mein Zimmer. Heath war mittlerweile fertig mit Telefonieren und saß wieder an seinem Laptop. Diesmal sah er mich nicht mehr an, als ich sagte: »Ich zieh mich noch schnell an, dann können wir los. Kannst du unsere Terroristen aktivieren?«

»Aye«, meinte er nur locker und haute dabei weiter auf die Tasten. Ich kicherte. Er sagte das öfter, weil er genau wusste, dass ich eine Schottenmacke und Dianas Gabaldons Outlander-Saga ungefähr 500 Mal gelesen hatte.

Mit nur einem Wort war er in der Lage, mich jeden Scheiß vergessen zu lassen. Immer noch lächelnd lief ich über den Flur, kämpfte mit meiner Tür, trat ein und blieb wie angewurzelt stehen.

Denn am Fenster, mit dem Rücken zu mir, groß, mächtig

und imposant in seinem schwarzen Anzug, stand *er*!
Oh mein Gott!

***

Mit bis in meinen Hals pochendem Herzen schloss ich die Tür hinter mir und starrte ihn an. Einige Sekunden brauchte ich, um mit dem Kribbeln klar zu kommen, das sofort jede einzelne Zelle meines Körpers flutete. Er war hier, in meinem Zimmer, wir waren allein!

Ich war endlich wieder allein mit Kristov Romanov.

Und er war zu mir gekommen!

Er war hier, in diesem winzigen Kabuff!

Bei mir!

Einfach so!

Ich räusperte mich. Er drehte sich nicht um, weil er wahrscheinlich schon längst wusste, dass ich da war, also fragte ich schließlich leise, während ich das Handtuch fest vor meinen Brüsten zusammenhielt: »Was tust du hier?«, und wappnete mich für den Moment, wenn dieser so intensive, sturmgraue Blick wieder auf mich treffen und mich in Brand setzen würde.

Doch er drehte sich immer noch nicht zu mir. Mit hinter dem Rücken verschränkten Händen fragte er nur ganz leicht angespannt: »Wer ist er?«, und ich verdrehte die Augen. Wir hatten uns Jahre nicht gesehen, nicht miteinander gesprochen, gar nichts miteinander zu tun gehabt, und das war das Einzige, was ihn interessierte? Wieso wunderte mich das nicht?

»Äh, ich wüsste nicht, was dich das angeht, Mister von und zu Mysteriös.«

Jetzt drehte er sich zu mir um, und ich hätte fast aufgekeucht, als ich in sein Gesicht sah. Es war nicht nur perfekt, nein, der Ausdruck darin war wütend, und sein Blick, mit dem er meinen nur in einem Handtuch bekleideten Körper fixierte, stechend.

»Spiel nicht mit mir, Elina! Nicht in dieser Hinsicht!« Japp, nur er besaß die Frechheit, mich ständig bei meinem vollen bescheuerten Namen zu nennen, sonst keiner! Seine Stimme war so leise, so sanft, und dabei so verdammt gefährlich, dass sie sich anhörte wie ein Lied – ein warnendes Lied. Ein Lied, das von deinem baldigen Untergang erzählt, nämlich dann, wenn er das Biest frei lässt, das er gerade noch an einer Kette zurückhält.

»Ich spiele nicht mit dir! Ich weiß nur nicht, wieso ich dir auf die neugierige Nase binden sollte, wer *er* ist!«, blaffte ich ihn an. Keine Ahnung, woher ich den Mut nahm. Vermutlich weil ich instinktiv wusste, dass sein Biest, dass *er* mich nie verletzen würde, egal, was er gestern auch getan hatte. Egal, welche dunklen Abgründe ich in dem Mann gesehen hatte, den ich liebte. Ja, ich tat es immer noch. Traurig, aber wahr. Sonst hätte es sich nicht so angefühlt, als würde mir mein Herz jeden Moment aus dem Hals und direkt zu ihm springen. Verräterteil!

»Was willst du eigentlich hier? Willst du mich wieder kidnappen und auf deine Burg verschleppen?«, fragte ich. Dabei versuchte ich, völlig cool zu bleiben, ging zu meinen Einkaufstüten und kramte nach meinen Sachen, mir sehr wohl darüber bewusst, dass er jede meiner Bewegungen genau beobachtete.

»Gute Idee.« Ich ließ die Klamotten schockiert fallen, die ich gerade rausgesucht hatte, und schaute ihn genauso an. Doch er grinste ziemlich teuflisch, und ich atmete tief aus. Puh, er würde mich nicht wieder verschleppen, wie freundlich von dem Penner! Denn ich wusste, dass Heath mich gesucht und gefunden hätte, und dann wäre er … Ich konnte gar nicht daran denken! Gleichzeitig schlug mein doofes Herz mal wieder schneller »Und dir würde es gefallen, wenn ich dich mitnehmen und nie wieder freilassen würde. Wenn du für immer in meiner Gewalt wärst«, *raunte* Kristov, und wenn er das tat, war ich hilflos. Ein im Ozean treibendes Boot, ohne jemanden darin, der es steuerte.

»Du kannst dich ruhig dabei anziehen, während wir uns etwas unterhalten. Also, wer ist er?« Locker lehnte er sich mit verschränkten Armen mit dem Hintern ans Fensterbrett, als würde dieses verdammte Hotelzimmer ihm gehören. Ich wollte mich an ihn schmiegen, meine Hände in seine pechschwarzen Haare graben, seinen Kopf zurückziehen, ihm in diese wahnsinnig einnehmenden Augen sehen und ihn küssen. Einfach meine Lippen auf seine pressen, sein überraschtes, aber heiseres Stöhnen hören und … *Elina, du Dummkuh! Was haben wir uns damals geschworen? Nie wieder wahre Gefühle, nie wieder einen Mann an deiner Seite, nie wieder irgendjemand, der dich so verletzen kann, wie genau* er *es getan hat!*

Mein Unterbewusstsein zeigte anklagend auf den wunderschönen Mafiaboss, der mich allzu wissend musterte. *Mafiaboss*, und da fiel mir wieder etwas ein, etwas, das mir unsagbar leidtat. Mir trieb es sofort die Tränen in die Augen, als ich daran dachte. Ich hob die Kleidung wieder auf, presste sie an meine Brust und wisperte: »Das mit deinem Vater tut mir leid!«

Sein Lächeln fiel in sich zusammen, und seine Augen, seine sonst so eiskalten Augen, schrien mich eine Sekunde vor Schmerz an und erinnerten mich an Edvard Munchs *Der Schrei.* Doch schon zogen die echten Gefühle wieder vorbei und machten seiner Mauer Platz. Er schluckte sichtbar, senkte den Blick und murmelte: »Ja, mir auch.«

»Ich weiß, du wolltest es nie, dieses Leben! Und doch sitzt du hier und bist das Oberhaupt der Mafia. Wieso, Kristov, wieso hast du nicht einfach Nein gesagt?« *Und bist stattdessen zu mir gekommen. Ich habe auf dich gewartet! Jeden verdammten Tag habe ich auf dich gewartet!* Fast hätte ich ihm das entgegengebrüllt.

Er schüttelte schnaubend den Kopf. »Da bin ich hier, um eine einfache Sache zu erfahren, und sie macht daraus ein Kreuzverhör. Weißt du, was ich mit einem meiner Männer für diese Frechheit tun würde?« Nun sah er mich wieder an, ruhig und doch so warnend, mit hochgezogener Augenbraue. Ich klammerte mich fester an meine Sachen und schaute ihn störrisch an.

»Ich bin nicht einer deiner Männer! Ich gehöre dir nicht!«*… mehr, und daran bist nur* du *schuld! Du ganz allein!*

»Nein, das bist du wirklich nicht.« Er legte den Kopf schief und blickfickte mich eindeutig genüsslich. Einerseits holperte und polterte mein Herz los, weil das hier mein verspielter Kristov von früher war, mit dem man so unsagbar Spaß haben konnte und der unsagbar heiß und gleichermaßen dreckig war, aber gleichzeitig wusste ich, spätestens seit gestern, sehr gut, wozu er fähig war. Außerdem hatte ich auch nicht vergessen, was er mir damals angetan hatte. Das würde ich nie! Das durfte ich nie!

Also presste ich die Lippen aufeinander und meinte ruhig: »Ich muss mich jetzt fertigmachen.«

»Mach doch!« Er zuckte mit den Schultern und schaute mich herausfordernd an. »Ich gehe erst, wenn ich erfahren habe, wer der Päderast ist!«

»Erstens«, knurrte ich um Zurückhaltung ringend, »ist er KEIN Päderast!«

»Aha.«

»Und zweitens geht dich das gar nichts an!« Jetzt war ich lauter geworden, stellte ich schockiert fest, und hoffte, dass Heath es mit seinen verdammten Luchsohren nicht gehört hatte. Auf ein Aufeinandertreffen der beiden konnte ich getrost verzichten!

»Gut!« Mit diesem Wort erhob er sich elegant und hielt seine weinrote Krawatte fest, die ihm ausgezeichnet stand. Lässig schlenderte er zur Tür. »Dann finde ich es selber raus. Sag nicht, ich hätte dich nicht gewarnt, *Miss das geht dich nichts an*!«

»NEIN!« Mit diesem Aufschrei warf ich mich ihm in den Weg. Jetzt war ich am Arsch, denn das hatte mit Sicherheit das ganze Hotel gehört. »Bitte tu ihm nichts!«, flehte ich. »Wenn ich dir jemals was bedeutet habe, dann *bitte,* lass ihn in Ruhe!«

»Ist er dir so wichtig?«, knurrte Kristov mich an. Nun war der Schmerz in seinen Augen absolut unverhohlen, während er auf mich herabblickte, wie ich hier klein und noch ein bisschen feucht, natürlich ausschließlich von der Dusche, vor ihm stand und flehend zu ihm hochschaute. Dann hob er die Hand und strich mir mit den Fingerknöcheln hauchzart über die Wange. Es fühlte sich himmlisch an, so wunderbar intim, so unsagbar spannend, so berauschend, wieder von ihm berührt zu werden. Ich war so schwach, aber ich war immer noch völlig in seinem Bann. Alles in mir drängte danach, sich in seine Arme zu werfen, ihn ganz zu spüren – am besten Haut an Haut.

»Sieh mich nicht so an«, wisperte er. »Ich kann das immer noch nicht ertragen.« Langsam setzte er sich in Bewegung, bis ich in meinem Rücken die Wand spürte, und stützte seinen Arm neben mir ab, seinen Körper nur millimeterweit von meinem entfernt. »Sag mir, wer er ist und was er dir bedeutet«, forderte er sanfter, aber dennoch drängend, und ich erschauerte, als er sich vorbeugte und mit seiner Nase über meine Schläfe fuhr. »Sag es mir, Elina Wrangler.« Verdammt! Er hypnotisierte mich, manipulierte mich, spielte mit mir! Alles in mir wollte ihm gehorchen, und doch wich ich ihm aus, sodass er mich nicht mehr berühren konnte, und schaute ihm fest in die Augen.

»Das geht dich gar nichts an, Kristov Romanov.« Er presste fest die Lippen aufeinander. »Bitte!«, meinte ich heiser, als jemand an der Tür klopfte.

»ELI!«, brüllte Heath und hämmerte so stark, dass die Tür in ihren Angeln wackelte. Ich sah immer noch Kristov an und er mich. Einige Sekunden dachte ich, er würde dieselbe, fast unwiderstehliche Anziehung fühlen, wie ich und hielt den Atem an. Einige Sekunden wünschte ich mir, wir würden einfach nachgeben, und alles andere trat in den Hintergrund. Wir waren ganz allein auf dieser Welt, mein Mafiaboss und ich.

»MACH AUF, VERDAMMT!«, brüllte Heath.

Wir sahen uns immer noch an, bis Kristov die Zähne aufeinanderbiss und leicht den Kopf schüttelte. Dann trat er einen Schritt von mir zurück, gab mich frei. Es war, als hätte er einen Zauber von mir genommen – den Zauber seiner Nähe.

»Ich werde ihm nichts tun, aber ihr werdet mit meiner Limousine euren Erledigungen nachgehen.«

»Du willst doch nur wissen, wo ich bin!«, zischte ich ihm leise zu, und er legte die Hand auf die Klinke.

»Natürlich!« Somit verstrubbelte er mir mit einer Hand die Haare – ich keuchte protestierend und schlug seine Hand weg – und öffnete mit der anderen die Tür.

Mit einigem Entsetzen bemerkte ich viel zu spät, wie diese Situation auf Heath wirken musste. Ich im Handtuch, völlig aufgewühlt und nun auch zerzaust, während Kristov, der Arsch, so tat, als würde er den letzten Hemdknopf schließen – der gar nicht offen gewesen war, verdammt! –, und Heath breit angrinste.

»Also bis später, Süße!« Damit beugte er sich zu mir. Geschlagen schloss ich die Lider, als er einfach seine Lippen auf meine drückte, als wäre das für uns alltäglich, als wäre ich sein und als wäre er mein, so wie wir es uns vor so langer Zeit einmal geschworen hatten. Ich hätte fast geseufzt, denn sein Mund war so weich, warm und perfekt. Sein Mund war dafür geschaffen, mich zu berühren, und sein Duft erst … Obwohl er ein manipulativer Bastard war, konnte ich mich nicht wehren und schmolz sofort dahin. Ich wollte gerade meine Arme um ihn schlingen und zum Zungenangriff übergehen, als er sich schon wieder völlig zufrieden aufrichtete. Heath mit einem lockeren Militärgruß, Hand an die Stirn, grüßte, sich abwandte und einfach davon schlenderte!

Happy, wie nach einer guten Runde Bettsport, elegant und sicher mit einem teuflischen Lächeln auf den perfekten Lippen verschwand er durch den langen Gang, und ich konnte erst meinen Blick von ihm lösen, als er um die Ecke verschwunden war. Ich hob sogar bescheuert eine Hand und legte die Fingerspitzen an meine Lippen, die immer noch wunderbar kribbelten und sich irgendwie *belebt* anfühlten.

Dann fiel mir auf, dass wir nicht allein gewesen waren und dass ich immer noch nicht allein war!

Fuck!

Mit großen Augen drehte ich mein Gesicht Heath zu, meinem Heath, der mich absolut angepisst anstarrte.

»Kein Mann also?«, knurrte er mir zu, und mein Magen zog sich ruckartig zusammen, als hätte er mich geschlagen. So wütend hatte ich den sonst immer lässigen und ausgeglichenen Heath noch *nie* erlebt!

»Ich … ich … er …«

»Nein!« Er hob die Hand und beendete somit mein peinliches Rumgestammel. »Lass es, Eli. Es geht mich *nichts* an! Wir sind ja nicht zusammen und werden es auch nie sein! Ich warte unten!« Somit drehte er sich um und verschwand durch genau denselben langen Gang wie Kristov. Nur nicht frohlockend und grinsend, sondern mit geballten Fäusten und absolut angepisst.

Verdammt!

Kristov Romanov, du Arsch!

7. Dance of Hearts

»Eli, wir fahren mit einer Limousine!« Natascha kam angesprungen wie ein Hüpfball und kriegte sich gar nicht mehr ein, sobald ich mit meiner Tasche um die Schultern hinausgehetzt kam. Ich war ungeschminkt, schon jetzt mit Schweiß überflutet und blieb abrupt stehen, als ich sah, dass Damian, Simon und Dalia bereits in dem ultralangen dunklen Gefährt saßen, das direkt vor der Haustür stand. Mit dem Glasauge als Fahrer, der mich düster angrinste und an seine Chauffeurmütze fasste. Neben der Limousine stand Heath mit verschränkten Armen und sah mich nicht an.

»Darfst du mit einem Auge überhaupt fahren?«, sprach ich unseren Chauffeur einfach auf Deutsch an.

»Ich darf alles, was der Boss erlaubt!«, antwortete er geschmeidig und im besten Deutsch.

»Oh mein Gott, das ist so der Hammer, ich war noch nie in einer Limo! Alter, das ist ja ein ganzes Haus!« Natascha packte mich an der Hand und zog mich völlig verdattert hinter sich her zu dem Auto.

»Hier gibt's sogar Champagner und Häppchen!« Damian

wedelte mit der Flasche, ich sprang zu ihm und riss sie ihm aus den Händen.

»Nicht, bis du 18 bist, mein Lieber!« Dann seufzte ich und drehte mich zu Heath um. Aber er starrte nur die Straße hinab und ignorierte mich. Mit verhärtetem Kiefer und einem kalten Funkeln in den grünen Augen. Er hatte sich offensichtlich nicht mal rasiert, denn ein ungewohnter Drei-Tage-Bart zierte sein Kinn und seine Wangen.

Mann! Ich hatte überhaupt *nichts* getan, und das würde ich ihm schon klarmachen! Später! Jetzt mussten wir uns beeilen, also seufzte ich und fragte ihn: »Fahren wir?«

»Klar!«, meinte er locker, viel zu locker. Immer noch, ohne mich anzusehen. Erneut seufzend schaute ich aus Versehen das breit grinsende Glasauge an, das sich köstlich amüsierte, streckte ihm die Zunge raus und stieg auch ein. Ich nahm zwischen Natascha und Damian Platz, denn Heath hatte sich zwischen Simon und Dalia gesetzt – bloß weit weg von mir! Schon klar!

Die Kids aßen die belegten Häppchen, und schlürften königlich aus Champagnergläsern Wasser. Sie waren manchmal so leicht zu beeindrucken. Ich grinste, als ich beobachtete, wie Heath Dalia ein Häppchen vor den Mund hielt, sie lächelnd abbiss und knallrot wurde. »Und, wie schmeckt's?«

»Wie Fisch«, meinte sie leise und schulterzuckend, aber lächelnd, als wäre die Frage von ihm total dämlich.

Er gluckste, »Ja, ist ja irgendwie auch nicht weiter verwunderlich«, und aß grinsend den Rest des Lachsbrötchens.

Dann sah er mich an und sein Lächeln fiel in sich zusammen. Eiseskälte war untertrieben für das, was er mir gegenüber ausstrahlte. Ich verstand es nicht! Wieso war er denn so sauer? Selbst wenn er dachte, ich hätte mit Kristov – oh Gott, allein der Name war heiß – sonst was gemacht – allein bei der Vorstellung wurde ich knallrot –, so war das noch lange kein Grund, die beleidigte Leberwurst zu spielen. Wir waren schließlich nicht zusammen, oder so was! Gar nichts in der Richtung! Ja klar, ich fand ihn in letzter Zeit ab und zu sexy, aber das lag an der langen Enthaltsamkeit und weil ich einfach eine Frau war, die Augen im Kopf hatte. Denn Heath J. Hunter war neben Kristov einer der heißesten Kerle, die mir je untergekommen waren. Ich wäre nicht normal gewesen, wenn ich mich manchmal nicht irgendwie zu ihm hingezogen gefühlt hätte, vor allem, nachdem ich wusste, was für ein perfekter Körper sich unter seiner langweiligen Kleidung versteckte. Auch jetzt trug er Langweiler-Sachen. Eine einfache Jeans, ein himmelblaues Hemd, streng zurückgekämmte Haare, die penibel geputzte, obligatorische Brille und dazu seine ausgelatschten Chucks. Er war ein Nerd aus dem Bilderbuch und gleichzeitig mein bester Freund, aber nichts weiter. Mehr würde auch nie aus uns werden. Ich konnte einfach nicht! Kein Grund, mich so anzustarren, als würde ich in meiner Freizeit gerne Hunde- und Katzenbabys futtern, also ehrlich! Ich wurde immer wütender, denn ich fühlte mich ungerecht behandelt, und wenn ich mich ungerecht behandelt fühlte, wurde ich zur Furie. Ich hasste Ungerechtigkeit!

Wir kamen am Balschoj Theater an. Vor dem Eingang lungerten bereits verschiedene Tanzgruppen rum, die aus der ganzen Welt kamen. Sie beäugten alle die Limo, die direkt vor ihnen hielt. Einige machten große Augen, andere sahen mehr als neidisch aus. Mir war es peinlich, auszusteigen, auch noch als Erste, nachdem mir Glasauge die Tür geöffnet hatte.

»Ich warte!«, verkündete er nur, und ich verdrehte die Augen, dann gingen wir rein. In dem riesigen Eingangsbereich wurden wir von den vielen Leuten, die sich dehnten, lachten, plauderten, tanzten und stritten förmlich erschlagen. Während Heath sich um die Anmeldung kümmerte, blieb ich mit den Kids allein, die sich ausnahmsweise mal friedlich verhielten, weil sie von den Eindrücken um sie herum beeindruckt waren. Ich beobachtete, wie einige Frauen auf Heath aufmerksam wurden und anfingen zu tuscheln, und verdrehte die Augen. Besonders als eine rassige Brünette ihre Haare nach hinten warf und die Lippen spitzte, als würde sie einen auf Alien machen oder auf Rossettenmund. Ach ja, Duckface nannten das die Jugendlichen. Für mich war diesen Verhalten einfach nur hohl und billig! Solche Schlunzen glichen manchmal mehr läufigen Hündinnen. Sobald ein heißes Exemplar Mann in der Nähe war, schalteten sich die Gehirne aus und wechselten in den Paarungsmodus. Okay, ich war da nicht anders, aber nur bei einem einzigen Mann auf diesem Planeten.

Wir warteten fast den ganzen Vormittag – einer nach dem anderen wurde reingerufen –, dann waren wir endlich dran. Was auch gut so war, denn ich schwitzte mich halb tot in meiner Jeans.

Larissa holte uns, eine blonde, eindeutig überarbeitete Russin mit hochgesteckten Haaren, tiefschwarzen Augenringen, einer Mappe in der Hand und einem Stift in ihrem Dutt, die uns ziemlich herablassend und kaugummikauend musterte und meinte: »Folgen!« Wir folgten ihr, gingen Treppen hinab und einen langen Gang entlang in den Backstage-Bereich. Dort wurden wir in eine Kabine geführt. Den kleinen Raum mit den zwei Sofas mussten wir uns noch mit drei anderen Tanzgruppen teilen, aber das war schon okay. Überall lagen Koffer, Schminke und Zeug herum, obwohl niemand zu sehen war.

»Hier könnt ihr euch umziehen, ihr habt zehn Minuten!« Damit hetzte sie wieder davon. *Unsympathisches armes Weib*, dachte ich bei mir, machte ich aber sofort daran, unsere Sachen aus dem Trolley zu holen und für jeden auf der Couch herzurichten.

Wir zogen uns schnell um, wobei ich mit Dalia auf die Toilette ging, denn sie hätte sich niemals vor den Männern bis auf die Unterwäsche ausgezogen, während es Natascha absolut schnuppe war. Sie zwängte sich in ihr Kostüm, bevor es Damian hinten schloss. Schon irgendwie süß. Sonst bekriegten sie sich bis aufs Blut, aber wenn es ums Tanzen ging, waren sie das absolute Dreamteam.

Nach zehn Minuten wurden wir von der Tussi geholt, die immer noch auf ihrem Kaugummi kaute. Vielleicht war sie aber auch eine Überart der Kühe und käute wieder. Igitt, igitt!

Wir wurden nun wieder eine Treppe nach oben und in den Backstage-Bereich direkt hinter der Bühne geführt. Musik dröhnte so laut zu uns herüber, dass der Boden vibrierte. Aber ich blendete es aus, denn wie vor jedem Auftritt, egal ob im Camp, in der Turnhalle der Schule oder im Theater in München, war ich verdammt aufgeregt.

Bevor es ernst wurde, nahmen wir uns noch mal alle im Kreis an den Händen und schlossen die Augen, wobei Heath sogar meine Hand nahm, weil er bei diesem Ritual immer neben mir stand.

»Wir tun das, was wir lieben. Wir lieben, was wir tun. Wir lassen die Energien fließen und lassen uns von der Musik tragen. Sie ist unser Kapitän, wir sind das Schiff«, sagte Heath laut und deutlich. Keine Ahnung, aber er fand irgendwie immer die richtigen Worte. »Wir werden ihre Köpfe ficken …« Oh Gott, er hatte *ficken* gesagt! Ich wurde sofort knallrot, denn sonst benutzte er nie solche Worte! »… und ihre Herzen schmelzen. Wir werden ihnen zeigen, was in uns steckt! Wir werden unvergesslich sein!«

»YEAH!«, brüllten wir alle und hoben dabei unsere Hände. Alle anderen schauten uns blöd an, uns war es egal.

Heath und ich waren die Ersten. Wir gingen direkt nach oben hinter den Vorhang und warteten, bis wir dran waren. Verstohlen schaute ich ihn von der Seite an. In seinem Outfit sah er wirklich verboten gut aus. Er war barfuß, trug eine schwarze Leinenhose und eine schwarze Weste, sonst nichts. Seine Brille hatte er gegen Kontaktlinsen getauscht, alles andere wäre zu gefährlich gewesen. Er verkörperte die dunkle Seite, den Teufel, das Böse. Ich hingegen, ebenfalls barfuß, in einem weißen, sehr knappen Rock, einem weißen Bustier mit einem weißen, lockeren Hemd, die Haare zum Pferdeschwanz gebunden, stellte das Reine, das Gute, das Unschuldige dar.

Unser Motto war nämlich Black and White, Ying und Yang, die zwei Seiten dieser Welt. Wir waren nicht geschminkt, morgen allerdings würden wir unsere Haare, passend zu unseren Kostümen, einfärben sowie unsere Gesichter anmalen.

Ein Typ winkte uns hektisch nach vorn, und ich atmete noch einmal tief durch. Dann betraten wir die wirklich riesige Bühne. Direkt davor war ein Podest, wo morgen die Jury, bestehend aus fünf Leuten, sitzen würde, und dahinter erstreckte sich das weltberühmte Bolschoj Theater. Es war wirklich imposant, und ein paar Sekunden stockte mir der Atem, wenn ich mir vorstellte, dass schon in einigen Stunden sämtliche Sitze belegt und diverse Kameras auf uns gerichtet wären. Schon ohne Publikum war es einschüchternd, und ich fragte mich, wie Dalia und Simon darauf reagieren würden, hoffte aber, dass wir sie gut genug vorbereitet hatten und dass es ihnen nicht zu viel werden würde. Was Natascha und Damian anging, machte ich mir keine Sorgen. Sie waren wahre Rampensäue und liebten es, im Mittelpunkt zu stehen. Im Gegensatz zu den anderen beiden. Doch jetzt konnten wir nicht mehr zurück, sondern nur noch nach vorn.

Die erste Nummer war »Sweet Dream« von Beyonce. Heath musste sich inmitten der Bühne auf den Rücken legen. Ich als *Sweet Dream* sollte ihn aufwecken und in eine andere Welt entführen. Dies spiegelte auch unsere Show wider. Einen Traum. Wir wollten den Leuten etwas bieten, etwas Unwirkliches, etwas Unvergessliches. Noch einmal sah Heath mir fest in die Augen, so wie ich ihm, dann nickte ich ihm zu und ging an den Rand der Bühne, schloss die Augen und atmete noch einmal tief durch. Die Musik fing an, und ich ließ sie in jedes meiner Glieder fließen, spürte sie, fühlte meine Leidenschaft und Liebe zum Tanzen.

Schon der Auftakt war enorm wichtig, es musste gleich reinhauen, und so tanzte ich auf Heath zu, der mitten auf der Bühne lag, machte ein Rad zu ihm, landete genau über ihm und tat so, als würde ich ihn wie eine Marionette nach oben ziehen. Mit einem Satz sprang er auf, und wir tanzten perfekt synchron umeinander herum, bis ich zu ihm lief und er mich in einer komplizierten Drehung nach oben hob, weit über seinen Kopf, eher er mich langsam wieder runterließ. Wir mischten diverse Tänze miteinander. In erster Line Street Dance und Ausdruckstanz, aber auch andere Elemente fanden sich. Als ich Heaths Körper an meinem spürte, wurde mir noch heißer, als mir ohnehin schon war, und ich fühlte, wie das Blut in meine Wangen schoss. Sein Blick dazu gab mir den Rest, denn er war dunkel und verlangend. Er brannte sich durch mich hindurch, in jeden meiner Knochen. War feurig und leidenschaftlich und drängend. Oh mein Gott! So hatte er mich noch nie beim Tanzen angesehen. Zum Glück löste ich mich kurz darauf von ihm, um wegzurennen, doch er packte mich, wirbelte mich zu sich zurück und riss mir das Hemd vom Leib, sodass ich nur noch in Bustier und Rock tanzte. Ich ließ mich auf den Boden fallen und machte eine Rolle rückwärts. Jetzt folgte er mir, kroch über mich, geschmeidig wie ein Tiger und drehte uns. Verschlungen wanden wir uns über den Boden. Es war gleichzeitig Kampf und Vereinigung. Dann riss ich ihm die Weste vom Körper, sodass er nur noch seine schwarze Leinenhose trug, und ließ mich wieder von ihm wegfallen, auf den Boden. Er tat, als würde er mich aufheben wollen, aber ich schob mich von ihm weg, schlängelte über den Boden wie eine Schlange. Wie immer auf der Bühne war ich wie im Rausch. Ich sprang auf die Beine, tanzte auf ihn zu, um ihn herum, umspielte ihn mit meinen Händen, während er sich dazu wahnsinnig gut bewegte und tat schließlich so, als würde ich ihn auf meinem Schoß wieder schlafen legen, bettete eine Hand unter seinem Kopf, beugte mich ganz nah über ihn und schloss seine Augen. Die Musik wechselte fließend und jemand sang in einem Cover die ersten Töne von Michael Jackson's »Black and White«. Immer noch über Heath gebeugt, atmete ich hektisch seinen Atem ein. Er öffnete die Augen und schenkte mir ein so teuflisches Grinsen, dass mir davon die Knie weich wurden.

***

Am nächsten Tag war das riesige Theater rammelvoll, die Kameras auf uns gerichtet. Wir trugen unsere kompletten Kostüme, waren geschminkt und wie im Rausch. Ich war über Heath gebeugt und mein Herz schlug mir bis zum Hals. Unsere Kids kamen weiß schimmernd oder schwarz glänzend in ihren Kostümen auf die Bühne, und gerade, als Beyonce zu Michael Jackson umswitchte, sprangen auch Heath und ich auf und stiegen mit ein. Wir tanzten perfekt synchron, das war Heath immer total wichtig. Jede Bewegung musste auf den Millimeter genau passen. Mal waren wir im Mittelpunkt, dann kamen Natascha und Damian – tanzten gegeneinander und doch zusammen. Das Publikum jubelte, als Natascha ihre Shakira-Nummer brachte, dann Damian nach vorn kam, seine

Breakdance-Einlage vorführte und sich dabei fast alle Knochen brach. Mit seinem Körper vollbrachte er Dinge, bei denen es einen erstaunte, dass ein normaler Mensch dazu fähig war. Alle hielten die Luft an. Er wurde von Simon abgelöst, der seine Füße schneller bewegen konnte als jeder andere, und der den Roboter perfekt beherrschte. Dann änderte sich die Nummer wieder und Dalia kam in den Mittelpunkt getanzt. In einem hochgeschlossenen Body, barfuß und ganz in Weiß. Das Mädchen in Sias Clip zu »Never give up« war nichts dagegen, wie Dalia sich zu diesem Lied bewegte. Sie bekam Standing Ovations, einige weinten sogar, während das filigrane und doch so starke Mädchen von einem Spot erhellt um ihr Leben zu tanzen schien. Mir stiegen auch die Tränen in die Augen. Das Lied wechselte zu Justin Timberlakes »Cry me a river«. Heath packte mich, zog mich an sich, rieb sich an mir mit seinem perfekten harten, halb nackten Körper und raubte mir den Atem. Ich tat es ihm gleich. Es war wie ein Kampf, den keiner von uns gewinnen konnte, als es anfing, auf der Bühne zu regnen – den Bühnenbildnern sei Dank – und wir alle völlig nass wurden. Unsere Farben vermischten sich. Es gab kein Schwarz und Weiß mehr, sondern nur noch eine graue Masse. Wir alle waren gleich, als unsere Masken weggewaschen wurden.

You were my sun
You were my earth
But you didn't know all the ways I loved you, no
So you took a chance
And made other plans

But I bet you didn't think that they would come crashing down, no

You don't have to say, what you did

I already know, I found out from him

Now there's just no chance, for you and me, there'll never be

And don't it make you sad about it?

Ja, ich war traurig, wahnsinnig traurig, denn Heath sang leise mit, während seine Hände sicher meine Hüften hielten, während sein Gesicht an meinem Nacken war, während wir uns so nahe waren, wie ich sonst keinem Menschen kam. Bevor er mein Bein packte, mein Knie hob, ich mich nach hinten in eine Brücke fallen ließ und mich mit den Armen abfing, meine Beine über meinen Körper schwang und mich mit einem Rückwärtssalto von ihm weg schwang.

Ich ließ mich auf die nasse Bühne fallen. Die Musik wurde leiser. Ich wand mich durch den Regen, rekelte mich und ließ die Hände über meinen sich windenden Körper gleiten. Dabei tat ich so, als würde ich nach Heath greifen, doch er drehte sich um und ging im Regen davon.

Noch einmal bäumte ich mich auf, zuckte und blieb dann reglos am Boden liegen, während die anderen wieder in den Schatten verschwanden.

Der Traum war vorbei.

Ich blieb ganz allein auf der Bühne, nass, atemlos, von einem Spot erleuchtet. Dann erlosch er, dafür brach Jubel aus und der war ohrenbetäubend.

Bei keiner anderen Gruppe hatten sie so gejubelt wie bei uns. Wir bekamen 10,10,10,10 und noch eine 10, und konnten es nicht glauben!

Wir hatten diese Scheiße gerockt!

So was von!

Ich war erleichtert, glücklich, immer noch im Rausch, doch gleichzeitig weinte mein Herz.

8. Break you

Seit gestern hatte Heath kein Wort mehr mit mir gesprochen. Sogar beim Abendessen, das wir alle zusammen in Heaths Zimmer mit Brot, Aufschnitt und Gemüse eingenommen hatten, hatte er meinen Blick gemieden und nicht mit mir geredet. Und jetzt war alles nur noch komisch zwischen uns. Ich fragte mich, ob ich ihn darauf ansprechen sollte, während wir wieder in unsere Kabine kamen, wo einige andere Tanzcrews uns angepisst beobachteten, und wir uns umzogen – ich mit Dalia wieder auf der Toilette. Doch was sollte ich Heath sagen? *Spüre ich da gerade echt komische Vibes zwischen uns?*

Keine Ahnung. Also beschloss ich, mich erst mal darauf zu konzentrieren, dass wir tatsächlich gewonnen hatten!

Die Kids, die sich schnell in Abendgarderobe warfen, weil noch ein Empfang auf uns wartete, waren ganz aus dem Häuschen. Sogar Dalias Augen strahlten und sie wirkte sehr mit sich zufrieden, so wie Simon auch. Ich hätte glücklich sein sollen, aber während ich mich in mein blutrotes Kleid zwängte, war ich es nicht. Stattdessen war ich traurig und

unsicher, und wusste nicht, was ich tun sollte.
Die Kids stürzten sich in den Empfangsbereich unter die Leute, ließen sich beglückwünschen und von einigen Reportern befragen, während ich allein in der Garderobe zurückblieb – keine Ahnung, wo Heath war – und versuchte, mir selbst vor dem hohen Spiegel die Haare hochzustecken. Was aber wie so oft – oder sollte ich sagen, immer – in einen Kampf ausartete. Ich befand mich mit meinen Haaren im Dauerkrieg, beziehungsweise, sie mit mir.

Das Kleid passte wie angegossen, es hatte winzige Träger, war mit funkelnden Pailletten verziert und am Rücken verboten tief ausgeschnitten. Dazu hatte ich mir die Lippen rot geschminkt.

Nachdem wir alle geduscht hatten und die restliche Farbe von unserem Auftritt runter war, schminkte ich mir die Augen mit Kajal und Wimperntusche, so wie es meine Mutter auch immer machte. Mit dem Rot meiner Lippen passte es perfekt zum Kleid und meiner hellen Haut. Nur meine Haare weigerten sich standhaft. Die Spangen wollten einfach nicht halten, oder ich war zu doof dazu, es genauso hinzubekommen, wie Tante Katha es mir gezeigt hatte.

»Verdammt noch mal!«, fluchte ich leise vor mich hin, als ich plötzlich seine Nähe spürte. Heath trat hinter mir in den kleinen Lichtkreis, den die Lampe des Schminktisches spendete. In seinem schwarzen Smoking, immer noch mit Kontaktlinsen, war er fast schmerzhaft schön.

»Finger weg!«, forderte er leise. Dann nahm er die Spangen und steckte damit echt kunstvoll, ohne ein weiteres Wort zu sagen, meine Haare hoch. Okay, er war geübt, denn schon als kleiner Junge hatte er mir immer die Haare machen müssen und ich ihm. Oh ja, Alexandra, meine Cousine, und ich hatten ihn schon echt gefoltert. Mein Bruder Robbie hatte sich immer geweigert, der war schon immer viel zu cool dafür gewesen, aber Heath hatte schulterzuckend einfach mitgemacht. Deswegen hatte er keinerlei Probleme, meine Haare zu bändigen. Das Ergebnis würde garantiert richtig gut aussehen. Doch als ich über den Spiegel Heath anblickte, konnte ich es nicht mehr leugnen. Etwas wuchs zwischen uns an, wie eine Gewitterwolke, in der sich die Elektrizität staut.

Sollte ich es einfach ansprechen, was ich vorhin gespürt hatte? Sollte ich ihn fragen, wieso er sich so komisch benahm? Sollte ich alles riskieren? Seine Hände waren so sicher, sein Gesichtsausdruck so lässig, genauso wie die Art, wie er hinter mir stand. Schon war er fertig, und wir hatten immer noch kein Wort gesagt, dafür verwoben sich jetzt unsere Blicke im Spiegel und ich erschauerte heftig, als er plötzlich die Hand hob, sie auf meine Schulter legte und mit dem Daumen über meinen Nacken strich. Ich hielt den Atem an, als sein Blick dunkler wurde, den meinen immer noch nicht losließ.

»Du bist unsagbar schön, Eli«, wisperte er, und mein Herzschlag stockte.

»Danke«, antwortete ich genauso leise und schloss für einen Moment die Augen, weil seine Finger kribbelten, weil es einerseits komisch war, so von ihm berührt zu werden und gleichzeitig richtig schön. Schon ewig hatte mich keiner mehr so zart berührt, und ich sehnte mich nach etwas Nähe. Mit verbissenem Kiefer zog er seine Finger zurück, ballte die Hände zu Fäusten. Dann atmete er tief durch und ging neben mir in die Hocke!

Er nahm meine Hand, und ich schaute ihn mit großen Augen an.

»Ich muss dir etwas sagen.« Oh mein Gott! Das war fast so schlimm wie der Satz: *Wir müssen reden,* und ich bekam es mit der Angst zu tun. Seine Stimme klang leise, angespannt, so angespannt, wie sein Blick, sein gesamter Körper. Er schaute mich an, als würde von dem, was als Nächstes passieren würde, alles abhängen. Innerlich fror ich. Schnell schüttelte ich den Kopf, weil ich es in diesem Moment wusste, spürte … Es war nicht gut, was er sagen wollte! Es war nicht richtig!

»Es wird nichts ändern, wenn du es nicht willst«, sprach er einfach weiter, während sich Tränen in meinen Augen sammelten und ich auf sein wunderschönes verzweifeltes Gesicht herabblickte. Ein Gesicht, das ich liebte, aber eben nicht so! Vehementer schüttelte ich den Kopf, und eine Träne lief über. »Shhh, beruhige dich. Ich will dich nicht unter Druck setzen, das wollte ich nie, aber ich halte es einfach nicht mehr aus. Ich kann nicht mehr so weitermachen, wie schon mein gesamtes Leben, und ich will nie wieder in so eine beschissene Situation kommen wie gestern! Ich werde dir jetzt etwas sagen, und du wirst nicht weglaufen, du wirst mich nicht aufhalten, du wirst mich zu Ende reden lassen!« Streng sah er mich an, gequält schaute ich auf ihn herab, aber schließlich nickte ich. Er fuhr sich mit einer Hand durch die Haare, sah auf den Boden, als könnte er selbst nicht glauben, was er gerade tat, dann nahm er meine Hand fester und blickte wieder zu mir hoch. Mein Herz brach schon jetzt. »Eli, du bist die Eine für mich, schon, seitdem ich denken kann. Deswegen hatte ich nie eine andere, weil … weil … ich dich liebe.« Er verstummte.

»Heath«, schluchzte ich, schloss die Augen und ließ den Kopf nach hinten fallen. Jetzt hatte er es gesagt. Jetzt hatte sich alles geändert. Er hatte alles zerstört, auch wenn er gesagt hatte, es würde nichts ändern. Es änderte *alles*! Und ich wusste, ich würde ihm das Herz brechen, jetzt, später, irgendwann auf jeden Fall! Denn ich konnte ihm nicht das geben, was er brauchte. Ich konnte nicht das sein, was er brauchte und was er verdammt noch mal verdiente. Ich konnte ihm niemals gehören, weil schon ein anderer mein Herz besaß – ein düsterer Mann, ein gefährlicher Mann, ein Mann, der vielleicht meinen Tod bedeutete, und doch konnte ich nichts dagegen tun. Dabei wünschte ich es mir so sehr. Ich wünschte, ich könnte zu ihm auf die Knie fallen, meine Arme um seinen Nacken schlingen und hauchen:

»Du bist auch der Eine für mich!« Aber das war unmöglich, weil es nicht der Wahrheit entsprach und niemals der Wahrheit entsprechen würde. Weil es eine schöne Lüge wäre, zu schön, um jemals wahr zu sein.

Wenn das Herz spricht, hat der Verstand Sendepause, hatte meine Mutter mal zu mir gesagt. Ich hatte mir geschworen, das würde sich ändern, ich würde nicht mehr meinem Herzen folgen. Aber ich konnte es nicht betrügen, ich konnte es nicht zwingen; ich konnte nicht mal mehr atmen.

»Ist schon gut, Eli. Hey, jetzt weine doch nicht, verflucht!« Er stand auf, zog mich in seine Arme, und ich schloss geschlagen die Augen. Dass er mich jetzt so süß umarmte, dass er mich jetzt noch so nah an sich ranließ, dass ich mich wie immer wahnsinnig erleichtert fühlte und so geborgen, war nicht richtig. Es war falsch von mir, es war unfair. Trotzdem klammerte ich mich an ihn – weil Heath immer mein Fels in der Brandung war – und ließ mich sanft von ihm wiegen, ließ mich trösten, ließ ihn mich halten, auch wenn ich wusste, dass dabei sein Herz brechen musste, mich in den Armen zu halten und zu wissen, dass es niemals mehr werden würde. Nur fragte ich mich, wenn ich schon immer die Eine für ihn war, wie oft hatte ich ihn in der Vergangenheit dann gequält? Hatte halb nackt vor ihm getanzt, mit ihm gekuschelt, doch er hatte es mich nie merken lassen. Nicht ein einziges Mal! Er war zu gut, um wahr zu sein! Während er mir über den tief ausgeschnittenen Rücken strich, murmelte er beruhigend an meinem Nacken: »Es ist alles gut. Du kannst nichts dafür. Ich komm schon damit klar!« Seine weiche Stimme entspannte mich ein wenig, genau wie seine muskulösen Arme, die mich nach wie vor hielten.

Bis sich in all dem Chaos nur ein schreiender Gedanke bildete. *Folge nicht deinem verdammten Herzen! Schalt es ab! Lass ihn dich heilen, lass es zu! Versuch es wenigstens, sei einmal egoistisch und denke an dich!*

Aber ich könnte Heath verletzen!

Er hat eine Chance verdient! Zwei Stimmen stritten sich in mir, während ich mich von ihm sanft wiegen ließ – in dieser dunklen Garderobe nur von einem kleinen Licht erhellt in den schönsten Abendklamotten.

Aber Kristov!, brüllte mein Herz.

Du wirst ihn nie bekommen!, zischte mein Verstand. *Er wird nie der sein, den du brauchst, aber Heath könnte es sein! Heath ist hier vor dir, real und warm und aus Fleisch und Blut und kein Überbleibsel deiner Fantasie! Er gibt dir alles, er gibt dir sein Herz! Nimm es an!*

Ich wich ein wenig zurück und sah in seine Augen – in Heaths wunderschöne grüne Augen, mit den braunen Sprenkeln darin –, ich sah auf seine gerade Nase und auf seine vollen Lippen – mit dem Muttermal auf der Unterlippe, das von seinem Vater stammte –, die sich nun zu einem traurigen Lächeln verzogen. Ich fühlte, wie er mir eine Strähne hinters Ohr strich. Ich fühlte, wie das Herz in seiner Brust raste, nur weil er mich in den Armen hielt. Ich fühlte mich so wohl bei ihm, so unendlich wohl, denn ich sah die Liebe in seinen Augen. Echte, grenzenlose Liebe, keine Besitzgier, keine Machtansprüche, einfach nur die pure hingebungsvolle Liebe – rein und unschuldig. Ich sah Verlangen, kaum gebändigtes Verlangen, und so viel Hoffnung.

Und er könnte auch meine Hoffnung sein – meine und Lilis.

Die Anziehung war da, die Liebe konnte sich noch entwickeln.

Lass Kristov los! Er ist nur ein Traum, der schon lange vorbei ist, und nicht mehr der Mann, in den du dich damals verliebt hast! Ihn gibt es nicht mehr!, drängte mein Verstand weiter, und ich gab auf. Gab *ihn* auf, gab alles auf, was ich bisher gewesen war; gab den letzten Rest der alten naiven Eli auf, während mein Herz in Flammen aufging. Doch ich wollte aus der Asche steigen, gestärkt, und mich einer Welt

gegenübersehen, ohne Mafia, ohne Gewalt, ohne Angst um mich und meine Tochter.
Ich tat es nicht für mich, ich tat es für den Menschen, der mir am wichtigsten in meinen Leben war. Ich tat es für meine Tochter Lilith Isabel Wrangler, als ich die Augen schloss, meine Finger in Heaths Nacken hochfahren ließ – es genoss, wie seine Atmung stockte – und dann auf die Zehenspitzen ging.

Ich tat es für Lili, die niemals erfahren durfte, wer ihr wahrer Vater war!

Nur für sie!

Ein Teil in mir brach schluchzend auf dem Boden zusammen, während ich meine Lippen auf Heath J. Hunters Mund legte und wusste, mein Leben würde nie wieder so werden, wie es gewesen war.

9. Kiss and kill

Okay, das hatte ich irgendwie nicht erwartet, aber Heath J. Hunter – der Obernerd – machte mich echt ziemlich heiß, als er unverhofft in meinen Mund stöhnte und dann mit einer Hand in mein Haar griff – fest. Erst recht, als er mich intensiver küsste, schließlich meinen Hintern packte und mich einfach auf den Schminktisch setzte. Eine Spange bohrte sich dabei in meinen Hintern, aber das war mir herzlich egal, weil ich gerade dabei war, sein Haar zu zerwühlen. Ich hatte ewig keinen Sex mehr gehabt, und was ich hinter Heaths Hose fühlte, war mehr als *vielversprechend*. Er presste seinen Unterkörper an meinen, und es pochte immer stärker, während er mich inniger küsste, mir die Luft raubte und gleichzeitig neue gab.

Mit einem sehnsüchtigen »*Kristov*!« brach ich aus unserem Kuss aus und ließ den Kopf nach hinten fallen.

Einige Sekunden hing ich so da und überlegte, wieso Heath jetzt nicht weitermachte. Dann fiel mir auf, was ich gerade gesagt hatte und zog keuchend den Atem ein, während meine Augen groß wurden und Heath sich von mir löste. So abrupt, dass ich fast stürzte.

»Verdammt!«, keuchte er atemlos, mit geschwollenen Lippen und vor Lust dunklen Augen, mit zerwühlten Haaren und schief hängender Fliege. »Das …« Er schüttelte den Kopf, während ich immer noch wie erstarrt war. Knurrend schaute er von mir weg und wisperte: »Das war eine beschissene Idee!« Dann drehte er sich um und stürmte einfach so aus der Kabine.

Dabei knallte der sonst so kontrollierte Heath die Tür so heftig hinter sich zu, dass die Fensterscheibe und mein Inneres erzitterten.

Geschlagen sah ich ihm hinterher, immer noch völlig geplättet. Nach wie vor fühlte ich das heiße verlangende Pochen in meinem Schritt, seine weichen, perfekten Lippen auf mir, ich schmeckte ihn noch auf der Zunge.

Meine innere Herzstimme lag hysterisch lachend am Boden.

Niemals wirst du Kristov vergessen können und ist der andere Mann noch so toll und heiß. Niemals wird er dich loslassen, du kleine Deppin!, kreischte sie heulend vor Lachen. Ich ließ meinen Kopf mit einem »Shit!« nach vorn fallen und wollte einfach nur im Erdboden verschwinden!

Verdammt hoch 20!

Was hatte ich da gerade nur getan!?

***

»Heath!« Viel zu spät kam der Ausruf, aber er kam. Viel zu spät sprang ich von dem Schminktisch, hob mein Kleid, damit ich mir in den hohen Heels nicht die Beine brach, und eilte ihm hinterher. Ich wusste nicht, was ich zu ihm sagen sollte, was ich tun sollte, aber ich wusste, ich musste *irgendwas* tun. Wenn es so weit war, würde mir schon was einfallen!

Als ich vor die Kabine trat, wurde ich fast von der Menschenmasse erschlagen, die sich mir in den Weg stellte. Alle möglichen Leute gratulierten mir. Ich wurde sogar fotografiert und gefilmt, dadurch geblendet und verlor völlig die Orientierung.

»HEATH!«, rief ich lauter, schiss auf die anderen und stolperte. Fast landete ich auf der Nase, aber eine Hand schlang sich um meinen Oberarm und hielt mich sicher vom Fallen ab. Allerdings nicht die von Heath.

OH NEIN!

Ich wusste *sofort,* wer mich gerade berührte; wusste es sofort, weil alles in mir anfing zu kribbeln und zu pochen und völlig durchzudrehen. Ich wusste es, weil sich mein Herz sofort zusammensetzte, kaum dass ich den Blick hob und in diese sturmgrauen Augen schaute.

***

»Sie hat jetzt keine Zeit!« Mich ignorierend, aber festhaltend, bahnte er sich den Weg durch die Massen, und ich war dankbar.

Dankbar, als er mich auf einen riesigen Balkon führte, von dem aus man die gesamte Stadt überblicken konnte. Dankbar, weil er mich von dem Chaos und den Menschen wegbrachte. Dankbar, weil er so wie immer instinktiv zu wissen schien, was ich brauchte.

Erst als wir allein waren, ließ er mich los.

Atemlos legte ich beide Hände auf die Brüstung, versuchte, das Chaos in mir zu beruhigen, überschaute die hell erleuchtete Stadt und schloss dann die Lider, als ich spürte, wie er näher an mich herantrat. Jede Faser meines Körpers fühlte es, jedes Härchen stellte sich auf. Das hier war mehr, das hier war *alles*. Das hier war so anders als mit jedem anderen Mann. Mein Herz hatte recht. Niemals würde ich über ihn hinwegkommen. Weil das zwischen uns nicht von dieser Welt schien, weil es wie Magie war und niemals vorbei sein würde, solange wir lebten.

»Elina«, forderte er ruhig.

Ich drehte mich zu ihm und wünschte, ich hätte es nicht getan, denn nun sah ich ihn. All das, nach dem ich mich in den letzten Jahren so sehr gesehnt hatte und das ich nie wieder bekommen würde. Er trug eine schwarze Anzughose und ein dunkelgraues Hemd, die Ärmel hatte er bis zu den Ellbogen hochgekrempelt. Jedoch kein Jackett, was ihm wieder diese lässige Killer-Ausstrahlung verlieh. Seine pechschwarzen Haare waren zurückgekämmt, womit seine markanten, harten Gesichtszüge betont wurden, aber diese eine rebellische Strähne fiel in seine Stirn und lockerte das harte Gesamtbild etwas auf, während seine faszinierenden Augen mich zu verglühen schienen.

»Du bist noch schöner als damals, Elina, dabei dachte ich nicht, dass das möglich wäre«, stellte er fest, nachdem er mein Gesicht intensiv betrachtet hatte. Er war riesig und raubte mir wie immer den Atem, als er sich mir noch weiter näherte, obwohl das kaum möglich war – und vor allem war er gefährlich. In meinem Kopf schrillten die Alarmglocken und ich fing an seitlich vor ihm zurückzuweichen – ganz instinktiv. Als er es merkte, lächelte er teuflisch, überheblich und so arrogant. »Und ich bringe dich immer noch völlig durcheinander.«

»Du täuschst dich!«, gab ich fest zurück und blieb stehen, auch wenn es mir alles abverlangte. Es war, als würde ich mich freiwillig einem ausgehungerten wilden Löwen stellen, anstatt davonzulaufen.

»Ich täusche mich nie. Das müsstest du doch schon wissen«, stellte er klar und fing an, mich zu umrunden. Ich drehte mich mit ihm, wollte ihn nicht aus den Augen lassen.

»Was soll ich hier, Kristov?«

»Schon einmal ließ ich dich gehen. Das wird nicht noch einmal passieren. Du gehörst mir, Elina Wrangler, und es ist an der Zeit, dir das wieder ins Gedächtnis zu rufen.« Er machte einen Schritt auf mich zu, und ich wich wieder instinktiv zurück. Mit dem Rücken knallte ich an die Brüstung, konnte ihm nicht mehr entrinnen – und wollte es auch nicht.

Da stand er vor mir, in diesem dunklen Anzug und dieser dunklen Seele. Dieser Mann, den ich nie vergessen konnte. Dieser Mann, der einmal alles für mich gewesen war – und noch viel mehr.

Er war noch kälter.

Noch unnahbarer.

Noch gefährlicher.

Und leider – noch heißer.

Sein Blick sagte nur eines: *Du bist mein!*

Und er würde mich verschlingen, mit Haut und Haaren.

Er würde mich mitreißen – in diesen Strudel aus Verlangen, Hingabe und Macht –, und ich würde mich ihm hingeben, mich ihm fügen.

Wieso?

Weil ich ihn liebte.

Seit sieben verdammten Jahren.

Daran würde sich nie etwas ändern.

Niemals!

Und doch durfte ich nicht kampflos aufgeben, denn in meinem Leben ging es schon lange nicht mehr um das, was ich wollte oder brauchte wie die Luft zum Atmen.

Ich schlang die Arme um mich selbst, drehte mich von ihm weg, ansonsten hätte ich für nichts mehr garantieren können, und schaute über die funkelnde riesige Stadt.

»Ich bin nicht mehr die Elina, die du kanntest!« *Ich bin nicht mehr die, die dir ihr Herz so unbekümmert schenkte.*

Er stand nun direkt hinter mir. Die Wärme, die von seinem großen Körper ausging, durchdrang den Stoff des roten edlen Kleides, verbrannte meine Haut am tiefen Rückenausschnitt. Atemlos wartete ich, was er als Nächstes tun würde. Langsam beugte er sich zu mir herab. Ich spurte, wie sein heißer Atem sich in meinem Nacken brach, während er mit seiner Nase an ihm hinauffuhr. Mit einem Schaudern schloss ich die Lider. Seine Arme stützte er rechts und links neben mir an der Brüstung ab, die Sehnen und Muskeln an seinen Unterarmen angespannt, sodass ich ihm nicht mehr entkommen konnte.

Er stoppte an meinem Ohr, und mit sanfter Stimme sagte er: »Nur damit du es verstehst: *Ich* bestimme ab jetzt, wer du bist. *Ich* bestimme, wo du bist, was du trägst und wann du etwas trägst. *Ich* bestimme sogar, wann du tief Luft holst. Du gehörst mir – seit dem ersten Moment und für alle Zeit. Wer du warst, ist egal. Was du sein wirst, ist das Einzige, was zählt. Lass dir besser nicht zu lange Zeit, das zu akzeptieren.«

Schockiert schnappte ich nach Luft, bevor er mich am Arm packte und zu sich drehte. Seine Augen waren erbarmungslos, genauso wie sein Griff. Ich schüttelte nur den Kopf und fragte mich, ob er diese Ansage ernst meinte, doch sein Blick sagte mehr als tausend Worte. Er meinte es todernst.

Endlich lösten sich die ersten befreienden Tropfen aus dem wolkenverhangenen Himmel. Endlich, nach Tagen, fing es an zu regnen. Ich zitterte am ganzen Leib und starrte ihn mit Tränen in den Augen an, beobachtete, wie die Tropfen auf sein Haar fielen, auf seine betörenden Lippen, auf seinen Anzug und seine Hand, die mich hielt. Wenn er nur den Hauch einer Ahnung hätte, wie lange ich mir genau das gewünscht hatte. Sieben verdammte Jahre! Aber jetzt ging es nicht mehr nur um mich. Es ging um sie, alles drehte sich um sie, und für sie würde ich alles tun. Meine Lider glitten zu, als ich wisperte:

»Ich habe gerade meinen Tanzpartner geküsst. Du kommst zu spät.« Ich musste ihn nicht ansehen, um zu wissen, was ich mit dieser Info auslöste, und doch tat ich es. Wie von mir erwartet, loderten seine Augen auf, doch er ließ mich nicht etwa los, oh nein, seine Hand wanderte hoch zu meinem Kinn, als ich seinem Blick auswich. Hauchzart umfasste er es mit Daumen und Zeigefinger und zwang meinen Kopf nach hinten, zwang mich, ihn wieder anzusehen und mir einzugestehen, was für eine enorme Macht er selbst durch die leichtesten Berührungen über mich hatte, als wäre ich seine

Marionette.

Langsam trat er näher an mich heran und seine Körperwärme strahlte auf mich ab.

»Ich habe eure Show auf der Bühne gesehen. Und ich habe mich entschieden, dir in Erinnerung zu rufen, was die Wahrheit ist. Was dein Herz will, genauso wie dein Körper. Was deine tiefste Sehnsucht ist.« In diesem Moment wurde mir klar, dass es keinen Zweck hatte, ihn zu belügen, denn er konnte immer noch in mir lesen wie in einem Buch. Es hätte einfach nichts gebracht.

»Kristov, lass es!«, versuchte ich mich dennoch schwach aufzubäumen, auch wenn ich nicht die Kraft besaß, mich von ihm zu lösen. Viel zu lange hatte ich auf genau das hier gewartet. Während es heftiger regnete, schüttelte er den Kopf und ich wusste, ich hatte verloren. Ich hatte mein Herz an ihn verloren, ohne dass ich etwas dagegen hätte tun können, weil es bereits ihm gehörte. Schon seit so vielen Jahren!

Und so ließ ich es zu. Ich stieß ihn nicht von mir, als er mein Kinn noch weiter anhob und sich zu mir herabbeugte. Als seine Lippen hauchzart und feucht vom Regen über meine strichen, er mich erneut brandmarkte, mir zeigte, für wen mein Herz schlug, für wen mein Körper atmete und für wen meine Gedanken existierten.

Für ihn.

Kristov Romanov.

Und sonst keinen.

10. Sommergewitterorgasmus

Wie von Sinnen küssten wir uns.

Es war, als wären wir am Verdursten und der andere das rettende Wasser, während der Himmel komplett seine Pforten öffnete und uns völlig mit dicken harten Regentropfen durchweichte. Doch es war mir egal!

Ich klammerte mich in seine Haare, krallte mich in seinen Nacken, in seine Wangen, konnte nicht genug von ihm bekommen. Von seinem einzigartigen Geschmack nach schwarzem Tee und Zitrone, von seinem männlichen erfrischenden und herben Duft, von seinen dominanten Händen – eine umfing meinen Kiefer, die andere nahm mich am unteren Rücken und zog mich enger an sich –, von seinem besitzergreifenden Knurren und wie er mich ruckartig an die Brüstung drückte. Wie er mich überrannte, überwältigte, wie er mich willenlos machte. Zur Sklavin meiner Lust, meiner Liebe zu ihm – völlig kopflos und triebgesteuert.

Ja, ich war auch nur eine Frau. Und Kristov Romanov der heißeste Mann, dem ich jemals begegnet war. Das hatte schon etwas zu bedeuten, wenn man bedachte, mit welchen Männern ich aufgewachsen war. Keiner konnte mit ihm mithalten. Keiner konnte mir das geben, was er mir gab. Bei keinem pochte es intensiver. Bei keinem wurde ich von einer Sekunde auf die andere feuchter. Keinen wollte ich dringender.

Nur ihn.

Ich stöhnte leise auf, als ich an meinem Bauch fühlte, wie sehr ihm dieser Kuss gefiel, ließ meinen Kopf nach hinten fallen. Seine Lippen wanderten über meinen feuchten Hals, während der Regen wie kalte Splitter in mein Gesicht fiel und er mein Kleid an meinen Brüsten einfach zur Seite schob. Kurz darauf spürte ich seine heißen Lippen auf meiner Haut. Zwar wusste ich, dass jederzeit jemand vorbeikommen oder uns sehen konnte, aber das war mir wie der Regen komplett egal.

Laut stöhnend kniff ich die Augen zusammen, fühlte, wie sich meine Mitte verlangend zusammenzog und förmlich mein Höschen überschwemmte. Ich wurde fast wahnsinnig vor unbändigem Verlangen, das nur er so heiß in mir schüren konnte. Er saugte an meinem Nippel, strich dann mit der Zunge darüber, umkreiste ihn und schnalzte darauf. Ich zuckte zusammen und drückte ihn dann einfach weiter nach unten.

Selbst wenn uns in diesem Moment jemand zusehen würde, es spielte keine Rolle. Ich brauchte jetzt Erlösung, und ich wusste ganz genau, wie ich sie mir holen konnte.

»Wie du willst!«, knurrte er leise, mit vor Leidenschaft heiserer Stimme, als er meinen drückenden Händen nachgab, sich vor mich kniete und mein Kleid an meinen Schenkeln hochschob.

»Halte es!«, befahl er hart. Dann strich er über meine Scham über dem Höschen. Ich beobachtete, wie seine Augen dunkler wurden, als er fühlte, wie bereit ich für ihn war, während der Regen immer noch auf uns herabströmte.

Er schaute in mein Gesicht, knurrte: »Das ist meins!«, und riss mir dann das Höschen mit einem Ruck vom Leib – schockiert keuchte ich auf. »Verstanden?«

Ich nickte, konnte nicht anders, war vor Lust halb wahnsinnig, denn er hatte recht! Das gehörte ihm! Und zwar nur ihm!

Er grinste leicht, beugte sich dann vor und spreizte mich mit einer Hand etwas, bevor seine weichen Lippen und seine feuchte warme Zunge auf die heißeste Stelle meines Körpers traf. Erleichtert lehnte ich mich stöhnend weiter nach hinten, ließ den Kopf hängen, genoss den eiskalten Regen, während ich immer noch mein Kleid hielt und mich mit den Ellbogen abstützte. Ich stöhnte immer lauter, meine Hüften wanden sich unter seiner Liebkosung. Ein paar Zungenstreiche reichten aus und ich war kurz vor dem Orgasmus, als tatsächlich am Himmel ein Blitz aufzuckte, der diesem sommerlichen Gewitter und dem, was auf diesem Balkon geschah, etwas echt Episches verlieh. Donner grollte kurz darauf über meinem Kopf, aber das kümmerte mich nicht. Ich krallte mich fester in mein Kleid, bewegte ungeduldig mein Becken, presste mich enger an ihn, kniff die Augen zusammen und rief: »KRISTOV, OH MY FUCKING GOD! JA!«

Dann explodierte ich, ebenso wie der Himmel über mir, in 1.001 Teile, und ich wusste, nach diesem Gewitter würde alles erfrischt sein, jede ekelhafte Hitze weggewischt. Alles würde sich erholen und könnte dann von Neuem aufblühen. Genauso wie meine Gefühle für ihn. Ich konnte mich einfach nicht dagegen wehren, und wenn ich ehrlich war, wollte ich es auch nicht!

***

Mein Herz trommelte immer noch heftig in meiner Brust und meine Finger waren immer noch in das Kleid verkrallt, meine Lider geschlossen, mein Körper so wunderbar entspannt und am Kribbeln. Zuerst fühlte ich, wie seine Finger meine aus dem Kleid lösten, es fiel an meinen bebenden Beinen hinab, dann, wie er sich vor mir aufstellte und auch mein Oberteil wieder über meine Brüste zog und hauchzart meine Lippen küsste. Mit einem Lächeln küsste ich ihn zurück, genoss es träge aus vollen Zügen. Ich schmeckte mich selbst an ihm, doch es machte mir nichts aus. Entspannt sank ich an seine breite harte Brust – meine Knie waren immer noch völlig weich – und ergab mich ihm völlig.

»Siehst du«, wisperte er und umfing mit einem Arm meine Taille, hielt mich fest. »Du gehörst mir tatsächlich.« Ich seufzte nur und keuchte dann auf, als er mich plötzlich hoch auf seine Arme hob und mich hineintrug.

Immer noch mit schweren Lidern lehnte ich meine Stirn an seine Schulter und bekam nur im Augenwinkel mit, dass wir an seinen Gorillas vorbeigingen, die anscheinend die ganze Zeit vor der Tür gestanden und sie blockiert hatten.

Tja. *Kristov war eben immer vorbereitet. Auf alles.*

11. Explode

Ich schrieb Heath eine kurze Nachricht:

Fahrt schon ohne mich ins Hotel. Mir geht's nicht gut, und ich werde mich gleich hinlegen. Eli.

Klar fühlte ich mich dabei schlecht und klar wusste ich, dass es nicht richtig war, mich einfach von dieser Party davonzustehlen und Heath mit den Kids allein zu lassen. Aber ehrlich gesagt machte ich mir darüber keine weiteren Gedanken, denn mir war klar, dass er bestens mit der Situation klarkommen würde.

Ich durfte auch mal egoistisch sein, was mir ziemlich leichtfiel, denn ich saß auf Kristovs Schoß, in seinen Armen, so nah, wie ich es mir immer gewünscht hatte, und lebte meinen Traum. Den Traum, den ich die letzten sieben Jahre jede Nacht geträumt hatte.

Wenigstens für diese eine Nacht, für ein paar Stunden, in denen ich das stillte, was mich in den letzten Jahren Tag für Tag gequält hatte. Meine Sehnsucht nach diesem Mann. Selbst wenn es danach wieder vorbei wäre – so weit dachte ich momentan lieber erst gar nicht –, selbst wenn daraus niemals mehr entstehen würde, so war es das trotzdem wert.

Denn seine Wange lag auf meinen Haaren und er hatte die Arme fest und real um mich geschlungen. Ich konnte seinen Duft einatmen und seinem ruhigen Herzschlag lauschen. Er schien diesen kostbaren Augenblick genauso zu zelebrieren wie ich, während wir durch die dunkle Stadt fuhren. Einer ungewissen Zukunft entgegen. Keiner von uns sprach, keiner von uns atmete zu viel oder regte sich sonst irgendwie.

Ob er wohl genauso Angst hatte, diese zerbrechliche kleine Blase zu zerstören, in der wir uns eingeschlossen hatten? Ob er wohl genauso Angst hatte, mich wieder zu verlieren, wie ich ihn?

Der Fahrer lenkte die Limousine durch irgendeine Straße und hielt in der Garage eines riesigen Hochhauses. Kristov stieg zuerst aus, dann half er mir aus dem Wagen und zog mich sofort wieder an sich. Als könnte er es nicht erwarten, drückte er mich immer noch völlig durchnässt vom Regen gegen das Auto, keilte mich mit beiden Armen ein und küsste mich erneut. Als könnte auch er es nicht glauben, dass er das einfach so tun durfte, dass ich wieder da war, dass ich so verdammt willig war, wie Butter in seinen Händen und unter seinen Lippen. Ich stöhnte auf, schlang ein Bein um seine Hüfte und fühlte erneut, wie sehr ich ihn erregte, doch ein Räuspern riss uns aus unserer kleinen sexy Welt.

»Boss, ich glaube, sie erfriert gleich«, meinte die einäugige Gottesanbeterin – Kristov hatte ihn Sergej genannt – schulterzuckend, als der ihm nur einen absoluten Todesblick zuwarf. Kristov presste den Kiefer aufeinander, nahm meine

Hand und zog mich hinter sich her. Schnell.

Im Aufzug lehnte ich mich an die Wand, schlang die Arme um mich selbst, um mich vom Beben abzuhalten; beobachtete, wie er den Knopf drückte. Er öffnete den Kragen seines grauen Hemdes und machte sich mit dem Zeigefinger Luft, dann lehnte er sich mir gegenüber an die Wand, verschränkte die Arme, sodass es seine Oberarmmuskeln betonte, und verschlang mich schier mit den Augen. Dumpf fing es wieder zwischen meinen Beinen an zu pochen. Wir sagten kein Wort, wir schauten uns nur an und ließen die Gewitterwolke zwischen uns immer weiter anschwellen, bis sie sich zwangsläufig in einem Sturm der Leidenschaft entladen würde. Ich konnte nicht genug von ihm im Anzug bekommen, von diesem weltmännischen, mächtigen Anblick, von diesen breiten Schultern, seiner großen Statur, von seinen Beinen, die immer fest auf dem Boden standen und ihn so unsagbar elegant und selbstsicher durchs Leben trugen. Auch sein Blick glitt über mich und wurde dabei immer dunkler und verheißungsvoller. Wenn das so weiterging, wusste ich nicht, ob wir es ohne weitere Vorfälle aus diesem Aufzug schafften. Ich wagte es zu bezweifeln, denn mir war so kalt, dass meine Nippel standen, was Kristov durchaus abzulenken schien, denn er betrachtete sie ausgiebig. Langsam, aber sicher zitterte ich noch heftiger. Um mich nicht unnötig frieren zu lassen, nahm er meine Hand, sobald wir da waren, und zog mich direkt in einen riesigen Flur, ehe wir ein weitläufiges Wohnzimmer betraten. Offensichtlich befanden wir uns in einem Penthouse, wofür ich eigentlich keinen Blick hatte. Er führte mich weiter zu einem mannshohen Kamin, in dem er mit ein paar Handgriffen ein knisterndes Feuer entfachte.

Dann standen wir uns gegenüber, und ich fühlte mich wie ein Teenager. Als wäre ich noch nie mit einem Mann zusammen gewesen, wie damals, und schluckte mühsam. Das Feuer wärmte meinen Rücken, sein Blick meine Vorderseite. Er schaute auf mich herab, strich sich durch die Haare und wisperte: »Ich mache uns etwas Warmes zu trinken, du kannst dich ja schon mal ausziehen.« Ein leichtes herausforderndes Schmunzeln funkelte in seinen Augen, das zu sagen schien: *Jetzt werden wir sehen, ob du Mumm im Höschen hast, und ob du weißt, worauf du dich hier eingelassen hast.*

Arsch!

Dann drehte er sich um und schlenderte lässig in seine Küche, die durch einen Tresen vom Wohnraum abgegrenzt wurde. Wir schwiegen weiter, was sich komisch anfühlte. Normalerweise passte das nicht zu uns. Früher hatten wir uns die heißesten Duelle geliefert, aber jetzt wollte ich nicht kämpfen. Ich wollte einfach nur seine Nähe so gut wie möglich genießen. Also beobachtete ich, wie er Tee machte, jede Menge Rum und Zucker reinkippte – zumindest sah es so aus –, ehe er innehielt und eine Augenbraue hob.

Richtig. Er wollte, dass ich mich auszog und dachte, ich hätte nicht den Mut dazu?

HA!

Ohne ihn aus den Augen zu lassen grinste ich ihn verschmitzt an, während ich anfing, meine Hüften leicht zu wiegen – genoss aus vollen Zügen, wie sich seine Augen verdunkelten, als ihm klar wurde, was ich vorhatte. Der Kamin loderte mittlerweile heiß in meinem Rücken, sodass ich schon fast trocken war. Genau genommen nur bestimmte Stellen. Denn sein Blick heizte mich dermaßen auf, als hätte er meinen Intimbereich erneut mit seinen vollen schönen Lippen verwöhnt, weswegen andere Stellen nach wie vor oder schon wieder feucht waren. Langsam ließ ich das Kleid zu Boden fallen, genoss es, wie er seinen Kiefer zusammenpresste, als ich nur noch in Heels vor ihm stand. Ich trug keinen BH, das Höschen lag wahrscheinlich noch zerrissen im Regen auf dem Balkon.

Ich legte eine mentale Schweigeminute dafür ein, ließ aber kurz darauf meine Hände über meinen Körper gleiten, drehte mich mit dem Hintern zu ihm, bewegte meine Hüften noch ein bisschen und löste langsam die Spangen aus meinem immer noch feuchten Haar, bis sich ein brauner dichter Schleier über meinen Rücken ergoss. Dann ging ich in die Hocke, natürlich mit geschlossenen Beinen, die Hände elegant auf den Knien. Er zischte, ich hörte es genau und lächelte ihn über meine Schulter hinweg lasziv an. Quälend langsam richtete ich mich wieder auf, natürlich mit rausgestrecktem Hintern, bevor ich die Haare perfekt zurückwarf denn hallo, wenn ich schon für ihn strippte, dann richtig! Meine Poledance-Stunden sollten sich ja auch lohnen! Ich sah genau, wie es auf ihn wirkte, als ich noch einen Blick riskierte und biss mir auf die Lippe. Ich wollte ihn in mir. Endlich!

Als ich mich umdrehte, stützte er sich gerade mit beiden Armen auf die Theke zwischen uns, die Augen wie das Raubtier auf seine Beute gerichtet, und schwang sich über die Anrichte, um sich direkt vor mir zu seiner vollen Größe aufzubauen.

Der Sturm war entfesselt, es gab jetzt kein Zurück mehr, und allein der Gedanke machte mich feuchter, als ich es jemals im Leben gewesen war.

Er wollte nach mir greifen, sobald ich in Reichweite war, aber ich wich ihm aus, schüttelte meinen Kopf und schob ihn an den Schultern rückwärts in einen der zwei rotbezogenen Sessel vor dem lodernden Kamin, was er kommentarlos zuließ.

Langsam strich ich ihm über die Oberschenkel nach oben, ohne ihn aus dem Blick zu lassen. Er atmete schon schneller, was echt heiß war und mich fast wahnsinnig machte, während ich den Knopf und den Reißverschluss seiner Hose öffnete. Auch das ließ er zu. Ich biss mir erneut auf die Unterlippe, fasste in seine Shorts und holte seinen Schwanz an die frische Luft, wobei ich vor Wonne erschauerte, als ich ihn das erste Mal nach so langer Zeit berührte. Er war perfekt!

Für eine Sekunde schloss Kristov die Augen und biss seinen Kiefer fester aufeinander.

Dann setzte ich mich über ihn, ohne seinen Blick loszulassen – war wie hypnotisiert –, stützte mich an seinen Schultern ab und ließ mich langsam auf ihn herab. Wobei ich die Augen einfach schließen und den Kopf zurückfallen lassen musste, weil es sich zu exquisit anfühlte. Seine Hände lagen auf den Lehnen. Wahrscheinlich musste er sich davon abhalten, die Führung zu übernehmen, wie sonst immer, doch dieses Mal überließ er mir die volle Macht. Sein Körper war mein Spielzeug und gehörte genauso mir, wie ich ihm gehörte.

Es war das Beste, mit dem ich je hatte spielen dürfen.

Mit einem leisen Stöhnen fing ich an, mich auf ihm zu bewegen, während er völlig passiv blieb, sodass ich mich auf ihm austoben konnte. Ich durfte seinen schönen geraden Schwanz benutzen, wie ich wollte, und das tat ich. Massierte mich an Stellen, wo schon so lange keiner mehr gewesen war, und bewegte mich immer schneller, immer drängender, während mir der Schweiß auf die Stirn trat, weil der Kamin in meinem Rücken so heiß loderte. Oder war es der Mann vor mir? Ich wusste es nicht; ich wusste nur, dass ich nicht aufhören wollte. Dies war der beste Sex meines Lebens, obwohl er nichts machte, oder gerade deswegen?

Ich, die kleine Elina Wrangler hatte die volle Kontrolle über einen der mächtigsten Männer eines der größten Länder dieser Welt.

Und wieder mal dachte ich mir: *Verdammt, was hat es nur mit diesen Kaminen an sich?*

Ich sah ihn an, vom Feuerschein erhellt, wie die Flammen über sein schönes Gesicht tanzten, wie er die Stirn runzelte, als hätte er Schmerzen, weil er seine Lust, weil er *sich* selbst zurückhielt. Die sinnlichen Lippen standen einen Spalt offen, er krallte die Finger in die Lehne und würde sich offensichtlich nicht mehr lange beherrschen können.

Ich ließ mich noch tiefer auf ihn sinken, ließ mein Becken mit ihm ganz tief in mir kreisen und zog seinen Kopf an meine nackte Brust. Er grinste mich an und leckte über eine meiner aufgestellten Brustwarzen. Allein der Anblick seiner rosa Zunge an dieser empfindlichen Stelle katapultierte mich fast über den Rand, und als er dann noch zart tief stöhnend an meiner Brust saugte, war ich verloren. Völlig verloren.

Ich explodierte zum zweiten Mal an einem Abend und schrie kurz darauf auf, weil er mich am Rücken packte, mich in den Sessel schleuderte, sich mit beiden Händen an der Lehne neben mir abstützte und wieder in mich rammte – und zwar fest.

Seine Kontrolle war dahin.

Ich stöhnte und spreizte weit meine mittlerweile kraftlosen Beine mit den Heels. Seine trainierten Hüften pumpten vor und zurück, während er mich nicht aus den Augen ließ und mich jetzt genauso benutzte, wie er es brauchte. Während er uns immer höher trieb, ich erschrocken feststellte, dass er einen ganz speziellen Punkt in meinem Inneren traf und der Orgasmus sich wieder in mir aufbaute.

Meine Augen wurden groß, doch er grinste nur teuflisch und stieß jetzt langsamer zu, fast schon *zu* langsam. Keine Ahnung, woher er die Beherrschung nahm, aber er wusste, was er tat! Und was er tat, war phänomenal. Ich fühlte seine gesamte Länge rein- und rausgleiten, immer und immer wieder so quälend langsam, während seine Arme neben mir nicht einmal bebten. Mein Inneres zog sich immer heftiger zusammen, meine Nippel wurden wieder härter und meine Feuchtigkeit benetzte mittlerweile den Sessel unter mir.

Ich war schon wieder an einem Punkt, an dem ich nur noch kommen wollte.

Dann griff er auch noch unter mein Becken, krallte die Finger in meinen Hintern, hob ihn ein bisschen hoch und stieß mit einem Mal völlig unverhofft härter zu. Ich schrie auf und fühlte meine inneren Muskeln zucken, doch er fickte mich wieder quälend langsam weiter, als wäre nichts geschehen –

und das alles mit diesem kontrollierten überlegenen Grinsen. Der Teufel!

Ich wusste nicht, wann er noch einmal so tief zustoßen würde, nur dass es passieren würde, denn er liebte es, mit mir zu spielen, in meinen Augen die Furcht, aber auch die Lust zu sehen, weil er einen Moment auswählte, der mich unvorbereitet traf.

Abermals stieß er härter zu und ich schrie erneut auf.

»OH GOTT!« Dann blieb er ganz eng mit mir verbunden, kreiste seine Hüften direkt an mir. Der Schweiß brach mir aus jeder Pore, während das Herz wie wild in meiner Brust trommelte und ich erneut explodierte, so unverhofft, so plötzlich, dass die Sterne förmlich vor meinen Augen tanzten und ich Angst hatte, ohnmächtig zu werden.

Während ich kam stieß er hart und schnell in mich und intensivierte meinen Orgasmus damit auch noch …

Woah!

Als mein Höhepunkt leicht abklang, merkte ich, wie er sich mit einem leisen Fluch aus mir rauszog und auf meine Vagina kam. Seine heißen Ströme der Erlösung zu spüren, verlängerte meinen Orgasmus noch einmal, und ich krallte mich in seine breiten muskulösen Schultern, biss mir so fest auf die Lippe, dass ich Blut schmeckte, und kniff die Augen zusammen. Ich wollte nicht, dass es aufhörte, aber leider hat jeder Sex ein Ende und ist er noch so welterschütternd.

LEIDER!

***

Immer noch ohne ein weiteres Wort hob er mich auf die Arme und trug mich durch das kaum erleuchtete Penthouse. In einem riesigen Bad mit phänomenaler Aussicht, wo das Licht automatisch anging, als wir es betraten, setzte er mich auf einen Schrank aus Kiefernholz und stützte seine Hände rechts und links neben mich. Keilte mich ein und schaute mir tief in die Augen. Völlig atemlos von seiner unbändigen Schönheit und von dem, was er gerade mit mir gemacht hatte, starrte ich ihn an.

»Küss mich!«, forderte er, und ich beugte mich augenverdrehend vor und küsste ihn. Doch als ich etwas zu überschwänglich wurde, wich er ein wenig zurück und grinste mich an. »Und jetzt zieh mich aus, Süße!« Ich tat wie mir befohlen und streckte die Hände aus, legte sie auf seine Knöpfe, sah ihn dabei vorsichtig an, weil ich noch wusste, wie ungern er sich eigentlich berühren ließ – zumindest damals –, aber er schüttelte den Kopf.

»Nicht bei dir, Elina. Niemals bei dir.« Vermutlich strahlte ich wie ein Atomkraftwerk, dann öffnete ich voller Elan die Knöpfe, strich sein Hemd an seinen breiten trainierten Schultern zurück und zog es an seinen Armen herab. Er half mir, indem er die Arme hob und ich ihm das Unterhemd über den Kopf streifen konnte. Die etlichen wulstigen Brandnarben an seinem Oberkörper schmälerten nicht im Geringsten seine Attraktivität, ganz im Gegenteil. Sie ließen ihn noch härter und verwegener wirken – wie einen *echten* Mann und nicht so einen metrosexuellen Spargeltarzan. Leicht biss ich mir wieder auf die Lippe und stellte mich vor ihn, wofür er gnädigerweise etwas zurückwich. Mann, wenn ich auf diese Art vor ihm stand, dann kam ich mir so klein vor! Und so schwach. Er war ein Traum von einem Mann, mit all diesen Muskeln unter der von Narben überzogenen Haut. Eine wahre Killermaschine. Wie ein Krieger aus einem vorherigen Jahrhundert. Rau und hart und gefährlich. Aber er würde mir nichts antun. Niemals. Denn er besaß genauso viel Ehre, wie die Männer der damaligen Zeit. Kristov Romanov war wirklich etwas Besonderes.

Ich streifte seine Hose über seine schmalen Hüften und das sexy V, dann die Shorts, und ignorierte *ihn* weitestgehend, während ich mich vor ihn kniete und auch die Socken und Schuhe ausziehen wollte.

»Das reicht schon!« Er nahm mich an den Schultern und hob mich einfach wieder auf die Beine, als wäre ich eine Puppe. Ich schaute ihn verwirrt an, aber er grinste nur. »Ich weiß, dass du Füße hasst! Geh unter die Dusche!«

Ich kicherte, als er mir einen Arschklapser gab, zog meine Heels aus und schlenderte mit einem »Wie gnädig du doch bist« unter die offene Regenwalddusche in einer Ecke des Raumes. Selbst von dort aus war man in der Lage, die gesamte Stadt überblicken, was etwas Exhibitionistisches an sich hatte, aber vielleicht besaß das Bad eine Art Spezialglas, bei dem man hinaus, jedoch nicht hereinschauen konnte. Andernfalls sollten sich alle Frauen, die im Umfeld seines Penthouses wohnten, vor mir in Acht nehmen. Denn allein der Gedanke, sie würden jeden Morgen mit ihren Ferngläsern bewaffnet, einem Kaffee und ihren Katzen auf den Schößen bei seinem Anblick vor sich hin sabbern, ließ meine Eifersucht hochkochen.

Boah!

Das warme Wasser tat unheimlich gut auf meiner verschwitzten Haut und noch besser wurde es, als er nackt zu mir in die Dusche stieg.

»Dreh dich um, ich wasche dir die Haare«, wisperte er und küsste meine Schulter, als ich gehorchte. Ich seufzte wohlig, vor allem, als er anfing, mir den Kopf zu massieren. Was war das hier nur? Es war so ganz anders als damals.

So intim!

Er ließ mich völlig in seine Welt ein, ganz ohne Bedenken, so schien es zumindest. Früher hatte er total dagegen gekämpft, doch nun war davon nichts mehr zu spüren. Das hatte ich mir damals immer gewünscht.

Es war wirklich traumhaft und ich hatte Angst, aufzuwachen und mich allein in meinem Bett vorzufinden, wie schon so viele Nächte davor. Ich erschauderte eiskalt und wirbelte zu ihm herum, kaum dass er das Shampoo rausgewaschen hatte.

»Du bist kein Traum, oder?«, fragte ich ihn einfach, und er schaute mich einige Sekunden perplex an.

»Äh, soweit ich weiß, nicht. Wieso?« Ich umfing seine Hüfte mit meinen Händen, trat nah an ihn heran und strich mit meiner Nase über seine Brust, die Narben und die paar Haare darauf, während ich die Lider schloss.

»Weißt du, ich hab mir das hier so lange gewünscht, so oft davon geträumt. Ich habe mich so sehr danach gesehnt, nach dir, und jetzt bei dir zu sein, nackt vor dir zu stehen, das fühlt sich so irreal an. Das kann doch nicht wahr sein und ich … ich habe einfach nur wahnsinnige Angst davor, dass du dich einfach in Rauch auflöst oder verpuffst oder so!«

»Wenn ich eines in meinem Leben gelernt habe, dann: Denk nicht drüber nach, was noch kommen könnte, sondern genieße das Jetzt, solange es noch was zum Genießen gibt, denn keiner kann sagen, was die Zukunft bringt. Okay, keiner außer mir, denn ich weiß ganz genau, was als Nächstes kommt«, wisperte er heiser in mein Ohr, während er mich genau spüren ließ, was die Vorstellung in ihm anrichtete. Was sollte ich sagen? Kristov besaß Ausdauer! »Ich werde dich so lange ficken, bis du nicht mehr laufen kannst. Was hältst du davon?«

Ich konnte nur hektisch nicken.

***

Kristov Romanov ist ein Mann der Taten. Was er sagt, tut er auch! I.M.M.E.R.

In seinem Bett fickte er mich wirklich so ausgiebig, dass ich den Muskelkater fast sofort danach in jedem meiner Glieder spürte, obwohl ich gut trainiert war und Ausdauer besaß.

Als wir irgendwann mitten in der Nacht ermattet in die weichen goldenen Kissen sanken, war ich absolut fertig.

Erst der Auftritt.

Dann das mit Heath.

Und jetzt die Erfüllung meiner Träume.

Er legte sich auf den Rücken und ich lehnte mich an seine Brust, genoss es, ihn einfach so berühren zu dürfen, wieder in seiner Nähe zu sein und noch zu fühlen, wie sein Sperma an bestimmten Körperstellen trocknete. Es hatte was wahninnig Verruchtes, und ich mochte es, verrucht zu sein, zumindest, wenn es um diesen Mann ging.

Seufzend rückte ich ein Stück von ihm ab und stützte mich auf einen Ellenbogen, um ihn genauer betrachten zu können. Den jetzt dunklen Bartschatten an seinem kantigen Kiefer, die sinnlichen Lippen … Dabei entdeckte ich eine Narbe am Kinn, die vor sieben Jahren noch nicht da gewesen war. Zart strich ich darüber.

»Woher hast du die?«

»Das war Ivan. Er dachte, er könnte sich tatsächlich mit mir anlegen.« Er lachte bei der Erinnerung daran, doch dann wurden seine Augen düster, leer. »Jetzt liegt er auf dem Grund des Aralsees. Das war das erste Exempel, das ich statuierte, und es folgten noch viele weitere.« Vorsichtig sah er mich an, als ich nicht antwortete, sondern nur an die Sache mit Igor dachte. »Ich musste es tun, Elina. Du konntest so, wie du warst, nicht in meine Welt gehören. Du musstest sehen, wozu ich fähig bin«, raunte er.

»Ich weiß, wozu du fähig bist. Du bist ohne mit der Wimper zu zucken bereit, einem anderen Menschen das Leben zu nehmen.« Er verzog das Gesicht. Ich biss mir auf die Unterlippe und sah ihn vorsichtig an. »Du bist bereit, Verantwortung zu übernehmen und denen, die es verdienen, das Leben zu nehmen. Du handelst dort, wo kein anderer handelt, wo jeder wegsieht. Du kämpfst für die, die es nicht selber können! Du denkst vielleicht, du bist genauso abgefuckt wie alle anderen in deinen Kreisen, aber ich weiß es besser.

Das bist du nicht, das warst du nie und das wirst du nie sein.« Er blinzelte mich ehrlich etwas erschrocken an, dann verzog er das Gesicht, sah mit einem Schnauben von mir weg, doch ich strich ihm über die Wange und zwang ihn, mich wieder anzusehen.

»Ich weiß, dass du dich als Monster siehst. Aber schon damals sah ich, wer du wirklich bist, und wie damals wirst du mich nicht vertreiben können! Mit nichts«, wisperte ich und streckte mich nach oben, küsste ihn kurz.

»Ich hab dich nicht verdient!«, knurrte er angepisst.

»Das entscheide ich, aber sag mir, wieso … warum hast du den Brief niemals beantwortet. Wolltest du mich nicht mehr? Willst du mich jetzt nicht? Ich …« Er packte meine Haare mit der Faust und zog mich nach vorn, bis meine Lippen auf seine krachten. Bei diesem Kuss ließ er sich Zeit, er machte mir mit seinen Lippen klar, wie sehr er mich wollte und wie abwegig allein dieser Gedanke war.

Als wir beide atemlos waren, zog er mich ein Stück zurück, lehnte seine Stirn an meine und wisperte: »Ich habe ihn verbrannt. Ich weiß nicht, was darin stand, aber ich … ich musste das alles von meinem Vater übernehmen, all die guten Sachen und vor allem all die schlechten, seine Feinde, seine Kriege, und ich konnte dich nicht in diese Gefahr bringen.«

»Und was ist jetzt bitte anders?«

Er zuckte mit den Schultern. »Gar nichts! Dass du jetzt und hier mit mir in meinem Bett liegst, war sicher nicht geplant, aber du stellst ja immer alles auf den Kopf!« Ich spürte, dass wir uns dem gefährlichen Punkt in rapider Geschwindigkeit näherten, wusste aber nicht, wie ich dieses Gespräch umlenken sollte. Zum Glück tat er das selbst. »Als ich gesehen habe, wie dich ein anderer auf dieser Bühne berührte, sind bei mir einfach alle Sicherungen durchgebrannt. Du bist die Einzige, die es schafft, dass ich nicht mehr Herr meiner Sinne bin, dass ich unüberlegt handle, dass ich das, was mir etwas bedeutet, in Gefahr bringe.« Intensiv sah er mich an.

»Ich bin mit dir nicht in Gefahr!«

»Doch, das bist du, mehr als du dir vorstellen kannst, und doch kann ich dich nicht mehr gehen lassen. Ich weiß, es ist egoistisch, aber die letzten sieben Jahre waren ein einziger Kampf, nicht in meinen verdammten Jet zu steigen und zu dir zu fliegen. Ich wollte es jeden Tag aufs Neue tun und habe mich doch abgehalten.« Mein Herz pochte bis in den Hals, bei der Vorstellung daran, und ich wollte ihn schlagen, weil er es nicht getan hatte. Er hätte uns beiden so viel Kummer erspart!

Stattdessen richtete ich mich auf und funkelte ihn wütend an.

»Wieso hast du es nie getan?! Ich habe jeden verdammten Tag auf dich gewartet!« Mir stiegen die Tränen in die Augen. All diese Jahre vergeudet. All diese Zeit weg. Wir hatten so viel verpasst! *Er* hatte so viel verpasst, und ich wollte gar nicht daran denken, was passieren würde, wenn er *das* erfuhr!

»Das habe ich dir bereits beantwortet und ich wünschte, ich hätte noch immer die Kraft, mich von dir fernzuhalten.«

»Kristov Romanov, ich warne dich!«

Er hob beide Hände, mein Funkeln musste wohl ziemlich eindrucksvoll sein. »Beruhige dich, kleine Kampfkatze. Ich bin doch nicht lebensmüde und werde erneut deinen unbändigen Zorn auf mich ziehen. Außerdem bin ich schwach, wenn es um dich geht, ein verdammtes, hilfloses Baby! Du hast keine Ahnung, wie verdammt glücklich ich bin, dich in meinem Bett haben. Nicht nur für dich ist das hier irreal!« Schlagartig wurde er düster. »Aber ich muss dich warnen! Das hier wird nicht immer leicht für dich sein. Du wirst lernen müssen, in gewissen Situationen, *zu gehorchen* – ohne zu hinterfragen, ohne zu denken und vor allem, ohne zu rebellieren.«

Ich lachte sofort auf. »Gehorchen? Wie ein Hund, dem du *Sitz!*, *Bleib!*, *Aus!* sagen kannst? Das kannst du vergessen, Mister Mafiaboss!«

»Verdammt, Elina!«, knurrte er. »Deine Kommentare machen nur klar, dass du keine Ahnung hast. Hier gelten andere Regeln. Das hier ist kein Spaß, diese Welt ist etwas völlig anderes, als du gewohnt bist, und ich bin anders als damals! Nur meine Gefühle für dich sind dieselben geblieben.«

»Meinst du das echt ernst?«, fragte ich. Wegen seiner Ernsthaftigkeit war mir das Lachen vergangen.

»Du begibst dich hier auf verdammt dünnes Eis, Elina Wrangler, besonders mit deinem Nachnamen. Ich will, dass es dir absolut klar ist, und ich meine es sogar todernst! Manchmal werde ich Dinge tun müssen, die dir vielleicht nicht gefallen – ganz im Gegenteil. Ich werde eine Rolle spielen müssen, die dir nicht gefallen wird. Dieses Leben lebe ich seit sieben verdammten Jahren. Das ist, was mein Überleben ausmacht. Ich verlange von jedem in meinem direkten Umfeld, dass er meine Regeln befolgt, und bei dir werde ich keine Ausnahme machen, zumindest nicht vor anderen.« Ich hatte doch gewusst, dass die Sache einen Haken hatte!

Dieser Traum wurde langsam blasser, und ich schien daraus zu erwachen.

»Du bist wahnsinnig!«

Er griff nach oben und strich über meine Wange. Ich schloss die Lider, als er mich berührte, denn sofort fühlte ich mich wieder so geborgen und so geliebt und begehrt und respektiert. »Nein, ich will dich nur schützen! Ich will das schützen, was wir haben, egal mit welchen Mitteln!« Den anderen Arm hinter seinem Kopf verschränkt strich er meinen Hals hinab und über meine Brustwarze, seinen Blick mit meinem verwoben. Ich biss mir auf die Unterlippe und hielt den Atem an.

»Deine Brüste sind größer«, raunte er mit seiner heiseren Sexstimme, die mich sofort wieder feucht machte und damit das soeben Gesagte in den Hintergrund drängte. »Aber sie sind nicht operiert«, sinnierte er weiter und legte den Kopf leicht schief.

Verdammt! Ich schloss geschlagen die Lider und wisperte: »Ich war damals fast noch im Wachstum.«

»Jetzt bist du das nicht mehr«, stellte er ziemlich zufrieden fest. Sein Zeigefinger strich zwischen meinen Brüsten und meinen Bauch hinab. »Wenn du wüsstest, wie heiß es vorhin war, dich wieder zu schmecken, dich zu riechen, dich zu hören, und zu fühlen, wie du unter meinem Mund kommst.« Sein Finger strich über meinen Venushügel und ich erbebte. Unauffällig, ich hoffte es zumindest, spreizte ich die Beine, damit er besseren Zugang hatte, und ließ den Kopf nach hinten fallen, während ich schon jetzt schneller atmete. Er richtete sich auf, seine Lippen strichen über meinen Hals, über meine Brüste, und sein Finger fing an, mich sanft zu massieren. Genau dort, wo es sich am besten anfühlte. Ich stöhnte heiser, es war eigentlich ein halbes Wimmern, und beugte meinen Rücken durch.

»Kristov, ich bin schon jetzt wund!«

»Vernehme ich da etwa gerade ein Mimimi?«, raunte er heiser in mein Ohr. Ich kicherte und stöhnte in einem, als er den Finger in mich schob.

»Niemals!«, keuchte ich kämpferisch. Da schob er mich schon auf den Rücken und ersetzte seinen Finger durch etwas anderes …

Für den Moment gestattete ich mir zu genießen, denn die Probleme mit Mister Mafiaboss würden noch früh genug kommen. Dessen war ich mir absolut sicher.

Egal! Momentan war ich einfach nur der glücklichste Mensch des Planeten, denn ich hatte ihn wieder.

Endlich.

12. Ein Morgen mit einem Mafiaboss

Als ich am nächsten Morgen erwachte, von der Sonne angestrahlt, überlegte ich für ein paar Sekunden, ob dies vielleicht doch ein Traum gewesen war, aber ich roch bereits seinen Duft. Bevor ich die Augen öffnete, streckte mich träge, genoss das Gefühl der seidigen Laken um mich herum, gähnte ausgiebig und überblickte verschlafen das wunderschön eingerichtete Schlafzimmer über den Dächern Moskaus. Alles war in grauen und schwarzen Tönen gehalten, gemischt mit giftgrünen und weißen Klecksen. Wie nicht anders zu erwarten, wirkte alles sehr modern, sehr minimalistisch, sehr männlich und sehr Kristov. Ich umarmte ein Kissen, mit seinem wunderbaren Duft etwas länger und genoss das süße Brennen zwischen meinen Beinen und in meinen Muskeln.

So musste sich eine Prinzessin fühlen, wenn sie nach der ersten richtigen Nacht mit ihrem Traumprinzen aufwachte. Na ja, lange genug hatte ich auch darauf gewartet. Aber ich wusste, dies war kein Märchen. Nein, es war das genaue Gegenteil, denn Kristov war ganz sicher kein Prinz. Prinzen wirkten viel zu kindlich und weich, nicht zu vergessen die Strumpfhosen und diese flapsige Feder auf dem Kopf. Jeder, der Aschenputtel gesehen hat – das gute Tschechische, das meine Mutter jedes Weihnachten mit uns allen schaute –, der weiß, was ich meine. Wenn überhaupt, dann glich Kristov Romanov einem König – stark, mächtig, männlich und über alles erhaben; der König der Unterwelt – und er ließ mich fühlen, als wäre ich seine Königin.

In diesen vier Wänden war von dem kalten, unnahbaren Kristov von damals nichts mehr übrig. Nein, hier war er völlig anders. So wie ich ihn wirklich noch nie erlebt hatte.

Ich stand auf, komplett nackt, und ging in das erstbeste Zimmer, das durch eine verglaste Schiebetür von diesem riesigen Schlafzimmer getrennt wurde. Zum Glück fand ich mich in einem penibel nach Farben sortierten Ankleidezimmer vor. Es gab nichts außer graue, schwarze und weiße Töne. Hauptsächlich Anzüge und teure italienische Schuhe. Okay, bei den Krawatten machte er eine Ausnahme. Ab und zu war tatsächlich mal ein dunkles Rot, Blau, Braun oder Grau dazwischen, mehr nicht. Aber ich entdeckte auch ein wenig Sportkleidung und so zog ich mir einfach ein weißes Adidas-Shirt über, das er wohl zum Trainieren trug, sonst nichts, und tapste barfuß dorthin, wo ich das Bad in Erinnerung hatte.

In den in Braun- und Beigetönen gehaltenen riesigen Raum, mit dem Whirlpool auf einem Podest, strahlte auch die Sonne hinein, direkt in mein Gesicht, während ich mein Geschäft erledigte, dabei auch das Brennen willkommen hieß, und mich schließlich vor den sicherlich zwei Meter langen deckenhohen Spiegel stellte und meine Hände wusch.

Ich erstarrte, als ich in mein Gesicht schaute.

Oh mein Gott!

Wie hatte er mich so ansehen können, ohne einen Lachkrampf zu bekommen? Die Schminke war in schwarzen Schlieren über mein Gesicht verteilt; ich sah aus wie ein psychopathischer Waschbär! Schnell wusch ich mein Gesicht, entfernte die letzten ekligen Reste und putzte mir nach einem kurzen Durchsuchen der Schränke mit einem Schulterzucken mit seiner Zahnbürste die Zähne. Sein Speichel war sowieso spätestens seit letzter Nacht mein Speichel. Dann kämmte ich mir die Haare und verließ das Bad locker schlendernd.

Ich folgte dem wunderbaren Duft sowie den eindeutigen Küchengeräuschen in den riesigen hohen Wohnraum mit den dunkelbraunen Dachbalken und den dunkelbraunen Steinfliesen. Dort beobachtete ich ihn einen kurzen Moment verträumt, während ich mich in den Türrahmen lehnte. Genoss dabei das Zusammenziehen meines Bauches, das leichte Pochen in meinem Schritt, bei der Erinnerung an gestern Nacht. Dachte an sein Stöhnen, seine Lippen, seine Finger und seinen Schwanz, und das Beschleunigen meines Herzschlages. Er hatte nur eine hellblaue Schlafhose an, die verboten tief hing, so tief, dass man den Ansatz seines sexy Hinterns und vorn genau das V bestaunen konnte. Mein Blick glitt weiter nach oben, während ich hoffte, dass mir kein Speichel aus dem Mundwinkel lief, über seinen muskulösen gebräunten Rücken, zu seinen von mir persönlich zerwühlten schwarzen Haare und seinen trainierten Armen. Gott im Himmel, dieser Mann könnte Werbung für Spiegeleier machen, und jeder Veganer würde wieder zum Fleischfresser mutieren.

Als hätte er meinen Blick gespürt, hob er den seinen, und sein Grau fand mein Braun. Ich hielt den Atem an, als er mich anlächelte, mit diesen perfekten strahlend weißen Zahnpastawerbungzähnen. Verdammt! Wenn er lächelte, war sein Gesicht noch schöner, atemberaubender und anziehender, besonders weil er sonst immer so unnahbar, kühl und hoch konzentriert schien.

»Hi«, grüßte er mich mit vom Schlafen rauer sexy Stimme.

»Hi«, antwortete ich, ging zum Tresen und setzte mich auf einen der vier Hocker. Er schob mir einen Teller unter die Nase – zwei leicht angebratene Spiegeleier, mit ein paar aufgeschnittenen Tomaten und frischer Toast warteten dort auf mich. Er hatte mit einem Würstchen einen Mund geformt. Das Eigelb waren die Augen, die Tomaten die Ohren, und ein bisschen Petersilie verliehen dem Ding sogar Haare. Es grinste mich etwas gruslig von meinem Teller aus an, und ich kicherte leicht verängstigt.

»Du bist ja ein richtiger Künstler«, stellte ich fest und nahm dankbar die dampfende Tasse Kaffee entgegen, die er mir reichte. »Keep calm and drink Coffee« stand da drauf. Wie passend – nur leider in der Nähe dieses Mannes unmöglich.

»Ich habe viele verborgene Talente«, meinte er selbstsicher. Ohne mich aus den Augen zu lassen, umrundete er den Tresen und kam auf mich zu. Ich legte vorsichtshalber mein Besteck zur Seite, denn ich wollte durch eventuelle unkontrollierte Bewegungen keinen töten. Er trat von hinten an mich heran, strich mein Haar aus dem Nacken, umschlang meinen Bauch und wisperte direkt an meiner Haut: »Hast du da gerade tatsächlich kein Höschen an?« Dann spreizte er meine Beine und ich ließ meinen Kopf nach hinten an seine nackte Schulter fallen, während er langsam meine Schenkel nach oben strich.

»Höschen werden überbewertet«, keuchte ich.

»Ist das so?«

»Jaaaa.«

»Das gefällt mir!« Er ließ von mir ab, kurz vor meiner schon wieder nach ihm pochenden Mitte, und setzte sich neben mich auf einen Hocker. Dann fing er an fröhlich an zu mampfen, wobei er völlig ruhig und ausgeglichen wirkte. Während ich immer noch atemlos war und ein paar Sekunden brauchte, bis ich wieder wusste, wie man Besteck benutzt. Verdammt! Meine Wangen waren knallrot und mein Gehirn arbeitete an diesem Morgen eindeutig auf Sparmodus.

Wir aßen einträchtig, als wäre es nie anders gewesen. Ich hatte einen Bärenhunger und genoss seine Aufmerksamkeiten. Zum Beispiel, dass er mir sofort Kaffee nachschenkte, als meiner leer war, dass er mich von seinem Würstchen abbeißen ließ – von dem auf seinem Teller! –, als ich meines gegessen hatte, und dass er mir etwas Fett von der Lippe tupfte, nachdem ich fertig war. Das Frühstück war genau das, was ich jetzt gebraucht hatte. Sogar Orangen hatte er ausgepresst, und ich trank genüsslich den süßen Saft. Dabei schaute ich auf die Uhr am Backofen und bemerkte, dass es schon fast zehn war. Beinahe spuckte ich vor Schreck den Saft wieder aus!

FUCK!

Sofort schwang ich mich vom Hocker und stürmte los.

»Ich muss los! Ich danke dir für alles! Die Nacht und … ähhh … deine Lippenarbeit und das süße Frühstück!«, rief ich ihm noch zu und eilte zum Kamin. Ich hob mein Gott sei Dank über Nacht getrocknetes Kleid gerade auf, als er mich am Arm packte und zu sich herumdrehte.

»Was denkst du, tust du da gerade?« Oh, das erinnerte mich an Heath im Restaurant, als ich Kristov so kopflos nachgestürmt war. Nur pochte jetzt *mein* Herz wegen seines drohenden Blicks sofort los wie verrückt.

»Ich … äh … muss mich anziehen, oder soll ich so auf die Straße?«, antwortete ich zickiger als gewollt und riss mich von ihm los. Schnell zog ich sein Shirt aus und wollte gerade in das Kleid schlüpfen.

»Du musst gar nichts!« Mit diesen Worten hob er mich einfach hoch und warf mich über seine Schulter.

»KRISTOV!«, brüllte ich und sah dabei zu, wie das rote Häufchen Kleid aus meinem Sichtfeld verschwand, weil er mich wieder ins Schlafzimmer trug. Verdammt! »Lass mich runter, geht's noch, du bist ja echt total …« Er ließ mich genau in sein weiches Bett fallen. Dann war er schon über mir, packte meine Handgelenke und drückte mich zurück in die Kissen, als ich mich aufrappeln wollte. Also bestimmend war gar kein Ausdruck für diesen Mann! Völlig ruhig sah er mich an, während ich ihn eine Runde anbrüllte und mich wand wie ein Wurm, natürlich ohne jede Erfolgschance auf Flucht. »Ich muss zu meinen Kids. Heath wird schon aufgefallen sein, dass ich nicht da bin. Er wird sich Sorgen machen, ich kann das nicht tun! HALLO, LASS MICH LOS! »

»Für die Kids und deinen Heath ist bestens gesorgt«,

antwortete er lauernd, ohne sich auch nur einen Millimeter zu rühren. Das ließ mich stocken.

»Hä?«

»Ich habe ihm ausrichten lassen, dass du bei mir und in besten Händen bist, und ihnen meine Limousine und einen Stadtführer an die Seite gestellt, der sie bis morgen beschäftigen wird. Sergej achtet außerdem auf ihre Sicherheit. Das heißt, du musst gar nichts, außer den Tag genießen. Hier. Mit mir. Und zwar genauso, wie du jetzt bist!«

Ich schaute ihn einige Sekunden völlig leer an. Er hatte Heath gesagt, wo ich war und ihm somit sein Herz völlig zertrümmert? Ohne meine Einwilligung? Was bildete er sich überhaupt ein. Der Bastard! Knurrend presste ich die Lippen aufeinander und schob ihn mit aller Kraft von mir weg. Er ließ es zu, setzte sich zurück auf die Hacken, während ich mich mit einem erhobenen Zeigefinger vor ihn kniete und zischte: »So! Dass das ein für alle Mal klar ist, hier sind ein paar Tatsachen, Mister Kontrollfreak! Erstens: Ich bin *nicht* deine Gefangene!«

»Okay«, meinte er viel zu locker. War das etwas Belustigung in seinen Augen? Amüsierte ihn etwa die Tatsache, dass ich hier völlig nackt vor ihm kniete und ihm drohte?

Ich stockte und knurrte weiter: »Machst du dich gerade lustig über mich?«

»Niemals!« Ich glaubte ihm kein Wort, sprach aber trotzdem weiter, weil mir verdammt wichtig war, dass er wusste, wie hier der Hase lief! Oder hoppelte, oder was auch immer.

»Ich bin auch *nicht* dein Spielzeug oder deine verdammte Sklavin! Wir sind hier nicht bei fucking *Fifty Shades of Grey*! Ich bin ein erwachsener mündiger Mensch, der eigene Entscheidungen trifft, also kannst du dir diese ganze Dominanznummer sparen, okay? Zumindest überall, außer im Bett – da ist es heiß!«

»Okay!«

»Sag nicht immer *okay*!«

»Okay!« Jetzt lachte er fast, und ich musste auch schmunzeln, obwohl ich gleichzeitig nach wie vor sauer war.

»Ich stehe mit beiden Beinen im Leben, und nur *ich* entscheide, wie und wo ich meinen Tag verbringe. Klar, im Bett stehe ich drauf, wenn du *mal* die Kontrolle übernimmst und all den heißen Scheiß, aber das wird sich nicht auf alles andere ausweiten! Ich werde ganz sicher nicht einfach mein gesamtes Leben aufgeben und zur hirnlosen Barbie mutieren, nur, weil der holde Mafiaboss sich entschieden hast, dass ich *ihm gehöre und ich seinen Regeln zu gehorchen habe*!« Die letzten Worte betonte ich und ahmte ihn dabei mit tiefer Stimme nach, was ziemlich peinlich und herablassend wirkte. Dazu malte ich Gänsefüßchen in die Luft. Sein Blick verdunkelte sich schlagartig, aber ich war zu sehr in Rage, um auf den warnenden Schauder zu hören, der meinen Rücken herabrieselte. »Ich komme aus einem freien Land, und der Einzige, dem ich gehöre, bin ich selber! Und ich habe meinen eigenen verdammten Kopf, treffe meine eigenen verdammten Entscheidungen und lasse mir von keinem Mann dieser Welt etwas vorschreiben, und ist er noch so toll! Verstanden?«

»Sehr gut!« Damit stand er auf und verschwand aus dem

Schlafzimmer. Mein Herz machte einen Hüpfer und ich sah ihm ratlos hinterher. Ich ließ den Finger langsam sinken, mit dem ich, während meiner Rede, auf seine Brust eingestochen hatte.

Fuck!

Allein schon an seinem angespannten Rücken konnte ich sehen, dass er jetzt sauer war. Aber verdammt, diese Ansage war echt dringend nötig gewesen! Er musste das einfach verstehen, sonst sah ich schwarz für uns! Gefühle hin oder her!

Als er wiederkam, hatte er allen Ernstes mein Kleid dabei. Meine Augen wurden groß, besonders, als er sich damit vor mich stellte und es mir hinhielt. Unsicher schaute ich ihn an, aber sein Gesicht glich einer eisernen Maske, völlig verschlossen und unlesbar. Das Pokerface hatte er immer noch perfekt drauf.

»Was wird das?«, fragte ich, war aber auf der Hut.

»Komm her!«, meinte er völlig ruhig, und ich gehorchte. Das war ja auch nur eine Kleinigkeit. Ich hob vor ihm die Arme und er zog mir das Kleid an, während sich durch meinen Bauch plötzlich eiskaltes Eis schob.

Fuck! Fuck! Fuck!

Er reichte mir meine Handtasche und ich nahm sie zaghaft.

»Was wird das?«, erkundigte ich mich etwas lauter, weil ich mit einem Mal irgendwie Panik bekam.

»Du wolltest doch gehen!«

»Ja, aber …« Keine Ahnung! Verdammt! Verdammt! Verdammt! Wenn ich es mir genau überlege, wollte ich jetzt nicht mehr gehen. Bescheuert, aber wahr! Stattdessen wollte ich noch diesen Tag mit ihm verbringen! Mir noch ein paar Stunden mit ihm klauen – unsere so faszinierende heiße Zweisamkeit, nackt, in diesem Bett, unter ihm oder auf ihm, irgendwie verbunden auf jeden Fall. Jetzt allerdings konnte ich unmöglich auch nur einen Schritt zurückmachen. Das hier war zu wichtig für unser weiteres Zusammensein! Wenn es das überhaupt gab!

Er drehte sich um und schlenderte zur Tür, ich tapste ihm zögernd hinterher. Am Aufzug wartete er mit meinen Heels in der Hand. Lippenkauend ging ich zu ihm und betrachtete ihn, wie er da stand – halb nackt, muskulös, mein ganz persönlicher Traummann.

Hatte ich wirklich freiwillig verschwinden wollen?

Was lief falsch bei mir?

Er kniete sich vor mich und ich hob zaghaft den Fuß, um in einen Heel zu schlüpfen, dann in den anderen, während ich mich mit einer Hand an seiner Schulter abstützte. Meine Gedanken rasten auf der Suche nach einer Möglichkeit, wie ich meinen Abgang noch aufhalten konnte. Kurz überlegte ich, spontan Durchfall vorzutäuschen und auf das Klo zu rennen oder so was Bescheuertes, als das Handy in meiner Tasche vibrierte. Eilig kramte ich danach und fand es sogar in Rekordgeschwindigkeit.

Natascha, stand auf dem Display und sofort ging ich ran.

»Hey!«, rief ich erleichtert.

»Hey«, rief sie total begeistert zurück, und ich lächelte.

»Was macht ihr?«, fragte ich und schob dann noch hinterher, während ich genau sah, wie er vor mir wieder aufstand und mich beobachtete: »Ich bin schon auf dem Weg zu euch. Sorry, dass ich gestern einfach abgehauen bin.«

»Scheiße! Wir sind schon unterwegs! Machen gerade eine Schifffahrt. Keine Ahnung, wo wir genau sind. Heath meinte, dir geht's nicht gut, du wirst dich ausruhen wollen, und zog allein mit uns los. Außerdem ist hier dieser total sexy russische Reiseführer. Mann, hat der vielleicht ›nen heißen Arsch!« Ich lachte und ein ganzer Berg fiel mir förmlich vom Herzen.

Heath. Trotz allem deckte er mich. Trotzdem tat er alles für mich. *Verdammt!*

»Oh, ihr seid schon los.« Das klang nicht so traurig, wie ich geplant hatte. Ich sah zu Kristov, dessen Lippen sich zu einem unterdrückten Schmunzeln kräuselten. Die Arme hatte er verschränkt und lehnte an der Wand mir gegenüber. »Na gut, dann bleib ich vielleicht wirklich noch im Bett«, wisperte ich und fühlte, wie sich dabei die Hitze gleichzeitig in meinen Wangen und meinem Schritt ausbreitete.

Kristovs Augen fingen an zu funkeln.

»Ja, ruh dich aus! Wir sind hier bestens versorgt, wir sehen uns morgen, okay? Hey sollen wir dir was mitbringen, Medis oder so?«

»Nein danke, Süße, genieße einfach den Tag und pass auf Dalia und Simon auf, ja?«

»Mach ich doch immer!«

»Ich weiß!«, wisperte ich mit rauer Kehle. Keine Ahnung, wieso. Dann legte ich auf und ließ die Hand sinken. »Sie sind schon los«, flüsterte ich ihm kleinlaut zu.

»Hmm.« Er nahm mein Handy und die Tasche, stopfte es hinein, und legte sie auf die Kommode.

»Und ich würde sonst nur allein in meinem Hotelzimmer rumsitzen …«

»Wie langweilig.« Er machte einen Schritt auf mich zu, sodass er direkt vor mir stand, und schob einen meiner Träger meine Schulter runter.

»Ja, wirklich langweilig«, stimmte ich fast keuchend zu, weil das Kleid sofort zu Boden segelte, als er den anderen Träger antippte. Er packte meine Hüfte.

»Ich wüsste einige bessere Beschäftigungen!« Langsam zog er mich an sich, sodass ich genau fühlte, wie erregt er schon wieder war.

Mit einem heiseren »Wirklich?« legte ich meine Hände auf seine nackte warme Brust.

»Oh ja!« Damit beugte er sich herab und küsste mich.

Dieser Mann würde noch mein Untergang sein! Auf die eine oder andere Art. So viel war klar!

13. Ein Vormittag mit einem Mafiaboss

Ich lag noch selig im Bett und kuschelte etwas mit ihm, als sein Handy auf dem Nachttisch klingelte und er seufzend ranging.

»Was?«, fragte er auf Russisch und hatte keine Ahnung, dass ich ihn inzwischen sehr gut verstand.

»Dann sag der verdammten Ratte, sie soll den Käse wieder zurückgeben, Bljad«, knurrte er nach ein paar Sekunden und ich runzelte die Stirn. »Mir egal, ob ihre Pfote bereits blutet, wenn sie sich nicht zusammenreißt, dann wird noch sehr viel mehr bluten!« Er lauschte, dann knurrte er erneut: »Ich weiß nicht, wann der Reis kocht. Es war deine Aufgabe, auf ihn aufzupassen!« Ich schaute ihn absolut verdattert an. *Reis*? Seit wann war er unter die Köche gegangen? »Ja, heute Abend werden wir mehr erfahren! Nein, sollst du nicht! NEIN! Sergej! Lass es! Ja, die andere Pfote bleibt dran. Ja … Verdammt, ja! Bljad nachuj!« Somit legte er auf und strich sich angeschlagen über das Gesicht. »Ich muss für eine Stunde arbeiten, okay? Du kannst inzwischen baden. Danach gehen wir einkaufen.«

»Einkaufen?«

»Willst du schon wieder rein aus Prinzip mit mir diskutieren?« Ungeduldig schaute er mich an, und ich entschied, diesen Kampf jetzt nicht auszufechten, vor allem, weil sich Baden für meine strapazierten Glieder viel zu verlockend anhörte. Und hey, wenn wir einkaufen gingen, könnte er mir gleich die Stadt ein bisschen zeigen, denn dieser Tag war zu schön, um ihn nur drinnen zu verbringen. Deswegen beugte ich mich vor und küsste ihn knapp.

»Das würde ich niemals wagen, Mister Mafiaboss!« Dann kicherte ich, weil er die Augen verdrehte, und tänzelte ins Bad.

***

Nach einem ausgiebigen, wunderbaren Bad in diesem Monsterteil, in das mindestens vier Leute reingepasst hätten, stieg ich nach Magnolie duftend aus den Fluten. Allerdings hatte ich ein Problem oder genau genommen zwei. Erstens: Kristov hatte meine Höschen vernichtet. Zweitens: Ein Abendkleid schien mir selbst für russische Verhältnisse zu pompös für eine einfache Shoppingtour. Gleichzeitig bezweifelte ich aber, dass Kristov gern Frauensachen trug und welche parat hatte, weswegen ich lippenkauend im Bad stand – ein Handtuch um den Körper geschlungen und eins auf dem Kopf zu einem Turban gedreht – und nicht weiterwusste.

Schließlich entschied ich mich, ihn erst mal zu suchen.

Und ja, Suchen ist hier genau der richtige Begriff! Das Penthouse war riesig und hatte auch noch eine mindestens genauso große Terrasse, die das ganze Teil umgab! Ich fand noch fünf wunderschöne Schlafzimmer, eines mit eigener Badewanne mitten im Raum, drei Badezimmer, ein Trainingszimmer, ein Kinozimmer, ein Spielzimmer – mit Billardtisch –, und sogar ein Zimmer mit einer darin schlafenden Haushälterin. Oh Gott! Zum Glück hatte ich sie nicht geweckt, als ich nach einem kurzen Klopfen einfach reingegangen war. Ich lief schnell weiter, bis ich am Ende des Ganges zu einem separaten Flur kam.

Hier befanden sich eine Extratür und ein Aufzug, wahrscheinlich für Gäste, die den Rest des Penthouses nicht betreten sollten.

Ich hörte ihn hinter der angelehnten Tür eines Zimmers leise sprechen. Kurz überlegte ich zu klopfen, schob dann aber die Tür einfach auf und lehnte mich gegen den Rahmen.

Er saß an seinem Schreibtisch, die Beine in der perfekt sitzenden Anzughose auf dem dunklen Holz ausgestreckt, den Hörer eingeklemmt, die Arme hinter dem Kopf verschränkt. Hinter ihm entdeckte ich ein riesiges Glasbild – einfach nur in Schwarz und Weiß und Rot gehalten – und dahinter die Form zweier Pferde. Artax und Lady, schoss mir sofort in den Kopf und ich seufzte leise. Ob sie noch lebten? Mein Blick glitt weiter zu einer braunen Ledercouch vor einem Kamin und mit einem Couchtisch davor. Die Wände waren überwiegend dunkel vertäfelt. Es gab keine weiteren Bilder, keine Pflanzen, nur noch einen beinahe schwarzen Teppich, der dem ohnehin schon düsteren Raum etwas Höhlenartiges verlieh, und an die

Mafiosi-Zimmer aus alten Filmen erinnerte. In der Luft hing der Geruch von Zigarren, Kristovs Parfum und etwas, bei dem sich mir die Nackenhaare aufstellten. Mit Sicherheit waren hier schon viele grausame Dinge geschehen, und ich musste meinen Fluchtinstinkt mal wieder unterdrücken.

Als hätte er meinen Aufruhr gespürt, strandete sein Blick auf mir; er nickte mir zu, damit ich hereinkam und sprach weiter, ohne mich aus den wachsamen Augen zu lassen.

Kristov wirkte gefährlich – passte somit perfekt in diese Umgebung –, und trug jetzt wieder seine teuren Schuhe, die Anzughose, eine schmale weinrote Krawatte und ein schwarzes Hemd. Seine dunklen Haare waren nach hinten gekämmt und sein Blick war gewohnt stechend und so aufwühlend, als könnte er bis in die Tiefen meiner Seele blicken. *Doch er würde mich nie verletzen*, sprach ich mir selbst Mut zu, trat ein und schloss die Tür hinter mir. Weil ich nicht dumm rumstehen wollte, ging ich zu seinem Schreibtisch, strich über das marmorierte Holz und sah, dass in einige Fasern Gold eingearbeitet worden war. Woah, allein der Tisch musste Tausende gekostet haben. Darauf befanden sich ein weißer Laptop und ein weißes Telefon, nichts weiter. Ich umrundete ihn, strich dabei mit den Fingerspitzen weiter über das Holz, ohne Kristovs immer dunkler werdenden Blick loszulassen, schließlich trug ich immer noch nichts weiter als die beiden Handtücher.

Aus einem Impuls heraus setzte ich mich vor ihm auf den Tisch. Er stellte die Füße auf den Boden, sah mich mit einer hochgezogenen Augenbraue an, als ich ein Bein auf die Lehne seines Stuhls stützte, ihm *fast* eine Aussicht gönnte, die er nie wieder vergessen würde, und ihn frech anzwinkerte. Dann öffnete ich lasziv lächelnd erst mal das Handtuch auf meinem Kopf und entließ meine feuchte braune Flut der Freiheit. Ich biss mir auf die Lippe, als er ruhig seine Hand hob und mein Knie etwas weiter nach links schob, sodass ihm die volle Aussicht gewährt wurde.

Woah!

Dieser Blick!

Er sprach völlig ruhig weiter, öffnete seine Hose und befreite *ihn*, ohne mich aus den Augen zu lassen. Dann nahm er sich selbst in die Hand und strich ein paar Mal langsam hoch und runter, während er mich dabei provozierend angrinste.

Oh Gott im Himmel!

Ich verglühte schon jetzt, sprang vom Tisch, schlug seine Hand weg und nahm die Sache selber in den Mund, nachdem ich vor ihm auf die Knie gefallen war. Er stöhnte nicht auf, gar nichts, aber seine Hand fuhr in meine feuchten, wirren Locken, während ich anfing, ihn mit meinen Lippen und der Zunge zu verwöhnen. Langsam wickelte er sich eine Strähne um die Faust und übernahm die Führung über mein Tun. Ich ließ es zu, weil ich es in dieser Hinsicht liebte. Noch immer sprach er ruhig weiter. In seiner Stimme war nicht zu erkennen, was ich gerade machte. Er hatte die volle Kontrolle über mich, über sich selbst und die gesamte Situation. Natürlich versuchte ich, ihn aus der Reserve zu locken, nahm ihn so tief in den Mund, wie ich konnte, und stellte echt abgefahrene Sachen mit der Zunge an.

Er stockte kurz und ich lächelte nur so in mich hinein.

Im nächsten Moment schob er meinen Kopf von sich weg. Ich wollte schon protestieren, da zog er mich am Arm nach oben, stieß mich nach hinten auf den Schreibtisch – immer noch telefonierend wohlgemerkt. Dann legte er das Telefon neben uns, deutete mir mit einem »Shhhh«, leise zu sein und machte den Lautsprecher an. Mich intensiv musternd packte er meine Handgelenke mit einer Hand und drückte sie über meinen Kopf gegen das kühle Holz, sodass ich mich nicht rühren konnte und gestreckt war. Rüde drängte er sich mit seinen Hüften zwischen meine Beine, hielt mir mit der anderen Hand den Mund zu und drang einfach in mich ein.

Ich stöhnte laut und erschrocken auf, als er plötzlich wieder in meiner wunden Enge war. Herablassend und gleichzeitig glühend schaute er mich an, ehe er begann, seine Hüften zu bewegen, mich langsam zu ficken, während er dabei weiter telefonierte.

Keine Ahnung, was er sagte!

Ich ließ den Kopf nach hinten fallen, beugte meinen Rücken durch und genoss einfach, was er mit mir machte, zog die Beine an und schlang eines davon um seine Hüfte. Er ließ meine Hände los, zerrte mein Handtuch herab und kümmerte sich sehr ausgiebig um meine Brüste, als sein Gesprächspartner in der Leitung einen längeren Monolog zu halten schien. Kristov gab nicht einen Laut von sich. Um eine Reaktion von ihm zu bekommen, biss ich ihm sogar in die Hand. Seine Augen leuchteten warnend auf, dann legte er einfach auf, packte meine Haare und riss meinen Kopf zurück. Ich schrie auf, bevor er sich über mich beugte, mich immer noch weiterfickte und dabei heiser raunte:

»Hast du mich gerade gebissen, du kleine Wildkatze?«

»Ja, das hab ich. Irgendwelche Einwände?« Ich hob ihm mein Becken entgegen, presste eine Hacke in seinen Hintern, hob mein Gesicht und küsste ihn, während sich meine inneren Muskeln um ihn herum zusammenzogen.

Jetzt endlich stöhnte er in meinen Mund.

Jetzt endlich ließ er sich völlig gehen und pumpte härter in mich, packte mit einer Hand meine Hüfte und kämpfte dabei mit meiner Zunge einen Kampf, den keiner gewinnen konnte. Denn ob er es wahrhaben wollte oder nicht, wir waren gleich stark, und das würde er einsehen müssen!

Auf die eine oder andere Weise!

14. Ein Nachmittag mit einem Mafiaboss

Wir schlenderten durch die teuerste Einkaufspassage des Landes, so kam es mir zumindest vor. Ich hatte mir eine neue, echt knappe Hotpants, weiße Turnschuhe und ein einfaches flattriges, gelb-schwarzes Oberteil gekauft – unter Kristovs Protesten. Eigentlich hatten wir erst beim Aussuchen und dann an der Kasse einen echten Kampf miteinander ausgefochten, den ich gewonnen hatte, weil ich das Überraschungsmoment genutzt und der verdatterten Kassiererin einfach einen Schein hingeklatscht hatte, gerade, als er seine strahlend weiße Kreditkarte hatte zücken wollen. Er hatte die Zähne zusammengebissen und mich mit verengten Augen angeschaut. Ich hingegen war auf die Zehenspitzen gegangen und hatte ihm mit einem »Trotzdem, danke!« einen kleinen Kuss gegeben. Zwar hatte er etwas vor sich hin gegrummelt, aber das war's auch schon. Braver Kristov!

Dann waren wir rausgegangen, und ich hatte diesen abgefahrenen Eisladen auf der anderen Seite der Fußgängerpassage entdeckt – nun nicht mehr in meinem peinlichen Abendkleid, sondern in den lässigen Sachen – und ihn dorthin gezogen.

So schlabberte ich nun Eis, von dem meine Kacke grün leuchten würde. Die Kugel kostete ja nur 200 Euro umgerechnet und die hatte ich Kristov gnädigerweise zahlen lassen. Wenn er unbedingt sein Geld zum Fenster rauswerfen wollte, dann wenigstens für grün leuchtende Kacke! Ich würde ihm sicher nicht im Weg stehen!

»Soll ich dir später das Ergebnis zeigen?«, provozierte ich ihn gerade noch, während er lässig mit einer Einkaufstüte, mit meinem Kleid und meinen Heels darin, neben mir her schlenderte und ich mich an seinen Arm schmiegte.

»Bitte nicht!«, antwortete er trocken, einem Zahnstocher im Mundwinkel, und ging dann auf einen Zigarrenladen zu.

»Warte hier!«, befahl er knapp und ich runzelte die Stirn.

»Ähhh…« Doch er war schon im Laden verschwunden.

Dachte er wirklich, ich würde auf ihn hören, wenn er in diesem Tonfall mit mir sprach?

Ich schlabberte weiter und ging zum nächsten Geschäft, sah mir ein Schaufenster mit teurem und typisch russisch-kitschigem Porzellan an, bekam das blanke Grauen und ging zum nächsten Laden. Hüte. *Langweilig*. Dann entdeckte ich Schuhe, und was für welche! Nach einem kurzen Blick ins Schaufenster konnte ich nicht widerstehen.

Nur kurz probieren, das ist seine Wut wert, dachte ich und ging schnell hinein.

Eine Frau muss manchmal Prioritäten setzen! Besonders, wenn es um Schuhe geht!

Der Laden war ein Traum. Ein wunderschöner Schuh reihte sich an den nächsten. Ich kam mir vor wie Alice im Wunderland. Beim Shoppen eskalierte ich öfter mal, so auch hier, denn kurz darauf saß ich mit gut 20 Kartons vor mir auf einem Hocker und probierte unter den amüsierten Augen der Verkäuferin einen Schuh nach dem anderen.

Sollte ich den giftgrünen nehmen? Der wäre der absolute Hingucker oder lieber den weißen mit roten Punkten oder den ganz weißen oder den goldenen? Oh Gott, ich wusste es einfach nicht! Das war echt schwer!

Das Glöckchen bimmelte, weswegen ich schnell hochschaute, um mich zu vergewissern, dass es nicht der gerade sicherlich ausflippende Mafiaboss war. Ein Mann in brauner Lederjacke betrat den Laden. Er trug einen Schnauzbart und hatte dunkles, dichtes, braunes Haar – ich schätzte ihn auf Anfang 30. Kurz glitt sein Blick zu mir. Als wir uns ansahen, zog sich mein Magen ruckartig zusammen. Dann wandte er sich ab und ging auch in die Frauenabteilung. Ich hob eine Augenbraue, als er sich die Schuhe ziemlich desinteressiert anschaute. Vielleicht wollte er ein Paar High Heels für seine Frau kaufen, der arme Trottel, oder er war ein Crossdresser. Seine Frau würde ihn wahrscheinlich töten, weil er ihr das Shoppingerlebnis genommen hatte und grundsätzlich nur das Falsche kaufen konnte. Gerade wollte ich mich wieder meiner Schnalle widmen, da fiel mir etwas an seinem Ohr auf. Da war etwas Schwarzes drin. Vielleicht ein Hörgerät?

Mit einem immer größer werdenden mulmigen Gefühl im Bauch beobachtete ich, wie er sich sofort mit gerunzelter Stirn von mir abwandte und in eine andere Abteilung ging, als er bemerkte, dass ich ihn anstarrte. Der kam mir einfach irgendwie verdächtig vor.

»Elina!«, knurrte mich Kristov mit einem Mal an und erschien vor mir, als hätte er sich da gerade erst materialisiert! »Was soll die Scheiße?«, erkundigte er sich, packte mich am Arm und riss mich nach oben. »Habe ich dir nicht gesagt, du sollst warten?«

»Boah! Lass das!« Ich löste mich von ihm, fühlte förmlich seine Wut zu mir rüber wabern und reagierte wie immer – mit der gleichen Wut! »Ja hast du, aber jetzt sag ich dir mal eine ganz krasse Neuigkeit: Ich bin kein Hund!«, zischte ich ihm zu, und seine Augen weiteten sich kurz. Er griff erneut nach meinem Arm, diesmal fester, und zog mich an sich, ganz nah. Nase an Nase. Gerade wollte er etwas sagen, als sich jemand neben uns räusperte.

»Haben Sie ein Problem?«, fragte mich der Kerl mit dem Schnauzbart in gebrochenem Deutsch, und ich zuckte zusammen. Kristov drehte seinen Kopf zu dem Kerl, und ich war wirklich verwundert, dass dieser unter seinem Blick nicht sofort die Flucht ergriff, aber der Schnauzbartmensch blieb völlig gelassen. Kristov sah ihn nur an, und zwar so, dass es eiskalt meinen Rücken runter rieselte.

»Belästigt Sie dieser Mann?« Schnell schüttelte ich den Kopf.

»Nein! Alles gut!«, wisperte ich kleinlaut, fühlte, dass Kristov jetzt noch wütender wurde, und entzog ihm meinen Arm. »Sein Temperament geht manchmal einfach mit ihm durch, aber ich komme schon klar, vielen Dank!«

Der Kerl schaute mich noch mal skeptisch an. Suchte der gerade etwa irgendwelche blauen Flecke? Dann blickte er Kristov wieder an, der nur mich anstarrte, drehte sich um und verließ den Laden, ohne was zu kaufen.

Komischer Kautz, aber nett! Nicht jeder hätte eingegriffen!

»Wir gehen!«, knurrte Kristov mir zu und ich warf der Schuhverkäuferin wegen des Kartonregens und meines Nichtkaufes einen entschuldigenden Blick zu. Sie lächelte mich beruhigend an und winkte ab. Draußen ließ Kristov meinen Arm los, nahm meine Hand und zerrte mich über die Straße.

»Du weißt, dass du ein echtes Problem hast?«, fragte ich ihn, während ich über das Kopfsteinpflaster hinter ihm her holperte.

»Nein, aber du hast eins!«, antwortete er ruhig und zog mich in den nächstbesten Laden. Eine Boutique für Galakleidung, eindeutig. Die Verkäuferin mit einem aufgetürmten Berg roter Haare und knallroter Halbmondbrille kam sofort in einem dunkelgrünen Kostüm auf uns zu und grüßte ihn überschwänglich mit Namen.

»Mister Romanov, schön Sie wieder zu sehen. Was darf es heute sein?«

»Ein Kleid!«, knurrte er knapp, und sie sah mich mit diesem gekünstelten Lächeln an, während sie übertrieben hinter ihrer knallroten Brille blinzelte.

»Für die junge Dame, nehme ich an.«

»Für mich sicher nicht!«, knurrte er wieder und ließ sich in einen der Sessel sinken, die vor dem Schaufenster standen. Aber sie ließ sich durch seine abweisende Art nicht aus der

Ruhe bringen, kam auf mich zu und fragte ihn: »Was hatten Sie sich denn vorgestellt?«

»Stopp mal!«, brüllte ich jetzt dazwischen und wirbelte zu ihm herum. Dann ging ich die zwei Schritte zu ihm, stemmte die Hände in die Hüften und funkelte auf ihn herab.

»Das meinst du nicht ernst, oder?« Wieso auch immer schlich sich wieder diese verdammte Belustigung in seine grauen Augen und ein Schmunzeln auf seine Lippen.

»Was?«, erkundigte er sich völlig ungerührt, und ich versuchte, meine Wut ein bisschen zurückzuschrauben, weil ich ungern losbrüllen wollte. Ich brüllte oft, ja. Schuldig im Sinne der Anklage, schließlich besaß auch ich ein wirklich brodelndes Temperament. Von wem das wohl kam …

»Du wirst mich nicht behandeln wie eine deiner Puppen, hast du das verstanden?«, zischte ich ihm mit kaum verhohlener Wut zu. »Du wirst mich fragen: Darf ich dir ein Kleid kaufen, Schatz, und begleitest du mich heute Abend, wo auch immer hin, Liebling? Du wirst nicht über meine Zeit und meinen Körper verfügen, als wäre es deiner. Hast du das verstanden?« Zum Ende hin war ich immer lauter geworden – fühlte meine Hände beben, mein Herz heftig pochen.

Fuck! Ich war so sauer und sein dämliches Grinsen machte das nur schlimmer.

»Du redest ja laut genug!« Ihn ließ meine Ansage völlig kalt. Also atmete ich tief durch, schloss die Augen und zählte bis zehn. Sein Geruch war unnötig, nur das Kribbeln, was ich fühlte, reichte aus, um zu wissen, dass er aufgestanden und an mich herangetreten war – nah herangetreten.

»Du bist bezaubernd, wenn du wütend bist, hat dir das mal jemand gesagt?«

»Leck mich!«, knurrte ich zurück. Er lachte leise und strich meine Haare an meinem Nacken nach hinten, dann raunte er in mein Ohr:

»Würdest du mir die außerordentliche Ehre erweisen und mich heute Abend auf eine Party begleiten, Elina Wrangler, und dürfte ich dir bitte dafür ein Kleid kaufen?«

Ich riss die Augen wieder auf und sah ihn an. Da war kein Schalk mehr in seinen Augen, absolut ernst sah er mich an. Ernst und respektvoll und heiß!

Verdammt!

Ich schluckte trocken.

»Geht doch!«, erwiderte ich königlich und wandte mich breit strahlend an die Verkäuferin, die sich verunsichert im Hintergrund gehalten hatte und so aussah, als könne sie nicht glauben, was soeben geschehen war.

»Also, ich hätte da an was Gelbes gedacht? Ich steh diesen Sommer total auf gelb!«

Einem geschenkten Gaul schaut man schließlich nicht ins Maul!

***

Danach gingen wir essen. Nicht etwa in ein kleines Café oder Restaurant, nein, es musste gleich so ein Fünf-Sterne-Superior-Ding sein, in dem der Kellner ihn natürlich auch sehr respektvoll mit Namen ansprach.

Die Decke war hoch und stuckbesetzt. Geschmackvolle Tische mit strahlend weißen Tischdecken waren weiträumig angeordnet, auf denen schwarze Teller standen und goldenes Besteck lag. Allein die Anzahl der Gabeln und Löffel schüchterte mich schon ein. Ein Klavierspieler tüdelte live vor sich hin. Ich gab mir alle Mühe, mich nicht von der erdrückenden angespannten Stimmung anstecken zu lassen, sondern locker und ich zu bleiben. Es gelang mir. Mit dem zweiten Bissen Nudeln kleckerte ich mich zwar voll, aber Kristov verdrehte nur die Augen und lachte so laut, dass das alte Dinopärchen am Nebentisch uns genervt ansah. Ich fiel in sein Lachen sein, direkt in das Gesicht der alten Fregatte, bevor das goldbehängte Steinzeitrelikt ihrem Dinosaurier-Mann etwas zu wisperte. Er winkte nur ab, also beschwerte sie sich beim Kellner. Nur kam dieser niemals an unseren Tisch, um uns zu bitten, leiser zu sein.

Kristov beobachtete mich die ganze Zeit mit stiller Belustigung und dem üblichen durchdringenden Blick, als würde es außer mir sonst nichts auf dieser Welt geben, und tat gut daran, mir nicht auch noch vorzuschreiben, wie ich mich benehmen sollte.

Das war definitiv besser für seine Gesundheit, denn wir waren gerade mal ein paar Stunden zusammen und er hatte sich bei Weitem schon genug geleistet!

Trotzdem kam ich mir hier mit dem ernsthaft *goldenden Besteck* vor wie ein Alien auf einem fremden Planeten. Kristov bewegte sich in diesem Umfeld wie ein Fisch – oder besser gesagt Hai – im Wasser, aber das war absolut nicht meine Welt. Ich fühlte mich unwohl und fragte mich, ob ich auf ihn auch so bauernhaft wirkte, wie ich mir nach längerem Überlegen vorkam. Zwar versuchte ich, diese unangenehmen Gedanken nicht an mich ranzulassen, doch mit seiner Eleganz und Klasse konnte ich einfach nicht mithalten. Ich war nicht hässlich oder gar dumm, allerdings war ich eben nicht in diesen Kreisen aufgewachsen, und das merkte man mir immer wieder an. Ich war ein ganz normales Mädchen, keine Prinzessin oder so was!

»Was ist?«, fragte er mich, während ich mir den wirklich köstlichen Lachs schmecken ließ.

Zaghaft hob ich den Blick, schaute mich um und ihn dann schließlich an, bevor ich mich etwas vorbeugte und leise sprach: »Ich komme mir hier so fehl am Platz vor«, wisperte ich ihm zu. »Ich hasse es, wenn ich so leise reden muss, als wäre ich beim Arzt; wenn ich schief angesehen werde, wenn ich lache, und mich solche Dinosaurier unentwegt anstarren wie eine widerliche Zecke.«

Er trank locker einen Schluck, tupfte sich den Mund ab und warf die Serviette abfällig schnaubend auf seinen Teller. »Du bist hier nicht fehl am Platz, denn dein Platz ist an meiner Seite, wo auch immer.«

»Mann, Kristov! Versteh doch, ich wäre jetzt viel lieber mit dir in der kleinen Pommesbude von damals!«

»Erinnere mich nicht daran!«, erwiderte er theatralisch seufzend. Ich musste lachen, so wie er, doch dann wurde er ernst, nahm meine Hand und sah mir tief in die Augen.

»Ich verstehe dich, doch ich werde dir jetzt mal was sagen: Du hast keinen Grund, an dir zu zweifeln, du machst alles völlig richtig. Diese ganze Scheiße hier ist total irre und man sollte den Dinosauriern, wie du sie so gern nennst, öfter mal zeigen, wie das wahre Leben aussieht und nicht dieser goldene Käfig, in dem sie leben. Bitte höre niemals auf, ein bunter Paradiesvogel zu sein, der frei überall da hinfliegt, wohin er auch will, okay? Denn so wie du bist, bist du perfekt!«

»Sagt der, der behauptet, ich wäre zu aufsässig und ich sollte ihm *gehorchen!*«

»Auch das hat seinen Charme. Mit dir wird es wenigstens nie langweilig, und außerdem gibt es keinen heißeren Anblick, als wenn deine Augen so blitzen, dass man meinen könnte, du würdest mich am liebsten töten. Dann tust du das mit mir!« Er nahm meine Hand, zog mich an seine Seite und legte sie mit einem Mal auf seinen Schritt, und was soll ich sagen? Weich war echt anders!

Mission *Eli ablenken:* erfolgreich geglückt!

***

Nach dem Essen – und leider keinem Sex! Mimimimi – gingen wir in einen Park und an einem See spazieren. Ich holte mir von einer Bäckerei eine Semmel und fütterte die Enten, obwohl das verboten war. Kristov telefonierte unterdessen schon wieder mit irgendwem und sprach erneut von Reis – meine Fresse, er war doch Russe und kein Chinese –, während er im Schatten an einem Baum lehnte und mich dabei beobachtete, wie ich das Federvieh fütterte. Das hatte ich daheim schon immer mit meinem Opa David gemacht – stundenlang. Manchmal hatten wir den ganzen Tag am See verbracht.

Die Sonne schien, der Himmel war wolkenlos, es war wirklich schön. Als ein Schwan über den See auf uns zu schwamm – riesig, imposant, strahlend weiß –, rief Kristov mir sofort zu: »Geh da weg! Die Viecher sind gemeingefährlich!« Ich verdrehte die Augen. Auf unserem Gnadenhof hatten wir mal einen Schwan gepflegt, der sich am Flügel verletzt hatte. Der war total handzahm, voll lieb, also hielt ich diesem Exemplar jetzt auch ein Stück Brot hin und warf es ihm dann zu. Er stürzte sich sofort darauf und kam näher. Mit seinen schwarzen Knopfaugen beobachtete er mich mehr als interessiert.

»Verdammt, Elina!«, hörte ich ihn jetzt aus der Nähe sagen und der Schwan fauchte. Jawohl fauchen! Wie eine Katze! Dann stapfte er aus dem Wasser, direkt auf Kristov zu, der sich vor mich gestellt hatte.

»Bljad suka!«, fluchte er und wich drei Schritte zurück, als das Tier weiter auf ihn zumarschierte – und zwar sauer fauchend, den langen Hals vorstreckend. Kurz darauf liefen beide. Erst Kristov, dann der Schwan und ich musste lachen.

»Bleib mir vom Leib!«, brüllte Krisotv auch noch.

Ich konnte nicht mehr, ehrlich! Wie der große Mafiaboss durch den Park rannte und von den Leuten schief angesehen wurde, war zu köstlich. Unglaublich. Von dem sonst so beherrschten Mann war nichts mehr übrig, als er völlig schockiert bei der Parkbank zum Stehen kam und sich dahinter versteckte. War das etwa Angst in seinem Blick? Das musste ich später genauer in Erfahrung bringen, jetzt hieß es erst mal den Mafiaboss in Nöten zu retten. Ich ging zu dem Schwan, ein paar Schritte vor ihm in die Hocke und hielt ihm ein weiteres Stück Brot hin.

»Hey, Süßer, ich weiß, er kann manchmal nerven, ist aber ansonsten ganz okay. Schau mal, hier hab ich was viel Besseres für dich.« Das Tier drehte mir seinen Kopf zu, sah das Brot und ging auf mich zu. Ich wich rückwärts zurück und lockte ihn von Kristov weg. Der stand fluchend auf und klopfte sich imaginären Dreck von den Ärmeln.

»Ich sollte ihn erschießen!«, hörte ich ihn grummeln und musste schon wieder lachen. Ich schmiss das Brot in den See, der Schwan folgte, und ich zerbröselte schnell noch den Rest, dann ging ich breit strahlend zu Kristov.

»Das hat man davon, wenn man übertreibt!«, singsangte ich und pflückte ihm grinsend einen kleinen Ast aus seiner akkuraten Frisur, den er sich bei der Flucht eingefangen hatte.

»Sei ruhig!«, knurrte er nur, legte mir einen Arm um die Taille und zog mich weiter, weg von diesem Tier, während ich immer noch vor mich hin gluckste.

15. The point of no Return (I Susanna Dean)

Als wir am Nachmittag bei ihm ankamen, sperrte ich mich im Bad ein und rief erst mal daheim an, um zu fragen, ob alles in Ordnung war. Nur leider war meine kleine Prinzessin mit Dad im Schwimmbad, weswegen ich sie nicht sprechen konnte. Mum erkundigte sich, wie es mir ging, und merkte natürlich sofort, dass etwas nicht mit mir stimmte. Ich versuchte, es zu überspielen, weil ich einfach nicht darüber reden wollte, was hier geschah. Genau genommen wollte ich nicht einmal darüber nachdenken. Stattdessen wollte ich einfach nur den Tag mit ihm verbringen und mir keine Gedanken über irgendwelche Konsequenzen machen, die früher oder später kommen würden. Das war mir vollkommen klar.

Doch was sollte ich tun? Sollte ich *es* ihm sagen? Denn im Grunde hatte sich nichts geändert. Sein Leben war nach wie vor zu gefährlich.

***

Ich schminkte mir die Augen dunkel. Meine Lippen betonte ich mit einem rosa Schimmer und band mir einen hohen Pferdeschwanz, nachdem ich geduscht hatte. Gerade zog ich das pastellgelbe trägerlose Kleid aus der Boutique an, das bis zu meinen Knien reichte und aus Kunstleder bestand, als Kristov ins Bad kam und es mich fast umhaute. Er trug einen strahlend weißen, perfekt sitzenden Anzug mit einer dunklen sturmgrauen Krawatte, die zu seinen Augen passte und … Benutzte er da etwa gerade meinen dunkelroten Slip als Einstecktuch? Ich hatte gedacht, der wäre noch auf dem Balkon!

Oh mein Gott!

Ich wurde sofort knallrot, als er von hinten vor den bodentiefen Spiegel an mich herantrat und mein Kleid schloss. »Trägst du da gerade echt meinen Slip als Einstecktuch?!«

»So ist deine Pussy direkt über meinem Herzen!«

»Du bist irre!«

»Ich weiß.« Er nahm mich an den Schultern und drehte mich zu sich herum. Dann nahm er mein Kinn sanft mit Daumen und Zeigefinger und hob mein Gesicht, sodass ich ihn ansehen musste.

»Du siehst absolut umwerfend aus! Jeder Mann wird sich heute wünschen, an meiner Stelle zu sein.«

»Du bist ein Schleimer.«

»Ich spreche nur Tatsachen aus.« Ganz zart küsste er meine Lippen, wich aber schon wieder zurück, bevor ich mich stöhnend an ihn schmiegen konnte. Wir hatten heute eindeutig zu wenig Sex gehabt, und ich war allein wegen seiner Anwesenheit irgendwie dauer erregt – wund und Muskelkater hin oder her! Auch beim Sex muss Frau Prioritäten setzen, also wollte ich so viel Kristov wie möglich bekommen. Allerdings fühlte ich schon, dass es jetzt keinen heißen Quickie mehr geben würde.

Leider! Denn er sah mir zu ernsthaft ins Gesicht.

»Nun zu den heutigen Regeln«, verkündete er ziemlich angespannt.

Ich verdrehte die Augen.

»Ich meine es ernst, Elina. Ich habe dir gesagt, dass du dich an meiner Seite an ein paar Dinge zu halten hast. Das heute wird die Feuerprobe und ist essenziell für unser weiteres Zusammensein.«

»Hmmm«, wisperte ich, weil ich gerade echt keine Lust hatte zu diskutieren. »Wie lauten denn deine Regeln?«

»Halte dich im Hintergrund. Sprich mit keinem ungefragt. Lenk mich nicht ab, und vor allem …« Seine Augen fingen an zu glühen. »*Provozier mich nicht*!«

»Das würde ich doch nie wagen, Mister von und zu Mafiaboss!« Jetzt war es an ihm, die Augen zu verdrehen, als ich das schnurrte und mich dabei ziemlich sexy an ihn schmiegte. Er konnte mir befehlen, was er wollte, ich würde sowieso tun, was ich für richtig hielt. Aber ich würde es wenigstens versuchen, vor allem, weil er ernsthaft besorgt schien, mich überhaupt mitzunehmen. Und ich wollte mit ihm mit! Egal wohin!

***

Der Club befand sich in einer schmutzigen Hintergasse, allerdings standen die Leute schon um die Ecke des Gebäudes Schlange. Davon ausgehend musste er wohl ziemlich gefragt sein. Ich trug eine schwarze Lederjacke zu meinem gelben Kleid, genau wie schwarze hohe Heels und eine passende Clutch. Natürlich fühlte ich, dass die Blicke mir folgten, aber das war auch schon alles. Mehr traute sich keiner. Es wurde nicht einmal gepfiffen. Flankiert von sechs wirklich riesigen Männern in Anzügen gingen wir auf den Club zu. Direkt hinter mir war immer Sergej. Zu diesem hatte ich Kristov heute Nachmittag auch befragt: »Wer ist eigentlich der Typ mit Glasauge, und wie alt ist er?«

»Er ist mein bester Mann und seit sechs Jahren an meiner Seite. Er war damals 14. Ich habe ihn sozusagen aus der Scheiße geholt, seitdem ist er mir treu ergeben.«

»Was für Scheiße?«

»Das musst du ihn selbst fragen.« Kristovs Blick, mit dem er auf die vorbeiziehende Stadt schaute, hatte etwas Hartes angenommen.

»Er war 14, dann ist er jetzt gerade mal 20«, rechnete ich schnell nach. »Und dein bester Mann?«

»Oh ja.«

Der 20-jährige spindeldürre Mann mit dem Glasauge war extra für meinen Schutz ganz persönlich abkommandiert worden, und er nahm das echt ernst. Zum Spaß machte ich einen Schritt nach links, während wir den Club betraten. Sergej folgte, also machte ich einen weiteren nach rechts. Sergej folgte erneut. Dann blieb ich stehen – so wie alle anderen. Kristov knurrte mich an. Ich lachte ausgelassen und schmiegte mich an seine Schulter. Daraufhin schmunzelte er kaum merkbar, wirkte aber schon um einiges unnahbarer und steifer als in seinem Penthouse.

Mir war es egal. Es war ein wunderschöner warmer Abend, den ich mit dem Mann verbringen konnte, den ich liebte, und ich würde mir von genau jenem nicht die Laune vermiesen lassen. Ganz im Gegenteil, ich würde ihn aus seinem Schneckenhaus holen! Wenn nicht in einem Club, wo sonst?

Wir wurden sofort, ohne zu Murren, eingelassen und einen separaten Gang entlanggeführt, direkt in die VIP-Lounge auf eine Art riesige Terrasse, von der aus man den gesamten Club überblicken konnte. Eine Kellnerin war nur für die Sitzecke, bestehend aus vier Couchen, abkommandiert. Sie trug ein strahlend weißes, ziemlich knappes Kleid und war perfekt geschminkt. Alles war in Lila und Grau gehalten – sehr edel und megateuer aussehend. Auf einem der Sofas saß bereits ein Berg von einem Kerl – und damit meine ich einen sehr breiten Berg – mit zwei Frauen, flankiert von drei Asiaten in Anzügen, die blicklos hinter ihm standen. Ich sah seine Glatze und seine zwei wulstigen Nacken von hinten. Als wir uns näherten, sprang er sofort auf und lachte uns breit an. Er war wie auch seine Bodyguards Asiate. War das vielleicht der ominöse Reis? Davon abgesehen war er echt fett! Sicher 200 Kilo! Nicht nur ein Doppel-Kinn wabbelte über seinem nicht vorhandenen Hals. Er war ganz in Beige gekleidet, und viele Goldketten verliehen ihm den Look eines abgefuckten Zuhälters. Mit ausgebreiteten Armen, wobei er riesige Schweißflecken auf seinem Hemd offenbarte, kam er auf uns zu. Dazu trug er Krokodillederstiefel. Da Kristov aber keine

Anstalten machte, ihm in die Arme zu fallen, nahm er diese wieder runter und hielt dem Russen eine Hand hin.

»Jong Un«, meinte Kristov distanziert, während er auch dessen ausgestreckte Hand lässig mit einer Hand in seiner Hosentasche ignorierte.

»So einen schönen Club hast du hier!«, meinte der Chinamann in perfektem Russisch und ließ sich nichts wegen Kristovs Abweisung anmerken. »Und erst das weiße Gold. Wahnsinn!« Kristov rang sich nicht mal ein Schmunzeln ab. Seine Lippen glichen einem festen Strich, seine Augen waren stechend, wie die eines Adlers auf Jagd. Ich fühlte förmlich die Eiseskälte, die von ihm abstrahlte, und schaute zwischen den beiden Männern hin und her. Kristovs gesamtes Auftreten hatte sich in den letzten Sekunden noch einmal geändert.

Da war nichts mehr von dem lockeren lustigen Mann übrig, den ich kannte und dem ich verfallen war. Oh nein! Nun wirkte er verschlossen, hart und eindeutig nicht zu Späßen aufgelegt. Kristov stellte mich nicht vor, aber der Blick dieses Ying Yang oder wie er hieß, glitt ziemlich lüstern und widerlich über mich.

»Und wer ist das?«, fragte er Kristov mit einem Zwinkern.

Ich dachte, er würde mich als seine Freundin vorstellen, aber Krsitov meinte eiskalt: »Die Tochter eines Bekannten.« Eis schob sich nun auch durch meinen Bauch.

Dahin war die gute Stimmung!

Kristov setzte sich auf eine Couch und zog mich neben sich. Die Bodyguards platzierten sich zum Teil hinter ihm oder stellten sich an strategisch vorteilhaften Positionen auf. Sergej stand rechts versetzt von mir, während der Asiate zwei osteuropäische Schönheiten, die links und rechts von ihm saßen, die Arme um die Schultern legte und versuchte, Smalltalk zu machen.

Aber Kristov Romanov machte keinen Smalltalk.

Er ignorierte den Mann und bestellte sich ein Wasser, genauso wie mir.

»Ich möchte aber was Richtiges trinken!«, grummelte ich ihm zu. Er ignorierte auch mich einfach, und das Eis in meinem Bauch wurde immer kälter.

Die Blondine – waren denn hier alle blond? –, die das Wasser brachte, zwinkerte Kristov zu. Sein einziges Glück war, dass er auch sie völlig ignorierte, bevor er das Glas Sergej gab, der einen Schluck probierte und nickte. Erst dann trank auch Kristov. Meine Fresse, Sergej konnte im schlimmsten Fall verrecken oder wie? Hauptsache das Bösschen überlebte.

Der Mafiaboss, mit dem ich noch letzte Nacht nicht nur einmal Sex gehabt hatte und den ich – leider – über alles liebte, lehnte sich zurück und legte elegant die Arme über die Lehnen, als würde all das hier ihm gehören – was höchstwahrscheinlich auch der Fall war.

»Also …«, sagte er auf Russisch. »Wie sieht es aus?«

Dem Asiaten gefror das gekünstelte Lächeln auf dem Gesicht, als Kristov ihn auffordernd musterte und ohne Umschweife zur Sache kam, wie das eben so seine Art war. Dabei stellte er seinen Drink weg.

»Ich habe dir bereits ein Angebot gemacht.«

»Das für mich nicht in Frage kommt.« Ying Yang presste die schmalen Lippen aufeinander, er schwitzte ziemlich. Seine

Stirn und sein Nasenrücken glänzten, genau wie seine Glatze, während Kristovs Haut glatt und trocken wie ein gut gepuderter Babypopo war.

»Du bekommst die beste Ware, 1A rein, ohne jegliche Verschmutzungen und zu 50 Prozent streckbar!«, knurrte der Chinese. »Hier probier selber!« Er warf einen Beutel weißes Pulver mitten im Club auf den Tisch. Ich sah mich schnell um, doch keiner reagierte irgendwie darauf. Also packte ich Kristovs Arm und drückte ihn so fest ich konnte, um ihn zurückzuhalten. Kristov nickte ungerührt einem seiner Männer zu, der den prall gefüllten Beutel am Zippverschluss öffnete. Mit einer Messerspitze entnahm er etwas von dem weißen Pulver und zog es sich direkt in die Nase – ich kotzte fast. Er nickte seinem Boss knapp zu und stellte sich zurück an seinen Platz. Kristov sprach weiter, als wäre nichts geschehen, während mir immer übler wurde.

»Und ich habe dir einen Preis genannt, der für mich in Frage kommt. Alles andere ist indiskutabel.«

»Du willst das Zeug kaufen, spinnst du?«, fragte ich Kristov leise, doch er ignorierte mich weiterhin.

Boah! Langsam wurde ich sauer. Erstens, weil er ernsthaft dachte, vor mir irgendwelche Geschäfte mit diesem Dreck abwickeln zu können. Zweitens, weil er mich behandelte wie Luft!

Was fiel ihm eigentlich ein?

»Kristov«, knurrte ich ihn an.

»Ruhe!«, meinte er lässig, ohne mich anzusehen, und mein Mund klappte auf, dann beugte er sich vor und sprach weiter mit Ying Yang. Ich hörte gar nicht mehr so richtig, worum es ging, weil das Blut in einem Kopf mit einem Mal so heftig rauschte.

Er verbot mir den Mund? Er stellte mich als verdammteTochter eines Bekannten vor? Er behandelte mich wie Luft? *Gut!* Dann musste ich mir ja hier nicht den Arsch platt sitzen, obwohl ich in einem Club ganz sicher andere Sachen tun könnte! Tanzen zum Beispiel!

»Okay!« Damit stand ich auf und marschierte davon. Fast rechnete ich damit, dass mich irgendjemand zurückhalten würde, aber seine zwei Affen, die am Eingang zu der Lounge standen, ließen mich nach einem Blick nach hinten durch. Nur Sergej folgte mir natürlich auf dem Fuß, wie ein Schatten. Ich hatte Tränen in den Augen, und das machte mich noch wütender. Das gute Make-up, verdammt! Ich stapfte die Treppen hinab und steuerte sofort die erstbeste Bar an, während der Beat in meinem Bauch vibrierte.

»Einen Wodka, er zahlt!«, orderte ich bei dem Barkeeper und deutete auf Sergej. Den kippte ich sofort herunter, während mein Begleiter eine Augenbraue hob und dem Typen nur sagte: »Romanov!« Der wollte danach kein Geld mehr.

»Noch einen, bitte!«, brüllte ich und bekam ihn sofort.

»Ich geh jetzt tanzen!«, verkündete ich, nachdem ich ein weiteres Glas geext hatte, doch nun wurde ich am Arm aufgehalten. Das Glasauge sah mich warnend auf eine väterlich verstörende Art an.

»Du solltest ihn nicht so reizen«, sagte er ruhig, und ich riss mich von ihm los.

»Er kann mich am Arsch lecken!« Damit begab ich mich auf die Tanzfläche und ließ mich einfach gehen. Ich schüttelte und zappelte alles von mir, wurde von unzähligen Typen angemacht, die ich alle ignorierte, und stellte sogar die Tänzerinnen in den Ecken des Clubs an den Stangen in den Schatten.

Nimm das, du arroganter Bastard!

Ich bin ja nur die Tochter eines Bekannten!

PAH!

***

Völlig verschwitzt kam ich ungefähr eine Stunde später wieder die Treppen hoch und war um einiges besser drauf, auch dank der unzähligen Drinks! Ich würde mir von ihm nicht den Abend versauen lassen, auch wenn er mich behandelte wie … wie eine hübsche Palme, was mich wieder an damals erinnerte und was ich echt überhaupt nicht ertragen konnte und wollte.

Er redete immer noch mit Ying Yang, auf dessen Schoß nun eine Blondine saß und an seinem Hals rumknabberte. Ihre Lider flogen sofort hoch, als ich angestakst kam und mich lachend neben Kristov auf die Couch plumpsen ließ. Der Blick des Asiaten war alles andere als klar, aber angetan, die Augen trüb und rot vom Alkohol, der von Kristov war kalt wie Eis – natürlich.

»Noch einen Wodkaaaa … Wodkaaa für alle«, brüllte ich extra laut und warf meine Hände hoch. *Da, du Pisser! So viel zu deinen beschissenen Regeln, ich scheiß auf sie.*

»Oh Gott, hab ich gerade heiß getanzt. Der Kerl war der Wahnsinn, hast du das gesehen, Sergej?«, fragte ich den Mann, der sich mit verbissenem Kiefer wieder schräg hinter mir postiert hatte. Er schüttelte nur bedauernd den Kopf, während Kristovs Schultern sich unter dem Hemd deutlich anspannten. »Mann, der hatte echt tolle Moves drauf, und wow, das, was ich in der Hose gespürt habe, war mehr als interessant. Danke schön!« Blondie kam mit meinem Wodka und ich nippte kurz daran, bevor ich Kristov unschuldig anblinzelte, während er mich mit Todesdrohung im Blick anvisierte. »Is was?«

»Sie ist heiß«, sagte der Chinamann auf Russisch zu ihm. Ich fühlte seinen stechenden gierigen Blick förmlich auf meinen nackten Beinen und bekam Gänsehaut. Kristov presste die Lippen aufeinander, bevor er antwortete, ohne mich aus dem Todesblick zu lassen.

»Sie ist ganz nett!« *Nett? Boah!*

»Wie viel kostet sie?« Ich erstarrte, als das Ying Yang wieder auf Russisch fragte, ohne mich aus dem rotgeränderten Blick zu lassen. Mir wurde immer übler.

»Ich weiß es noch nicht. Sie ist noch in der Ausbildung«, gab Kristov zurück, während nun *sein* Blick den Asiaten aufspießte. Meine Augen wurden groß. Sie redeten weiter, ohne zu wissen, dass ich jedes einzelne Wort verstand, und ich fühlte, wie das Blut mit jedem Wort meine Wangen verließ.

»Wie in Ausbildung?«

»Na ja, du weißt ja …«, meinte Kristov boshaft grinsend. »Unser Leben kann langweilig sein, und es macht mir Spaß, sie gefügig zu machen, sie zu unterwerfen und ihnen zu zeigen, wo ihr Platz ist, ohne dass sie überhaupt merken, was geschieht. Ein bisschen Sex, ein paar schöne Worte und Geschenke – schon sind sie Wachs in meinen Händen, und das forme ich, genau so, wie ich es haben will. Bevor das nicht abgeschlossen ist, wird sie von keinem anderen berührt, geschweige denn verkauft.«

»Schade, die Kleine hätte ich gern mal unter mir gehabt und ihr gezeigt, wo sie mit so einem Verhalten hinkommt.«

»Das werde ich ihr schon zeigen.«

Ich schnellte auf die Beine und kippte Kristov meinen Drink ins Gesicht, ehe ich weiter darüber nachdenken konnte.

»Einen Scheißdreck wirst du!«, knurrte ich ihm auf Russisch zu, während der Wodka über sein Gesicht herablief und seine Augen nur einen winzigen Tick größer wurden. Ich sah genau seine Gedanken darin, sah den Schock aufflackern, weil ich ihn bestens verstanden hatte, dann die pure Panik. Sein Gesicht wurde eindeutig blass, was mir eine unsagbare Genugtuung bescherte. Dann schob sich die Mauer wieder davor.

Er schnappte sich lässig eine Serviette, während alle anderen den Atem anhielten, nickte in meine Richtung und fing an, sich das Gesicht abzutupfen. Ich wurde rechts und links von hinten an den Armen gepackt.

»Selber schuld!«, knurrte mir Sergej ins Ohr. Im nächsten Moment kickte er die Füße unter mir weg und ich landete vor Kristov auf den Knien. Schon jetzt mit Tränen in den Augen und wild kämpfend. »LASST MICH LOS, IHR VERDAMMTEN BASTARDE! LASST MICH!«, brüllte ich, doch sie taten nichts dergleichen. Direkt vor ihm hielten sie mich fest, während er die Serviette zusammenknüllte und sich zu mir vorbeugte.

»Das war einer zu viel«, raunte er mir zu, dann steckte er mir die mit Wodka getränkte Serviette in den Mund. Bäh. Ich wollte sie ausspucken, konnte aber nicht und musste dadurch nur würgen, also hörte ich auf damit und atmete heftig durch die Nase. Den Blick auf ihn gerichtet.

»Umdrehen!« Sie gehorchten und ich wandte meinen Kopf, sah, wie er langsam seine Krawatte auszog, ohne mich aus den lodernden Augen zu lassen.

Woah! Er war echt sauer, nur erkennbar an einer pochenden Ader auf seiner Stirn und dem intensiven Blick. Seine Bewegungen waren dennoch ruhig und konzentriert.

Kurz darauf schnürte er mir die Hände sehr eng hinter dem Rücken zusammen.

»FIDICH ICHASSEDIICH WEDEDITÖTEN!«, brüllte ich mit der Stoffserviette im Mund über meine Schulter, aber er ließ sich gar nicht aus der Ruhe bringen – alles unter den demütigenden aufgegeilten Blicken des Asiaten.

Er packte meine Haare von hinten und riss meinen Kopf zurück, dann wisperte er mir ins Ohr. »Sei froh, dass ich dir deine Sachen anlasse!« Mir lief es eiskalt den Rücken runter. Dann sprach er lauter: »Du wirst so bleiben, den ganzen Abend. Du wirst nicht wimmern, nicht heulen. Du wirst mich nicht mehr ansehen, sondern nur noch den Boden. Tust du das nicht, überlasse ich dich ihm und gehe!« Somit nickte er ihnen zu, Sergej und der andere hoben mich hoch und setzten mich auf die Knie direkt neben ihn. Verdammte Scheiße!

Mein Herz hämmerte heftig in meiner Brust. Ich konnte nicht gut durch die Nase atmen, aber es ging, und ständig drohten die Tränen der Demütigung überzufließen, während es in meinem Kopf förmlich ratterte.

Das würde ich ihm nicht vergeben!

NIEMALS!

Wie konnte er mich nur so bloßstellen!

Er sprach lässig mit dem Asiaten weiter, als wäre nichts geschehen, als würde ich nicht zu seinen beschissenen Füßen knien und brodeln. Meine Knie und Schienbeine begannen nach etwa zehn Minuten wehzutun. Ich stöhnte auf und versuchte, mein Gewicht zu verlagern, aber das machte es auch nicht besser. Kristov warf mir einen warnenden Blick zu, ich riss die Augen aggressiv auf, starrte ihn an und hoffte, er würde darin all meinen Hass sehen. Denn ja, momentan hasste ich ihn!

Das hier war nicht der Kristov, den ich kannte, denn der damalige Kristov hätte mir so etwas niemals getan! Das hier war ein gewissenloses Monster!

Genau *davor* hatte er mich gewarnt. Er hatte mir die Regeln genannt und verdeutlicht, wie ich mich verhalten sollte. Doch ich hatte mit voller Absicht dagegen verstoßen! Es war mir fuckegal, das war noch lange kein Grund, mich so zu behandeln! Ganz zu schweigen von der Unterhaltung zwischen Kristov und dem Chinamann, als er gedacht hatte, ich würde ihn nicht verstehen. War das etwa sein Ernst gewesen?

War ich vielleicht wirklich nichts weiter als ein Spiel für ihn?

Die Unsicherheit fraß sich brennend heiß durch mein Inneres wie Feuer durch Papier. Sie verbrannte alles, was ich bis eben noch für diesen Mann empfunden hatte. Liebe. Hingabe. Faszination. Zurück blieb eine schwarze Schicht aus Asche, Angst und Zweifeln.

Was, wenn er wirklich nur mit mir spielte? Was, wenn er jeglichen Respekt vor Frauen und vor allem vor mir schon lange verloren hatte? Was, wenn der Mann, den ich damals kennen und lieben gelernt hatte, schlicht nicht mehr existierte? Was, wenn dies sein irres Spiel der Rache war? Rache dafür, dass ich damals gegangen war? Rache dafür, dass sein Vater gestorben war?

Ich hätte heulen können, aber ich hielt das Brennen in meinen Augen zurück und überlegte rasend, was ich jetzt tun sollte. Während die Zweifel immer weiter in meiner Kehle hochstiegen.

Zweifel, ob es die richtige Entscheidung gewesen war, mich noch mal auf ihn einzulassen. Zweifel, ob er nicht vielleicht doch das Monster war, als das er sich sah – und vor dem er mich nicht nur einmal gewarnt hatte.

16. Let go, ’cause I love you

Sie verhandelten endlos weiter, während ich mich darauf konzentrierte vor Schmerzen nicht zu heulen und der pure Hass immer höher in mir loderte.

Schon bald wurde der Asiate laut und richtig ungehalten, weil Kristov einfach nicht einlenkte, und völlig ruhig blieb. Selbst als er Kristovs Mutter beleidigte, lockte er ihn nicht aus der Reserve, und Ying Yang ruderte wieder zurück.

Doch irgendwann fiel sein stechender Blick auf mich und er sagte schließlich:

»Okay, ich lasse mich auf den Deal ein, aber ich bekomme sie für eine Nacht!« Mir blieb das Herz stehen. Ehrlich, mein Magen krampfte sich heftig zusammen und mein Blick flog hoch zu Kristov, der mich immer noch wie Luft behandelte.

Die Zeit schien still zu stehen, ich hielt sogar den Atem an, und alles in mir zog sich heftig zusammen.

»Nein!«, antwortete Kristov, nach wie vor die Ruhe selbst. Ich konnte nicht anders und atmete erleichtert aus. Das war ein Fehler, denn jetzt sprang der Asiate auf die Beine. Mit einem Mal hatte er eine Waffe in der Hand und zielte auf Kristov.

»Ich hab die Schnauze voll von deinem respektlosen Verhalten. Du lässt mich hier antanzen für nichts und wieder nichts?« Kristov blieb völlig ruhig sitzen. Kein Muskel in seinem Gesicht zuckte, aber seine Augen schienen zu eiskalten Gletschern zu werden, als er leise fragte:

»Du bedrohst mich in meinem eigenen Club?«

Die Hand des Asiaten fing an zu zittern, seine rot geschwollenen Augen starrten mich wieder an, und er sprach schon schleppender als noch vor zwei Stunden: »Ja, das tue ich! Und ich glaube dir kein Wort, die Tochter eines Bekannten … Sie ist dein Flittchen! Wie würdest du es finden, wenn ich ihr das Leben nehme, einfach nur, damit ich irgendwas von dem Besuch hier habe?« Damit zielte er mit einem Mal auf mich, direkt auf meine Stirn, und alles in mir gefror, genauso wie Kristovs Körper. Damit hatte ich nun wirklich nicht gerechnet. Was hatte ich mit all dem hier zu tun? Häh?

»Betätige den Abzug und du wirst nicht lebend aus diesem Club kommen.« Etwas an Kristovs Haltung sagte mir, dass er das so oder so nicht würde. Nicht, nachdem er mich bedroht hatte. Doch der besoffene fette Asiate schien ihn nicht ernst zu nehmen, denn er lachte dröhnend.

»Du unterschätzt mich und meine Männer. Du hast hier vielleicht zweimal so viele wie ich um dich herumstehen, aber meine sind dreimal so schnell. Das war schon immer euer Fehler. Ihr Romanovs habt euch schon immer selbst überschätzt, deswegen ist auch der gute alte Vlad gestorben, und deswegen wird es seinem Sohn genauso ergehen.« Kristov blieb völlig ruhig, als der Typ den Namen seines angeblichen

Vaters in den Dreck zog.

»Sieh dich um …«, meinte Kristov nur mit leiser Stimme, und der Kerl tat es – etwas verwirrt und eindeutig schwankend. Dann klappte sein Mund auf, seine Augen wurden groß, als er erst jetzt bemerkte, dass seine Männer bereits auf dem Boden lagen. Tot. Kristovs Männer fackelten anscheinend genauso wenig wie er.

Mein Magen drehte sich um. Der Kerl verstand ziemlich schnell, in was für eine Situation er sich gerade manövriert hatte, wirbelte herum und schoss einfach. Nicht auf mich. Sondern auf Kristov!

Das Brüllen blieb vor Schreck in meinem Hals stecken, als dieser tatsächlich getroffen und von der Wucht der Kugel herumgeschleudert wurde, doch gleichzeitig hatte er etwas geschnippt. Seinen Zahnstocher! Der steckte nun in einem Auge des Asiaten. Er hatte noch ein paar weitere Sekunden, um zu realisieren, was nun geschah, nämlich, dass er unweigerlich sterben würde. Denn aus seinen Augen und seiner Nase lief das Blut und sein massiger Körper schüttelte sich. Die Tussen an seiner Seite rannten kreischend davon. Ich konnte nur starren.

War der Zahnstocher etwa vergiftet gewesen? Zumindest auf einer Seite? Denn auf der anderen hatte Kristov ja die ganze Zeit herumgekaut. Hatte er die Zahnstocher deswegen immer dabei?

Der zuckende Körper sackte nur Sekunden, nachdem das Teil sich in sein Auge gebohrt hatte, auf die Couch und blieb nach einem letzten Aufbäumen und Gurgeln reglos liegen.

»Suka Bljad!«, fluchte Kristov neben mir und hielt sich die blutende Schulter, dann nickte er hinter mich, als Sergej schon herantrat und mich von der Krawatte löste. Außerdem nahm er mir endlich die Serviette aus dem Mund und ich schlug die Hände davor, starrte zu dem Asiaten, dem immer noch der Zahnstocher im Auge steckte und der direkt vor mir auf der Couch lag. Dann wurde mein Blick von etwas abgelenkt, von Kristovs Beinen, die vor mich traten.

»Elina …« Ich reagierte nicht und wurde von ihm am Arm hochgezogen. »Elina!« Ich schüttelte den Kopf, die Augen voller Tränen – immer noch auf den Toten starrend, auch wenn jetzt Kristovs Brust da war.

»Sieh mich an!«, knurrte er, und ich hob zaghaft den Blick, versank in seinen grauen besorgten Augen und hörte seine Stimme von weit weg kommen. »Atme!«, forderte er, und ich holte zittrig Luft. »Gut so, nochmal.« Ich tat wie mir befohlen, war zu geschockt von dem, was passiert war, vor allem, wie schnell es passiert war, um mich zu widersetzen, und fühlte, wie er mich hinter sich herzog. Ich stolperte über etwas, es war ein menschlicher Körper, und schrie auf. Kristov fluchte, forderte dann: »Trag sie!« Und ich fühlte, wie der Boden unter meinen Füßen verschwand, als ich auf die Arme gehoben wurde. Mein Kopf drehte sich, mein Magen rebellierte und ich sah immer noch das Bild des toten fetten Asiaten vor meinem geistigen Auge. Es vermischte sich mit Igor, und ich wusste, es war ein weiterer Punkt auf meiner *Das muss ich vergessen*-Liste, was mir aber nicht so schnell gelingen würde.

***

Ich saß wieder in der Limousine, die kalte Nacht mit den gelben Laternen zog ziemlich schnell an mir vorbei, und Kristov diskutierte mit Sergej. Seine Stimme war leise und angenehm, aber etwas ungehalten. Erst konnte ich die Worte, die sie sprachen, gar nicht verstehen, ließ mich nur von dem Klang berieseln, war komisch taub, dann drang immer mehr ihre Bedeutung in mein Hirn, und was ich hörte, gefiel mir nicht. »Verletzt! Arzt! Jetzt!« Und das Wort »Blutverlust« riss mich endgültig aus meinem Schock und meine Augen flogen herum.

Kristov saß neben mir, das Gesicht unnatürlich bleich, den Kopf nach hinten gelehnt, den glatt rasierten Kiefer verbissen und die Lider geschlossen. Mit einer Hand drückte er auf seine rechte Schulter. Sein gesamtes Hemd war auf der einen Seite mit dunklem roten Blut bedeckt.

Natürlich erschütterte mich der Anblick davon, dass er verletzt war, aber etwas war weitaus stärker als meine Angst um ihn. Meine Wut. Unbändige schreckliche Wut …

„Und? Machst du das immer so mit deinen Freundinnen? Fesselst du sie? Knebelst du sie und behandelst du sie wie ein Stück Dreck?“, fragte ich ihn zuckersüß, sobald das Adrenalin nicht mehr so heftig durch meine Blutbahn rauschte und ich klarer denken konnte. Doch das, was er getan hatte saß noch in meinen Knochen – und damit meine ich nicht den Mord an Ying Yang.

„Elina …“, knurrte er nur ohne die Augen zu öffnen.

„Ja Kristov?“

„Können wir das vielleicht später besprechen?“ Jetzt sah er mich an. Stechend. Unnachgiebig. So wie im Club.

»Nein, können wir nicht. Damit dir das klar ist, und ich sage es genau ein, einziges Mal!« Mit jedem neuen Wort tippte ich in seine Brust, auch wenn er dabei die Zähne vor Schmerzen zusammenbiss und seine Augen gefährlich funkelten. »Du. Wirst. So. Etwas. NIEMALS! Wieder. MIT. MIR. TUN! Denn ansonsten bist du mich los. Für immer und ewig. Hast du das kapiert?«

Anstatt endlich was zu erwidern, starrte er mich nur an, womit ich Gelegenheit bekam, noch einen draufzusetzen: »Du wirst mich auch nie wieder in eine Situation bringen, ohne mir wenigstens vorher freundlicherweise mitzuteilen, dass wir demnächst mit einem Arschloch-Massenmörder zusammentreffen. Du wirst niemals wieder behaupten, dass ich in Ausbildung wäre, denn DAS BIN ICH NICHT! Das ist Eli, wie sie ist …« Ich wies an mir hinab. »Genauso wird sie sein, genauso musst du sie nehmen. So und nicht anders! Ist auch das angekommen?«

Wieder antwortete nur Schweigen, aber inzwischen wirkte es leicht bissig. War mir egal. Hastig wischte ich die Tränen von meinen Wangen. »Und vor allem, wirst du mich NIEMALS WIEDER als Tochter irgendeines BEKANNTEN vorstellen.« Ich lehnte mich zurück und verschränkte die Arme. »Klar soweit?«

»Glasklar«, knurrte er nur, und ich atmete tief durch. Mehrmals … bis ich schließlich nicht mehr so heftig zitterte und wandte mich ihm wieder zu, der wieder die Augen geschlossen hatte und sich mit schmerzverzerrtem Gesicht die Schulter hielt. Erst jetzt, nachdem ich das klargestellt hatte, erlaubte ich meinen restlichen Gefühlen an die Oberfläche zu sprudeln …

»Ist es sehr schlimm?«, fragte ich, und er knurrte, ohne die Augen zu öffnen.

»Nein!«

»Doch!«, keifte Sergej von vorn. »Du solltest zu Kurbatov, damit er es sich wenigstens ansehen kann!«

»Nein!«, war wieder das Einzige, was Kristov von sich gab, und erinnerte stark an einen bockigen kleinen Jungen.

»Lass mich sehen!«, meinte ich sanft.

»Nein!« Unter normalen Umständen hätte ich jetzt die Augen verdreht, aber dafür hatte ich zu große Angst um ihn. Egal, was er vorhin getan hatte, ich hatte Angst um ihn und konnte es einfach nicht abstellen.

»Kristov!«, flehte ich leise, mit heiserer Stimme, und er öffnete die Augen einen Spalt breit, bevor er barsch meinte: »Es ist ein glatter Durchschuss, blutet viel, muss ich aber nur verbinden und ein paar Schmerzmittel nehmen, dann ist alles gut. Beruhige dich!«

Mein Blick flog zu Sergej, dessen starres Auge uns im Rückspiegel beobachtete und der alles andere als glücklich wirkte, doch schließlich zuckte er mit den Schultern. »Wenn er das sagt!« Somit ließ er die Scheibe hochsurren und fuhr schneller.

Ich wandte mich von Kristov ab und schnaubte, während ich aus dem Fenster sah. Denn ich wollte jetzt noch nicht mit ihm sprechen, jetzt noch nicht tun, was ich tun musste; erst musste ich wissen, dass es ihm wirklich gut ging.

***

Kristov hatte recht. Sobald er sich das Hemd ausgezogen und zugelassen hatte, dass ich, während er auf der Couch in seinem Penthouse saß, einen genaueren Blick auf die Wunde warf, war ich beruhigter. Es war ein glatter Durchschuss und keine Arterie getroffen. Ich desinfizierte es gründlich und verband es fest. Er hatte schon zwei Tabletten genommen, die Augen geschlossen, immer noch bleich, und sagte nichts. Keinen einzigen Ton, genauso wie ich.

Ich fühlte mich nach wie vor absolut miserabel, vor allem wegen dem, was mir bevorstand, aber nachdem ich meine Hände gewaschen und ich eine ganze Flasche Wasser getrunken hatte, um etwas klarer zu werden, gab es keinen weiteren Aufschub mehr.

Ich stand in der Küche und beobachtete den wunderschönen Mann, der oben ohne auf der Couch saß, und der leider ein Mafiaboss war und es immer bleiben würde. Er fühlte wohl meinen Blick und öffnete die sturmgrauen Augen, in denen tatsächlich ein Sturm tobte, um mich anzusehen. Sofort deutete er die Stimmung richtig und wisperte:

»Du bist viel mehr für mich als die Tochter eines Bekannten und auch ganz sicher kein Spiel. Und es tut mir leid, dass ich das tun musste, was ich getan habe, aber ich kann so ein Verhalten vor meinen Männern und vor allem vor meinen Geschäftspartnern nicht tolerieren.«

Ich sah ihn einige Sekunden an, dann seufzte ich, strich mir geschlagen über das Gesicht und setzte mich auf den Sessel ihm gegenüber.

»Und ich kann nicht tolerieren, dass du so etwas noch einmal mit mir machst Kristov!«

»Ja.«

»Du hast mich fühlen lassen, als wäre ich … als wäre ich ein Mensch zweiter Klasse, als wäre ich genau das, was ich nie wieder für dich sein wollte. Deine Gefangene, du hast mich erniedrigt!«

»Ich musste es tun.«

»*Du musstest gar nichts*!«, blaffte ich ihn an, weil er mich mit seiner beschissenen Ruhe echt sauer machte – noch mehr, als ich sowieso schon war. »Du hättest zu mir stehen können, wie zu einem respektablen Menschen und mich nicht so demütigen müssen! Du hättest mich als deine Freundin vorstellen können, und was war das überhaupt für ein bescheuertes Geschwafel mit *Ich bilde sie gern aus, wenn mir langweilig ist*! Als wäre ich ein verdammtes Pferd! Bereit, von dir dressiert zu werden!« Ich war so müde, so ausgelaugt, so fertig mit den Nerven, und tief in mir drin war ich einfach nur traurig, als ich den Kopf in meine beiden Hände fallen ließ und verzweifelt die teuren, braunen Steinfliesen unter meinen nackten Füßen anschaute.

»Das mit uns wird nie was, Kristov. Es kann einfach nichts werden.« Er gab ein Geräusch von sich, als hätte ich ihm in den Bauch geboxt, dann keuchte er erneut und kurz darauf kniete er vor mir.

So verletzlich. So unsagbar schön.

Auf Knien vor mir!

Verdammt!

Er nahm meine Hände, zog sie von meinem Gesicht und zwang mich, ihn anzusehen. Sein Blick war so offen, so flehend, so voller Emotionen, die ich vorhin bei ihm gebraucht hätte, als er wisperte: »Gib uns nicht auf!«

Ich schüttelte den Kopf, während eine Träne überlief. Wenn es nur um mich selbst gegangen wäre, okay! Dann hätte ich es riskieren können, ich wäre stark genug, um das Leben an seiner Seite irgendwie zu meistern. Um die Gefahren zu meistern, denen ich mich aussetzen würde, wenn ich mit ihm zusammenblieb – und um ihm zu zeigen, wie er mich zu behandeln hatte, um ihn zu verändern. Aber einer Person konnte ich das niemals zumuten und die war nun mal das Wichtigste in meinem Leben. Also schüttelte ich den Kopf, auch wenn mein Herz brach und die Tränen dabei überliefen. Meine Unterlippe bebte, als ich seine Haare aus der Stirn strich und meine Handfläche schließlich an seine Wange schmiegte, ihn mit dem Daumen streichelte.

»Ich muss uns aufgeben, bevor es zu spät ist«, wisperte ich kaum hörbar. »Und ich muss gehen. Jetzt.« Seine Augen überschattete eine dunkle Wolke, er presste die Lippen aufeinander, und in seinen Blick trat ein entschlossener Ausdruck, der mir gleichzeitig Angst machte und mich in helle Aufregung versetzte.

»Nein!«, knurrte er, packte mein Gesicht und küsste mich. Ich heulte unkontrolliert los, zerfloss förmlich in seinen starken, muskulösen Armen, die mich umfingen. »Nicht noch mal! Ich werde diesmal alles für dich tun, Elina!«, wisperte er an meinen Lippen. »Für dich werde ich mich ändern. Ich werde der Mann, den du verdient hast! Ich werde dich nicht noch einmal verlieren!« Ich schüttelte den Kopf und schluchzte auf, als er mich erneut küsste, bis sich alles in meinem Kopf drehte. Bevor es zu spät war, zog ich ihn von mir weg, hielt sein Gesicht in beiden Händen und sah ihn eindringlich an.

»Wenn du wirklich etwas für mich empfindest, wenn du dich für mich wirklich ändern willst, dann beweise es mir und lass. Mich. Gehen.« Ein verletzter Ausdruck schlich sich in sein schönes Gesicht, als hätte er Gift geschluckt, was ihn langsam umbrachte.

»Verlange das nicht von mir, alles auf der Welt, aber nicht das! Dazu war ich noch nie fähig!«

»Ich weiß, aber du musst mich gehen lassen!«, flehte ich, beugte mich wieder vor und küsste nun seine vollen warmen Lippen, denn ich konnte einfach nicht genug davon bekommen. Vor allem, wenn ich daran dachte, dass ich ihn nie wieder küssen durfte!

Mit einem Stöhnen fiel ich vor ihm auf die Knie, und als wären unsere Bewegungen einstudiert, wich er zurück – Schmerzen hin oder her – und legte sich auf den Rücken. Ich kletterte über ihn, ihn immer noch küssend. Ihn haltend, ihn nie wieder loslassen wollend und doch wissend, dass ich es musste.

»Wir gehören zusammen!«, knurrte er, wirbelte uns mit einem Mal herum, sodass ich mitten auf dem kalten Steinboden auf dem Rücken lag, nur in meinem Kleid, mit verschmierter Schminke und zerzausten Haaren.

»Ich weiß«, antwortete ich leise und stöhnte auf, als er mich mit dieser Glut in seinen Augen ansah und seine Hose öffnete. Bereitwillig spreizte ich die Beine und hieß ihn willkommen, als er sich wieder über mich beugte und wie zur Bestätigung seiner Worte mit einem harten Ruck in meinen feuchten Eingang eindrang. Ich krallte stöhnend meine Fingernägel in seinen Rücken. Es tat mir leid wegen seiner Schulter, kurz, doch dann fing er an, sich drängend zu bewegen.

»Ich. Werde. Dir. Immer. Gehören«, stöhnte ich zwischen seinen Stößen, während er mein Gesicht mit einem Arm festhielt und sich mit dem anderen neben mir abstützte – mich nicht aus den Augen lassend, meinen Blick nicht loslassend. Er wütete in mir, er zerriss mich, er fügte mich wieder zusammen, er stürzte mich in ein heilloses Durcheinander aus purer Lust, unbändiger Trauer, Verzweiflung und Liebe. Egal, was er vorhin im Club getan und ich empfunden hatte, die Liebe zwischen uns loderte mit einer unerbittlichen Kraft wieder auf.

Ich wusste, dies war unser letztes Mal, und gerade deswegen war es so unsagbar intensiv, gerade deswegen kam ich schon nach ein paar Stößen. Auch wenn diese brannten wie die Hölle, weil ich unsagbar wund war.

Kristov folgte mir kurz darauf, blieb aber tief in mir, ohne sich zurückzuziehen, und ein kleiner Teil von mir wollte in Panik geraten, ein anderer dümmerer hieß seinen Samen willkommen. Es war richtig, dass er in mir kam, nur er und sonst keiner. Jetzt und hier bei unserem verdammten Abschiedsfick.

Seine Hüften wurden ruhiger, unser Atem aber nicht. Er hatte sein Gesicht an meinem Hals vergraben und machte keine Anstalten, sich von mir zu lösen. Eine Faust hatte er um meine Haare geschlossen. Er hielt mich unerbittlich mit seinem männlichen muskulösen schweren Körper fest, und ich wollte es, ich wollte so ewig liegen bleiben, aber ich durfte es nicht. Meine Finger strichen zart über seinen nackten Rücken, ich genoss die Gänsehaut, die ihnen folgte, fuhr in seine Haare, streichelte ihn und hielt ihn eine Zeit lang ganz eng, während ich meine Wange an sein rabenschwarzes Haar schmiegte. Noch einmal schloss ich die Lider, verinnerlichte das Gefühl von uns beiden vereint, dann stählte ich mich und wisperte in sein Ohr: »Lass mich gehen!«

Er richtete sich auf. Seine Augen waren entschlossen und feurig und voller Leidenschaft, als er leise, aber sehr sicher sagte: »Ich liebe dich!«, und damit erneut mein Herz brach. Die Tränen liefen sofort wieder über und ich fing an zu schluchzen. Er wischte die Nässe geduldig von meinen Wangen und sprach mit heiserer eindringlicher Stimme weiter. »Ich habe nie aufgehört, dich zu lieben, Elina Wrangler. All die Jahre, und ich konnte dich nie vergessen. Du warst immer die Eine für mich.«

»Du für mich auch«, schluchzte ich völlig ungehalten und schniefte zwischendurch, während ich vor lauter Tränen gar nichts mehr sah. »Ich liebe dich auch und doch können wir nicht zusammen sein. Du bist … du … und ich bin ich! Es geht einfach nicht! Bitte, ich kann so was wie heute nicht noch einmal ertragen!« Er presste die Lippen aufeinander.

»Gut!«, blaffte er mich mit einem Mal an.

Dann löste er sich von mir und sprang auf die Beine. Sofort wurde mir eiskalt und ich bekam Kopfschmerzen. Er schloss seine Hose, ging in die Küche, stützte beide Arme schwer auf den Tresen, starrte düster durch die Fenster auf die Stadt und regte sich nicht mehr, als er hart sagte: »Du hast drei Minuten, länger werde ich mich nicht zurückhalten können.«

Er ließ mich gehen!

Das hatte ich nicht erwartet!

Völlig schockiert und mit wild rasendem Herzen richtete ich mich auf und stand dann auf, fühlte ihn dabei förmlich in jedem einzelnen Muskel. Ich wollte zu ihm gehen, ihn von hinten umarmen, seinen Rücken küssen, ihm sagen, dass ich ihn nicht verlassen wollte, dass ich bei ihm bleiben wollte, für den Rest unserer Leben – egal, wer oder was er war, aber ich durfte es nicht!

Für sie!

Für seine Tochter!

Schnell schnappte ich meine Handtasche vom Couchtisch, auf den ich sie vorhin geschmissen hatte, und flüchtete barfuß, zerzaust und völlig verheult zum Aufzug.

Kristov kam mir nicht hinterher, nur der Aufzug öffnete sich mit einem leisen nervenaufreibenden *PLING* – Gott sei Dank!

Mittlerweile am ganzen Körper zitternd sprang ich hinein, und gerade, als sich die Türen vor meiner Nase schlossen, hörte ich Kristovs verzweifeltes Brüllen und dann splitterndes Holz.

17. Do the right thing

Heath behandelte mich wie Luft, aber was hatte ich auch erwartet?

Während die Kinder ganz außer sich waren, weil wir mit einem Privatjet nach Hause flogen und sie sich alles genau ansehen konnten, und Simon sogar zu dem Piloten ins Cockpit durfte, wo er still und absolut begeistert hinter ihm saß und alles mit einem seligen Ausdruck beobachtete, während die Welt der anderen sich einfach weiterdrehte, lag meine Welt in Scherben vor mir.

Mein bester Freund sprach kein Wort mehr mit mir, und der Mann, den ich liebte, war für immer verloren.

Supergeile Scheiße!

Immer und immer wieder dachte ich an Kristov, seine Küsse, sein Lachen, sein Stöhnen, seine wunderschöne Stimme, wie seine Finger mich berührten, und immer und immer wieder biss ich mir heftig auf die Lippe, um nicht loszuheulen.

Die anderen hätten es nicht verstanden und Fragen gestellt, die ich nicht beantworten wollte.

Ich wollte nur eins: Nach Hause und zu der einzigen Person, zu der ich immer 1.000000 Prozent ehrlich sein konnte.

Als wir in Deutschland ankamen, war meine Lippe blutig gebissen. Heath bemerkte es, aber er sagte weiterhin kein einziges Wort, trug unsere Koffer zu den zwei Autos, die auf uns warteten. Der VW Bus wurde von Hannah gelenkt und in dem Audi Cabrio saß *sie*!

Oh Gott sei Dank!

Meine Mutter sah natürlich sofort, dass etwas nicht mit mir stimmte, als sie ausstieg und das breite Lächeln auf ihrem Gesicht gefror. Sie ignorierte alle anderen, kam auf mich zu, zog mich in ihre Arme und wisperte: »Oh mein Gott, was ist passiert?«

Ich schluchzte auf, war froh, dass die anderen damit beschäftig waren, den Bus mit ihrem Gepäck zu beladen und Hannah alles zu erzählen, während ich den Rücken meiner Mutter umklammerte und haltlos weinte. Man könnte ja auch meinen, es wäre, weil ich so froh war, wieder daheim zu sein, überlegte ich, als Heath mir einen kurzen forschenden Blick zuwarf. Ich drehte das Gesicht weg und vergrub es am duftenden Hals meiner Mutter, die mir beruhigend über den Rücken strich und mich einfach hielt.

»Eli fährt bei mir mit, die anderen bei Hannah!«, verkündete sie kurzerhand, und ich konnte nicht protestieren, wollte es auch nicht, als sie mich zum Auto führte und kurz darauf losfuhr. Sie hielt mir eine Packung Taschentücher entgegen, die Mütter irgendwie immer dabeihaben, und ich murmelte ein schniefendes »Danke«, bevor ich mich lauthals schnäuzte und ihr heutiges strahlend weißes Kleid genauer ansah, genau wie ihren hochgebundenen Pferdeschwanz, ihr hübsches mitfühlendes Gesicht, das meinem enorm glich, besonders die schokobraunen Augen, nur dass meine in seltenen Fällen einen leichten grünen Schimmer von Dad besaßen. Ihre braunen Haare waren mit der Zeit etwas heller geworden, aber kein Grau war zu erkennen. Allein die Lachfalten um ihre Augen zeugten von ihrem fröhlichen Gemüt und Alter, ansonsten wirkte sie makellos. Außer jetzt, denn sie runzelte besorgt die Stirn, während sie das Auto vom Flughafen weg lenkte und dann meine Hand nahm. Ich wusste, ihr brannte auf dem Herzen, mich zu fragen, was los war, wieso ich so aufgelöst war, und mir wiederum brannte auf dem Herzen, ihr alles zu erzählen, aber ich konnte nicht – noch nicht.

Erst musste ich die Tränenflut einigermaßen stoppen. Ich zwang mich förmlich dazu und wisperte: »Ich habe Kristov wiedergetroffen.« Sie wurde kreidebleich und sagte nichts. »Ich habe eine Nacht mit ihm verbracht, und ich liebe ihn immer noch!« Wieder begann ich, ohne jeglichen Halt zu schluchzen.

»Oh Eli«, meinte meine Mutter mitfühlend, und ihre Hand strich über meine Haare, während ich ins Taschentuch rotzte und die Tränen erneut unterdrückte. Okay, ich versuchte es, aber keine Chance. Schon musste das nächste Taschentuch dran glauben.

»Und. Trotzdem. Bin. Ich. Gegangen. Weil. Er ist … Mafia! Und knebeln und fesseln! Und Zahnstocher ins Auge und Igor! Und Lili und …«

Wieder konnte ich vor lauter Heulen nicht sprechen, während ich bemerkte, wie meine Mum das Lenkrad fester umklammerte und dann wisperte: »Du hast das Richtige getan!« Aber irgendwie hörte es sich nicht so an, als würde sie es wirklich so meinen.

»Wieso muss es so weh tun?«, brauste ich mit einem Mal auf. »Das mit uns ist sieben Jahre her, ich dachte, ich wäre über ihn hinweg! Aber Pustekuchen! Es war noch schlimmer als damals! Er ist … wieso kann er nicht jemand anders sein? Und hässlich, mit Warzen!«, fragte ich verzweifelt, und meine Mutter schüttelte den Kopf.

»Männer wie er können nicht aus ihrer Haut. Sie werden da sozusagen hineingeboren, und Warzen haben die schon mal gar nicht«, informierte sie mich trocken.

»V… verteidigst du ihn etwa?« Empört starrte ich sie an.

Hastig schüttelte sie wieder den Kopf. »Nein, was wäre das für ein Leben an seiner Seite? Du hast das Vernünftige getan. Auch wenn dein Herz dir etwas anderes gesagt hat.«

»Aber?« Es schwang förmlich zwischen uns in der Luft.

Sie seufzte. »Ich bin für so was echt der falsche Gesprächspartner« meinte sie ironisch grinsend. »Mütter müssen doch immer vernünftig sein, oder?«

»Du nicht.« Mein Herz begann schneller zu schlagen. »Du bist keine normale Mutter, das wissen wir doch schon.«

»Na vielen Dank!«

»Bitte«, gab ich trocken zurück und war froh, dass die ersten Tränen verebbt waren.

»Na ja, du weißt mittlerweile, was dein Vater beruflich tut, oder?«

»Äh, als ich damals genau deswegen von Drake Cavalli und dem lieben Kristov gekidnappt wurde, war es kaum zu übersehen. Mein Dad ist der verdammte Mafiaboss von Deutschland und Verlängerung des Armes der italienischen Mafia.«

»Genau, und na ja, wir haben dich und Robbie groß bekommen, ohne dass ihr etwas von diesem Leben erfahren habt, ohne dass ihr in Gefahr wart. Doch andererseits haben wir, als ihr schon erwachsen wart, sehr wohl die Retourkutsche bekommen. Vor sieben Jahren, als sie dich mir einfach genommen haben und als dein Bruder auch mit reingezogen wurde, und jetzt? Jetzt werden Gia und auch Robbie irgendwann alles von deinem Vater übernehmen. Obwohl ich das nie wollte, dein Bruder das nie wollte und dein Vater es auch nie wollte … Also denke ich, hast du das Richtige getan. Zumindest, wenn es um dein Kind geht.«

»Aber wenn es richtig ist, wieso fühlt es sich so falsch an?«, wisperte ich und schaute aus dem Fenster, an dem das dichte dunkle Grün des bayerischen Sommers vorbeirauschte.

»Weil du gegen dein Herz handelst. Du hast es zerbrochen, als du ihn verlassen hast, das fühlt sich immer falsch an, Baby. Aber ein Herz kann heilen, habe ich zumindest irgendwo mal gelesen.«

»Das ist eine Lüge!«, wisperte ich bitter.

»Ich weiß«, erwiderte sie und seufzte.

Dann schwiegen wir.

***

Ich war froh über die Ruhe, die mich umfing, sobald ich meine Wohnung betreten hatte. Drei hübsche Zimmer, ein Bad, eine Terrasse, ein riesiger Garten und ganz viel Einsamkeit. Zuerst füllte ich die Waschmaschine und hörte meinen Anrufbeantworter ab. Mein Chef röchelte vor sich hin, dass er noch auf meinen neuen Artikel warte. Ich würde ihm eine E-Mail schreiben und ihm mitteilen, dass er noch ein bisschen länger warten musste. Als Pulitzerpreisgewinnerin konnte ich mir das leisten, außerdem hatte ich keine Lust mit dem alten Griesgram zu telefonieren. Ansonsten gab mein AB nichts her, weil ich mein Handy dabeigehabt und mich um alles andere sofort gekümmert hatte. Alex zum Beispiel, die mal wieder von einem Typen genervt wurde, der ihr hinterherlief. O-Ton: »*Ich kann ja auch nichts dafür, dass ich so wunderbar bin, aber das ist noch lange kein Grund, mich verdammt noch mal so zu stalken! Ich habe seinen Daumen gesehen, er hat ›n Kleinen, somit steht er auf der Abschussliste.*« Japp. Alex war wahnsinnig oberflächlich, zumindest wenn es um die Wahl ihrer Partner ging. Alles unter 18 Zentimeter kam ihr nicht in die Tüte beziehungsweise in die Vagina.

Ich ließ mir ein Bad ein und wollte einfach nur etwas entspannen. Der Flug war echt anstrengend gewesen und all die unterdrückte Heulerei erst recht. Die ganze Fahrt über hatte ich aber die Tränen rausgelassen, also war ich damit vorläufig durch.

Ich legte mich in die Wanne, das Handy neben mir auf einer kleinen Kommode, schloss die Augen und lehnte seufzend den Kopf gegen das Kissen. Das tat gut, besonders, weil ich immer noch wund war, ihn immer noch überall spüren konnte. Wieder traten mir Tränen in die Augen, verdammt! Wieso fühlte es sich an, als würde mir irgendein wichtiges Körperteil fehlen, als wäre ich nicht mehr lebensfähig?

Ich meine, die letzten sieben Jahre hatte ich doch auch verbracht, ohne mich wie ein Krüppel zu fühlen, oder?

Okay, Lili hatte mich abgelenkt, mir viel gegeben und mich echt auf Trab gehalten, dazu mein Studium und später meine Recherchen. Nichtstun war für einen Menschen mit Liebeskummer echt tödlich.

So nahm ich mein Handy und schaute, ob es jemanden gab, der mit mir chatten wollte. Agnes meldete sich nicht, als ich sie anschrieb, genauso wenig wie Alex – Verräter-Freundinnen. Das Messenger-Bild von Heath – er, gebräunt von der Sonne – grinste mich an, aber ihn anzuschreiben wagte ich nicht. Ich scrollte durch meine Liste und fand keinen, mit dem ich jetzt sonst kommunizieren wollte. Also legte ich das Handy wieder weg, lehnte mich nach hinten und schloss erneut die Augen.

Das Wasser plätscherte leise vor sich hin, wenn ich mich bewegte. Es roch wunderbar nach Sandelholz. Ich konnte immer noch nicht fassen, dass wir den Tanzwettbewerb gewonnen hatten. Eigentlich sollte ich mich freuen. Ich hatte eine großartige Tochter, die perfekten Eltern. Mir ging es gut. Wieso fühlte es sich dann nicht so an!?

Mein Blick glitt aus dem Augenwinkel immer wieder zu meinem Handy, bis ich es einfach nahm und meinen guten alten Freund Google öffnete. Dort tippte ich mit schnellen Fingern **KRISTOV ROMANOV** ein, bevor ich es mir anders überlegen konnte, und wartete angespannt, mittlerweile in der Wanne sitzend.

Es gab einige Einträge über ihn, und meine Augen wurden mit jedem ein Stück größer. In Russland war er wohl so was wie ein verdammter Promi, aber das war es nicht, was mein Inneres in den nächsten Sekunden in Flammen aufgehen ließ. Denn ich klickte auf Bilder. Auf jedem einzelnen war er mit einer anderen wunderschönen Frau drauf. Perfekt gekleidet, schmal grinsend, als wüsste er etwas, was sonst keiner weiß. Wahrscheinlich wie die Huren unter den Kleidern aussahen.

Oh verdammt, das hätte ich nicht tun sollen!

Aber was hatte ich erwartet? Dass er in den letzten Jahren so abstinent geblieben war wie ich? Der mysteriöse Superplayboy schlechthin! Ganz sicher nicht. Oh nein! Offenbar hatte er sich ganz schön rumgetrieben. Wirklich alle waren sie wunderschön, groß und passten perfekt zu ihm. Hier ein russisches Supermodel, da eine Tennisspielerin, eine amerikanische Schauspielerin, eine Sängerin. Die Tochter eines Ölmagnaten war ziemlich oft mit ihm zu sehen. Ach, und weil die anderen Weiber noch nicht reichten, die verdammte Nichte von Putin!

Ich war kurz davor, mein Handy gegen die Wand zu pfeffern, aber ich hielt mich davon ab, es konnte schließlich auch nichts dafür. Und was da über ihn geschrieben wurde. Er engagierte sich ja so für gemeinnützige Organisationen. Drei der vier größten Russlands gehörten ihm sogar; er unterstützte sogar fucking Greenpeace! Ihm gehörten ja nur ein paar Firmen, ein Ölkonzern und sonstige Unternehmen, die dafür verantwortlich waren, dass diese Welt vor die Hunde ging.

Aber im Netz wurde er als Saubermann schlechthin gefeiert. Was waren das nur für Reporter?

Boah!

Ich legte mein Handy weg, verschränkte die Arme und war sauer.

Auf mich selbst, weil ich ihn gegoogelt hatte.

Und auf ihn! Weil er einfach ein Arsch war!

»Fick dich, du Ficker!«, zischte ich vor mich hin, schloss die Augen und tauchte einfach unter ins heiße Wasser. Das oder ich hätte irgendwie Kontakt zu ihm aufgenommen und ihn angebrüllt. Dämlich, aber wahr!

18. Normal Life and other Problems

Ich tauchte wieder auf, weil mein Handy neben mir vibrierte und ich dachte, Agnes würde sich melden. Allerdings war es eine unbekannte Nummer, dessen Besitzer mir geschrieben hatte. Mein Herz fing an zu rasen, als ich die Nachricht öffnete und die paar Worte las, die dort standen.

Diesmal gebe ich dich nicht auf!

Es wurde kein Name genannt, kein gar nichts, aber ich wusste sofort, von wem sie war. Ich saß augenblicklich kerzengerade in der Wanne. Meine Hände zitterten und das Herz pochte heftig bis in meinen Hals. In meinen Ohren hörte ich das Blut rauschen, während ich die Worte wieder und wieder las. Die Wut von eben war verraucht, jetzt fühlte ich mich einfach nur wahnsinnig aufgeregt. Alles in mir fing an zu kribbeln.

Er würde mich nicht aufgeben!

Ja! Ja! Ja!

Nein! Nein! Nein!

Verdammt! Verdammt! Verdammt!

Ich überlegte, ob ich ihm zurückschreiben sollte, aber schließlich hörte ich auf mein Herz und drückte einfach den grünen Knopf, um ihn anzurufen.

Keine Ahnung, was ich zu ihm sagen wollte. Keine Ahnung, was ich hier überhaupt tat, aber er hatte sich bei mir gemeldet, er würde mich nicht aufgeben.

Oh Gott!

Mein Magen rumorte vor Aufregung so sehr, dass ich Angst hatte, mich zu übergeben. Standhaft behielt ich alle Ekelhaftigkeiten, auch wenn es mir alles abverlangte, bei mir und lauschte dem Freizeichen.

Tuuuut

Tuuuut

Tuuuut

Fucking

Tuuuuuut!

Er ging nicht ran! Verflucht! Wie ich das hasste, wenn jemand gerade eben noch das Smartphone in der Hand hatte und dann wie vom Erdboden verschluckt war, wenn man zurückrief! Er hatte mir doch gerade erst geschrieben!

Lippenkauend legte ich wieder auf, starrte auf den Bildschirm und tippte schließlich einfach.

Kristov?, sendete ich, bevor ich es mir anders überlegen konnte. An Entspannen und Baden war nun nicht mehr zu denken.

Ich stieg aus der Wanne, trocknete mich ziemlich halbherzig ab und ging in mein Schlafzimmer. Es war wunderbar, wieder zu Hause zu sein, den eigenen Schrank aufzumachen, auf das Handy zu starren, mich anzuziehen –

nur Unterwäsche und ein leichtes Kleid –, auf das Handy zu starren, dann ins Bad zu gehen, kurz die Zähne zu putzen, auf das Handy zu starren, die Haare zu föhnen, auf das Handy zu starren, rüber zu Mum zu gehen, dort alle zu begrüßen, die gerade da waren, auf das Handy zu starren. Dann meine Runde über den Gnadenhof zu drehen, auf das Handy zu starren, alle Tiere zu knuddeln, ein bisschen mit den Mitarbeitern zu sprechen, auf das Handy zu starren.

Lili zu begrüßen, die auf mich zu gerannt kam, als hätte sie mich fünf Jahre nicht gesehen, ein bisschen zu weinen, sie fast tot zu knuddeln, in ihren sturmgrauen Augen zu ertrinken, ihr über die nachtschwarzen Haare zu streichen, auf das Handy zu starren. Gemeinsam mit Mum und ein paar anderen zu Abend zu essen, auf das Handy zu starren. Lili ins Bett zu bringen, die mich wild plappernd über jedes einzelne Ereignis der letzten sechs Jahre informierte, so kam es mir zumindest vor, mich in mein Bett zu legen und auf das Handy zu starren!

Verdammte Kacke, das Teil musste kaputt sein, oder wieso sonst hatte er bis jetzt nicht geantwortet?

Allerdings war das für ihn echt typisch, so eine Ansage machen und sich dann zu keinem Wort mehr herablassen, schließlich war das Wichtigste ja bereits klargestellt.

Supa! Ehrlich! Und so lag ich da und verbrachte meine erste schlaflose Nacht in meinem Bett, obwohl ich sonst nach so einer Reise innerhalb von fünf Minuten einschlief, ohne dass mich jemand wecken konnte. Aber nicht heute. Heute war ich damit beschäftigt, auf mein Handy zu starren.

***

In den nächsten Tagen kehrte so was wie angespannter Alltag ein.

Irgendwann schaute ich nur noch im Stundentakt auf mein Handy und gab immer mehr die Hoffnung auf, dass er mir jemals antworten würde. Vielleicht hatte er sich ja auch vertippt, und das war eigentlich an jemand anderen gerichtet gewesen oder so. Ich wusste es nicht, also lenkte ich mich ab und versuchte, an meinem Artikel weiterzuschreiben, indem ich Stunden damit verbrachte, in meinem kleinen Büro bei weit geöffnetem Fenster zu recherchieren. Gelegentlich wehte ein kräftiger Geruch nach Tannen und Pilzen zu mir, weil ich direkte Aussicht auf den Wald und die leise rauschenden Blätter hatte. Dort einfach nur hinzustarren, war manchmal alles an Inspiration, was ich brauchte, aber nicht jetzt!

Außerdem half ich wie immer im Heim und im Gnadenhof aus. Wenn man durch unseren Garten schritt, kam man entweder links direkt zu einem breiten, teilweise ziemlich tiefen, aber ruhigen Fluss, weiter an einen großen Bauernhof mit einigen Ställen und drei Wiesen dahinter, oder man ging nach rechts und landete im Heimbereich. Es handelte sich um kein normales Heim, denn früher war es ein Camp für schwer erziehbare Kinder gewesen. Deswegen standen zehn kleine Holzhäuschen im Wald verteilt. Die Teenager durften in diesen schon allein wohnen. Früher hatten die Kids hier keine Elektrik und auch keinen Luxus gehabt, doch dies war mittlerweile nachgerüstet worden, weil es sonst gewisse Auflagen nicht erfüllt hätte. Allerdings pflanzten sie immer noch ihr Gemüse selbst an – es war alles ein wenig *BACK TO THE ROOTS*. Dann gab es noch ein zweistöckiges riesiges

Haupthaus, das wir vor ungefähr sieben Jahren gebaut hatten. Dort befanden sich im unteren Bereich Gemeinschaftsräume und oben acht Zimmer. Zwei für die Betreuer, sechs für die Kids. Das Haus war nach Feng-Shui-Art eingerichtet und sehr bunt und offen von Vivian, meiner Tante, die Architektin war, konzipiert worden.

Früher war es für mich ein warmer Ort gewesen, in dem ich mich immer gern aufgehalten und wohlgefühlt hatte. Aber jetzt war Heath hier, und der strahlte nach wie vor eine schier unmenschliche Kälte aus, mit der ich einfach nicht umgehen konnte.

Also beschränkte ich mich in den nächsten Tagen auf den Hof, wo es mit den zwei Kühen, den drei Pferden, den Schafen, den Ziegen, den Hühnern, den Enten, den unzähligen Hasen und Meerschweinchen, die wir von irgendwoher gerettet hatten, auch mehr als genug zu tun gab. Zwei Hauptarbeiter unterstützten uns: Seppi und Magda. Zusätzlich halfen auch immer wieder etliche Praktikanten oder andere Personen, die hier ihre Sozialstunden ableisteten, weil wir als gemeinnützig eingetragen waren.

Gerade saß ich im kleinen Büro im vorderen Teil des Bauernhofes und streichelte unsere 18-jährige fast blinde Katze Puschel, die sich total süß vor mir hin und her rollte, mich auf Schritt und Tritt verfolgte und maunzte, als meine Mum hereinkam und mitteilte:

»Wir haben einen neuen Notfall, wer kommt mit?« Sie sah zwischen Seppi und mir hin und her, aber ich sprang sofort auf.

»Ich komm mit!« Ein kleiner Ausflug würde mir guttun, auch wenn der sicher mehr als hart werden würde, wie ich aus Erfahrung wusste. Die Arbeit einer Tierschützerin treibt einen oft an seine Grenzen, und dennoch machte ich es genauso wie Mum aus vollem Herzen.

***

Es handelte sich um einen französischen Esel. Er sollte bei einem Bauern, ungefähr 50 Kilometer entfernt stehen. Seine Nachbarn hatten ihn gemeldet, und der Besitzer hatte sich nach einem kurzen Telefonat mit meiner Mutter sogar bereit erklärt, dass wir vorbeikommen und ihn holen durften. Dabei hatte er uns noch viel Glück gewünscht, weil das Vieh sich angeblich nicht bewegen ließ. Meistens waren die Leute nicht so kooperativ. Fast immer mussten wir uns auf illegalem Weg Zutritt verschaffen und hatten deswegen nicht nur einmal Probleme mit der Polizei gehabt. Da war es natürlich praktisch, wenn sich der große Bruder dort bereits hochgearbeitet hatte und einen immer wieder aus jeder noch so blöden Lage rausboxen konnte. Jeder auf der Polizeistation kannte unseren Namen und leitete alles automatisch gleich an Robbie weiter, der dann entweder einen Kollegen schickte, den er noch aus seiner Ausbildungszeit kannte, oder selbst mit Carlos vorbeikam. Obwohl er schon lange nicht mehr bei der Streife, sondern Chef des gesamten Präsidiums war. Kein Wunder, bei der Anzahl an Verbrechern, die er über die Jahre unter mysteriösen Umständen dingfest gemacht hatte. Und ja, gleichzeitig war seine Freundin eine Cavalli, die Obermafiabraut schlechthin, und würde einmal von ihrem

Onkel und meinem Vater alles übernehmen, was die italienische Mafia unter der Fuchtel oder der Knarre hatte. Ja, so konnte es gehen.

Der Bauernhof befand sich in einem winzigen Dorf, das aus sechs Häusern und zwei Höfen bestand. Der Bauer, in dreckiger Jeans und noch dreckigerem Hemd, dem schon drei Zähne fehlten, während die anderen gelb waren, der also auch dementsprechend aus dem Mund roch, kam sofort zu uns und verzog sein vom Wetter gegerbtes Gesicht.

»Dann kemans moi mit!«, verkündete er in Urbayerisch, nach einer knappen ziemlich kühlen Begrüßung unsererseits, als er uns an einem leeren Stall vorbeiführte.

Keine Tiere, nichts war zu sehen, nur ein paar Schwalben flogen umher, als wir den Verschlag betraten.

»Haben Sie keine weiteren Tiere?«, erkundigte sich Mum und schrieb dabei fleißig ihr Protokoll.

»Na, die hob i alle verkafft! Aber den woit koana!« Er stieß eine Tür am Ende des Stalles auf und ich schrak zurück. Der Raum war vielleicht zwei mal drei Meter groß, besaß zwar ein Fenster, das aber übermäßig verschmiert war, sodass kaum noch Licht hereinfiel. Der Boden war mit Stroh ausgelegt, zumindest war es einst Stroh gewesen. Jetzt glich es einer stinkenden Matte, deren Geruch in der Nase biss. Inmitten dieses Drecks stand der Rastaesel – angekettet – ein französischer Pitou. Fliegen umschwirrten ihn und setzten sich auf seinem vermutlich ehemals hellen Fell ab, das jetzt nur noch dunkel verkrustet war.

Das Tier reagierte gar nicht, als die Tür geöffnet wurde, er hob nicht einmal den Kopf. Seine Hufe waren auf den ersten

Blick verwachsen und wahrscheinlich entzündet, sogar meine Mutter wirkte schockiert.

»Hier hat er vier Jahre lang gelebt?«

»Na, nur zwoa, seitdem mei Oide weg is.«

»Und wieso haben Sie ihn nicht wenigstens nach vorn in den Stall gebracht!« Dort, wo vorher die Kühe gestanden hatten, hätte er jede Menge Platz gehabt!

»Der beißt!«, verkündete er Bauer schulterzuckend.

»Und wieso haben Sie uns nicht gerufen?«, fragte ich mit Tränen in den Augen.

Er sah mich an, als hätte ich ihn gefragt, wieso man zum Kacken aufs Klo geht und schüttelte den Kopf.

»Oiso, nehmt‹s ihr des Mistvieh jetzt mit, oda net?«

»Ja!«, riefen Mum und ich gleichzeitig.

»Na dann vui Spoß!«, verkündete das Arschloch und ging davon, als würde ihn das alles nichts angehen. Das war sicher ein Kerl, der Katzenbabys ertränkte, ich war mir sicher! Meine Mum und ich sahen uns an und ich nickte, dann machte ich einen Schritt in den Stall. Der Esel rührte sich nicht.

»Hey Süßer, wir bringen dich jetzt hier raus!«, wisperte ich ihm zu, machte noch einen Schritt. Er sah mich an und fing mit einem Mal an zu brüllen, auszuschlagen und völlig durchzudrehen, so laut, dass es sicher das ganze Dorf hörte. Meine Mutter und ich stolperten zurück und schauten uns mit großen Augen an.

Das würde alles andere als einfach werden, doch wir kannten uns aus.

»Ich hol sie!«, meinte meine Mum und ging zum Auto. Ich blieb mit dem Tier allein, lehnte mich in den Türrahmen und schaute ihn nicht an. Ganz vorsichtig schob ich mich mit der Seite Millimeter um Millimeter näher zu ihm, und tada, er blieb völlig ruhig. Als meine Mum kam und sah, wie dicht ich bei ihm stand, sodass ich ihn mit ausgestrecktem Arm hätte berühren können, blieb sie ganz leise und legte mir nur die offene Tupperdose vor die Füße. Dann trat sie einige Schritte zurück, als das Tier die Ohren zurücklegte, sie anvisierte, und setzte sich vor den Stall auf eine Stange, denn aus Erfahrung wussten wir, das hier konnte dauern.

Nach ungefähr 20 Minuten stand ich direkt neben dem Esel, mit der Schulter zu ihm. Er reagierte immer noch nicht. Hier war es so heiß, dass mir der Schweiß auf der Stirn stand und ich immer wieder meine Wut runterschlucken musste. Den Kerl würde ich anzeigen, allerdings war dieser Staat ein Arschloch, wenn es um die Rechte der Tiere ging, und er würde, wenn überhaupt, mit einer Geldstrafe davonkommen. Da konnte selbst Robbie nicht mehr weiterhelfen.

Ich ging neben dem Esel in die Hocke, was mir einigen Mut abverlangte und zog die Tupperbox vorsichtig näher. Dort waren allerhand Leckereien drin, Karotten, Äpfel, sogar Gurken und hartes Brot. Als Erstes hielt ich ihm eine Karotte unter die Nase. Er reagierte erst gar nicht, weil er wahrscheinlich den Geruch nicht kannte, doch dann schnupperte er mit seinen samtigen Nüstern und stürzte sich auf das Teil, als hätte er schon ewig nichts mehr gegessen, was wahrscheinlich auch der Fall war.

»Ja, so ist es brav, Süßer.« Weil er gerade abgelenkt war, hob ich die andere Hand und löste die verrostete Kette von der Stange vor ihm. Dann gab ich ihm noch einen Apfel. Er schmatzte genüsslich und lautstark vor sich hin und bespritzte mich mit dem süßen Fruchtfleisch. Etwas davon landete sogar in meinen Haaren, aber es war mir egal. Ich stopfte noch ein paar Karotten und Apfelstückchen in meine hintere Hosentasche und zog sanft an der Kette, wobei ich ihm eine weitere Karotte vor die Nase hielt. Und tada, er folgte mir völlig lammfromm, nach nicht einmal einer halben Stunde! Von wegen, der ließ sich nicht anfassen. Dem verdammten Drecksack war es einfach nur egal gewesen. Die Wahrheit war, dass er dieses Tier hier zum Sterben abgestellt hatte.

Ich führte den Esel langsam aus dem Stall – und bemerkte dabei, dass er lahmte, wahrscheinlich wegen der Hufe – zu dem Hänger mit frisch ausgelegtem Streu, den meine Mum bereits geöffnet hatte. Auch hier folgte er mir ohne Gegenwehr und stieg ganz entspannt die Rampe hoch. Während andere Tiere oft stundenlang bockten, war er sofort drinnen. Ich gab ihm erst mal sauberes Wasser und noch die restlichen Apfelstückchen und Karotten, dann ging ich durch die Seitentür hinaus, um hinter seinem verfilzten Rastahintern den Hänger zu schließen.

Ha!

***

I-AHH, wie ich ihn echt unkreativ taufte, machte seinem Namen alle Ehre und brüllte die gesamte Fahrt über wie am Spieß. Sogar die lauteste Stufe des Radios konnte das nicht wirklich übertönen, und als wir durch die kleinen Dörfer über die Landstraße fuhren, gab es nicht wenige Leute, die uns kopfschüttelnd hinterher sahen, und Kinder, die sogar hinterherrannten, um einen Blick auf das Ungetüm zu erhaschen, das wir dabei hatten. Klar, er kannte das Autofahren natürlich nicht und dachte wahrscheinlich, er würde gerade von Aliens gekidnappt werden. Auf dem Hof stand schon Seppi an einer extra separierten Weide mit kleinem Stall bereit und half meiner Mum beim Rückwärtseinparken, die das mittlerweile beherrschte wie ein Profi.

Sobald wir den Hänger geöffnet hatten, kam der Esel auch schon herausgeschossen und blieb dann erst mal verwundert stehen, weil er wahrscheinlich zum ersten Mal in seinem Leben auf frischem Gras stand. Er beugte den Kopf vor, schnupperte skeptisch, hob ihn dann wieder, sah sich mit neugierig aufgestellten riesigen Ohren um, und fing dann an zu springen und mit den Hufen auszuschlagen wie ein junges Reh, sich einfach seines Lebens zu freuen. Wobei er von den anderen Hofbewohnern, die eine Weide nebenan grasten, mehr oder minder gelangweilt beobachtet wurde. Er rannte zu Susi, einer unserer Kühe. Sie schnupperten sich kurz an, dann tobte er weiter – hin und her, hin und her.

Meine Mum und ich standen an den Hänger gelehnt, dreckig, durchgeschwitzt, total fertig, vor der untergehenden Sonne und hatten Tränen in den Augen. Die Freude eines anderen Lebewesens, egal ob Mensch oder Tier, war jede Anstrengung wert. Ehrlich.

In dem Moment klingelte mein Handy in meiner Hosentasche, und ob ich wollte oder nicht, augenblicklich schlug mein Herz schneller. Ich holte das Telefon hervor und versuchte nicht allzu enttäuscht zu sein, weil auf dem Display

»Dad« stand.

»Hi Dad«, begrüßte ich ihn fröhlich.

»Hi«, meinte er knapp. »Also, ich falle gleich mit der Tür ins Haus, komm zu mir in den Club. Hier ist jemand, der dich sehen will.«

19. Heiratsanträge und andere Katastrophen

Früher, als ich noch jung und naiv gewesen war, hatte ich immer gedacht, mein Vater würde unser Geld durch seine preisgekrönten Fotografien verdienen. *Dass ich nicht lache!*

Mein Dad war ein Mafioso wie aus dem Bilderbuch, okay, eigentlich war er so jemand wie Robin Hood. Er nahm von den Abgefuckten und gab es den Armen, aber das wusste so gut wie keiner. Die meisten dachten, er wäre selber abgefuckt. Er wickelte den Hauptteil seiner Geschäfte in einem Nobel-Sex-Club in der nächsten großen Stadt ab. Zu diesem fuhr ich jetzt mit trockenem Mund und flauem Gefühl im Magen. Mittlerweile war ich da schon öfter gewesen, auch wenn es mich immer noch etwas verlegen machte, wie selbstverständlich dort nackte Frauen vor meinem Vater rumtanzten und all das. Aber zum Glück nicht mehr so heftig. Das erste Mal hatte es mich eiskalt erwischt, sodass ich wie erstarrt gewesen war. Der Club befand sich in einer sehr teuren Gegend, die nur aus Villen bestand, war auf einem Berg gelegen und als Galerie getarnt. Doch wenn man das Haus umrundete und einen anderen verborgenen Eingang nahm, blieb von Sitte und Ordnung dieser Vorstadtsiedlung echt nichts mehr übrig. Der Club hatte es in sich.

Die Türsteher ließen mich sofort ein, weil sie mich alle kannten, und ich ging gleich hoch, den schier endlosen Flur entlang, der nur für Angestellte war, bis ich vor seiner Tür stehen blieb und zaghaft klopfte.

»Ja!«, blaffte mein Vater kurz, und verdammt, ich hätte es wissen müssen, denn mein Herz schlug schon schneller, als ich die Klinke berührte und runter drückte. Ich öffnete die Tür und es war alles wie immer. Ein riesiger Büroraum, direkt vor einer Scheibe, durch die man in den Club sehen konnte. Dads Schreibtisch, ein maßangefertigter Couchtisch, ein Sessel und eine riesige dunkelbraune Ledercouch, auf der kein Geringerer als Kristov Romanov persönlich saß und mich mit schief gelegtem Kopf angrinste.

HEILIGE SCHEISSE!

Ich blieb mit der Klinke in der Hand wie schockgefrostet stehen. Einerseits wollte ich flüchten, andererseits mich sofort in die Arme des attraktiven und vor sich hin schmunzelnden Russen in seinem schwarzen Anzug werfen und ihn nie wieder loslassen.

Er war hier!

Oh mein Gott!

Und jemand hatte ihn grün und blau geschlagen, nur so am Rande. An seiner Augenbraue war er, glaube ich, sogar erst kürzlich genäht worden.

Oh. Mein. Gott!

Ich sah stirnrunzelnd zu meinem Vater, der mit verschränkten Armen an seinem Schreibtisch lehnte, dann zu Kristov, der auf der Couch saß. Dann wieder zu meinem Vater, von dessen makellosen Gesicht man nicht die geringste Regung ablesen konnte. Dad trug sein Pokerface, also war äußerste Vorsicht geboten!

Ich schluckte mühsam, was echt laut zwischen uns allen widerzuhallen schien.

»Willst du mich verarschen?«, fragte ich Dad als Erstes, und er grinste, was ihn unsagbar attraktiv machte. Denn ja, mein Vater war der schönste Mann, den ich jemals gesehen hatte, egal, wie alt er auch war – noch vor Kristov, okay, fast. Na gut, Kristov war der Schönste, aber Dad kam gleich an zweiter Stelle!

»Nichts würde mir ferner liegen, Stern meiner Augen, Herzfrucht meiner Lenden, Grund meiner schlaflosen Nächte, und das meine ich wortwörtlich. Komm doch rein!«

»Lass dein beknacktes Gelaber, Dad, ohne Scheiß!«, knurrte ich ihn an, und er lachte – leise, melodisch, mit dieser Stimme, die mich schon immer beruhigt und eingelullt hatte, wenn er das wollte. Aber gleichzeitig rieselte es eiskalt meinen Rücken hinab. Bei jedem anderen hätte er nicht gelacht, so viel war sicher.

Ich trat ein und schloss die Tür hinter mir, wobei ich so behutsam vorging, als wäre sonst eine Bombe hochgegangen. Dabei ignorierte ich den schmunzelnden Kristov völlig, auch wenn mein Herz fast aus meinem Mund sprang, so heftig, wie es pochte, und trat an meinen Vater, in seinem weißen engen Shirt mit V-Ausschnitt und seiner perfekt sitzenden Jeans, heran. Er war heute im Freizeitlook gekleidet. Das heißt, er hatte eigentlich gar nicht vorgehabt, in den Club zu kommen, so viel war klar.

»Was soll das?«, wisperte ich ihm zu, mir sehr wohl der wachsamen grauen Augen und der verdammten Luchsohren in meinem Rücken bewusst, und seines Mundes und seines perfekten Schwanzes, verdammt!

»Setz dich erst mal, Baby.« Dad sprach mit der *Beruhige dich*-Stimme, mit der er Mum immer wieder auf den Boden holte, wenn sie ohne Grund ausflippte, aber ich hatte ja wohl mehr als einen Grund! Verfickt noch mal!

»Dad!«, knurrte ich ihn nur wütend an und verschränkte die Arme vor der Brust, wobei mir ein dunkler Streifen an meinem Unterarm auffiel. Ich war immer noch dreckig. Das sonst dunkelblaue Sommerkleid war über und über mit Schlieren bedeckt. Meine Haare waren ein einziges Chaos, wahrscheinlich klebten da sogar noch Apfelreste, und im Gesicht hatte ich sicher auch Dreck, was den Unterschied zwischen diesem absolut perfekten Mann auf der Couch und mir fast schmerzhaft und ziemlich peinlich verdeutlichte. Aber ich war sofort hergekommen, als mein Vater mich angerufen hatte, weil er sich echt drängend angehört hatte, und jetzt erwartete mich das?

Was sollte das?

Mein Vater konnte die Romanovs nicht ausstehen. Genau genommen hatte ich mittlerweile herausgefunden, dass sich unsere Familien sogar im Krieg befanden und dass er Kristov hasste. Dieser saß jetzt in seinem Büro, völlig lässig und ruhig und grinsend. Sogar ein Glas Wasser stand vor ihm, während er amüsiert einen Arm über die Lehne schwang und das Spektakel vor sich beobachtete.

»Du siehst umwerfend aus, Elina! Ob von oben bis unten mit Dreck beschmiert oder frisch aus meiner Dusche kommend«, säuselte er, als er meine kritischen Blicke wegen meines Aussehens bemerkte, und wie ich noch ein wenig Schmutz beseitigen wollte. Mein Dad knurrte ihn an, ich wurde knallrot und wandte mich energischer an meinen Vater.

»Was macht er hier? Dad, sag jetzt!«

»Also, es war vor einer Woche, da stand er plötzlich vor meiner Tür«, fing mein Vater an, als würde er über irgendeinen Arbeitstag reden. »Und du solltest dich wirklich lieber setzen, Eli!« Streng sah er mich an, und ich gehorchte, weil ich das immer tat, wenn Dad diesen Blick anwandte. Vor einer Woche hatte Kristov mir auch geschrieben. Mit verengten Augen schaute ich über meine Schulter, und Kristov nickte zu meinem Vater. Ich sollte mich auf meinen Vater konzentrieren, der lehnte sich wieder an seinen Schreibtisch, strich sich durch die Haare und seufzte. »Du weißt, ich liebe dich über alles?«, fragte er mich und ich sah in seinen schönen grünbraunen Augen, dass es wahr war.

»Natürlich weiß ich das!«, knurrte ich knapp. Er atmete erneut durch und sprach dann schneller weiter.

»Um es kurz zu machen, er schlug mir ein Bündnis unserer Häuser vor, da die Chinesen ihn, wie auch mich, langsam anpissen. Ich war nicht abgeneigt und hörte mir seinen endlosen Vortrag an, auch wenn ich den kleinen Bastard eigentlich nicht ausstehen kann«, meinte er locker zu Kristov.

Der murmelte »Touche«, und ich sah wieder zu meinem Dad, der immer mürrischer wirkte.

»Wie auch immer. Er hatte eine Bedingung, und da kommst du ins Spiel, Eli. Ich mache es kurz und knapp, der Pelmenipisser hat um deine Hand angehalten.« Mein Dad machte eine bedeutungsschwere Pause und ein riesiger Klotz stürzte in meinen Magen.

Kristov hatte was?

»Ich habe ihm natürlich als Antwort auf die Fresse gehauen!«, meinte Dad ungerührt, aber das konnte mich auch nicht mehr beruhigen.

Ich starrte mit offenem Mund zu Kristov; er hob sein Kinn und zeigte mir ungerührt das Veilchen, das dort an seinem glatt rasierten Kiefer prangte. Hätte er nicht tun müssen, denn er es war bei Weitem nicht das Einzige, was sein Gesicht zierte. Ich starrte wieder zu meinem Vater, während sich langsam Tränen in meinen Augen sammelten. Denn irgendwie ahnte ich, dass dies noch nicht das Ende dieser abgefuckten Geschichte war.

»Aber na ja …«, erzählte er locker und schenkte sich und mir Whiskey ein, den ich mit einem Kopfschütteln ablehnte, woraufhin er beide Gläser auf ex trank und Kristov dann wütend anfunkelte. »Der Bastard hat nicht etwa nachgegeben und ist abgehauen! Nein, am nächsten Tag kam er mit meinem eigenen Sohn und Gianna im Schlepptau an – und sie waren auf seiner verfickten Seite!«

»Robbie – mein Bruder – meint, ich soll ihn heiraten?«, fragte ich hohl und fühlte, wie mir immer kälter wurde.

»Dein Bruder hat für diesen Mann und seine Gefühle zu dir

seine Hand ins Feuer gelegt, und meinte, es würde uns nur von Nutzen sein, wenn du ihn heiratest. Es würde für mehr Sicherheit auf allen Seiten sorgen, du verstehst?« Er schaute mich durchdringend an und ein Name stand förmlich in seine Augen geschrieben. *Lili!*

Ich konnte nicht mehr antworten, außer: »Es wäre also von Nutzen, aha.«

»Er hat jeden verdammten Tag hier gestanden! Und jeden verdammten Tag war jemand anderes dabei, der absolut überzeugt von seinen Gefühlen für dich war! Als Letztes tanzte er sogar mit Onkel Luca an, der versuchte, meine Meinung zu ändern! Und er hat jeden Tag aufs Neue wieder aufs Maul bekommen.«

»Und ich sag dir, seine Rechte hat's in sich.« Kristov rieb sich sinnierend das Kinn. Gott, ich liebte meinen Vater momentan geradezu abgöttisch, denn er schien der einzig Vernünftige in dieser Sache zu sein.

Danke, Dad!, wollte ich brüllen, aber er war immer noch nicht fertig. *Leider.*

»Aber dann sprach ich gestern Abend mit deiner werten Mutter …« Mir wurde schlagartig noch kälter. »Und die meinte, dass … ähhh, also sie weiß ganz genau, wie du für ihn empfindest, und unter ein paar Bedingungen sagte sie, wärst du einer Heirat nicht abgeneigt, und du weißt ja, wer bei uns immer das letzte Wort hat, also sagte ich ihm zu. Und tada, hier bist du und hier ist er und ihr werdet heiraten! Mit meinem gottverdammten Segen! Ich sponsere den Scheiß!« Am Schluss hatte er auch noch die Arme ausgebreitet, als hätte er mir gerade mein neues Auto präsentiert, nur handelte es sich anscheinend um meinen verdammten Verlobten!

Zuallererst konnte ich nichts anderes tun, als meinen Vater anzustarren und mich nicht zu rühren, aber ganz langsam, ganz, ganz langsam kam in meinem Kopf an, was er mir gerade verkündet hatte, und mein gesamter Körper fing an zu beben. Erst schwach, dann immer stärker und noch stärker. Mein Vater verzog das Gesicht, als er sah, wie ich die Augen noch weiter aufriss.

Langsam stand Kristov auf, mein Blick huschte zu ihm. Er schlenderte in Richtung des Schreibtisches. Mir war definitiv zu wenig Luft in diesem Raum, denn bei diesem Anblick bekam ich nicht mehr ausreichend Sauerstoff in meine Lungen. Geschmeidig wie eine Raubkatze schlenderte er um den Couchtisch herum und baute sich vor mir auf. Ich konnte meine Augen nicht von ihm abwenden, selbst wenn ich es gewollt hätte, was aber mit Sicherheit nicht der Fall war. Er beugte sich zu mir herunter und stützte die Hände auf die Armlehnen des Schreibtischstuhls. Ich war erneut gefangen, um mich herum gab es nur noch Kristov. Er schaute mir tief in die Augen und dann sagte er: »Elina, das war längst überfällig. Es sorgt für Sicherheit, es ist lukrativ, es ist das einzig Richtige. Also wirst du meine Frau. Es lag doch schon die ganze Zeit auf der Hand.« Kein: *Elina, ich liebe dich, werde meine Frau!* Oder: *Du bist die Frau meines Lebens, ich will nie mehr ohne dich sein.* Kein epischer Antrag, nicht einmal ein verdammter Kniefall! Nein natürlich nicht, ich bekam ein *Du wirst meine Frau, weil es doch auf der Hand liegt.* Kurzum, das war der größte Scheiß, den ich jemals in meinem Leben gehört hatte.

Mein Dad sog im Hintergrund scharf den Atem ein, wahrscheinlich, weil er ahnte, was gleich passieren würde.

»Kristov«, hauchte ich währenddessen mit einiger Anstrengung total sanft und leicht lächelnd. Er grinste breit und süffisant. Offenbar war er sich seiner Sache sehr sicher.

»Ja, Süße?«

»Das hier war auch längst überfällig!« Ehe er sich versah, hatte ich ihm schon eine verpasst, und zwar mit der Faust, die danach echt höllisch weh tat, aber das war mir egal. Er stolperte zurück, also sprang ich auf und wandte mich an meinen Vater.

»Nur damit ich das richtig verstehe. Du hast einfach so eingewilligt, dass ich irgendjemanden heirate, ohne auch nur einen Gedanken daran zu verschwenden, mich vielleicht mal nach meiner Meinung zu fragen?«

»Eli …«

»Und *meine Mutter* fand, es wäre eine gute Idee? Genauso wie mein *eigener Bruder*?«

»Elina!« Das war jetzt Kristov, der sich nicht mal die Wange hielt, der Penner. Aber wenigstens sah er so sauer aus, wie ich mich fühlte. Ich wirbelte zu ihm herum und deutete mit meinem bebenden Zeigefinger auf ihn, ohne die Augen auch nur ein Stück schließen oder irgendetwas kontrollieren zu können.

»Klappe!«, blaffte ich ihn an. »Du hast hier gar nichts zu melden! Dachtest dir, schlau, wie du bist, übergehst du mich einfach und fragst mich vielleicht nicht mal, ob ich dich heiraten will, bevor du diese abgefuckte Scheiße durchziehst«, knurrte ich sehr, sehr leise, denn ansonsten hätte ich gebrüllt, wobei die Tränen überliefen, und nun auch Kristov sein schönes Gesicht schmerzhaft verzog.

»Du liebst mich doch, oder nicht?! Und ich liebe dich. Fazit: Wir heiraten! Was ist jetzt dein verdammtes Problem«, verteidigte sich der Irre schwach und auch etwas verwirrt.

»DUUUUUUUUUUUUUUUUUUUUUU!«, brüllte ich aus vollem Hals.

Somit stürmte ich aus dem Zimmer und knallte die Tür mit voller Wucht hinter mir zu. Während ich über den Gang davon stürmte, konnte ich nicht anders, ich heulte und schluchzte. Schon wieder.

Wie konnten sie nur?

Ich wusste nicht, auf wen ich am wütendsten war, aber Tatsache war: Sie hatten sie nicht alle! Diese elenden Idioten!

20. Besoffene Männer reden nicht

Als ich meinen kleinen Mini durch die schlafende Stadt lenkte, konnte ich nicht aufhören zu heulen, was echt nicht gut war beim Autofahren, also blieb ich an der Seite stehen. Tiefe Schluchzer schienen meine Brust schier auseinanderzureißen, während ich das Lenkrad umklammerte. Ich fühlte mich so unendlich verraten, so *missbraucht*. Wie konnte mich mein eigener Vater dermaßen verschachern?

Dabei sagte er immer, die Familie sei ihm am wichtigsten, und dass ich sein Ein und Alles war, aber das entsprach nicht der Wahrheit! Schon lange nicht mehr! Zumindest hatte er mir das soeben deutlich vor Augen geführt. Es tat so weh!

Genauso wie Kristovs Verhalten!

Und Mums!

Sowie das meines Bruders!

Nie hätte ich erwartet, dass sie alle zu so etwas fähig wären und sogar Lili dafür opfern würden!

War ich denn hier die einzig Vernünftige!?

Nach einigen Minuten oder Stunden schluchzte ich nur

noch leise vor ich hin, schnäuzte fest in mein Taschentuch und ließ meine Stirn auf das Lenkrad fallen.

Wo sollte ich jetzt nur hin? Wer konnte mir jetzt noch helfen? Alle, die ich sonst um Rat gefragt hätte, standen auf der falschen verdammten Seite! Alle außer …

Es gab einfach keine andere Adresse, die ich ansteuern konnte. Es gab keinen anderen Ort, an dem ich jetzt sein wollte.

Also raste ich zu ihm, hämmerte an seine Tür und fiel ihm sofort um den Hals, als er öffnete, obwohl er ziemlich verwirrt schien, und verschlafen in seinem Pyjama. Ja, der Kerl trug einen Superman-Pyjama, doch es war mir egal, als ich mich schluchzend an ihn klammerte.

»ES TUT MIR LEID!«, brüllte ich ihm ins Ohr. »Ich weiß, du bist sauer auf mich und ich habe dich unsagbar verletzt, aber ich wusste einfach nicht wohin! Alles geht zugrunde, und ich … ich … ich brauche dich!«

Heath rührte sich erst nicht, dann fühlte ich, wie er seufzte und meinen Rücken tätschelte.

»Ich schenk uns was Hochprozentiges ein!«

***

Ein paar Stunden später am anderen Ende der Stadt.

Kristov Romanov (seufz)

Ich lag in Tristans Büro, in seinem Sexclub irgendwo in Bayern, mitten auf der Couch. Allerdings war ich nicht allein. Tristan hing auf seinem Schreibtischstuhl, und sein Sohn, der vor ein paar Stunden per Zufall dazugestoßen war, in einem

Sessel uns gegenüber. Er war der einzig Nüchterne, während Tristan und ich eine Flasche Whiskey wie eine verdammte Friedenspfeife zwischen uns hin und hergehen ließen. Dabei waren wir richtige Männer und sprachen kein einziges Wort. Einträchtig tranken wir einen Schluck nach dem anderen, bis die zweite Flasche bis zur Hälfte geleert war.

»Erzählt ihr mir jetzt, was passiert ist?«, fragte Wrangler Junior nach einiger Zeit, und wir beide zuckten zusammen, weil seine Stimme sich so laut anhörte.

»Shhhh!«, machte Tristan auch noch, und Wrangler Junior schüttelte fragend den Kopf. »Nich so verdamm … laut, Mann!« Zum Schluss bekam Wrangler Senior Schluckauf und ich schmiss stöhnend einen Arm über mein Gesicht, als ich daran dachte, weswegen wir uns hier ins Nirwana soffen.

Ich hatte es verschissen!

Endlich hatte ich mich dazu durchgerungen, ein Bastard zu sein, der sich nahm, was er wollte, doch sie wollte gar nicht genommen werden. Oh nein!

Okay, vielleicht hätte ich die ganze Sache ein bisschen romantischer angehen sollen, aber ich hatte gedacht, da alle anderen aus ihrer Familie einverstanden waren, wäre sie es auch – so ein Familienmensch, wie Elina war. Außerdem hatte ich keine Zeit für einen großen Auftritt, schließlich musste ich eine verdammte Hochzeit planen und ein Imperium übergeben. Ja, Sergej würde der arme Sack sein, aber ich hatte ihn lange genug darauf vorbereitet, und er war so weit.

Okay, für die Kacke konnte man gar nicht bereit sein, aber es war mir egal. Lange genug hatte ich gewartet! Mein ganzes Leben lang sozusagen!

Ich wollte *mein* Leben leben, mit *meiner* Frau an meiner Seite. Ich wollte verdammte Kinder mit ihr und einem Haus und vielleicht einen Hund, Muschi nicht zu vergessen – also die Katze – und …

»Du has es verschissen!«, stellte Tristan Wrangler sehr schlau fest und prostete mir zu. »Ich stand nur da und dachte: *Fuck! Das ist wie ein Unfall. Man weiß, was gleich passieren wird, aber man kann trotzdem nicht wegschauen! Wie verdammt dämlich kann ein Mann sein? Gut, ich habe da auch so meine Erfahrungen, aber das, was sich hier gerade abspielt, ist an Dämlichkeit kaum zu überbieten. Wie hat dieser Mann ein Imperium leiten können? Heilige Scheiße, er ist tot!* Und du bist verdammt tot, nich wahr?« Er lachte, ziemlich humorlos, fing sich dann wieder und wurde schlagartig ernst. »Ich dachte ja, du gehst endlich mal auf deine Patscheknie und ziehst 'n Ring zwischen den Arschbacken hervor oda so, aber du …« Er schnaubte. »Du verkündest ihr furztrocken, werd meine Frau, weil es logisch is. Ende! Fuck, du bist noch dämlicher, als du aussiehst!«

»Du hast *was*?« Jetzt wandte sich mir Robert mit großen Augen zu und ich kniff meine zusammen.

»Er hat gesagt …« Tristan Wrangler machte ziemlich lallend und tief und schleppend meine Stimme nach, dabei klang er wie Cowboy: »Elina, das war längst überfällig und ist für alle das Beste. Es sorgt für Sicherheit, es ist lukrativ, es ist das einzig Richtige. Also wirst du meine Frau. Bum, bäng, puff!«

»Das hast du nicht getan?« Robert starrte mich mit großen Augen völlig ungläubig an.

»Hatta!« Wrangler Senior amüsierte sich köstlich, als würde mein Leben nicht gerade den Bach runtergehen.

Rob nahm nun doch schnaubend die Flasche und trank einen Schluck, obwohl ich ihn hatte noch nie trinken sehen, weder, als er den Rick bei uns in Russland den Freund meiner Cousine gemimt hatte, noch sonst irgendwann. »Und dann?«, fragte er seinen Vater, nachdem er abgesetzt hatte, schon mit leicht schleppender Stimme.

»Na, Eli hat ihm einen perfekten Kinnhaken verpasst. Is ja auch meine Tochta!« Er tätschelte seine eigene Schulter etwas unbeholfen.

»Gut so!«, gab Robert immer ihm noch etwas bedröppelt recht, dann sah er mich wieder an. »Wie kann man es nur so versauen? Ich meine, du hättest nur ein wenig *menschlich* sein müssen, dann hättest du sie in der Tasche gehabt!«

Ich brummte nur als Antwort, denn ich hatte keine Ahnung, was ich sonst dazu sagen sollte.

»Labert nich so schlau, ihr kennt sie am besten! Was soll ich jetzt tun?«

»Na sie zurückholen natürlich!«, meinte Robert schulterzuckend, während Tristan Wrangler nun knurrte.

»Ja, du holst sie dir zurück, aber ich sag dir eins, Freundchen …« Nun glommen seine Augen gefährlich auf. »Verletzt du sie, häng ich dich an den Eiern auf, und das meine ich wörtlich! Hier, in diesem Raum wirst du an deinem verschrumpelten Sack von der Decke baumeln!« Er deutete nach oben und wies auf einen ominösen Haken.

»Wofür is der?«, fragte ich.

»Na für meine Sexschaukel natürlich!«, meinte er ungerührt. »Daheim kann ich das ja wohl kaum mit zwei Kindern aufhängen, oder?«

»Boaaaaaaah, Dad!« Robert tat so, als würde er würgen. Ich schmunzelte vor mich hin und setzte mich auf.

»Okay!« Ich donnerte so fest auf den Glastisch, dass er fast zu Bruch ging. »Dann legt mal los!«

***

Eli

Wir spielten eine uralte Kuschelrock-CD ab, die ich immer mit Heath hörte, wenn ich Liebeskummer hatte – zumindest früher, in der Vor-Kristov-Zeit, als alles noch locker und flockig gewesen war. Als ich noch nicht wusste, was wahre Liebe ist und wie beschissen Männer in Wahrheit sein können. Und Heath tat, was Heath immer tat, er hörte mir geduldig zu, während ich ihm *alles* erzählte. Von damals, als der russische Penner mich gekidnappt und dann mein Leben gerettet hatte. Als er mich dann über Wochen auf seiner Burg festgehalten hatte, während er mit Gia verlobt war. Wie er mit mir vor diesem Kamin geschlafen und mein Herz geklaut hatte. Wie Dad und Robbie mich dann rausgeholt und seinen Vater Vladimir Romanov zusammen mit Luca Cavalli getötet hatten. Wie ich danach über Kristovs wahren Vater recherchiert und was ich dabei rausgefunden hatte. Wie ich jetzt noch mal auf Kristov getroffen war und mein Herz erneut sofort an ihn verloren hatte. Ich erzählte ihm, was ich in Russland mit ihm gemacht hatte, also natürlich nicht detailliert, und wieso ich

Heath niemals lieben konnte und dass es mir ganz schrecklich leidtat. Dass er ganz toll war und so, aber da unterbrach er mich, weil er das nicht hören wollte. Also berichtete ich ihm von diesem Heiratsfiasko im Büro meines Vaters. Heath schaute mich immer ungläubiger an, bis er schließlich anfing zu brodeln.

»Er hat dir echt gesagt, du sollst ihn heiraten, weil es auf der Hand liegt? Er hat nicht … was weiß ich … nicht mal ›n Ring dabei gehabt und ist vor dir auf die Knie gegangen!?«

»SIEHST DU!«, brüllte ich und trank noch einen Schluck Hochprozentiges aus der Flasche, die ich in den Händen hielt. »Das habe ich mir auch gedacht. Nein, weil für ihn ist ja alles klar, er sieht die Dinge eben praktisch. Ich liebe ihn, er liebt mich, Verbindung unserer Häuser wäre ja *lukrativ*, und der Stress mit den Chinesen wäre auch besser zu bewältigen, also hab ich zu folgen wie der beschissene Hund, der ich in Wahrheit für ihn bin!«

»Das lässt du dir doch nicht bieten, oder?«

»Was denkst du denn? Der kann mich mal! Damit hat er total verschissen! Denn er hat mir gezeigt, dass er kein bisschen dazugelernt hat! Der Kerl ist ein Roboter und kein Mensch! Und dabei habe ich ihm tausendmal gesagt, ich bin kein verdammter Lakai und er ist nicht mein Fiffy oder Fifty oder Superdom oder Boss! Trotzdem kommt der daher und denkt ernsthaft, mir befehlen zu können, ihn zu heiraten. Pfff, der hat sich so was von geschnitten! Ich werde ihm zeigen, wozu das führt!«

»Wozu denn?«, fragte Heath ehrlich interessiert, aber ich hatte keine Ahnung. Also schaute ich mich in seiner Wohnung um, sah ihn wieder an, immer hin und her, bis mir ein Licht aufging und ich boshaft grinste.

»Heath«, säuselte ich, und er zog skeptisch und auch leicht verängstigt eine Augenbraue hoch. »Du bist doch mein bester Freund, oder?«

»Kommt drauf an, was dieser Psychoblick soll», sagte er noch ängstlicher, dann nahm ich seine Hände und rutschte an ihn heran.

»Also wenn es dir was ausmacht oder es dir wehtun würde oder wenn du darauf einfach keinen Bock hast, dann sag einfach Nein, aber ich hab da eine Idee, und sie wird ihn in den Wahnsinn treiben! Ich werde ihm zeigen, was der große Mafiaboss mit seinen bescheuerten Befehlen erreicht. Ha!«

21. Hate that I love you

Als ich am nächsten Morgen auf Heaths Couch aufwachte – süß, wie er war, von ihm zugedeckt –, fühlte ich mich, als wäre ein Panzer über meinen Kopf gerollt. Und zwar mit 40 echt fetten Soldaten darin. Wie konnte ein einziger Schädel nur so wehtun?

Heath war natürlich schon putzmunter, denn er hatte nichts getrunken. Nach dem ersten Stöhnen reichte er mir eine Tablette und ein ekelhaftes Gebräu, das ich auf ex trinken sollte. Wenn Heath J. Hunter so etwas sagte, dann machte Frau es auch, wollte sie nicht an Kopfschmerzen krepieren. Nachdem ich das widerliche Zeug tapfer bei mir behalten hatte, fühlte ich mich bedeutend besser und konnte gefahrlos aufstehen, um auf die Toilette zu gehen. Ich trug immer noch die dreckigen Sachen von gestern und kam mir vor wie eine Obdachlose. Also machte ich eine schnelle Katzenwäsche in seinem durch und durch ordentlichen Bad. Er würde mich für die Flecken am Spiegel töten, aber ich hatte nicht die Kraft, sie zu beseitigen. Ich fühlte mich wie ausgelutscht und sprach beim Frühstück, bestehend aus Vollkorntoast, Gurken und

Frischkäse, kein einziges Wort. Mit einem knappen Kuss auf seine frisch rasierte Wange und einem mitleidigen Blick von ihm verabschiedete ich mich und fuhr nach Hause.

Die Sonne schien zu hell auf die Landstraße herab und ich wühlte stöhnend mit einer Hand in meiner Handtasche nach meiner Sonnenbrille. Zuhause würde ich erst mal ordentlich duschen und mich dann noch etwas hinlegen, um mich auszukurieren. Um Lili musste ich mir keine Sorgen machen, denn ich hatte gestern noch kurz und wirklich sehr knapp mit meiner Mutter telefoniert, die sie sicherlich schon zur Schule gebracht hatte. Lili ging stolz in die erste Klasse. Noch hatte sie Spaß daran, aber das würde sicherlich bald aufhören. Doch darum würde ich mich kümmern, wenn es so weit war. Erst einmal musste ich überlegen, was ich jetzt tun sollte.

Um ehrlich zu sein hatte ich keine Ahnung.

Alle Pläne, die ich gestern mit Heath geschmiedet hatte, beziehungsweise ich allein, während Heath mit trockenem Gesichtsausdruck meiner Genialität gelauscht hatte, kamen mir jetzt im strahlenden Licht des Tages bescheuert und mehr als kindisch vor. Dies war kein Spiel. Es ging hier um mein Leben und vor allem um das meiner Tochter und deren Vater. Heath hatte mich gefragt, ob ich nicht Angst hätte, dass Kristov herausfinden würde, was ich all die Jahre vor ihm verheimlicht hatte. Die Antwort darauf war ja. Schreckliche Angst sogar. Denn ich wusste nicht, was der unberechenbare Mann tun würde, wenn er je herausfand, worum ich ihn die letzten Jahre gebracht hatte. Um das Wichtigste im Leben eines Elternteils – zumindest, wenn es normal tickte. Um sein eigenes Kind.

Als ich den Kiesweg entlang durch den Wald fuhr, wusste ich natürlich immer noch nicht, was ich tun sollte. Der kreisrunde Parkplatz und das riesige kanadische Haupthaus lagen verlassen da, sobald das dichte Grün sich öffnete und den Blick darauf freigab. Alle waren aufgebrochen, um ihren jeweiligen Tagesplänen nachzugehen. Es kam mir entgegen, denn ich wollte mich einfach nur hinlegen und schlafen – das war mein Plan Nummer 1.

Die Vögel *brüllten,* sobald ich die Wagentür öffnete, und sägten an meinen strapazierten Nerven. Schon jetzt, um neun Uhr. Schwitzend stieg ich aus, denn es herrschten wieder mal unmenschliche Temperaturen. Wann würde dieser ewig scheinende Sommer endlich mal enden? So sehr ich diese Jahreszeit normalerweise auch liebte, irgendwann war es echt genug. Schwer stöhnend schlurfte ich über den knirschenden Kies zu dem kleinen Holzhaus, auch in kanadischem Stil, das neben dem größeren, schier riesigen Haupthaus stand. Ich steckte den Schlüssel ins Schloss und trat in den kühlen Flur, was eine echte Erleichterung war.

Oben ging es zu Robbies Wohnung, die er so gut wie nie nutzte. Irritiert bemerkte ich, dass es sehr stark nach Rosen roch, und als ich die separate Eingangstür zu meiner Wohnung aufschloss, blieb ich wie angewurzelt stehen.

***

Mein Blick schweifte immer und immer wieder über das endlos duftende rote Meer in dem kleinen Flur. Überall, wirklich überall, befanden sich rote, langstielige Rosen. Ich ließ meine Tasche fallen und die Wohnungstür sperrangelweit offen. Ohne die Flip Flops auszuziehen, trat ich durch den Rundbogen direkt ins angrenzende Wohnzimmer und die Wohnküche. Weiteres strahlendes Blutrot, so weit das Auge reichte, egal, ob auf der weißgehaltenen Hochglanzfront, dem Tresen, der die Küche vom Wohnzimmer teilte, oder auf der gemütlichen beigen Sitzecke, vor den bodentiefen Scheiben, durch die man auf die Terrasse und in den Garten gelangen konnte, oder auf dem kleinen Esstisch, an dem sechs Leute Platz fanden. Überall waren rote Rosen in wunderschönen Sträußen drapiert. Das hier musste Tausende gekostet haben! Eine einzige Rose dieser Art kostet mindestens 10 Euro. Das wusste ich, da Dad meiner Mum zu jedem Geburtstag einen Strauß mit der richtigen Anzahl schenkte, und ich meist mit ihm für ihre Geburtstage shoppte, weil ihm so langsam die Ideen ausgingen. Derjenige, der das hier getan hatte, hatte sicher etliche Stunden dafür gebraucht, um alles so wunderschön zu dekorieren.

Erst jetzt bemerkte ich den Mann, der in einem strahlend weißen Anzug, welcher ihn fast schmerzhaft schön und so elegant aussehen ließ, mitten in meinem Wohnzimmer kniete, mit einer kleinen blutroten Schatulle in der Hand.

Kristov Romanov!

Heilige Scheiße!

***

Ich starrte ihn wie paralysiert an, während mein Kopf zu explodieren drohte. So schön Rosen auch rochen, es war einfach zu viel. Er wollte gerade anfangen zu sprechen, da hob ich den Zeigefinger.

»Einen Moment!«, bat ich kleinlaut, huschte zu den Balkontüren und schob die gesamte Front auf. Dann flitzte ich wieder zurück an meinen Platz und sah ihn mit Tränen in den Augen an. Es war unglaublich! Wie konnte ein Mann allein nur so verdammt gut aussehen? Diesen Anblick zu genießen, sollte verboten werden, zumindest für jede andere Frau außer mich. Sorry, bei meinem Liebsten teile ich nicht, auch wenn ich sonst nicht geizig bin.

»Komm her!«, forderte er heiser, aber bestimmt, und ich folgte, während mein Herz immer lauter und penetranter pochte. Bei ihm angekommen, legte ich meine Hand in seine, obwohl sie schweißnass war. Ich dachte, ich müsse mich jede Sekunde vor Aufregung übergeben, aber ich tat es nicht. Stattdessen schaute ich nur in diese aufgewühlten sturmgrauen Augen, in die Augen des Mannes, den ich über alles liebte, und als er sprach, konnte ich genau die Aufregung in seiner Stimme hören.

Dies war eine Premiere, noch nie war er mir so unsicher vorgekommen.

»Elina Sofia Wrangler …«, fing er leise und eindringlich an, und ich schluckte mühsam an dem Kloß in meinem Hals vorbei. »Ein Mann ohne seine Frau ist nichts weiter als ein verlorener Junge. Erst eine Frau macht aus ihm das, zu was er bestimmt ist. Das habe ich damals gemerkt, als ich dich das erste Mal in diesem Apartment sah. Ich habe gemerkt, wie du mein bis dahin dunkles, trostloses Leben erhelltest, all die schönen Seiten, aber auch all die Dinge, die ich bis dahin falsch gemacht hatte. Du setztest alles in mir in Brand und hast alles, was ich bis dahin dachte zu wissen und zu sein vernichtet. Nur, um einen neuen Mann aus mir zu machen, einen Mann, auf den eine Mutter stolz sein kann. Einen Mann, der weiß, was falsch und was richtig ist, und doch ließ ich dich wieder gehen, weil ich dieses Leben, in das ich hineingedrängt wurde, nicht für dich wollte. Und weil ich nicht wollte, dass du siehst, was es zwangsläufig aus mir machen würde. Vielleicht hätte ich andere Entscheidungen gefällt, wenn du an meiner Seite gewesen wärst. Vielleicht wäre ich mit dir, trotz dessen, was mir aufgezwungen wurde, nicht ganz von der Dunkelheit verschluckt worden, aber wir können die Zeit nicht zurückdrehen und werden es nie erfahren. Fazit ist, die letzten Jahre haben aus mir ein Monster gemacht, ein wahres diesmal, denn … Elina, dieses Mal kann ich dich nicht mehr gehen lassen. Ich kann dich nicht mehr freigeben, und ich werde alles dafür Nötige tun, um dir zu beweisen, dass ich deiner würdig bin. Egal, wie dunkel die letzten Jahre auch waren, egal, was ich getan habe. Ich möchte nichts weiter, als dass du glücklich bist, denn das Einzige, was mich glücklich macht, bist du. Jeder neue Tag wird eine Herausforderung, denn ich bin bei Weitem nicht gut genug für dich. Jeder neue Tag wird ein kleiner Kampf zwischen uns, aber vielleicht … vielleicht wirst du das, was in mir ist, irgendwann gezähmt haben, nein, nicht vielleicht, streich das. Ich bin mir sicher! Denn ich will nichts weiter, als dich in meinen Armen zu halten, als dich lachen zu sehen. Ich will nichts weiter, als gut genug für dich zu sein.

Ich will nichts weiter, als dir zu beweisen, dass deine Liebe alles ist, was du brauchst, um das Monster in mir zu zähmen. Elina, meine Süße, mein wunderschöner Paradiesvogel, bitte erweise mir die Ehre und schenke mir dein Vertrauen, nimm meinen Antrag an. Bitte werde meine Frau, bis dass der Tod uns scheidet und darüber hinaus. Bitte mache mich zum glücklichsten abgefuckten Bastard dieser Welt.« Er öffnete die Schatulle und ein wunderschöner weißgoldener Ring mit verschieden großen strahlend weißen Diamanten funkelte mich an. Er blitzte im Sonnenlicht so wunderschön, so magisch, so erhaben, als wäre er nicht von dieser Welt. Er blendete mich fast, und ich konnte ihn nur anstarren.

Kristovs Worte sackten tief in mich, setzten tatsächlich alles in mir in Brand, denn ich wusste, dass sie wahr waren. Dass er es so meinte. Wie immer, wenn er etwas sagte, hatte er den Nagel auf den Kopf getroffen oder in dem Fall den Pfeil mitten in mein Herz geschossen. Nur ich konnte sein Biest zähmen. Nur so etwas Reines, Hingebungsvolles und Weiches wie die Liebe konnte so etwas Böses, Hartes und Dunkles besiegen wie das, was in ihm wohnte. Nur ich konnte ihn glücklich machen. Nur wir beide zusammen konnten ein perfektes Leben führen.

Ich sah es glasklar vor meinem geistigen Auge, wie er mir den Ring ansteckte, wie ich glücklich um seinen Hals fiel, wie wir uns küssten, wie wir uns hier auf dem Boden zwischen all den Rosen liebten und alles besiegelten – endlich am Ende meiner Reise angekommen, endlich vollkommen. Wie ich ihm endlich Lilith vorstellte, seine Tochter. Wie wir heirateten, von unseren Familien umgeben, wie Mum dabei haltlos heulte, wie wir in unser Haus zogen … Dann trübte sich das alles, denn es wäre nicht hier, es wäre in Russland. Es wäre am anderen Ende der Welt.

Ich würde Elina Romanov heißen, und vor allem würde sein Name auf meine Tochter übergehen, auf *unsere* Tochter. So wie sein Erbe. Somit würde sie in den Fokus jedes Mannes und jeder Frau geraten, die durch Kristov oder seinen Vater jemals etwas verloren hatten. Und ich wusste, das waren einige.

Ich könnte damit leben, ich *würde* liebend gern damit leben, weil ich wusste, es hatte die Richtigen getroffen, aber immer noch … wusste ich, durfte ich es *ihr* nicht antun, egal was mein Herz dazu sagte. Auch wenn ich seins damit brach, sein Leben zerstörte und mich diese Erkenntnis umbrachte. Das alles spielte keine Rolle.

Ich musste an erster Stelle an sie denken – immer. Das ist Aufgabe einer Mutter.

Somit ging ich vor ihm auf die Knie, aber nicht um JA zu sagen und sein zu werden, sondern um das zwischen uns endgültig zu beenden. Denn ich wusste, dass dies geschehen würde, wenn ich die nächsten Worte sagte.

Er sah es schon in meinem Gesicht und fühlte es am Beben meiner Finger, als ich seine Hände umfasste und die Schatulle zuklappte. Als ich ihn eindringlich und mit Tränen in den Augen ansah. Er wurde kreidebleich, und dann sagte ich es einfach, ohne weiter darüber nachzudenken. Ohne es mir noch einmal anders zu überlegen, hauchte ich, den Tränen nahe: »Ich kann nicht.«

Er schien wie zu Stein erstarrt.

Schon schluchzte ich auf.

Ich hielt seine Nähe nicht mehr aus, denn ich starb und er starb und es gab nichts, was ich dagegen tun konnte. Schwankend sprang ich auf die Beine, wirbelte herum und lief davon. So schnell und weit wie ich konnte.

22. Fuck you Dad!

Das zweite Mal innerhalb von 24 Stunden stürmte ich nach einem Heiratsantrag von Kristov Romanov davon. Direkt zu meinem Auto, diesmal aber mit einem Ziel vor Augen. Es gab eine Person, die mir all das hier eingebrockt hatte. Eine Person, die Kristov und mir so viel Schmerz bereitet und die mich vor allem verraten hatte. Eine Person, von der ich niemals gedacht hätte, dass sie zu so etwas fähig wäre.

Er war doch eigentlich dafür zuständig, mich zu schützen! Egal, was geschah!

Aber er hatte es nicht getan!

Nein!

Ganz im Gegenteil.

Und ich wollte nur eines von ihm wissen. Wieso?

***

Ohne zu klopfen stürmte ich sein Büro im Club. Allerdings fand ich meinen Vater nicht, wie erwartet, hier vor. Doch die Klapptreppe war runtergelassen. Wütend und mit verheulten

Augen stieg ich nach oben, wo ich ihn laut schnarchend in seinem Bett entdeckte.

Wie konnte er es wagen, in aller Seelenruhe zu schlafen, während meine Welt kaputtging?

Wenn es länger wurde, schlief er öfter hier, direkt über seinem Club in einem mehr als abgefahrenem Penthouse. Denn alle Wände waren aus speziellem Glas, das von außen nicht einsehbar war. Man fühlte sich, als würde man direkt im Himmel wohnen. Es existierte lediglich eine normale Wand, und zwar die, die das Schlafzimmer vom Bad trennte. Hier gab es nur ein Bett, in dem mein Vater lag, immer noch in den Klamotten von gestern, und einen Kleiderschrank. Mehr nicht.

Ohne mit der Wimper zu zucken, stürmte ich zu ihm und rollte ihn mit einem »Aufstehen!« aus seinem Bett.

Mit einem dumpfen Knall landete er auf dem Boden. Kurz darauf schob sich sein zerzauster Kopf mit rot geränderten Augen und dunklen Ringen darunter nach oben. Wäre ich nicht so schrecklich sauer gewesen, hätte ich es lustig gefunden, wie er mich erst wütend anfunkelte, dann aber erkannte, dass ich es war, die ihn so unliebsam geweckt hatte. Dieses Privileg besaßen nur Mum und ich.

Mit einem Gähnen fragte er: »Was soll die Scheiße?« Er hob eine markante Augenbraue und wirkte selbst am Boden sitzend wahnsinnig respekteinflößend, aber es war mir egal.

Fuckegal!

»Das könnte ich dich fragen!«, zischte ich.

Er hievte sich hoch und schmiss sich auf das Bett, wo er sich müde die Augen rieb. »Also hat die Rosennummer nichts gebracht?«

»Woher …« Ach, was fragte ich überhaupt? Das war mein verdammter Vater, der wusste irgendwie alles. »Scheiß drauf! Ich bin hier, weil ich etwas von dir wissen will. Sieh mich an, Dad!«

Er seufzte, senkte den Arm, setzte sich auf, stützte seine Handgelenke auf die Knie und sah mich an.

»Was?« Das klang alles andere als amüsiert, und ich verlor fast meinen Mut, als ich merkte, was ich im Begriff war zu fragen. Doch ich war so enttäuscht von ihm und so wütend, so unsagbar verletzt, dass ich nicht mehr zurückkonnte. Ich war schließlich seine Tochter. Mein Dad war schon direkt, aber ich war das Upgrade!

»Wann hast du damit aufgehört, deine Familie an die erste Stelle zu stellen?«, fragte ich geradeaus. Alles Lockere und leicht Amüsierte, was da eben noch gewesen war, wich sofort aus meinem Vater. Er saß in seinem V-Shirt, das immer noch blütenweiß, nur etwas zerknittert war, seiner Jeans, barfuß, wie ein verdammtes Model, und doch wirkte er mit einem Mal so alt, wie er war. Sonst schien er immer zehn Jahre jünger, aber als ich ihn das fragte, veränderte sich etwas in seinem Gesicht, in seiner gesamten Haltung, und vor mir saß ein gebrochener Mann.

Es stach heftig in meinem Herzen, meinen starken Vater so zu sehen. Ich wollte zu ihm stürzen, ihn umarmen, mit ihm weinen und mich entschuldigen, weil ich wusste, was ich ihm mit meiner Anschuldigung antat, doch ich konnte nicht! Denn er hatte mir so unsagbar wehgetan! Und es war ihm egal gewesen!

»Ihr seid immer das Wichtigste für mich!«, antwortete er nach einiger Zeit leise und mit rauer Stimme, aber nicht so sicher, wie sonst, nicht so überzeugend, nicht wie Tristan Wrangler.

»Bullshit, Dad!«, knurrte ich. »Erzähl mir nicht diesen Bullshit, denn wenn ich dir wichtiger wäre als diese Scheiße hier», ich machte eine ausladende Bewegung, »hätte ich Kristov gestern gar nicht in deinem Büro getroffen. Du hättest ihn zum Teufel geschickt – und zwar inklusive Arschtritt!«

Jetzt sprang er auf, strecke die Hände nach mir aus und kam auf mich zu. »Ich habe das *nur* zu deinem Schutz getan! Verdammt dunkle Zeiten brechen an. Du bist meine Tochter, ich würde für dich sterben, aber ich allein bin nicht genug – nicht mehr –, und er ist ein Mann, der dich schützen kann!«

»Oder eher diese Scheiße hier?!«, blaffte ich ihn an und schlug seine Hände weg, fühlte, wie heiße Tränen über meine Wangen rannen, und ballte die Hände zu Fäusten.

»Eli, du liebst diesen Mann! Ich hätte niemals zugestimmt, wenn ich das nicht wüsste!« Die Stimme meines Vaters war sanft, ganz anders als meine.

»Ja, ich liebe Kristov, und das werde ich immer, aber Lili liebe ich mehr! Ihre Sicherheit hat immer oberste Priorität. Ich habe all die Jahre meine Liebe zu Kristov verdrängt, weil sein Leben nicht gut für unsere Tochter gewesen wäre, ich bin sogar so weit gegangen, dass ich ihm nichts von ihr verraten habe! Was denkst du, was er sagen wird, wenn er das herausfindet? Was würdest du sagen?« Jedes meiner Worte wirkte wie eine Ohrfeige für ihn, aber auch für mich. Ich wusste, dass ich ihn verletzte, doch ich konnte nicht zurück, ganz im Gegenteil, einmal angefangen war ich nicht in der

Lage, aufzuhören, auch wenn ich wusste, dass die Folgen verheerend sein würden. Ich konnte mich nicht mehr stoppen! »Ich habe mich so lange von ihm ferngehalten, ich habe ihm so viel genommen und mir auch! Und ich werde jetzt nicht diesen Schritt gehen, weil *du* es willst! Ich bin … ich bin doch nicht irgendein abgefuckter Preis, den du jemandem anbieten kannst, damit er dir hilft! Das passt einfach nicht zu dir, also frage ich: Was ist mit dir passiert, Dad?«

»Ich verstehe dich, aber es ist zu deinem Besten, verfickt noch mal! Mach die Augen auf und sieh klar, denk einmal im Leben richtig nach und handele nicht impulsiv, geh in dich!« Langsam wurde er auch sauer, und ich lachte höhnisch.

»Einen Scheiß werde ich, die Lage ist völlig klar, Dad!«, zischte ich. »Du laberst immer, dass deine Familie dir so wichtig ist, aber langsam frage ich mich, wer deine wirkliche Familie ist, ob wir dir wirklich so viel bedeuten. Denn ein Mann, der seine Familie liebt, würde sie nicht in so eine Lage bringen!« Er wurde immer bleicher und malmte mit den Zähnen, doch davon ließ ich mich nicht aufhalten. Immer weiter schlug ich mental in dieses perfekte Gesicht vor mir, das mir alles bedeutete, leise wispernd wie eine Irre. »Der hätte schon viel früher mit dieser ganzen Kacke aufgehört und würde seine Kinder nicht immer und immer wieder in Gefahr bringen! Reden wir doch mal Tacheles, wie du das so gern hast! Wegen dir fing das alles mit Kristov erst an. Wegen dir steckt Robbie seit Jahren in der Scheiße! Wegen dir geht unser Leben zu Bruch!« Ich sah, was diese Worte in ihm anrichteten, aber ich war immer noch nicht fertig. Er musste verstehen, was er hier tat! Was er uns allen antat! Der große Tristan

Wrangler! Anscheinend hatte kein anderer die verdammten Eier in der Hose, um es ihm zu sagen – nicht einmal Mum. Sie hätte mich ja genauso verkauft, denn genau das war es, was mein Vater mit mir vorgehabt hatte. Er hatte mich verkaufen wollen.

»Du stehst hier so arrogant, selbstsicher und allwissend, dabei hast du alles falsch gemacht!«, blaffte ich ihn an, der Gedanke hatte mich noch wütender gemacht. »Wo ist dein toller Ehrenkodex jetzt? All die Jahre hast du davon geredet, aber weißt du, was du mir gestern klar gemacht hast? Du besitzt keine Ehre! Du hast sie spätestens in dem Moment verloren, als du mich – deine eigene Tochter – verschachern wolltest, wie ein Schwein, das geschlachtet werden soll! Du stehst doch immer so drauf, die verdammte Wahrheit zu sagen. Da hast du sie!«

Ohne den Schmerz in seinen Augen länger ertragen zu können, ohne seine Antwort auch nur abzuwarten, ohne irgendwas, drehte ich mich um und ging.

Ich war fertig.

Mit ihm.

Mit Kristov.

Mit meinen Nerven.

***

Tristan Wrangler …

Sie hätte mich genauso gut mit Benzin übergießen und anzünden können, denn ich brannte sowieso, und zwar lichterloh. Bei keiner anderen, nicht einmal bei Mia, hätten diese Worte so geschmerzt. Bei keiner anderen Frau auf diesem verdammten Planeten hätte es so weh getan, wie das aus dem Mund meiner eigenen Tochter zu hören. Sie hatte so skrupellos ausgeteilt, wie es nur mein Fleisch und Blut konnte, und ich wusste tief in meinem Herzen: Sie hatte recht.

Ich hätte sie verschachert wie ein Schwein. Aber nicht aus den Gründen, die sie mir gerade vorgeworfen hatte. Mir war klar, dass es ihr leidtun würde, sobald sie wieder zu sich käme – tief in mir wusste ich das. Trotzdem hatten ihre Worte etwas in mir zerstört. Ich war zu schockiert, um was zu sagen; ich, Tristan Wrangler, war sprachlos und lag im übertragenen Sinn am Boden – das hatte ich schon nach ihrem ersten vernichtenden Satz. Das hatte sie aber nicht davon abgehalten, noch mal schön nachzutreten. Ich wusste, sie fühlte sich in die Enge getrieben, denn sie führte sich auf wie ein eingesperrtes Tier – teilweise wegen Dingen, die sie selbst verschuldet hatte, wie zum Beispiel die Tatsache, dass sie Romanov immer noch nichts von seiner Tochter gesagt hatte. Nun biss sie wild um sich, und hatte mich voll getroffen.

Nebenbei neigen wir Menschen eben auch dazu, arschlochig zu sein, wenn es uns schlecht geht, dann holen wir aus, um größtmöglichen Schaden anzurichten! Das war ihr gelungen, und wie.

Ihre Worte schlugen eine tiefe Schneise zwischen uns.

Ich wusste, dass sie vieles nicht so gemeint hatte und sie sich schon bald dafür hassen würde, diese Dinge ausgesprochen zu haben. Aber im Moment lag ich nach wie vor am Boden und hatte keine Ahnung, wie ich mein kleines Mädchen wieder zurückbekommen sollte.

Und es war wirklich verfickt noch mal meine verdammte Schuld!

Noch Minuten, nachdem sie verschwunden war, stand ich da wie betäubt. Als hätte ich mir soeben einen Film angesehen und wäre nicht daran beteiligt gewesen. Und das war auch gut so, ansonsten wäre ich unter ihren Worten wahrscheinlich in die Knie gegangen und hätte geheult wie ein verdammtes Baby.

Es pisste mich an, verdammte Drecksfotzenscheiße!

Würde es denn nie aufhören?

Würde ich jemals aufhören, diejenigen, die mir am Wichtigsten waren, zu verletzen?

23. Wir kriegen ein Baby Baby!

Gianna Cavalli

Nun saß ich hier, in diesem blütenweißen Korsett, halterlosen Strümpfen, hohen gleichfarbigen Heels und offenen schwarzen Haaren, perfekt geschminkt, die Augen nur leicht betont, dafür die Lippen blutrot, an einem wunderschön gedeckten Tisch in einem kerzenerhellten Raum, mit einem epischen Sonnenuntergang vor den weit geöffneten Terrassentüren. Ein leichter warmer Wind blies in das Innere der Wohnung, bauschte die weißen Vorhänge und umspielte mich zärtlich, erfrischte mich.

Doch das konnte ich überhaupt nicht richtig genießen, denn ich hatte verdammten Hunger! Und auf wen wartete ich wieder mal? Auf meinen geliebten Freund. Ja, Robert Wrangler war immer noch mein Freund, nicht mein Mann, obwohl wir schon ewig zusammen waren. Diesen einen Schritt hatten wir noch nicht gewagt. Ehrlich gesagt war dafür nie Zeit gewesen, denn seitdem meine Mutter gestorben und mir ihr mehr als dreckiges Erbe als einzigem lebenden Nachkommen in die Hände gefallen war, ging es drunter und drüber. Mit Bandenkriegen, mit Sexclubs, Geldwäsche, Drogenhandel und all dem illegalen Zeug, gegen das mein Freund kämpfte.

Robert war Polizist und war mit niemand Geringerem als der neuen Mafiakönigin zusammen. Lustig, welchen Weg das Schicksal genommen hatte.

Irgendwie hatten wir es trotzdem geschafft, unsere Liebe am Leben zu erhalten. Indem wir über das Meiste nicht sprachen und ich stets von fünf perfekt ausgebildeten Bodyguards rund um die Uhr begleitet wurde, wenn ich aus dem Haus ging – nur so hatte sich Rob breitschlagen lassen, dass ich allein losziehen durfte. Zwar hatte ich auf diesen ganzen Verbrecherkram wirklich keine Lust, aber nachdem meine Mum und auch mein Bruder Drake tot gewesen waren, ich jedoch keine einzige Träne um sie vergossen hatte – hart aber wahr –, war ich für alle die erste Anlaufstelle gewesen. Auch für die unzähligen Huren und Zuhälter, die für sie gearbeitet hatten, unter miserablen Bedingungen. Für all die Drogendealer und all die Autodiebe und für all die Schläger – die mich mit großen, vertränten Augen wie Bambi persönlich angeblickt hatten. Sie waren alle zu mir gekommen, hatten mir gesagt, dass sie mich insgeheim schon immer bewundert und sich gewünscht hatten, ich würde einmal alles übernehmen und nicht mein sadistischer Bruder.

Mein Ruf – welcher auch immer – war mir vorausgeeilt. Sie hatten mich sofort zu ihrer neuen Königin gekrönt. Zu ihrer neuen Gebieterin gemacht und mich akzeptiert – ohne zu fragen, ohne Zweifel, mit Hoffnung auf eine bessere Zeit.

Ich konnte sie einfach nicht fortschicken, wenn sie mit einem Problem an mich herantraten – denn es waren auch nur Menschen. Okay, Menschen, die in der Dark Side lebten, aber auch sie hatten ein Recht auf Leben! Und zwar auf ein gutes! Tristan Wrangler hatte gezeigt, dass man als Mafiaboss sehr wohl auch gerecht und fair zu seinen Leuten sein konnte.

Also hatte ich mich irgendwann dazu entschieden, es besser zu machen als meine Mutter. Eine gewisse Menschlichkeit in all das hier zu bringen, die Kriege in der Stadt zu beenden und mich mit Tristan Wrangler zusammenzutun, dem die andere Hälfte der Clubs und Drogenumschlagorte gehörte. Seitdem hatte Rob echt weniger zu tun, denn die Kriminalitätsrate war um einiges gesunken.

Und dann kamen die verdammten Chinesen. Vor ungefähr zwei Jahren fingen sie an, ihre gierigen kleinen Finger nach dem auszustrecken, was uns gehörte. Sie fingen an, gepanschtes Zeug unters Volk zu mischen, unsere Clubs zu überfallen, unserer Angestellten zu klauen und zu versklaven. Kurzum, sie fingen an, uns zu ficken. Und wenn sich zwei nicht ohne Zustimmung ficken lassen, dann sind das Tristan Wrangler und ich! Also hatten wir uns entschieden, die dritte Partei – die Russen – um Hilfe zu bitten.

Okay, Kristov Romanov hatte uns die Hilfe praktisch aufgedrängt.

Erstens, weil ihm die Chinesen ebenfalls auf den Geist gingen, seitdem er einen ihrer Bosse eiskalt, wie er war, gekillt hatte. Zweitens, weil er Eli, Tristans Tochter, nach wie vor wollte. Ich konnte es ihm wirklich nicht verübeln. Wäre ich lesbisch und sie auch, wären wir schon längst zusammen. Aber so war meine Schwägerin – und ja, das war sie für mich auch ohne Papiere –, einfach nur eine sehr gute Freundin. Eher die Schwester, die ich nie hatte – und die ich viel zu selten zu Gesicht bekam. Am Allerwenigsten sah ich jedoch Rob. Den Mann, den ich liebte.

Er arbeitete nun mal tagsüber und saß sich seinen süßen Arsch hinter seinem Schreibtisch platt, denn mittlerweile war er Präsidiumschef, und zwar der jüngste aller Zeiten mit seinen fast Dreißig. Ich hingegen hatte nachts zu tun.

Meistens ging ich gerade los, wenn er von der Arbeit kam. Ab und zu kam er mit – natürlich inkognito –, oder wenn er gegen irgendwelche Typen Beweise brauchte, gegen die Carlos, seine rechte Hand, ermittelte.

Ich roch die ganze Zeit die Lasagne, die ich unten bei Luigi geholt und zum Warmhalten in den Ofen gestellt hatte. Das war Robs Lieblingsgericht. Ich hatte tatsächlich versucht, sie selbst zu kochen, dabei aber fast unser Penthouse niedergebrannt. Doch unserem Stammitaliener sei dank – einem meiner Leute – würde Rob trotzdem sein Leibgericht bekommen, wenn er denn endlich mal hier erscheinen würde, der gnädige Herr. Mein Blick glitt immer wieder zur Uhr. Normalerweise kam er so um Viertel vor sieben, sieben, weil er sich zuvor genau zur Rushhour durch den dichten Verkehr der Innenstadt schieben musste. Jetzt machte er wohl wieder Überstunden, denn es war schon halb acht! Verdammt noch mal!

Ich überlegte, ihn anzurufen und zu fragen, was los war; andererseits brachte zu nerven auch nichts, wenn er gerade unter Stress stand. Also entschied ich mich, noch bis acht still zu bleiben. Doch um Punkt acht wäre mein Handy nicht mehr vor mir und meiner bis dahin angestauten Wut sicher.

Schließlich hatte ich ihm was zu sagen!

Was *echt* Wichtiges!

Was Lebensveränderndes! Und ich war deswegen so aufgeregt wie noch niemals zuvor in meinem Leben. Denn darüber hatten wir uns noch nie unterhalten. Dementsprechend hatte ich keine Ahnung, wie Rob reagieren würde, dabei konnte ich ihn sonst perfekt einschätzen. Die Ungewissheit brachte mich um, mit jeder Minute war ich meinem Sarg einen kleinen Schritt näher! Ich schwöre!

***

Er kam gerade noch mal so davon, denn eine Minute vor acht – ich trommelte mit meinen rot lackierten Fingernägeln ungeduldig auf dem blütenweißen Tischtuch herum, das Kinn auf die andere Hand gestützt und die halbe Flasche Wasser geleert – steckte er den Schlüssel ins Schloss.

Ich richtete mich sofort auf. Mein Herz schlug schneller. Natürlich, denn ihm gelang es immer wieder, es in einen wilden Rhythmus zu versetzen und mich fühlen zu lassen wie einen kleinen, frisch verliebten Teenager. Aber wie auch nicht? Robert Wrangler war perfekt und wurde mit jedem Jahr noch ein bisschen perfekter.

Ich hörte, wie er eintrat, wie er sich die Schuhe und wahrscheinlich seine Lederjacke auszog – mittlerweile eine neue. Dann kam er durch den Rundbogen, schaute gerade noch die Briefe durch, die er in der Hand hatte, und fuhr sich mit der anderen Hand in einer typischen Wranglerbewegung durch die dunkelbraunen perfekt frisierten Haare. Als hätte er meinen Blick auf sich gespürt, stockte er, und ich verzog meine Lippen zu einem lasziven geheimnisvollen Lächeln, als er den Kopf hob und sein Grünbraun auf mein stechendes Grün traf.

Er überblickte einmal knapp meinen Körper – ich hielt den Atem an –, dann glitt ein kleines, kaum sichtbares ziemlich dreckiges Grinsen auf seine perfekten, vollen Lippen, nach denen ich so süchtig war. Seine Augen wurden irgendwie dunkler, verlangender und verheißungsvoller, provokanter, und er legte den Kopf schief. Die Briefe schmiss er auf die Kommode zu seiner Rechten, dann zog er eine Augenbraue hoch und fing an, sich die schmale schwarze Krawatte abzubinden. Die Ärmel seines dunkelbraunen Hemdes hatte er aufgerollt und die ersten zwei Knöpfe geöffnet. Er bewegte sich wie immer echt sexy, während er in seinen dunkelblauen Jeans geschmeidig auf mich zukam, wie das Raubtier auf seine Beute.

Wir sagten nichts, nur die Spannung zwischen uns schien Funken zu sprühen.

Vor den Fenstern wehte der warme Wind stärker, und dunkle graue Wolken zogen vor die fast ganz untergegangene Sonne, ein dickes knisterndes Gewitter im Schlepptau. Meine Haare flogen im Wind umher.

Er grinste immer noch – dieses kleine sexy Insidergrinsen, das er nur für mich bereithielt – stellte sich hinter mich und strich die Haare aus meinem Nacken. Seine Finger wanderten meine Arme hinab. Er nahm mein Glas, stellte es auf den

Tisch, beugte sich vor und küsste die Mulde unter meinem Ohr. Ich erschauerte und Gänsehaut rieselte über meine Wirbelsäule, vor allem, als er mit dieser samtigen, anziehenden Stimme direkt in mein Ohr hauchte: »Womit hab ich denn dieses Vergnügen verdient?«

Und schon waren wir bei der Frage, die ich jetzt noch nicht beantworten wollte. Ich wollte mich erst vorsichtig herantasten und den geeigneten Moment abpassen, um ihm zu verkünden, wieso ich diese ganze Scheiße hier veranstaltete.

»Setz dich«, bat ich ihn leise. »Ich bringe dir was zu essen.«

Er stockte sofort und straffte sich. Jegliche Erotik war dahin, als er mich mit erhobenen Augenbrauen fragte: »Hab ich was verbrochen?«

»Wieso?«, knurrte ich etwas mürrisch, aber auch amüsiert, weil er so lustig aussah.

»Na ja, ich würde gern wissen, ob du mich vergiften willst.«

»Will ich nicht, und nun setz dich hin, Robert!«, erwiderte ich deutlich genervt. Er atmete erleichtert aus und setzte sich, sein Blick war aber immer noch leicht … verängstigt.

Ich lächelte wieder, versuchte es zumindest, stand auf, stützte mich mit einer Hand auf, sodass meine Brüste aus dem Korsett gedrückt wurden, und schenkte ihm Wein ein, während ich ihm tief in die Augen sah.

»Trink«, hauchte ich, setzte die Flasche ab, drehte mich um und stöckelte in meinen Heels in die anliegende Küche. Ich hörte sein leises Keuchen, versuchte, seinen bohrenden Polizistenblick zu ignorieren, mit dem er mich genauestens über den Rand seines Weinglasers hinweg musterte, und wollte so sexy wie möglich die Lasagne aus dem Ofen holen. Trotz der Topflappen war sie verdammt heiß, sodass ich sie leise fluchend auf die Anrichte fallen ließ.

Fuck!

»Soll ich dir helfen, Baby?«

»Nein! Alles gut!«, rief ich, zwinkerte ihm zu und suchte den Pfannenheber. Ja, schuldig im Sinne der Anklage. Der Einzige, der in diesem Haushalt kochte, war *er* und nicht ich! Was sollte ich machen? Ich bin eben keine perfekte kleine Hausfrau, sondern eine Mafiabraut, okay?

Irgendwann hatte ich ihn gefunden und was von der Lasagne auf zwei Teller getürmt – für Rob fast das halbe Teil allein, denn er aß immer echt viel. Aber schließlich verbannte er auch extrem viel Kalorien, denn nach wie vor trainierte er viermal die Woche für drei Stunden alle möglichen Kampfsportarten, was man an seinen muskulösen Oberarmen und breiten Schultern auch sofort erkannte. Er war schon ein heißer Scheißer. Ehrlich. Und ja, ich hatte einfach zu viel mit seinem Vater zu tun. So viel, dass sein Wortschatz sozusagen fließend auf mich übergegangen war, aber wie auch nicht?

Die Teller stellte ich sicher vor uns ab, ehe ich mich setzte. Dann nahm ich mein Besteck und fing an zu essen, ohne ihn anzusehen. Leider dachte ich in dem Moment wieder daran, wieso ich das hier veranstaltete, sodass es mir vor Aufregung fast die Kehle zuschnürte. Rob musterte mich natürlich durchdringend, ohne die Lasagne anzurühren. Er legte den Kopf schief und fragte nach einigen Sekunden, in denen nur das dumpfe Donnergrollen und mein Besteckgeklapper ertönte: »Was willst du mir sagen, Baby?« Seine Stimme klang dabei wie immer so unsagbar sanft, als würde er mich körperlich streicheln.

Ich sah hoch und lächelte. Okay, vielleicht war es auch eine Grimasse, aber egal. »Iss, sonst wird es kalt!«

»Hast du das selbst gekocht?!« Der Penner aß immer noch nicht, okay, wahrscheinlich war ihm mein letzter Kochversuch im Gedächtnis geblieben. Woher hatte ich auch wissen sollen, dass man Hähnchen nicht mehr verwenden durfte, wenn es vier Tage im Kühlschrank gelegen hatte, Fäden zog und leicht grünlich angelaufen war?

Sorry, echt, die Salmonellenvergiftung war nun wirklich keine Absicht gewesen. Also was stellte er sich hier so an?

»Nein!«, knurrte ich. »Zuerst wollte ich selbst kochen, es ging daneben.«

»Luigi?«, fragte er hoffnungsvoll. Ich nickte.

»Oh danke, du bist die Beste!« Sofort stürzte er sich auf sein Essen, wobei ich ihm mit verengten Lidern zusah – dem Arsch.

Wir aßen einträchtig und ziemlich leise, denn ich wusste nicht, wie ich anfangen sollte, und Rob musste oftmals die Geschehnisse des Tages verarbeiten, weshalb er meist recht schweigsam war. Als Polizist in der Großstadt bekam er viele grausame Dinge zu sehen, die er immer mit sich selbst ausmachte. Diesmal aber durchbrach er die Stille, wahrscheinlich weil er genau meine Stimmung spürte.

»Was hast du heute gemacht?«, fragte er unverfänglich und legte seine Serviette weg, mit der er sich gerade den Mund abgetupft hatte.

»Geschlafen!« Ich war ihm dankbar. »Und ein bisschen geschrieben, aufgeräumt, und ich habe Wäsche gewaschen und noch ein bisschen geschlafen. Und du?«

»Polizistenkram.« Er zuckte mit den Schultern – wollte also nicht darüber reden, was auch okay für mich war.

»Ich hole die Nachspeise, bist du fertig?« Er nickte mit hochgezogener Augenbraue, und ich verdrehte die Augen, während ich seinen Teller nahm.

»Mach dir nicht ins Höschen, es handelt sich um Schokolade und Früchte, okay? Da kann ich ja nun wirklich nicht viel falsch machen.«

Na ja, du schon, Schatz, verriet sein skeptischer Blick, und ich wollte ihn töten. Stattdessen ging ich aber in die Küche, wiegte dabei meinen Arsch hin und her und fühlte, wie mir wieder heißer wurde, als ich daran dachte, was ich ihm sagen sollte.

Ich würde es nie schaffen. Verdammt! Niemals!

Rob hielt es wohl nicht mehr aus, denn gerade, als ich die Schokolade zum Schmelzen brachte, schlangen sich von hinten seine muskulösen Arme um meinen Bauch. Er zog den Topf vom Herd und stellte ihn vorausschauend, wie er war, ab.

»Gianna«, knurrte er in mein Ohr und presste seine Erektion an meinen Hintern. »Entweder du sagst mir jetzt, was los ist, oder du lässt dich einfach von mir ficken, denn ich halte das nicht mehr aus.«

Ich kicherte und legte meine Hände an seine, streckte meinen Hintern raus und rieb mich an ihm. Vergessen war die dämliche Nachspeise. Vor allem würde Sex mir noch einen kleinen Aufschub gewähren.

»Fick mich doch einfach«, raunte ich und drehte mich dann zu ihm um, weil ich eine Idee hatte. »Oder warte!« Ich schubste ihn mit dem Rücken an den Tresen neben uns, was er mit glühendem Blick und einem leichten Schmunzeln auf den schönen Lippen geschehen ließ. Doch seine Augen weiteten sich schockiert, als ich sein Hemd aufriss, sodass sie Knöpfe herumsprangen. Er hasste es, wenn ich seine Kleidung zerstörte. Ich kicherte, weil er mich anknurrte und die Augen verengte.

»Pech gehabt!«, hauchte ich und schob sein Unterhemd hoch. Den Löffel, mit dem ich in der Schokolade gerührt hatte, tunkte ich kurz in die nicht mehr sehr heiße Masse und träufelte etwas davon auf seine perfekt trainierten Bauchmuskeln.

Heilige Scheiße, das war ein Anblick wie aus einem Werbespot!

Mit einiger Vorfreude beugte ich mich vor und beseitigte die Schokolade von seinem Bauch. Direkt unter seiner Brust fing ich an, nahm den Weg nach unten und endete über seiner Gürtelschnalle und der Hose, in der es schon verlangend und steinhart zuckte. Das war so sexy. Mit einem Stöhnen legte ich meine Hand auf seinen Schwanz hinter dem Stoff und fing an, ihn langsam zu massieren, wobei ich ihm in die dunkler werdenden Augen sah.

Dann dachte ich mir, *scheiß drauf*, und öffnete einfach seine Hose, während ich den Blick von Rob auf mir genoss, der immer verhangener und leidenschaftlicher wurde, und holte seinen Penis raus. Woah, immer wieder, wenn ich ihn sah, war ich sofort überflutet.

Ich tunkte den Löffel noch einmal in die Schokolade und Rob ließ leise zischend den Kopf nach hinten fallen, als ich die süße Flüssigkeit auf seiner Eichel und seiner gesamten Länge verteilte.

Ich kam fast alleine bei diesem Anblick.

Mit einem leisen »Gott im Himmel!« vergrub er eine Hand in meinen Haaren, während ich mich vorbeugte und die süße Nascherei beseitigte. Offenbar trieb ich ihn dabei in den Wahnsinn, denn seine Hüften zuckten immer wieder unkontrolliert nach vorn.

Ich ließ mir Zeit, um ihm den ultimativen Genuss zu bereiten, und quälte ihn endlose Minuten, wohl wissend, dass er es bald nicht mehr aushalten würde. Mittlerweile stand er kurz vor dem Orgasmus. Denn die Töne, die er von sich gab, raubten mir beinahe den Verstand und überfluteten mein Höschen.

Ziemlich abrupt wurde seine Hand zu einer Faust und er zog mich zurück, in die stehende Position, immer noch mein Haar haltend, und richtete sich wild atmend auf.

»Du willst mich umbringen, oder? Das ist dein Plan?«, fragte er mit rauer Stimme, beugte sich vor und küsste mich leidenschaftlich und intensiv, wobei sein Schwanz in meinen Bauch drückte.

Ich stöhnte heiser, meine Finger krallten sich in seine Brust, ehe er mich zurück schob, bis ich den gegenüberliegenden Küchentresen in meinem Rücken fühlte, und mich kurzerhand hochhob. Den Blick mit meinem verwoben, mit halbgeöffneten Lippen und dunkel glühenden Augen, zog er mir jetzt quälend langsam das Höschen aus. Ich biss mir ungeduldig auf die Lippe, als er meine feuchte, perfekt enthaarte Pussy entblößte.

Er grinste frech und ich wurde noch feuchter. »Soll ich noch die Strümpfe ausziehen?«

»Wenn du das jetzt tust, bringe ich dich wirklich um, Robert Wrangler!« Sein Grinsen wurde teuflisch.

»Ich liebe es aber, wenn du vor Ungeduld fast zergehst, Gianna Cavalli, und ich denke, ich habe mir die letzten Male zu wenig Zeit genommen, um dich richtig vorzubereiten!«

Ich riss meine Augen auf, genauso wie meinen Mund, nahm seine Hand, die bereits an meinen Strümpfen zugange war, und legte sie zwischen meine Beine.

»Ist das hier etwa nicht bereit?«, fragte ich heiser, denn ich wusste, dass er meine triefende Feuchtigkeit genau fühlen und sich nicht mehr zurückhalten konnte.

»Oh nein, wirklich nicht.« Sein Blick war einfach magisch, so anziehend, so einnehmend, so hypnotisierend, als er nach vorn trat und mit seiner Eichel zwischen meinen Schamlippen entlangstrich. »Du bist kurz davor zu kommen!« Damit schob er sich einfach mit einem heftigen Ruck seiner Hüften nach vorn. Ich schrie auf, klammerte mich mit einer Hand an seiner Schulter fest, den anderen Arm stützte ich hinter mir ab. Dieser Winkel war echt intensiv und er ziemlich groß, bis zum letzten Zentimeter schien er mich auszufüllen. Jetzt kreiste er auch noch seine Hüften auf absolut erotischste Weise, während er in mein Gesicht knurrte: »Du darfst aber noch nicht kommen. Wage es nicht!«

Ein Blitz erhellte sein teuflisches perfektes Gesicht, und ja, Rob war mittlerweile mehr als dominant im Bett. Vom süßen kleinen Jungen war nur noch wenig übrig. Vor mir oder besser gesagt in mir, war ein Mann, der wusste, was er tat, und der sich nahm, was er wollte, was er brauchte, was er begehrte, und der mit mir spielen konnte, als wäre ich seine Marionette.

Meistens wechselten wir uns ab, einmal hatte ich die Oberhand, einmal er. Dieses Mal ließ ich mich liebend gern fallen und gab mich ihm hin. Denn das ist es, was Sex ausmacht, das Vertrauen zum Partner, sich ihm völlig hinzugeben.

Bei Robert Wrangler konnte ich das allzu gut!

***

Wir entspannten auf der Couch. Das Gewitter, dessen Grollen wir nur in der Ferne gehört hatten, war vorbeigezogen, und die dunkle Nacht hatte sich über die vor den Fenstern funkelnde Stadt gelegt.

Rob lag auf dem Rücken, während ich neben ihm Kreise mit einem perfekt manikürten Fingernagel auf seine Brust malte, und Herzchen und solch verliebtes Zeug. Er hatte einen Arm hinter dem Kopf verschränkt, den anderen von sich gestreckt, und beobachtete mich träge.

»Sagst du mir jetzt, was los ist, oder willst du noch mehr Zeit schinden?«, fragte er mit klarer nüchterner Stimme, und ich wusste, mein letztes Stündlein hatte geschlagen. Völlig nackt, richtete ich mich auf und biss mir auf die Unterlippe, beobachtete ihn nur vom Mondlicht erhellt, wie er wie Adonis persönlich vor mir lag. Ein zu ablenkender Anblick. Ich schloss die Augen und atmete tief durch.

»Also …«, fing ich an und sah dann aus dem Fenster.

Fuck! Wie sollte ich ihm das nur sagen? *Wie?*

»Also, Rob, du weißt ja, auch wenn ich es nie wollte, liebe ich dich und werde jede deiner Entscheidungen akzeptieren. Auch wenn du mich verlassen würdest, würde ich dich nicht wie eine irre Stalke…«

Ehe ich weitersprechen konnte, hatte er sich erhoben und mir einen Finger auf die Lippen gelegt. Dabei sah er mich durchdringend und echt angepisst an. Ich schaute mit großen Augen zurück, in denen sich bereits Tränen sammelten. Anders konnte ich die Anspannung einfach nicht ertragen, und das, obwohl ich sonst nie heulte oder verletzlich war oder sanft und emotional.

»Jetzt noch mal von vorn, ohne diesen Nonsens, Gianna!«, meinte er ruhig und zog seinen Finger zurück, schmiegte aber seine Hand um meine Wange. »Denn egal, was passiert, ich werde dich niemals verlassen. Selbst wenn du es direkt vor mir mit zehn Typen treibst, ich hätte dazu nicht die Kraft. Die Liebe vergibt alles. Also, was ist los?«

»Na ja, eigentlich gibt es nichts zu vergeben. Also ich hab dich nicht betrogen oder so! Das würde ich nie tun!«, rief ich sofort und lachte dann. »Ich meine, wie bescheuert wäre ich?« Er sah mich nur ruhig an, mit seiner Geduld langsam am Ende, und die war sonst massenhaft vorhanden.

»Gianna, sag es jetzt einfach!«

»Also gut!« Ich nahm seine Hände in meine. Mit Sicherheit spürte er mein Beben, während ich ihm tief in die Augen sah.

»Rob, ich …« In dem Moment wurde alles zwischen uns vom Handyklingelton zerrissen.

»Verdammte Scheiße!«, brüllte ich, sprang auf und hechtete zu meinem Handy auf dem Esstisch. Als hätte ich geahnt, dass es wichtig war, prangte mir ein Name auf dem Display entgegen, der mir sofort sagte, dass etwas nicht stimmte. »Tristan.« Er rief mich sonst nie an. Wir trafen uns aber dreimal die Woche immer zur gleichen Zeit, um alles zu besprechen.

»WAS IST?«, blaffte ich ihn an, sobald ich abgehoben hatte, während Rob sich köstlich amüsierte.

»Die Scheiße ist am Dampfen, komm sofort her!« Damit hatte er schon wieder aufgelegt und ich wusste, dass meine Beichte noch ein bisschen warten musste.

Aber manchmal, manchmal sollte man gewisse Dinge einfach gleich tun, ansonsten könnte es dafür zu spät sein …

CUT!

24. Chinesen und andere Katastrophen

Robert Wrangler

Wir befanden uns an Dads rundem Tisch im Besprechungszimmer seines Clubs, und ich konnte es kaum glauben, als er erzählte, wie die Chinesen in unserer Stadt wüteten und einen Laden nach dem anderen zu Kleinholz verarbeiteten.

Also hieß es schnell zu handeln.

Ich stand in einem Anzug hinter Gianna, die in einem schlichten Top und Jeans neben Dimitri saß. Zusammen mit Heidi, Garrett, David, Stefano und all den anderen Mitarbeitern von Dad besprachen wir die Lage.

Kurz gesagt, wir würden alle Männer zusammentrommeln, die wir hatten, und das Pack ein für alle Mal beseitigen – auf unschönem Wege.

Bis jetzt hatte sich Dad immer irgendwie zurückgehalten. Bis jetzt hatte er es noch auf menschlichem Wege versucht, aber das war nun vorbei. Dies bestätigte auch Luca, der am

Telefon war und uns weitere Männer zur Unterstützung schicken würde. Kristov hatten wir leider nicht erreicht, aber ich hatte ihm auf den AB gesprochen und hoffte, dass auch er dabei sein würde.

Ich sah auf Gianna herab, und obwohl wir gerade andere Probleme hatten, überlegte ich, was sie mir hatte sagen wollen. Da sie nicht am Boden zerstört wirkte, musste es etwas Schönes sein. Aber was?

War es das, was ich einerseits hoffte und wovor ich andererseits riesige Angst hatte?

»Das können wir nicht machen, Tristan, da sind ihre Familien!«, zischte sie gerade, und er knallte mit seiner Faust auf den Tisch, sodass alle ruckartig verstummten. Dad war völlig außer sich, als er sich vorbeugte und mit gefletschten Zähnen sowie lodernden Augen knurrte: »Sie. Töten. Meine. Leute.«

Gianna wollte gerade etwas erwidern, als die Tür aufschwang. Im nächsten Moment hatte der Chinese, der mit einem Koffer den Raum betreten wollte, drei Knarren am Kopf – von den Bodyguards, die sich an der Tür postiert hatten. Für einen Asiaten war er ziemlich groß und wirkte trotz Anzug geradezu dürr. »Nehmt die Waffen runter, das Unheil ist sowieso schon angerichtet«, sagte er und stellte mit einem mysteriösen Lächeln den Koffer auf dem Boden ab, ehe er meinen Vater ansah.

»Ich habe ein Angebot von Chang an dich, Tristan Wrangler!«

***

Kurz darauf befanden wir uns fast allein in Dads Besprechungszimmer. Neben uns waren nur noch Dimitri und Garrett anwesend, während der Chinese meinem Vater völlig lässig gegenüber saß. Er trug schwarze Lederhandschuhe, was schon echt auffällig war. Deshalb hätte ich immer noch kotzen können, denn Gianna hatte diesen Raum natürlich nicht verlassen wollen. Oh nein! Stattdessen starrte sie den Typ tödlich an.

»Also, was willst du? Soll ich dir ein paar Butterbrote schmieren?«, fragte mein Vater arrogant, wie er war. Der Chinese zuckte nicht mal mit einer Wimper, bevor ein Grinsen über seine Lippen glitt, das nicht sein starren Augen erreichte.

»Ich habe gerade mit meinem Koffer Gas in jeder Ecke deines Clubs verteilt. Die Bodyguards an den Eingängen sind tot, meine Männer stehen davor und halten die Türen geschlossen. In einer Stunde werden hier alle draufgehen.«

Fuck!

Dimitri sprach sofort in seinen Ohrhörer, doch an seinem Blick konnte ich erkennen, dass er keine Antwort bekam. Vermutlich wich gerade jedem hier das Blut aus dem Gesicht. Gianna keuchte sogar auf. Ich legte meine Hand von hinten auf ihre Schulter und drückte sie, gleichzeitig zog ich mein Handy hervor und schrieb Carlos über Polizeifunk.

»Also, ich esse liebend gern Käsebrot, mit so richtig scharfem Chilli«, antwortete mein Vater völlig ungerührt. Er hatte ein Pokerface aufgesetzt, das ich nicht mal in meinen Träumen bei dieser Info hätte aufrechterhalten können. Der Chinese ging gar nicht darauf ein.

»Chang hat zwei Forderungen an dich, Wrangler. Sie sind eigentlich gar nicht so schwer zu erfüllen. Ich meine, du wirst doch sicher ungern deinen Sohn und dessen Frau auf dem Gewissen haben wollen, oder?«

»Mit Essiggurken, aber nur den kleinen. Die, die aussehen wie eure Pimmel. Cornichons, heißen die. Fuck, jetzt hab ich Hunger!« Ich spürte ein Kratzen im Hals und musste husten. Irgendwas stimmte mit der Luft hier wirklich nicht, denn mir wurde immer heißer.

»Bedingung Nummer eins: Du gibst Changs deine und die Clubs der Cavalli. Außerdem sagst du deinen Männern, sie sollen die Füße stillhalten und keinen Krieg anfangen. Bedingung zwei: Du übergibst ihm deine Tochter.«

Jetzt stockte mein Vater …

Ich wusste, er hatte eigentlich weiter von irgendwelchem Essen sinnieren oder gar welches bei Heidi bestellen wollen. Aber nun wich jeglicher Humor aus seinen Augen. Der Chinese, der nur eine Eintagsfliege war, zuckte merkbar zusammen, als der Blick meines Vaters zu ihm schnellte, sich so drastisch veränderte, dass er hart wie Stein wurde und ihm sofort klarmachte: *Deine letzte Minute hat soeben geschlagen.*

»Sag Chang, ich verhandele nicht mit Nasenfickern. Ach nein, warte, ich sag's ihm selber, du wirst ja nicht mehr dazu fähig sein.« Dann zog er seine Waffe und erschoss den Kerl kurzerhand.

Alle am Tisch wurden mit feinen Blutspritzern getränkt, ebenso wie Gia, die erneut aufkeuchte. Ich schloss die Augen und biss die Zähne zusammen.

Dann stand mein Vater schon auf. »Was sagt Pete?«

»Pete meldet sich nicht, genauso wie Mario und Ignaz.«

»Fuck!«, knurrte mein Vater und musste nun auch husten. Er hielt sich ein Taschentuch vor den Mund und winkte Garrett zu. »Koffer öffnen.« Er tat es, während ich Gianna auf ihrem Stuhl zu mir drehte, mich hinkniete und ihr das Blut von dem Gesicht tupfte. Sie war käsig weiß und in ihre grünen verängstigen Augen zu sehen, ließ mich fast meine perfekt trainierten Nerven verlieren.

»Wir kommen hier raus! Du kennst uns doch!«, wisperte ich ihr zu und hörte im Hintergrund, wie Garrett die verdammte Scheiße bestätigte. Der Typ hatte eine Gasbombe in seinem Köfferchen. Fuck!

»Seht nach, wie groß der Schaden ist!« Dad schnappte sich das Telefon, aber die Leitung war natürlich tot.

»FUCK!«, brüllte er und pfefferte das Teil zurück auf seine Gabel. Dann schaute er auf sein Handy. »Kein Netz!«

»Ich habe Carlos über Polizeifunk Bescheid gesagt, aber er wird trotzdem mindestens 30 Minuten hierher brauchen«, informierte ich meinen Vater knapp, nahm Gias Hand und zog sie auf die Beine. Sie sank irgendwie entkräftet gegen mich, das gefiel mir nicht.

Bisher hatte sie kein Wort gesagt, sondern hielt sich nur mit bleichem Gesicht und Tränen in den Augen ihren Bauch. Wieder kratzte es in meinem Hals. Es war, als würde die Luft immer dünner werden, während ich sie fragend ansah und wir uns in Bewegung setzten. Dabei zog ich ihr Gesicht eng an mich, um sie wenigstens irgendwie zu schützen.

Die Leute im Club lagen allesamt röchelnd am Boden. Manche spuckten Blut, einige husteten wie verrückt. Es war grausam und machte diese beschissene Lage erst wirklich real. Wie gerade sterbende Käfer zogen und rollten sie sich über den Boden, streckten die Arme nach uns aus, aber wir konnten ihnen nicht helfen, zumindest nicht, wenn wir nicht bald einen Weg hier rausfanden.

Ich nahm Gias Hand fester, als ein Kerl sich an ihr Bein klammerte, und zog sie weiter, mit verbissenen Lippen, während ich meinem Vater genau ansah, dass er immer wütender wurde, als er realisierte, was die Chinesen mit seinem Imperium gemacht hatten.

Wir checkten alle drei Eingänge, die wie prophezeit verriegelt waren.

»Fuck!«, wisperte mein Vater leise, dann gingen wir wieder hoch. Wir alle hielten uns bereits Taschentücher vor den Mund. Jeder Schritt wurde schwerer, die Luft immer dünner oder meine Luftröhre enger. Ich hatte keine Ahnung, aber es war immer mühsamer, Luft zu holen. Wir stürmten Dads Büro, doch die Klapptreppe ließ sich nicht herunterfahren.

Verdammte Scheiße! Die Fuckschlitzaugen hatten an alles gedacht, und nein, normalerweise hatte ich nichts gegen Chinesen, ab dem heutigen Tag schon.

»Carlos«, fragte ich, während wir alle im Büro standen und nicht weiter wussten. »Wo bist du?«

»Auf dem Weg, wir brauchen noch 15 Minuten!«, knarzte es zurück, und ich wusste, ahnte, fühlte es tief in mir, er würde zu spät kommen. Ich sagte Gia nichts davon, sondern packte ihre Hand fester. »Wir gehen zum Haupteingang und versuchen es da noch mal!«

Verdammte Scheiße, wieso hatte dieses Teil nicht mehr Fenster? Ach, weil der Club sich ja unter der Erde befand … Richtig.

Über die hintere Treppe gingen wir zum Haupteingang. Jeder, der noch Kraft hatte und nicht hustend auf dem Boden lag, half mit, die Tür aufzustemmen. Unmöglich. Sie bewegte sich keinen Millimeter.

Ich sah meinen Vater an und er mich.

Es stand in seinen Augen geschrieben, er sah keinen Ausweg mehr.

Dass ich meinen Vater jemals so erleben würde, hätte ich nicht gedacht. Niemals!

Es war wie ein Schlag in meinen Magen, diesen Ausdruck auf seinem sonst so selbstsicheren, überlegenen Gesicht zu sehen.

»Robbie«, hauchte er, und ich hob die Hand.

»Nein, Dad! Sag es nicht!« Ich zog Gianna wieder an meine Brust, sie versteckte ihr Gesicht an mir, während ihr Atem schon viel zu schnell ging und ihr Körper zitterte. Wenn Dad jetzt eine Abschiedsrede hielt, wenn er mir sagte, wie sehr er mich liebte und all das, denn das wusste ich auch so, verdammte Scheiße, konnte ich unmöglich meine Nerven behalten. Doch das musste ich. Für sie!

»Ich liebe dich auch, Dad, okay, aber bitte, halt jetzt deine Klappe!«, keuchte ich und musste heftig husten. Feine Spritzer Blut tränkten meine Ärmel, den ich vor mein Gesicht gehalten hatte. Als Gia sie erblickte, liefen ihre Tränen über – stumm. Heidi neben mir spuckte mittlerweile Blut, Dimitri auch, nur Garrett hielt sich noch standhaft, aber er umklammerte fest das

Kreuz um seinen Hals und betete stumm, während er Heidi über den Rücken strich.

Wir würden hier verrecken!

Einfach so!

»Gianna«, keuchte ich und ging in die Knie, weil meine Luft immer weniger und mir immer schwindeliger wurde. »Gianna, was wolltest du mir sagen?«, fragte ich und sie hockte sich zu mir, nahm meine Hände und schluchzte.

»Wir kriegen ein Baby, Rob! Ich bin schwanger!«

Mein Dad hatte es auch gehört, und er keuchte auf. Im nächsten Moment fing auch er an, Blut zu husten, und fiel auf die Knie. Mit einer Hand stützte er sich ab, mit der anderen hielt er sich den Hals, sein Ausdruck so panisch, wie ich mich fühlte, denn ich bekam nun gar keine Luft mehr, konnte mich auf nichts mehr konzentrieren, während ich immer weiter hustete, immer mehr Blut ausspuckte und mich auf dem Boden zusammenkrümmte. Meinen Hals haltend, durch den einfach kein frischer Sauerstoff mehr gelangen wollte, hörte ich nur ihre Stimme in meinem Kopf.

Wie bekommen ein Baby!

Und wir würden es niemals sehen!

CUT

25. The End

Eli

Ich hatte mich mit Mum ausgesprochen, soweit das eben ging, obwohl ich so verletzt war, aber ich verstand sie. Sie und auch mein Vater hatten gedacht, das Richtige zu tun.

Kristov hatte meinem Vater versichert, dass er sich aus der Unterwelt zurückziehen und ein normales Leben mit mir führen wollte. Natürlich bekam ich ein verdammt schlechtes Gewissen. Was ich alles zu meinem Vater gesagt hatte, war nicht fair gewesen, denn es war gelogen!

Er war immer der beste Vater der Welt für mich gewesen, hatte immer auf mich aufgepasst, mich immer beschützt; er war immer für mich da gewesen, mit einem Einfühlungsvermögen, das nur wenige Männer besitzen.

Ich hingegen hatte ihm so schreckliche Dinge vorgeworfen, die ich einfach nicht mehr zurücknehmen konnte, und als ich ihn spät abends schniefend anrief, weil Mum mir echt den Kopf gewaschen hatte, wie nur sie es konnte, war sein Handy aus.

Nun saß ich mit meiner Mutter in der Küche, während meine Mum immer nervöser wurde. Als ich sie fragte, warum, sprang sie auf und begann, den Tresen zu schrubben, obwohl hier alles blitzblank war. »Weil er zu spät kommt, wieder mal«, meinte sie, aber es war mehr. Ich sah es in ihren Augen. Also ging ich zu ihr und hielt ihre Hand auf, die weiter über die Fläche wischte.

»Mum, was ist?«

»Ich weiß nicht.« Ihre Stimme war leise, wie aus einem Grab kommend. »Ich habe so ein schlechtes Gefühl. Mein Herz rast mit einem Mal wie verrückt, und es ist, als würde ich innerlich ersticken. Ich weiß nicht wieso!«, wisperte sie den Tränen nahe, und ich zog sie in meine Arme.

»Dad geht es gut, du kennst ihn doch, mach dir keine Sorgen!« Sie nickte, löste sich dann aber wieder von mir und schrubbte weiter. Ich konnte ihr ansehen, dass sie mir nicht glaubte.

Da ich meiner Mum nicht helfen konnte, setzte ich mich und starrte mein Handy an, überlegte im neuen Schein die Dinge.

Wenn Kristov wirklich alles aufgeben und sogar hierherziehen würde, dann würde ich meine Familie nicht verlieren. Die Gefahr bliebe größtenteils in Russland und Lili hätte einen Vater – *ihren* Vater!

Bei dem Gedanken stiegen mir die Tränen in die Augen. Denn Kristov wäre ohne diesen ganzen Ballast, den er mit sich herumschleppte, der perfekte Vater. Das wusste ich tief in mir.

Lili war das über Wochenende bei Vivi und Tom, was ganz gut passte. Ich brauchte einen klaren Kopf, und Vivi liebte sie abgöttisch. Außerdem waren Lili und Vivis Tochter Nicole, die ungefähr ein Jahr älter als Lili war, beste Freundinnen und verbrachten viel Zeit miteinander. So wie Alex und ich eben. Nur hatte ich mit dieser in letzter Zeit leider viel zu wenig Kontakt. Es schien, als würden wir uns auseinanderleben, und das machte mich traurig. Ich vermisste sie manchmal, genau wie das süße leichte Leben meiner Jugend. Als Erwachsene war alles um so vieles schwerer, was ich wirklich ungerecht fand.

Mums Handy klingelte auf der Anrichte, und sie hechtete sofort hin. Ihre Augen wurden groß, als sie sah, wer anrief. Sie lauschte, ihre Augen wurden noch größer, und dann mit einem Mal fiel sie auf die Knie, das Smartphone rutschte leblos aus ihrer Hand und ich sprang sofort zu ihr, während sie den Kopf hängen ließ und nur blicklos vor sich starrte.

»MUM, WAS IST LOS?«, brüllte ich sie an, nahm ihre Schultern und schüttelte sie. Doch sie regte sich nicht, und mir wurde ganz schlecht. Ich nahm das Handy, hoffte, dass noch jemand dran wäre. Mit einem zittrigen »Hallo?« meldete ich mich, und war verwundert, als ich Kristovs Stimme erkannte.

»Elina …« Mein Herz schlug schneller. »Du musst deine Mutter ins Krankenhaus bringen. Hast du verstanden?«

»Was?«

»Ich sage es dir erst, wenn du hier bist, fahr vorsichtig!« Somit hatte er aufgelegt und ich wusste, dass die Vorahnung meiner Mutter wahr geworden war.

Etwas Schreckliches war passiert!

***

Von wegen vorsichtig fahren, ich raste durch die dunkle Nacht, genauso wie die Gedanken in meinem Kopf, während ich meine Mutter anbrüllte.

»Mum, sag mir endlich, was los ist. Bitte!« Aber sie regte sich nicht. Stumm und starr, immer noch in ihrem Pyjama, schaute sie nur blicklos aus dem Fenster und rührte sich nicht. Sie weinte nicht, sie tat gar nichts. Da war nur dieser leere Blick, der mich immer wahnsinniger machte!

Ich wusste nicht, was ich tun sollte, aber Kristov hatte mir klare Anweisungen gegeben, und an diese klammerte ich mich mit allem, was ich hatte. Dabei merkte ich am Rande, wie sehr ich ihm vertraute und froh war, ihn in dieser Situation zu haben.

Nachdem ich die Strecke in Rekordtempo bewältigt hatte, blieb ich mit quietschenden Reifen direkt vor dem Krankenhaus stehen, sprang raus und fühlte eine Welle der Erleichterung, als ich Kristov am Eingang auf uns warten sah.

Groß, mächtig, und irgendwie immer wissend, was zu tun war. Ich konnte nicht anders, ich ließ die Tür offen und rannte zu ihm, schmiss mich an seine Brust und hörte ihn schockiert keuchen. Fast fing ich an zu weinen, als ich ihn so fest umklammerte, wie ich konnte, seinen beruhigenden Duft einsog und mich für alles entschuldigte. Seine starken Arme legten sich schützend um mich, er drückte kurz meinen Kopf an seine Brust und küsste mein Haar. Dann schob er mich von sich und nickte hinter mich.

»Hol deine Mutter!«

***

Wir standen in einem winzigen Krankenhauszimmer und schauten auf das leblose Gesicht vor uns herab. Alles wurde von einem konstanten Schluchzen untermalt – von Gias Schluchzen. Gemeinsam mit meiner Mum standen wir hinter ihr, jeweils eine Hand auf ihre Schulter, und starrten.

Auf meinen Bruder.

Mitten auf dieser Liege.

Mit tausend Schläuchen verkabelt.

Beinahe tot aussehend.

Dad war noch in Behandlung, Gianna ging es den Umständen entsprechend gut, auch wenn sie eigentlich auf ärztliche Weisung hin ebenfalls im Bett liegen sollte – sie konnte nicht.

Meinen Bruder hatte es am Schlimmsten getroffen.

Sein Leben hing am seidenen Faden und es gab nichts, was wir für ihn tun konnten. Ich wusste nicht, wen ich als Erstes trösten sollte. Gia oder meine Mutter, die immer noch völlig apathisch vor sich hinstarrte. Wenn ich mir vorstellte, dass Lili hier so liegen würde, machte sich Panik in mir breit. Allein der Gedanke war mehr, als ich ertragen konnte.

Oder wenn ich an Gias Stelle wäre, mit Kristov im Bett vor mir, nicht wissend, ob er überleben, ob er jemals wieder etwas zu mir sagen würde.

Mein Blick glitt durch den Raum zu Kristov, der in einer Ecke stand und alles mit seiner typischen wachsamen Haltung überwachte. Sein Hemd war blutverschmiert. Ich hatte keine Ahnung, was geschehen war, aber das spielte, als wir ankamen, auch keine Rolle. Viel wichtiger war, zu erfahren, wie es allen ging.

Also drückte ich kurz Gias Schulter und lief zu Kristov, während meine Mutter neben ihr auf den Stuhl sank. Gia legte ihr Gesicht an die Schulter meiner Mutter, sie schwang wie ein Roboter ihren Arm um sie und hielt sie fest, während Gia gar nicht aufhören konnte zu weinen. Ihr völlig verzweifeltes Schluchzen zerriss mein Herz, aber meine Mutter war bei ihr.

Um die beiden nicht zu stören, ging ich mit Kristov vor die Tür, wo Carlos mit einem anderen Polizisten wartete, und fragte sofort, was geschehen war.

»Es war ein Giftgasanschlag auf den Club. Bis jetzt 17 Tote.« Ich schlug die Hände vor den Mund. »Ich kam gerade noch rechtzeitig, konnte die vier Typen vor der Tür beseitigen und sie öffnen.«

»Ich habe so was noch nie gesehen! Er hat sie plattgemacht wie der Terminator persönlich, und dann die davor gehämmerten Holzbalken mit bloßen Händen weggerissen! Wir bahnten uns gerade ein Weg auf das Gelände, was schwierig war, weil überall Chinesen lauerten, da war er schon drin!«, sagte Carlos. Der leicht rundliche Polizist, welcher der beste Freund meines Bruders war und ein Herz aus Gold besaß, sah Kristov mit großen, bewundernden, aber auch leicht verängstigten Augen an. Kristovs Miene regte sich nicht, als er weitererzählte.

»Sie machten gerade ihre letzten Atemzüge und alle sagten, ich solle erst den anderen rausbringen.« Fast verdrehte er die Augen. »Gianna und dein Vater waren mir am nächsten, ich handelte praktisch, vor allem, weil Rob mir versicherte, er würde mich töten, wenn ich sie nicht zuerst rausbrachte. Dann kam die Polizeieinheit.«

»Du hast sie gerettet?«, fragte ich Kristov. Gerade liebte ich ihn noch ein bisschen mehr! Als ob das möglich wäre. Dabei weinte ich natürlich stumm, und er verzog gequält das Gesicht, holte ein Taschentuch hervor und wischte meine Tränen fort. Er hasste es, wenn ich weinte, und ich hasste es, ihn so gequält zu sehen, also riss ich mich zusammen, umarmte ihn noch einmal fest mit einem »Danke«, ging dann ohne ein weiteres Wort rein und versuchte, meiner Mum und Gia Beistand zu leisten.

***

Dad kam kurz darauf reingehumpelt und sah von allen am fittesten aus.

Wahnsinn, dieser Mann war einfach unzerstörbar.

Mums Blick fiel auf ihn und in dem Moment brach sie auch in Tränen aus – endlich! Gott sei Dank!

Ich dachte schon, irgendein Schalter hätte sich für alle Zeit in ihrem Kopf umgelegt und sie würde so bleiben. Sie stand auf, überließ Gia Heidi, die mit Dad das Zimmer betreten hatte, stürmte zu ihm und schmiss sich in seine Arme, wie ich es vorhin bei Kristov getan hatte. Ich wusste es tief in mir.

Das war wahre Liebe. Vom Partner durch die schlimmsten Zeiten begleitet zu werden, immer jemanden zu haben, an den man sich anlehnen konnte, mit dem man über alles sprechen und alles mit ihm teilen konnte. Die Liebe ließ sich nicht aufhalten. Sie trotzte allen Widrigkeiten, egal wie sehr ich auch versucht hatte, gegen sie anzukämpfen.

Liebe war Schicksal.

Und das Schicksal fand immer seinen Weg.

Mein Dad sah mich an, während er Mum etwas zu wispernd an sich drückte, die nun haltlos schluchzte. Auch mir liefen sofort die Tränen über. Mir tat immer noch leid, was ich zu ihm gesagt hatte. Wenn er gestorben wäre, wären das meine letzten Worte an ihn gewesen. Dies war eine Lektion für mich, auf die ich zwar gern verzichtet hätte, aber die wohl notwendig gewesen war. Denn man konnte nie wissen, ob man die Gelegenheit bekam, Verfehlungen wiedergutzumachen. Also sollte man sich gut überlegen, bevor man wissentlich einen anderen verletzte.

So wie immer, sah er in meinem Gesicht, was in mir vorging, streckte seinen Arm aus und zog mich wortlos in die Umarmung, direkt zwischen Mum und sich selbst, dann heulten wir, und zwar alle.

***

Da Kristov noch etwas erledigen musste, bot Carlos an, mich im Morgengrauen nach Hause zu fahren. In diesem kleinen Zimmer hielt ich es nicht länger aus, ich konnte es nicht mehr ertragen! Ich war völlig leer. Völlig am Ende.

Was, wenn mein Bruder starb?

Ich wollte es mir nicht mal vorstellen, aber die Angst hielt mich in festem Griff. Carlos und ich sprachen bei der Heimfahrt kein einziges Wort. Ich konnte nicht mehr reden, aber weinen. Unendlich viele Tränen liefen heiß über meine Wangen, sodass ich vom Heulen schon Kopfweh hatte, und doch ließen sie sich nicht aufhalten.

Als ich Carlos zum Abschied fest umarmte, heulte auch er

los. Er hatte sich bisher super beherrscht, aber nun konnte er auch nicht mehr. Rob war doch sein bester Freund und Carlos so schrecklich sensibel. Wir hielten uns noch eine Zeit, mitten im Polizeiauto, dann stieg ich aus, schlug die Tür hinter mir zu und winkte ihm traurig zum Abschied.

Ermattet ging ich in meine Wohnung, wo die Rosen immer noch überall standen. Sie waren teilweise verblüht und ließen ihre Köpfe hängen. Ich brauchte eine Aufgabe, nahm mir eine Gießkanne und goss erst mal jeden einzelnen Strauß. Sie durften nicht sterben. *Er* durfte nicht sterben, *bitte lieber Gott! Bitte lass meinen Bruder nicht sterben! Ich tue alles!*

Nach einer Stunde fand ich keine Möglichkeit mehr, mich zu beschäftigen. Die Sonne ging gerade auf, und ich beschloss, erst mal duschen zu gehen, denn ich stank abartig. Nach wie vor trug ich das blaue dreckige Kleid, weil ich einfach keinen Kopf zum Umziehen gehabt hatte. Vermutlich würde ich es von jetzt an für immer hassen, weil ich damit so viel Schlechtes verband.

Erst hatte ich Kristov das Herz gebrochen und dann erfahren müssen, dass mein Bruder vielleicht sterben würde.

Wahrscheinlich würde ich es verbrennen, okay, das wäre ein wenig theatralisch, aber es fühlte sich passend an.

Die Dusche war himmlisch.

Eine endlos lange Zeit stand ich einfach nur da und ließ das Wasser auf meinen Kopf niederprasseln, mich von der Wärme umhüllen, die meine eiskalten Gliedmaßen verwöhnte. Dann nahm ich das Shampoo, wusch damit meine Haare, machte sogar ein Gesichtspeeling, ehe ich mit wunderbar duftenden Duschcreme den Dreck von meinem Körper schrubbte.

Danach fühlte ich mich wenigstens schon ein bisschen besser.

Die Prognose der Ärzte stand nicht so schlecht, das hielt ich mir vor Augen, während ich aus der Dusche stieg, mich in ein Handtuch wickelte und mit einem anderen meine Haare einigermaßen trocken rubbelte. Daran musste ich mich festhalten, um nicht wahnsinnig zu werden.

Das Licht wurde nun mit jeder Sekunde heller, die Vögel zwitscherten bereits vor dem Fenster, das ich weit öffnete. Ich zuckte zusammen, als es im Wohnzimmer knackte.

Mit gerunzelter Stirn schüttelte ich dann aber den Kopf. Wahrscheinlich hatte ich mir das nur eingebildet, weil ich total übermüdet war, also stellte ich mich vor den Spiegel, schaute mein total fertig aussehendes Gesicht an und fing an, mir die Haare zu kämmen, beziehungsweise, mit ihnen zu kämpfen.

Als es direkt vor der Tür knackte, erstarrte ich. Es hörte sich an, als wäre jemand auf dieses lose Dielenbrett gestiegen, das immer knarrte. Ich sah mich fest im Spiegel an und nahm das Deo, das neben mir stand. Mein Herz schlug wie verrückt, während Adrenalin meine Blutbahnen flutete.

Ich war nicht allein.

Die Gewissheit in mir wurde immer größer und drohte, mir den Atem zu rauben. Aber ich war eine Wrangler, ich hatte schon so viel durchgemacht, und ich würde mich jetzt ganz sicher nicht überfallen lassen.

So locker, wie es ging, machte ich mich weiter fertig, das Deo immer griffbereit und erstarrte dennoch einige Sekunden vor Angst, als die Klinke der Badtür direkt neben mir ganz langsam runtergedrückt wurde und dann die Tür aufging. Es war wie in einem Horrorfilm. Erst war ich zu keiner Regung fähig, dann sah ich in zwei winzige Augen. Die Augen eines Asiaten. Er sah verwundert in mein Gesicht, da schnappte ich mir schon das Deo und sprühte ihm so viel es ging direkt in die Augen.

Er brüllte, ich brüllte auch und schubste ihn zurück, während er sich das Gesicht hielt, und rannte durch den Flur, mein Handtuch festhaltend und stolpernd, weil sich vor lauter Adrenalin meine Beine verhedderten.

Ich wollte gerade die Wohnungstür öffnen, da fühlte ich, wie sich von hinten seine Hand auf meinen Mund legte und die andere um meine Taille. Dieser winzig kleine Kerl hatte immense Kraft, und obwohl seine Augen wie die Hölle brennen mussten, riss er mich zurück. Ich brüllte, verpasste ihm einen Head-Nut und strampelte wild mit den Beinen.

Er ließ mich los, hatte offensichtlich nicht mit meiner Wehrhaftigkeit gerechnet.

Auf allen Vieren krabbelte ich Richtung Tür, zog mich an ihr hoch und öffnete sie, ehe ich im Hausflur nur in einem Handtuch, was wie von Geisterhand immer noch meinen Körper bedeckte, geradewegs in eine Brust knallte.

Eine mir allzu vertraute. Gott sei Dank!

26. FUCKING YES

Kristov fackelte nicht lange. Er sah mich kurz an, zog eine Waffe hinten aus seinem Hosenbund, bedeutete mir mit einem Finger an seinen Lippen, ruhig zu sein. Dann schob er sich an mir vorbei. Ich hielt ihn am Arm fest, er schaute mich wütend über seine Schulter hinweg an.

»Töte ihn nicht!«, wisperte ich panisch, doch er verdrehte die Augen, schüttelte mich ab, sah mich noch einmal megastreng an und schlich weiter in meine Wohnung.

Kurz darauf brüllte der Asiate erneut, und ich wusste, die Luft war rein. Mit zwei gebrochenen Armen lag er am Boden und wand sich vor Schmerzen.

Kristov stand mit verschränkten Armen über ihm. »Und jetzt?«

»Jetzt bring ihn in den Keller von Mum und Dad, wir brauchen Infos!«

»Die wird er nicht haben, er ist nur ein Handlanger!«

»Trotzdem!«, zischte ich.

Er hat versucht, dir wehzutun, und sollte dafür büßen, sagte sein Blick.

Du wirst ihn nicht töten, Kristov, erwiderte meiner.

Er zuckte mit den Schultern, hievte den brüllenden Kerl auf seine Schulter und trug ihn raus, ins Haus meiner Eltern.

Währenddessen setzte ich mich auf die Couch, die orange strahlende Sonne genau auf meinem Gesicht, lehnte mich zurück und schloss die Augen.

Das konnte doch nicht wahr sein!

Heilige Scheiße, wenn Kristov nicht gewesen wäre, wüsste ich nicht, was passiert wäre. Wieder einmal hatte er die Lage gerettet, wieder einmal hatte er mir bewiesen, dass ich womöglich falsch lag. Vielleicht war mein Leben auch ohne ihn schon gefährlich genug und er genau der richtige Mann, der mich und vor allem Lili vor diesen Gefahren bewahren konnte. Vielleicht hatte sich das Schicksal was dabei gedacht, ihn mir ausgerechnet jetzt wieder geschickt zu haben. Jetzt, da laut meinem Vater dunkle Zeiten anbrachen.

Vielleicht gab es doch einen Weg für uns?

Vielleicht gab es sogar keinen anderen!

***

Als Kristov wiederkam, wurde er – auch noch in seinem schwarzen, perfekt sitzenden Anzug, mit ein paar Blutflecken drauf, aber okay, die passten irgendwie zu ihm – von hinten von der Sonne angestrahlt wie ein Heiliger.

Er sah mich in meinem weißen Handtuch inmitten der halbverdorrten Rosen so verloren sitzen und presste die Lippen fest aufeinander. Dann ging er vor mir wieder in die Knie, blickte mich besorgt und so mitfühlend an und fragte: »Alles okay?«

»Ja, ich will!«, war das Erste, was aus mir schoss, denn ich hatte Angst, wenn ich es jetzt nicht tat, dass die nächste Scheiße passieren und ich es ihm vielleicht niemals sagen könnte. Der sonst so kontrollierte Mann verlor nun jegliche Fassung. Er riss die Augen auf, sein Mund klappte auf und er erstarrte zu einer Statue, mitten in der Bewegung, denn er hatte gerade seine Hand an meine Wange legen oder meinen Puls überprüfen wollen, ich wusste es nicht.

Ich nahm sie, schmiegte sie an meine Wange und sah ihm tief in die Augen, bevor ich wisperte: »Ja, ich will dich heiraten, Kristov Romanov, und ja, es wird mir eine außerordentliche Ehre sein, was auch immer du denkst, in dir zu haben, zu zähmen. Weil es nämlich mir gehört und weil ich es genauso liebe wie jeden anderen Teil von dir. Genauso wie deine Weisheit, deine Ehre, dein großes Herz, oder wenn du mich berührst, wenn du mich küsst, wenn du mich liebst. Ich werde jeden einzelnen dieser Teile von dir für immer lieben, denn egal, was ich auch tue, egal, wie sehr ich mich auch dagegen wehre, ich bin in deinem Bann und werde es immer bleiben. Also, wenn dein Angebot noch steht … Ja! Ich will dich heiraten, am besten jetzt sofort!«

Fuck! Ich hatte JA gesagt! Und er rührte sich immer noch nicht.

Seine Hand an meiner Wange war völlig lasch. Hätte ich sie nicht panisch festgehalten und an mich gedrückt, wäre sie wohl wie leblos nach unten gefallen. Ich senkte den Blick und biss mir auf die Unterlippe.

»Aber … aber wenn du es dir mittlerweile anders überlegt hast, also ich könnte das …« Weiter kam ich nicht, denn er schoss nach oben, beugte sich über mich, packte meine Hände und zog sie über meinen Kopf. So völlig in seiner Gewalt, sah ich atemlos zu ihm hoch.

»Hast du gerade gesagt, du wirst mich heiraten, Elina Wrangler?«, fragte er heiser und ich nickte knapp. Er sah mich an wie eine Erscheinung.

Dann neigte er den Kopf und küsste mich mit all seiner angestauten Leidenschaft. Es war wie eine Gefühlsexplosion, was gerade mit mir passierte, während er seine Lippen auf meinen bewegte, und seine Zunge mit meiner tanzte. Seinen Geschmack wieder zu kosten, seine Stärke zu spüren, das war alles, was ich jemals gewollt hatte.

»Dein Bruder wird nicht sterben, er hat vorhin wieder die Augen aufgemacht!«, verkündete er mit einem Mal heiser. »Ich wollte nur, dass du das weißt, bevor ich dich ficke!« Somit riss er mein Handtuch herab, ich keuchte auf, konnte gar nicht mehr richtig denken, als er sich auch schon vor mich stellte, sein Jackett abstreifte, das Hemd aufknöpfte, es runterzog und auch seine Hose öffnete. Im Nullkommanichts war er nackt. Ehrlich, ich hatte noch niemals jemanden gesehen, der sich so schnell ausziehen konnte. Mit all seinen Narben stand dieser harte, kantige Mann vor mir und sah mich voller Vertrauen und Verlangen an.

»Ich will dich nicht mit Blut beschmutzen!«, rechtfertigte er sich, kniete sich vor die Couch und zog meinen Hintern über die Lehne. »Du bist so verdammt perfekt!«, keuchte er, nahm seinen Schwanz und rieb ihn an meiner Mitte, sah dabei mit dunklem Blick und heftigem Sturm in den Augen zu, und dann nach oben in mein Gesicht.

»Sag noch mal, dass du meine Frau wirst!«, forderte er streng, und ich wand mich ungeduldig.

»Ich werde deine Frau, Kristov!« Ich stützte mich auf meine Arme und schob ihm mein Becken entgegen, aber er schaffte etwas Abstand zwischen uns, packte meine Haare und zog meinen Kopf zurück, sodass ich ihm in die Augen sehen musste.

»Wie wirst du heißen?«

»Elina Romanov!«, stöhnte ich halb, halb keuchte ich.

Er stöhnte auch – tief verlangend, hingebungsvoll, als wäre dieser Klang zu viel für ihn. Dann schob er sich in mich. Mir glitten vor Wonne die Augen zu, bis er an meinem Kopf ruckte, sodass ich in wieder ansehen musste und er sich zurückzog.

»Wie viel Kinder werden wir haben?«

Fuck! Ähhh … »Kristov, ich muss dir …« Er zog sich ganz aus mir.

»Antworte!«

»Mindestens zwei!«, erwiderte ich, und er schob sich wieder bis zum Anschlag in mich, was einfach nur der Hammer war.

»Oh ja, und wir fangen jetzt damit an!« Somit ließ er sich endgültig gehen und versetzte uns in den Himmel. Ehrlich, denn kein Gefühl könnte jemals schöner sein, als mit diesem starken Mann verbunden zu sein und diesen eiskalten Mafiaboss durch heißen, höschenwegschwemmenden Sex zu zähmen.

Okay, ich musste ihm noch irgendwie klarmachen, dass wir bereits eine Tochter hatten, und okay, es würde noch ein langer Weg der gegenseitigen Zähmung werden, aber hey, wir hatten den ersten Schritt in Richtung perfekte Zukunft gemacht, und auf den kommt es schließlich an, oder? Auf dem baut alles auf, ohne diesen kommt man nicht weiter und das wollte ich – mit Kristov Romanov an meiner Seite! Für immer und darüber hinaus.

27. How to live with a Mafiaboss

Ehrfürchtig ließ ich meinen Zeigefinger an seiner Wirbelsäule entlanggleiten, über sein Steißbein mit diesen zwei entzückenden Grübchen, über diesen perfekten kleinen Hintern, über die gekräuselten Haare an den empfindlichen Rückseiten seiner muskulösen Oberschenkel und wieder zurück, über diesen perfekten kleinen Hintern, seine Seite, seine trainierten, breiten Schultern und in seinen Nacken mit der Tätowierung und den feinen tiefschwarzen Härchen.

Der Mafiaboss in meinem Bett schnurrte fast, doch als ich aufhörte, knurrte er – bestimmend, wie er so war. »Mach weiter!«

Ich kicherte leise und strich wieder hinab über seine Wirbelsäule und vor allem diesen kleinen perfekten … Ach, ihr wisst schon. Mein Gott, wie konnte man nur so einen perfekten Knackarsch haben? Ehrlich!

Wie auch immer, nur eines war an diesem Morgen von Bedeutung: Dass dieser Mann und dieser Hintern, jedes Härchen, jede Ader, jeder Muskel und jede Sehne *mir* gehörte.

Denn ja, ich hatte den Sprung von der Klippe gewagt, einer ungewissen Zukunft entgegen. Ich hatte JA gesagt, weil ein Nein einfach nicht in Frage kommt, wenn die Liebe fragt.

Weil ich ihn seit meinem 18. Lebensjahr liebte.

Weil wir verbunden waren, durch dieses unsichtbare Band, das sich Schicksal nennt, und das sich nicht zerschneiden ließ, egal wie vehement ich das auch probiert hatte.

Weil wir zusammengehörten, für alle Zeit und darüber hinaus.

Ja, dunkle Zeiten standen laut meinem Vater an, aber es gab keinen, mit dem ich vor dieser Dunkelheit sicherer wäre, der mich besser beschützen könnte, selbst wenn er blind wäre.

Denn mein Verlobter – oh mein Gott, das allein zu denken, ließ fast einen kleinen Vororgasmus durch meinen durchaus befriedigten Körper rauschen – war nicht nur Boss der Mafia, nein, vor allem war er Terminator, Rambo und Superman. Alles in einem. Eine absolute Killermaschine. Und zu keiner Sekunde hatte mir das wirklich Angst gemacht, denn ich wusste, er war skrupellos und tödlich, wenn es sein musste, aber mich würde er niemals verletzen. Denn vor allem besaß Kristov Romanov eins:

Ehre.

Und Prinzipien.

Und Hammerlippen.

Und einen echt heißen Arsch, hatte ich das schon mal erwähnt?

Ich kicherte über meine eigenen blöden Gedanken, beugte mich vor und küsste seine Schulter, strich über die Tätowierung in seinem Nacken. Es war ein Zahlencode.

»Was ist das hier eigentlich?«

»Frag nicht«, nuschelte er schläfrig ins Kissen, was mich natürlich nur noch neugieriger machte. Neugierde wäre schließlich mein zweiter Vorname, wäre es nicht schon Sofia, und als Journalistin wohl Grundvoraussetzung.

»Jetzt frag ich erst recht.« Da standen sechs Zahlen.

6.1.7.9.8.1. Sie waren durch jeweils einen Punkt voneinander getrennt. Er seufzte und drehte sich dann auf die Seite, stützte seinen Kopf auf eine Hand und sah mich mit seinen sturmgrauen Augen durchdringend an, wie immer.

»Du wirst weinen, wenn ich es dir sage, und wenn ich etwas hasse, dann, wenn du das tust!«, knurrte er mich unwillig an, und ich verdrehte die Augen.

»Sag jetzt und hör auf damit, mich abzulenken!« Ich schlug seine Hand weg, denn er hatte gerade angefangen, mit einem perfekten Zeigefinger meine Brustwarze zu umkreisen. So wie er war auch ich komplett nackt, weil ich gerade eine absolut heiße Nacht beziehungsweise einen echt heißen Morgen mit dem Mafiaboss himself – in mir – hinter mir hatte. Aber da Sonntag war und ich heute keine weiteren Verpflichtungen hatte, konnte ich die Zeit mit ihm in meinem Bett so lange genießen, wie ich wollte. Es fühlte sich absolut unwirklich an, ihn nach sieben Jahren Trennung das erste Mal hier bei mir zu Hause in meinem Bett zu haben.

Ja, ich wusste, es gab noch eine kleine Kleinigkeit, die ich ihm beichten musste, aber das konnte warten.

Die Welt konnte warten! Sie musste es sogar. Vorerst!

Er seufzte, ließ sich auf den Rücken fallen und strich sich geschlagen übers Gesicht. »Ich habe dir ja erzählt, dass ich beim Militär war. Mit 16 wurde ich bereits zu einem Freund meines … von Vlad geschickt.« Vladimir Romanov, mittlerweile tot, und Oberhaupt des russischen Mafiaimperiums war gar nicht sein echter Vater gewesen. Alexander Romanov, Vlads Bruder, hatte mit Kristovs Mutter, Lilian Price, eine heimliche Affäre gehabt, aus der mein Verlobter hervorgegangen war. Leider sah es so aus, als wäre dieser tot. Keiner würde wohl jemals wirklich herausfinden, was damals genau geschehen war.

»Ja, ich weiß, dass du beim Militär warst, aber wieso um Gottes willen so früh?«

»Weil ich außer Rand und Band war », stellte er hart klar. »Nach dem Tod meiner Mutter war ich das, was sich wohl irre nennt. Ich habe Sachen gemacht, die man einfach nicht machen sollte, habe Drogen genommen, rumgevö…« Als er meine verengten Augen sah, schluckte er und sprach schnell weiter. »Ich habe einfach viele Dinge getan, die eines Erben das Romanov-Imperiums nicht würdig waren, und mein Vater … äh Vlad … meinte, ich hätte etwas Disziplin nötig. Tja, in der Armee baute ich erst die größte Scheiße, aber natürlich fing es dann an, mir zu gefallen, spätestens als wir das erste Mal mit einer fetten Bazooka … ja egal … Ich arbeitete mich schnell hoch und wurde dann in eine Spezialeinheit eingeschleust.«

»Was war das für eine Einheit?«

»Eine Einheit, die der höchsten Geheimhaltungsstufe untersteht!« Düster sah er mich an, doch ich ließ mich davon nicht beeindrucken.

»Sag jetzt!« Ich zwickte ihm in einen Nippel und er keuchte auf.

»Autsch!« Empört schaute mich der eiskalte Mafiaboss an, und ich lachte ausgelassen, als er sich vorwurfsvoll den Nippel rieb. »Mein Gott, das nennt sich Folter, Frau!«

»Das ist noch gar nichts, sprich jetzt, ich muss und will alles über dich wissen, schließlich bin ich jetzt deine Verlobte und habe ein Recht darauf oder nicht?«, schnurrte ich förmlich, stützte mein Kinn auf seine Brust und blinzelte zu ihm hoch.

»Bljad«, fluchte er leise auf Russisch und betrachtete mich, als hätte er mich noch nie gesehen. »Sag das noch mal!« Ich verdrehte meine Augen.

»Kristov, ich musste es die letzten Stunden mindestens 100 Mal sagen!«

»SAG ES!« Strenge schlug in seiner Stimme durch, ebenso in seinem Blick, und die Aura eines Mannes, der genau wusste, was er wollte und der erwartete, dass man tat, was er sagte, umgab ihn. Normalerweise ließ ich mich davon nicht einschüchtern, aber im Bett war ich schon mal entgegenkommend, also seufzte ich ergeben.

»Ich werde dich heiraten und deinen Namen annehmen!«

»Wie wirst du dann heißen?« Er sah mich an, als wäre ich ein besonders saftiges Steak und als hätte er acht Tage nichts mehr gegessen, mindestens – wie ein irrer sabbernder Stalker.

»Elina Romanov«, gab ich augenverdrehend zurück, dann stoppte ich ihn, bevor er weitermachen konnte. »Wir werden mindestens zwei Kinder haben und einen Hund und Muschi und wir werden einen riesigen Garten haben und fünf Autos –

weil wir uns einfach nicht einigen können und du nicht weißt, was gut ist. Außerdem will ich einen Papagei! Das haben wir jetzt echt oft genug geklärt, jetzt erzähl weiter von dieser supergeheimen Sache!«

»Ja, okay, also, es ist ein Sondereinsatzkommando, dessen Name unwichtig ist, von dem nur eine Handvoll Menschen weltweit Bescheid wissen. Die Hälfte dieser Menschen gibt es offiziell gar nicht, sie leben auf der Dark Side.«

»Okay!« Von dieser wusste ich durch meinen Vater, er hatte das Thema nur gestreift, aber anscheinend war das eine Welt der Mächtigen, die neben der normalen existierte und in Wahrheit alles steuerte.

»Wir waren offiziell eine Antiterror-Einheit, aber inoffiziell haben wir uns darauf spezialisiert, Gegner des Systems zu erledigen, die richtig schweren Typen. Wir wurden entsprechend ausgebildet. In allem, was nützlich sein könnte.«

»Ich wusste es!«, wisperte ich.

»Was?« Er sah mich stirnrunzelnd an.

»Du bist Superman!«, hauchte ich ehrfürchtig, und er verdrehte die Augen.

»Nein, nur Perfektionist. Ich wurde einer der Besten, geschickt, um die härtesten Aufträge zu erledigen.«

»Und einer davon war ich.«

»Ja, wobei mich in dieser Sache mein eigener … äh Vlad … schickte und du mein allerschwerster Auftrag warst.« Seine Stimme klang nun sanfter, ehrfürchtiger. Er hob die Hand und strich mir ein paar wirre braune Strähnen hinters Ohr.

»Wieso?«

»Weil ich an dich etwas verlor, von dem ich dachte, ich würde es gar nicht besitzen.«

»Wie kann ein eiskalter Killer nur so romantische Sachen sagen?«

»Wie kann ein so kleines Gör nur so verdammt sexy sein?«

Ich schmollte und er lachte leise. Doch bevor er mich mit allerhand heißem Sex ablenken konnte, schob ich ihn an der breiten mit Narben überzogenen Brust zurück in die Kissen. Seine sturmgrauen Augen funkelten mich warnend an, aber er ließ mir die Oberhand. Noch. Kurz. Die Zeit lief.

»Und die Tätowierung?«

»Kein Mensch dieser Welt ist in Wahrheit mehr als Vieh, das von den Großen gehalten wird. Jedes Bundesland ist die Weide, jede Hauptstadt der Stall. Jeder ist nur eine Nummer in einem Register, hier ist meine.« Er rieb sich über den Nacken und ich schluckte mühsam, denn sein Blick verlor sich in einer anderen Zeit, in seinem düsteren Wissen von dieser Welt und in etwas, das ich hasste, in seinen Augen zu sehen. Sofort schwang ich mich auf sein Becken, nahm sein Gesicht und sah ihm fest in die Augen, riss ihn ins Hier und Jetzt, heraus aus seinen dunklen Erinnerungen.

»Für mich bist du nicht nur eine Nummer, nicht nur ein Mafiaboss oder ein Killer, Kristov Romanov. Für mich bist du das Beste, was mir passieren konnte.« Somit beugte ich mich vor und küsste ihn, zärtlich und voller Hingabe. Er küsste mich genauso zurück, träge und voll unterdrückter Leidenschaft.

Dann sagten wir eine lange Zeit gar nichts mehr, sondern ließen unsere Körper sprechen.

28. With you

Erst mal rief ich bei Robbie im Krankenhaus an. Nach diesem verdammten Giftgasanschlag in Dads Club hatten wir die grausamsten Stunden hinter uns. Denn meinen Bruder hatte es am schlimmsten getroffen, weil er ja unbedingt erst die anderen hatte retten müssen. Aber er hatte es geschafft, und seine leicht raue, noch ziemlich erschöpfte Stimme zu hören, wie er mich mit »Hi, Nervensäge« begrüßte, war das schönste Geräusch dieser Welt. Einige Sekunden musste ich gegen die Tränen der Erleichterung ankämpfen, als ich sie hörte, aber dann machte ich mit ihm aus, dass ich ihn heute noch besuchen würde, und dass er sich verdammt noch mal schonen sollte, denn ich kannte ihn.

Robbie war, wenn es ihm schlecht ging, wie Dad und überhaupt kein typischer Mann. Immer mussten diese Wranglers den starken Macker markieren – vor allem vor ihren Frauen –, ganz egal, ob es sich um eine normale Grippe oder einen kaum überlebten Mordanschlag handelte.

Immer noch total erleichtert hatte ich meinem sehr speziellen Gast erst mal Frühstück gemacht, während er schon wieder mit jemandem telefonierte. Wahrscheinlich mit Sergej, der gerade die Geschäfte überwachte. Rührei, frisch gepressten Orangensaft, aufgebackene Semmel und Butter waren auf dem Holztisch auf der Terrasse gelandet.

In nichts weiter als Shorts saß er auf der Terrasse, ich auf seinem Schoß, und beobachtete den Mafiaboss, wie ich ihn noch nie hatte beobachten dürfen. Im Schatten des Sonnenschirms fütterte ich ihn und genoss, ihn einfach so bei mir zu haben. Völlig losgelöst, locker, offen.

Oh mein Gott, er würde mein Untergang bedeuten, auf die eine oder andere Art. Selbst wie er sein Rührei aß, sein Kiefer dabei arbeitete, mich mit einem leichten Schmunzeln betrachtete. Wie er einen Schluck schwarzen Tee mit Zitrone trank, sein Adamsapfel dabei hüpfte und wie sich sein muskulöser Arm in meinem Rücken anfühlte. Wie sein kühler, klarer Duft mir immer wieder meine Sinne vernebelte.

Das alles und noch viel mehr war so verboten sexy. Es wäre fast ausgeartet, denn ich konnte nicht mehr an mich halten. Also nahm ich sein Teeglas, stellte es beiseite und wisperte: »Sorry, du bist einfach zu heiß, wenn du so normal bist!«, packte seine Haare und küsste ihn. Aber seine Finger zogen mich an meinem unordentlichen Pferdeschwanz zurück und seine Augen waren zu ernst, als er in meine blickte.

Verdammt!

»Wir müssen uns fertigmachen!« Und schon war dieser unsagbar schöne, so normale Morgen nicht mehr ganz so normal und schön, denn er sprach wieder in seinem typischen *Ich sage-du-springst*-Ton und ich verdrehte die Augen.

»Also, erst mal, Mista Mafiaboss …« Ich glitt mit meinem Zeigefinger über seine nackte Brust und umkreiste seine kleinen perfekten Nippel, während ich nach wie vor seitlich auf seinem Schoß saß. »Wir müssen gar nichts. Wir können einfach wieder ins Bett gehen und ich zeige dir …« Ich beugte mich vor, sodass meine Brust in dem leichten weißen Shirt sich an ihn drückte und er spüren konnte, wie hart meine Nippel wurden, und flüsterte ihm ins Ohr: »Wie gelenkig ich wirklich bin.« Dann küsste ich seinen duftenden Hals, fuhr in seine Haare und wollte gerade anfangen, ihn mit meinem Mund zu überzeugen, als er knurrte und mich wieder zurückzog. Obwohl es an meiner Kopfhaut ziepte, stemmte ich mich dagegen und rieb mich an seinem Schoß.

»Elina …« Ich konnte genau fühlen, wie sehr ihm mein verruchtes Treiben gefiel, und kicherte leise. »ELINA!« Schnaubend wich ich zurück und verschränkte die Arme vor der Brust, bevor ich ihn anfunkelte.

»Was?« Er schmunzelte, fand mich wieder süß oder so.

»Erstens sind da hinten zwei Männer, die uns beobachten …«

Oh Kacke! Die Camp-Mitarbeiter, die gerade die Tiere auf ihre Weiden ließen, welche teilweise an meinen Garten grenzten, hatte ich gar nicht bedacht. Ich sah jetzt besser mal nicht in ihre Richtung!

»Zweitens gibt es sehr wohl Dinge, die ich tun muss und du als meine Verlobte auch. Hier bei dir ist dein Verhalten okay, aber in meiner Welt geht das nicht.«

Und schon war der schöne tolle Morgen komplett vorbei, auch das letzte Lächeln war mittlerweile von seinem Gesicht gewischt. Todernst sah er mich an. »Du weißt, was dabei rauskommt, wenn du dich nicht an meine Regeln hältst!«

»Erinnere mich nicht daran!« knurrte ich. »Ich dachte, du würdest aussteigen!«, blaffte ich ihn dann an.

»Das werde ich, leider geht das nicht von heute auf morgen. Es braucht einige Vorbereitung, und selbst wenn ich ausgestiegen bin, werde ich immer ein Romanov sein und gewisse Pflichten haben – und du als meine Frau auch.«

»Das ist mir klar! Aber, Mann, können wir nicht heute den Tag einfach genießen und über Pflichten und das ganze Schickimickizeug morgen nachdenken?« Ich schlang meine Arme um seinen Hals und blickte ihn flehend und ziemlich süß an. Seine Augen wurden sofort wieder wärmer, nachgiebiger und lodernder.

Er strich mir eine Strähne hinters Ohr. Seine Stimme war schon etwas rauer, nicht mehr ganz so geschäftsmäßig und kontrolliert. »Das können wir. Aber morgen werden wir für vier Wochen zu mir fliegen, ich werde dich einigen wichtigen Leuten vorstellen und dich vollkommen in meine Welt einführen.«

»Wem?«

»Einigen Präsidenten, einigen anderen Politikern und wichtigen Persönlichkeiten. Wir werden ein Fest anlässlich meiner Verlobung geben.«

»Juhu«, machte ich alles andere als euphorisch, aber es war keine große Verwunderung. Ich hatte gewusst, worauf ich mich einließ, als ich zu einem der mächtigsten Männer dieser Welt Ja gesagt hatte. Zumindest hatte ich es geahnt, aber nun wurde mir allmählich klar, dass die wahren Ausmaße unserer Verbindung meine Vorstellungen wohl übertreffen würden, und Aufregung machte sich in meinem Bauch breit.

»Du weißt, dass ich niemals so eine Schickimickitussi sein werde. Dass ich nie in diese Welt reingehören werde?«, fragte ich und kaute auf meiner Unterlippe. Er befreite sie zwischen meinen Zähnen und beugte sich vor.

»Ich weiß.« Er gab mir einen kurzen, weichen Kuss. »Und das will ich auch gar nicht. Ich liebe dich für das, was du bist, nicht für das, was aus dir werden könnte. Aber wenn du mich willst, bekommst du zwangsläufig auch dieses Leben. Ich weiß, was ich dir damit abverlange; ich weiß, dass du dich darin nicht wohlfühlst; ich weiß, dass es nicht leicht wird, aber ich bitte dich lediglich um ein wenig Kooperation. Ich werde versuchen, deinen Wünschen zu entsprechen, und es wäre schön, wenn es andersrum auch der Fall wäre.«

»Oh, der große Mafiaboss kann es ja doch«, wisperte ich an seinem Mund und er runzelte die Stirn.

»Was?«

»Um etwas bitten!« Somit beugte ich mich vor und küsste ihn. »Da kann ich dir nichts abschlagen, Mister Romanov«, flüsterte ich an seinen Lippen und strich mit meiner Zungenspitze seine Unterlippe nach.

Er knurrte, packte wieder meine Haare und küsste mich inniger, heißer, intensiver. Kurzerhand wurde aus dem Kuss eine ausgewachsene Knutscherei. Zuschauer waren mir dabei herzlich egal, und bevor er mich hier auf dem Tisch vor sich legte und verspeiste, trug er mich wieder hinein.

Knutschend.

Keuchend.

Wie von Sinnen.

Wir schafften es gerade so bis zur Couch. Mein Höschen musste erneut daran glauben, dann war er schon wieder in mir.

Mein Verlobter, mein Traummann, mein Leben und der Tod.

***

Wir duschten gemeinsam in meiner nicht gerade großen Dusche, und so war es ziemlich abenteuerlich, aber irgendwie schafften wir es, ohne uns für alle Zeit ineinander zu verbrezeln.

Ich putzte mir gerade die Zähne, während ich ihn dabei beobachtete, wie er, akkurat, wie er war, seinen Anzug anzog, den ihm einer seiner Männer gebracht hatte. Diesmal mit einer weißen Hose, braunen italienischen Lederschuhen, einem gleichfarbigen Gürtel und einem dunkelblauen Hemd – alles maßgeschneidert, alles exquisit. Während er sich fachmännisch die Hemdärmel nach oben krempelte, sodass es locker und gleichermaßen einfach nur heiß aussah, spuckte ich meine Zahnpasta aus und gurgelte kurz. Dann fragte ich ihn. »Trägst du eigentlich auch mal was anderes als Anzüge?«

»Natürlich. Beim Sport«, meinte er abgelenkt, machte seine Hände nass und strich sich dann mit beiden das dichte pechschwarze Haar zurück. Er zupfte ein wenig hier und da und schon saß alles. Als er fertig war, sah er aus wie vom Cover einer Modezeitschrift herabgestiegen. Die Haut perfekt, die sturmgrauen Augen unter den markanten tiefschwarzen Augenbrauen wahnsinnig einnehmend und stechend klar, die Haare akkurat sitzend, während ich jeden Morgen einen epischen Kampf vollführen und mir meine bescheuerten Augenbrauen unter Schmerzen zupfen musste, damit ich auch nur ansatzweise wie ein Mensch aussah, ganz zu schweigen von meinen Haaren.

Die Welt war ungerecht!

Mit verengten Lidern schaute ich ihn düster an, während ich die Bürste nahm und mich dem Stroh auf meinem Kopf widmete, was jedes Mal in einen Kampf ausartete.

»Was?« Er schmunzelte mich über den Spiegel hinweg an und lehnte sich mit dem Hintern gegen das Waschbecken, während er mich mit verschränkten Armen beobachtete.

»Das ist einfach gemein!«

»Was?«

»Na du! Du brauchst nur ein paar Handgriffe und siehst einfach nur verboten gut aus, und ich … *Autsch*!« Hinten waren die Haare schon so lang, dass ich nicht gut durchkam, also nahm er mir die Bürste aus der Hand.

»Lass mich das machen! Sonst skalpierst du dich noch!« Ich konnte nicht mal mehr ordentlich schmollen, weil Mister Mafiaboss persönlich mir die Haare kämmte. Sanft und vorsichtig, während er dabei meinen von weißer Unterwäsche bedeckten Körper über den Spiegel hinweg blickfickte.

Heilige Scheiße!

»Ich hasse meine Haare!«, wisperte ich.

»Ich liebe deine Haare. Sie sind wie du, auf den ersten Blick wild und störrisch, aber wenn man sie berührt, sind sie unglaublich weich und anschmiegsam«, murmelte er zurück, band mir einen perfekten hohen Pferdeschwanz und küsste meine Schulter.

»Geh dich anziehen oder wir kommen niemals los.« Über den Spiegel hinweg visierte er mich schon wieder an wie ein Raubtier kurz vor dem Sprung und brachte mein Blut damit zum Kochen.

»Wohin willst du überhaupt?«

»Du wirst in den nächsten Tagen meine Welt kennenlernen, jetzt will ich deine sehen. Dein Vater hat mir etwas geholfen, und in fünf Minuten holt uns der Chauffeur ab. Zieh einen Bikini an.«

»Der Chauffeur«, motzte ich und wirbelte zu ihm herum. »Baby, ich habe auch ein Auto und kann fahren!« Er sah mich missmutig an, wahrscheinlich weil ich ihn gerade als ein schreiendes, unkontrolliert scheißendes Kleinkind betitelt hatte.

»Als meine Verlobte wirst du nicht mehr selbst Autofahren! Das ist deines Standes nicht würdig«, verkündete er knapp, und ich seufzte innerlich. *Das ist deines Standes nicht würdig. Es ist deiner auch nicht würdig, diesen dicken fetten Stock im Arsch zu haben, oder bist du schwul?*, dachte ich, sagte es aber nicht.

Es würde noch ein langer harter Weg mit Mister Stock im Arsch werden, aber das war es wert, und ich würde kämpfen, mal mit ihm, mal gegen ihn. Klar, würde ich auch mal nachgeben, wenn es nicht anders ging, aber wie er soeben gesagt hatte: Das hier war meine Welt und er würde nach meinen Regeln spielen, ob er wollte oder nicht.

Passend war, dass sein Handy gerade klingelte, als ich in meinen dunkelblauen Neckholder-Bikini, ein einfaches weißes trägerloses Kleid und Ballerinas schlüpfte, und er rangehen musste. Genau in dem Moment klopfte der Chauffeur an die Tür. Es war einer von Dads Leuten. Ich kannte ihn schon, gab ihm 20 Euro und sagte ihm, er solle an diesem strahlend schönen Spätsommertag ein Eis essen gehen. Somit machte ich dem verdatterten circa 50-jährigen Mann gerade die Tür vor der Nase zu, als Kristov in den kleinen Flur trat und sein Handy in der Hosentasche verschwinden ließ. Sein Blick schweifte über die vielen Schuhe, die unordentlich in einigen Regalen standen. Unter anderem auch Lilis Schuhe.

Oh Gott im Himmel! Ich hatte keine Bilder von uns an der Wand, da wir gerade alles umdekorierten, und von Lilis Zimmer hatte ich ihn bis jetzt auch fernhalten können. Noch war ich nicht bereit, mich seiner Wut zu stellen, die zwangsläufig über mich kommen würde, wenn er erfuhr, worum ich ihn betrogen hatte. Schnell trat ich an ihn heran, bevor er sie bemerken und darauf eingehen konnte, und trennte somit seinen Blick von dem Corpus Delikti.

»Ich habe gerade den Chauffeur weggeschickt«, murmelte ich und richtete den sowieso schon perfekt gerichteten Kragen seines Hemdes. Wie von mir erwartet, schweifte sein Blick zu mir – wütend.

»Du hast *was*?«

»Ich habe Mario Eis essen geschickt, wir fahren mit meinem Baby, denn verdammt, ich liebe Autofahren, und es gehört eindeutig zu meiner Welt dazu! Also sei brav und find dich damit ab!« Und schwuppdiwupp hatte ich Mista *Ich befehle bljad suka* sprachlos gemacht.

29. Grey Danger

Eli

Strahlend blauer wolkenloser Himmel erstreckte sich über uns, die Vögel zwitscherten, der Eisverkäufer verkaufte sein Eis, die Leute auf dem Chiemsee Parkplatz plapperten fröhlich und freuten sich über den schönen Tag. Bewaffnet mit riesigen Schwimmbrezeln, Kackhaufen und Einhörnern stapften sie vor sich hin in Richtung Wasser. Es waren hauptsächlich Touristen, die zur Ferienzeit wie Heuschrecken in riesigen Scharen über Bayern herfielen, und nicht nur sämtliche Autobahnen, sondern auch alle Gegenden verstopften.

Ich lieferte mir gerade mit einer Idiotin ein heftiges Gefecht um einen Parkplatz, das ich natürlich gewann, und ignorierte weitestgehend die zwei Bodyguards, die mir in meinem Mini in den Nacken röchelten. Genauso, wie die etwas ungesunde Gesichtsfarbe meines mehr als stummen Beifahrers.

Ja, okay, es könnte sein, dass ich *etwas* rasant gefahren war, allein, um ihn zu ärgern. Aber hallo, wann durfte man schon mal einen Mafiaboss ungestraft so richtig durchschütteln und ihm dadurch zeigen, wo der Hammer hing oder die Titten steckten? Wie auch immer.

Ich setzte mir meine viel zu große Sonnenbrille auf, die einen pinken Rand besaß, und stieg pfeifend aus, während er sich immer noch nicht bewegte.

Dann holte ich einen Parkschein – einen Bodyguard immer dicht auf den Fersen, was mir einige komische Blicke bescherte, allerdings versuchte ich, sie zu ignorieren. Anders als damals bei Sergej hatte sich Kristov nicht die Mühe gemacht, mir Frank 1 und Frank 2 – wie ich sie getauft hatte – vorzustellen, weshalb ich ihre Namen nicht kannte. Aber Tatsache war, dass diese armen Kerle die ganze Nacht reglos vor meiner Haustür stehend verbracht hatten, nur, weil sich der holde Pate in meinem erlauchten Bett befunden hatte. Weil sie mir so leidtaten, hatte ich ihnen angeboten, schlafen zu gehen, was sie abgelehnt hatten. Den starken Kaffee, den ich ihnen heute Morgen rausgebracht hatte, hatten sie jedoch zu gern angenommen.

Nachdem sich Kristov von der Fahrt erholt hatte, hievte er seinen Astralkörper aus dem Auto. Ich kicherte, als ich seinen ausdruckslosen Gesichtsausdruck bemerkte, während ich den Parkschein hinter die Scheibe legte, wo sich bereits ungefähr 50 andere Parkzettel zu einer wilden Orgie versammelt hatten.

»Ist was, du siehst so grün um die Nase aus?«, stichelte ich ein bisschen, stellte mich vor ihn und ging auf die Zehenspitzen, um mit meiner Nase über seine zu streichen, wobei ich meine Arme um seinen Hals legte. Er schnaubte abfällig, wirbelte mich mit einem Mal herum und presste mich mit dem Rücken zu ihm gegen das Auto, den Vorderkörper gegen den aufgeheizten Lack.

»Du …«, raunte er mir heiser ins Ohr. »Solltest dir deine Gegner besser aussuchen, meine Süße.« Seine Hand strich an meiner Seite nach oben und drückte meine Brust. Ich erschauerte, als sein Atem sich an meinem freiliegenden Nacken brach.

»Was soll das heißen?«, fragte ich aufgeregt kichernd und fühlte in meinem Rücken genau, wie sehr es ihm gefiel, mich so zu halten.

»Spiele nicht mit Leuten, bei denen du nur verlieren kannst!« Jetzt lachte ich humorlos, rutschte von ihm weg, tänzelte von ihm davon, brachte mich mit wild klopfendem Herzen in Sicherheit.

Ha! »Ob ich verliere, werden wir noch sehen!«

Er sah mich amüsiert mit hochgezogener Augenbraue an, dann hielt er mir eine Hand entgegen. Seine Augen glühten dabei dunkel voll sinnlicher Versprechen. »Oh ja, das werden wir!«

***

Der Countdown lief. Bis heute Abend hatte ich Zeit. Bis dahin musste ich es ihm gesagt haben, und das hier war doch die passende Gelegenheit, oder?

Wäre es nur nicht so verdammt heiß gewesen!

Es war aus zweierlei Gründen so verdammt heiß hier. Erstens strahlte die Sonne mit voller Kraft auf uns herab, zweitens ruderte Kristov unser Ruderboot, in dem wir saßen, und das Muskelspiel seiner freiliegenden Unterarme dabei zu beobachten, war mehr als erhitzend und ablenkend. Er schmunzelte mich an, sobald ich mir auf die Lippe biss und nervös auf der Bank herumrutschte.

Verdammt! Wie sollte ich anfangen? Einfach sagen: »Ach, und übrigens, wir haben eine Tochter!« oder »Ach ja, Kristov, was ich noch sagen wollte, du bist Vater!«, »Du, Kristov, bevor wir heiraten, noch eine klitzekleine Kleinigkeit: Wir haben eine Tochter!«, »Kristov, du bist Papaaaaaaaaaaaaaa, juhuuu!«

Nein, das ging doch alles nicht! So konnte ich das nicht machen! Aber wenn nicht so, wie dann? Unruhig wippte ich mit einem Fuß und hibbelte auf meinem Platz. Dabei fühlte ich ihn noch bis in jede Faser, was dem Ganzen etwas Erotisches verlieh, und er hob eine scharf geschnittene Augenbraue.

Er interpretierte meine Nervosität zum Glück ausnahmsweise vollkommen falsch und fragte leise und provokant: »Siehst du was, das dir gefällt?« Ich nickte wie ein Wackeldackel, und er lachte leise.

»Du könntest noch ein paar Knöpfe deines Hemdes öffnen, dann wäre es perfekt!«, schlug ich ihm vor, aber er verdrehte nur die Augen, kaum merklich, hörte auf zu Rudern und lehnte sich auf seine Ellbogen zurück, während wir einfach so über den ruhigen See trieben. Abseits der Segler, der Dampfer und der Touristen. Vor der imposanten Bergkulisse des Alpenvorlandes.

»Das könnte ich«, meinte er schließlich leise und sah mich dabei mehr als heiß an. »Aber du könntest diese Horrorfahrt auch erst mal wiedergutmachen. Mit deinem unsagbar sexy Mund auf mir. Und damit meine ich nicht auf meinem Mund.«

»Was?«, japste ich und wurde sofort knallrot, wenn ich nur daran dachte, was er mir gerade vorschlug. Schnell sah ich mich um. In einiger Entfernung tuckerte ein riesiger Dampfer vorbei, der Wellen bis zu unserem kleinen Ruderboot sandte. Die Passagiere konnten uns mit einem Fernglas sehr wohl sehen. Zwar waren die beiden Bodyguards nicht bei uns, aber wer wusste schon, ob sie uns nicht trotzdem irgendwie beobachteten.

Also schüttelte ich schnell den Kopf und kicherte aufgeregt. »Nein!«

»Nein?« Wieder zog er eine scharf geschnittene Augenbraue hoch und sein Blick wurde noch stechender – und ein wenig drohend. Mir rieselte auf jeden Fall ein Schauer den Rücken hinab.

»Nein!«, sagte ich erneut, und er schüttelte bedauernd den Kopf, bevor er sich in Bewegung setzte, geschmeidig, trotz des Schaukelns, aufstand und zu mir kam. Er ließ sich neben mich auf die schmale Sitzbank sinken und strich den Pferdeschwanz von meiner Schulter.

»Hast du tatsächlich gerade Nein zu mir gesagt?«, wisperte er in mein Ohr, packte ein Knie und spreizte meine Beine. Das Rot auf meinen Wangen intensivierte sich und ich hyperventilierte fast.

»Kann ich noch revidieren?«, fragte ich mit leicht bebender Stimme, während seine Hand über meinen Schenkel nach oben strich.

»Nein«, hauchte er in mein Ohr und beobachtete mich genauestens, als er immer weiter vordrang. Doch kurz vor meinem Höschen stoppte ich ihn, umklammerte seinen Arm mit beiden Händen und drehte ihm mein Gesicht zu.

»Kristov, wir sollten nicht …« Ich konnte nicht weitersprechen, weil er sich noch das Stück vorbeugte und seine Lippen auf meine drückte. Er küsste mir kurz und knapp gesagt innerhalb von Sekunden alle Bedenken aus dem Kopf. Sobald ich seinen Geschmack wahrnahm, seine Zunge spürte und ihn leise stöhnen hörte, war es vorbei mit jedem rationalen Gedanken. Die Erregung nahm überhand, flutete mein Gehirn und vor allem mein Höschen. Ich kreiste drängend mit dem Becken, bevor ich seine Hand losließ und sie sich auf meine pochende, nach ihm schreiende Mitte legte.

»Ich wusste doch, du kannst unvernünftig sein«, wisperte er an meinen Lippen und strich über dem Höschen mit zwei Fingern langsam auf und ab. Alles in mir fing an zu kribbeln wie verrückt, also ließ ich meine Stirn an seine Schulter fallen und presste die Lider aufeinander. Ich wollte ihn nicht mehr aufhalten, oh nein, ich wollte, dass er weitermachte, dass er mir gab, wonach sich mein Körper schon wieder sehnte. Egal, wie viele phänomenale Orgasmen ich heute Nacht erst gehabt hatte.

»Du bist so unersättlich, ich liebe das«, hauchte er und schob seine Hand seitlich unter den Stoff. »Ein paar Berührungen und du bist wie von Sinnen!« Mit diesem Knurren drang er mit zwei Fingern in mich ein. Ich schrie fast auf und beugte meinen Rücken durch. Meine Hände zuckten und ich krallte mich fest in die Bank unter mir.

Gemächlich fing er an, seine langen Finger zu bewegen, genauso, wie ich es brauchte. Was er da unter meinem Rock machte, war so verdammt gut. Es war absolut berauschend. Ich stöhnte leise und biss in seine Schulter, um das Geräusch zu dämpfen, aber ich war chancenlos.

»Du wirst nicht Nein zu mir sagen, nie wieder!« Er umschlang meinen Rücken mit einem Arm und zwickte mir mit der freien Hand zielsicher in den Nippel, während er ruckartig bis zum Anschlag in mich stieß. Ich schrie auf. Sterne tanzten vor meinen Augen. Ich war kurz vor dem Orgasmus. »Hast du das verstanden, Elina?« Ich stöhnte, als er anfing, einen Nippel über meinem Kleid zu zwirbeln, bis er steinhart wurde. Klar hatte ich ihn verstanden, aber da hatte er sich geschnitten! Er konnte mich nicht manipulieren, erst recht nicht mit Sex. Die Zeiten waren lange vorbei. Ich war immer noch nicht seine Sklavin.

»Antworte«, raunte er direkt an meinem Mund und zwickte noch mal in meinen Nippel, was sich gar nicht mehr so schmerzhaft anfühlte, sondern eine Welle des Vororgasmus‹ durch meinen aufgeheizten Körper schickte.

Ich war am Wegdriften, mein Geist praktisch nicht mehr vorhanden, aber ich riss mich zusammen, drehte ihm meinen Kopf zu, schaute ihm in die Augen und sagte: »Nein!«

Sein Gesicht war es wert!

Denn einige Sekunden verlor er tatsächlich völlig sein Pokerface. Sein Mund klappte etwas auf und seine Berührungen erstarrten auf der Stelle. Dann fasste er sich wieder. Das alles hatte vielleicht Millisekunden gedauert. Gerade eben war er bis zum Bersten erregt gewesen, seine dunkel glühenden Augen hatten mir förmlich entgegen geschrien, dass er mich wollte. Im nächsten Moment war der eiskalte Geschäftsmann zurück und er zog seine Finger aus mir.

»Wie du willst!« Oh mein Gott!

Jetzt fühlte ich mich nicht nur leer, sondern auch beschissen, als er meine Feuchtigkeit an meinem Schenkel abwischte, ohne mein Gesicht aus seinem arroganten Blick zu lassen. »Dann lebe mit den Konsequenzen!« Damit stand er auf und ging auf seine Bank zurück, wo er sich locker hinsetzte, sich auf die Ellbogen zurücklehnte und seine Sonnenbrille aufsetzte.

Boah! Der Arsch! Ich atmete immer noch total heftig, mein Herz raste, ich war kurz vor dem Orgasmus und er ließ mich einfach hier so auf dem … äh Feuchten sitzen?

»Du Penner!« Damit sprang ich auf, wollte auf ihn zustapfen und mir einfach nehmen, was mir zustand. Seinen Schwanz! Seine Finger! Seinen Mund! Der ganze Mann gehörte mir! Aber leider waren meine Beine irgendwie immer noch völlig aus Gummi und mein Gleichgewichtssinn leicht gestört, und schließlich befanden wir uns auf einem Boot. Ich machte also den ersten Schritt, der zweite jedoch ging ins Leere. Kurz und knapp. Laut schreiend und ziemlich undamenhaft landete ich im Chiemsee.

Das hatte ich nun davon!

Ein Date mit den Fischen!

Super!

***

In ein Handtuch gewickelt saß ich schmollend im Schatten eines Sonnenschirms auf einer Picknickdecke an einem geheimen Strand, auf einer geheimen winzigen Insel.

Vor mir standen die köstlichsten Speisen aufgereiht, aber ich war noch zu schmollig, um mich dafür zu interessieren. Vor allem, weil dieser Penner jedes Mal halb an seinem Lachen krepierte, wenn er an meinen Sturz dachte.

Da lag er hier vor mir, total trocken, quer über die Picknickdecke – wie ein griechischer Gott persönlich –, aß passenderweise auch noch Trauben und kriegte sich vor Lachen schon wieder nicht mehr ein. Der Pisspenner! Er musste sich sogar auf den Rücken legen und sich den Bauch halten, während ich nur »Ha, ha!« machte und stocksauer von ihm wegsah. Und wer jetzt glaubt, dass er mir todesmutig hinterhergesprungen wäre, nein, er hatte erst mal gelacht und gelacht und gelacht, bevor er mich ins Boot gehoben hatte und total trocken geblieben war!

Sein Glucksen verklang, und ich fühlte, wie er sich mir näherte, mit seiner Nase über meine Wange strich und murmelte: »Sei mir nicht böse, Süße, aber du hättest dich sehen sollen! Besonders, als du rauskamst wie ein nasses süßes Kätzchen, das wie irre herumfaucht.«

»Ja, so lustig!«, knurrte ich, musste aber auch ein bisschen schmunzeln, vor allem, weil sein Duft mir mal wieder die Sinne vernebelte.

Als hätte er meine Gedanken gelesen oder den Hunger meines Bauches gespürt, erschien vor meinen Augen eine dicke, fette, rote Erdbeere.

Verdammt, er wusste immer noch, dass dies meine

Lieblingsfrucht war! Er strich mit der Spitze über meine Lippen, während er wieder diese perfekte Sexsamtstimme anwandte: »Komm schon, sei nicht mehr böse, oder lass deine Wut wenigstens an mir aus. Du darfst.«

»Oh, wie gütig« Ich schnappte mit den Zähnen nach der Erdbeere, aber er zog sie zurück.

»Ah, ah, ah.« Ich sah ihn mit der puren Todesdrohung im Blick an, aber er ließ sich davon gar nicht aus der Ruhe bringen. »Sei nicht so gierig, Baby, sonst verschluckst du dich noch!«

»Boah! Kristov!«

»Ist ja gut!« Er gab mir die verdammte Erdbeere und ich schnappte sie ihm aus den Fingern. Dann erschien ein Melonenstück. Anstatt es einfach zu nehmen, umgriff ich seine Hand und führte sie mit der Frucht zu meinem Mund, um gleichzeitig über seine Fingerspitzen zu lecken, während ich ihm tief in die Augen sah. Die Stimmung wandelte sich mal wieder mit rapider Geschwindigkeit, besonders als sein Blick sofort dunkler wurde.

»Jetzt die Banane«, verkündete er mit glühenden Augen, und er schälte sie wie in Trance. »Was ist das nur mit Gemüse und dir?«, fragte er und erinnerte sich, wie ich an dem Morgen in der verbogenen Hütte … an die Karotte …

Ich gluckste, »Das ist kein Gemüse«, und unterdrückte ein weiteres aufgeregtes Kichern, tat ihm aber den Gefallen, vor allem, um ihn so zu quälen, wie er mich vorhin gequält hatte, und vergewaltigte das unschuldige Stück Obst erst mal mit den Lippen, umrundete es sogar mit der Zunge, bevor ich es tief in den Mund nahm, ihm ein »Gott im Himmel« entlockte und dann von der Banane abbiss, woraufhin er zusammenzuckte und ich breit grinsend kaute.

»Mango?« Er sah mich an wie paralysiert, und ich liebte diesen Blick bei ihm. Bevor ich das nächste Stück süßen Obstes nahm, es kaute, seine Hand festhielt und dann seine Finger sauber leckte, an ihnen saugte, ihn wahnsinnig machte.

»Heilige Scheiße!«

Ich kicherte, als er stöhnte, und linste zu seinem Schritt. Er war sichtbar hart hinter seiner verdammten weißen Designerhose, aber ich würde ihm keine Linderung verschaffen, oh nein! Selbst, wenn er mich anbetteln würde.

Wie er mir, so ich ihm, war hier die Devise!

Einer inneren Eingebung folgend vertiefte ich die Folter noch, nahm eine Traube in den Mund, schwang ein Bein über sein Becken und beugte mich zu ihm vor, um sie ihm zu geben. Er aß leise stöhnend und ich ließ mich ein bisschen hinab, sah ihm in die Augen, stützte mich auf seiner Brust ab und bewegte mich ein paar Mal an seiner deutlich spürbaren Länge vor und zurück. Er rammte den Kopf in den Boden, schloss die Lider, und die Adern an seinem Hals traten hervor.

»Sie wird mich töten«, murmelte er und ich gluckste, nahm einen Schluck Sekt, beugte mich erneut vor, und ließ die prickelnde Flüssigkeit langsam in seinen Mund laufen.

»Ich doch nicht, Mista Mafiaboss«, wisperte ich an seinen Lippen, nachdem wir geschluckt hatten, und fing an, sein Hemd langsam aufzuknöpfen, wobei ich meine Hüften auf ihm kreiste und fühlte, wie er zwischen meinen Beinen zuckte. Dann richtete ich mich auf und ließ etwas von dem Sekt auf seinen nackten Oberkörper laufen.

Oh Gott, wo war noch mal der nächste Fächer, wenn man einen brauchte? Bevor die Tropfen alle von seiner breiten Brust perlen konnten, beugte ich mich vor und beseitigte sie wieder, umkreiste dabei seine Nippel und knabberte leicht daran, ehe ich mich seinem leichten Sixpack widmete und immer weiter nach unten rutschte.

»Oh Gott, Elina!«, keuchte er, als ich am Bund seiner Hose mit der Zungenspitze entlangglitt.

»Ja bitte?«

»Du machst mich wahnsinnig.« Seine starken Finger pressten sich in meine Haare, und ich merkte mit Genugtuung, wie seine Hand zitterte, als ich leicht an der Haut direkt an seinem sexy V saugte und knabberte.

»Wirklich?«, wisperte ich teuflisch, strich direkt über seinen Schwanz nach oben, bis zu dem Reißverschluss und dem Knopf.

»Wirklich!« Ich öffnete den Knopf, fühlte mit Genugtuung, wie er sich am ganzen Körper verspannte, dann richtete ich mich auf. »Das freut mich, Baby, aber ich muss jetzt pinkeln!«

Damit stand ich auf und machte mich so schnell ich konnte in die Büsche davon, mit wild rasendem Herzen, und mich fragend, was ich da gerade getan hatte!

***

Ich musste gar nicht pinkeln, ich wollte ihn nur ein bisschen zur Weißglut treiben. Keine Ahnung, was mich da trieb. Ich war wohl die geborene Sadistin und liebte es, ihn zu foltern.

Fröhlich pfeifend kam ich nach guten 20 Minuten aus dem Gebüsch, und war schon voll kribbliger Anspannung. Ich schaute auf den Boden, damit ich nicht in irgendwas Unschönes trat, und riss die Augen auf, als ich schließlich an den Strand der kleinen Insel hochblickte. Denn das Picknick war weg, das Boot war weg, und vor allem war mein Verlobter weg. Nur die rot karierte Decke lag noch da.

Oh Mist!

Heftig schluckend trat ich näher und blickte mich um. Niemand war zu sehen. Die Sonne machte sich auf, um bald hinter den Bergen unterzugehen, und der Himmel verfärbte sich langsam blassrosa. Außerdem türmten sich am Horizont dichte, sturmgraue Gewitterwolken und dumpfes Grollen war aus weiter Ferne zu vernehmen. Die Luft knisterte vor Elektrizität. Der Wind wurde stärker und blies heftig um meinen Körper. Ich schaute nach rechts und nach links und rief: »Falls du mich verarschen und so tun willst, als würdest du mich auf einer verlassenen Insel allein lassen, dann ging das daneben. Das kaufe ich *dir* sicher nicht ab!«

Mutig trat ich ans Wasser heran und schirmte meine Augen vor der Sonne ab, um den strahlend blau-türkisen See zu überblicken. Kein verdammtes Boot in Sicht. Das konnte er doch nicht ernst meinen! Die einzigen Geräusche, die ich vernahm, waren das Zwitschern der Vögel und das Plätschern der Wellen, als sie auf den Strand trafen. Kein Eintauchen der Ruder ins Wasser, kein Lachen aus den Büschen hinter mir.

Er war weg.

So ernst nahm er das zwischen uns, dass er mich allein im Nirgendwo zurückließ? Das konnte ich nicht glauben, denn es passte überhaupt nicht zu Mista Kontrollfreak!

»Kristov! Ich weiß, dass du noch da bist! Komm raus, wo auch immer du dich versteckst!« Eine Stalker-Mücke summte um mein Ohr, ich fuchtelte sie weg und schmierte mir dann selbst eine, als sie sich auf meine Stirn setzte, um mein Blut zu saugen. »Elendes Mistvieh!«, zischte ich und fuchtelte weiter, während ich am Strand entlangging und nach Anzeichen meines verdammten arschigen Verlobten Ausschau hielt.

»Verdammter Mistkerl!«, murrte ich und schlug um mich, um die Verwandtschaft der Stalkermücke zu vertreiben, die diese wohl zum Festgelage gerufen hatte.

»KRISTOV, KOMM JETZT HER!«, brüllte ich schon etwas genervter und beschleunigte meine Schritte. Langsam war ich außer Puste, und in mir stieg die Panik auf. Wo zur Hölle war der Arsch hin?

»Kristov, verdammte Scheiße, das ist nicht lustig. Ich werde gerade angegriffen und ausgesaugt! Willst du das? Autsch«, jaulte ich und schlug eine Mücke an meiner Wade tot.

Was, wenn er wirklich ohne mich abgehauen war? Kristov konnte absolut skrupellos sein, wenn man eine gewisse Grenze überschritt, aber hatte das vorhin wirklich schon ausgereicht, um mich hier schutzlos zurückzulassen? Ganz ohne verdammtes Mückenspray? Wenn ja, dann war der Kerl eindeutig ein Sadist!

Ich konnte es nicht fassen! Machte er tatsächlich so einen Aufstand, weil ich nicht bereit gewesen war, sein Spiel mitzuspielen?

Nein, Mista Obermafiaboss war vielleicht angepisst, aber er würde nicht ohne mich verschwinden. Aber was, wenn ihm etwas passiert war? Die Zeiten waren schließlich alles andere als sicher.

»KRISTOV!«, rief ich jetzt verzweifelter und fühlte, wie meine Kehle enger wurde, wie mein Herz in meiner Brust fast schmerzhaft schnell raste und Adrenalin durch meine Blutbahn rauschte. Ich stolperte und fiel auf die Gott sei Dank runden Kieselsteine direkt am Ufer, sodass ich mir nichts aufschürfte. Dieser Ausflug entwickelte sich langsam zu einem Horrorfilm und wurde immer schlimmer. Denn als ich mich umdrehte, um nachzusehen, über was ich gestolpert war, fand ich seinen Schuh. Seinen teuren, italienischen, braunen, perfekt polierten Schuh. Der Anblick, wie dieser hier einsam und verlassen vor den leise rauschenden Wellen lag, machte mir sofort klar, dass etwas Schreckliches geschehen sein musste!

»KRISTOV!« Okay, ich konnte die Panik nun absolut nicht mehr zurückhalten, sogar die penetranten Mückenschwärme waren mir egal, als ich mich aufrappelte und in Richtung Schuh stürzte. Ich hob ihn auf, drückte ihn an meine Brust und ließ meinen Blick umherschweifen. Im dichten Grün des Gebüschs blitzte etwas Braunes auf. Ich stürzte dorthin, wobei ich den Schuh fallenließ, und fand den zweiten.

Oh mein Gott! Er war sicher hierher verschleppt worden, dabei hatte er seine Schuhe verloren.

Fuck! Wild raufte ich mir die Haare, während die Gedanken in meinem Kopf durchdrehten.

Ich kämpfte mich durch die Büsche, ignorierte dabei die Brennnesseln, die um meine nackten Waden strichen, und rief ihn erneut. Keine Antwort. Nur leises Wellenschlagen und das Rauschen des Windes, der durch das dichte dunkle Grün glitt, waren zu hören.

Wenn ihm was passiert war, während ich ihn verarscht hatte, würde ich mir das niemals verzeihen! Nie! Aber noch wusste ich nicht, was geschehen war. Noch war nicht die Zeit zum Heulen oder um total die Nerven zu verlieren! Ich musste erst rausfinden, wo er war! Verdammt!

Die Tränen unterdrückend bahnte ich mir weiter meinen Weg durch das dichte Geäst ins Innere der Insel und sog scharf den Atem ein, als ein paar Meter weiter über einem dünnen Ast eines Baumes etwas hing. Sein dunkelblaues Hemd – zerrissen! Oh mein Gott!

Ich stürzte darauf zu, zog es herunter und roch daran. Es duftete nach ihm. Verdammt, das vernebelte mir noch mehr die Sinne. Wieso hatte ich das getan? Musste wohl Reflex gewesen sein. Ich war eben irre, was sollte ich machen?

Schnell ging ich weiter, während das Herz immer heftiger in meiner Brust schlug, und stockte nach ein paar Schritten wieder. Das Unterholz lichtete sich. Ein paar Meter vor mir strahlte die orange untergehende Sonne durch das dichte Geäst. Aber ich konnte nicht erkennen, was zur Hölle hier los war.

Verdammt Eli, konzentrier dich!

Seine Entführer könnten noch hier sein und du bist dabei, ihnen geradewegs in eine echt miese Falle zu tappen, schon mal daran gedacht? Denn seine Kleidung erinnerte mich gerade an Hänsel und Gretel und die verdammten Brotkrumen.

Kaum zu Ende gedacht hörte ich es hinter mir knacken, doch noch bevor ich einen Herzinfarkt bekommen und herumwirbeln konnte, legte sich eine Hand auf meinen Mund.

»NEIN!«, brüllte ich gegen die Handfläche, von der Panik nun komplett übermannt. Mein Kopf spielte all die Verteidigungstechniken durch, die mir mein Bruder und mein Vater beigebracht hatten, doch mein Angreifer wich jeder einzelnen gekonnt aus. Im nächsten Moment landete ich mit dem Gesicht voran auf dem Boden und meine Hände wurden hinter meinem Rücken verbunden.

Oh mein Gott. Scheiße! Scheiße! Scheiße!

»KRISTOOOOOOOOOOOOOOV!«, brüllte ich, so gut es ging, doch es half nichts. Stattdessen wurden mir die Augen verbunden, sodass alles schwarz wurde. Dann zog mich mein Angreifer ruckartig auf die Beine und ich wusste, ich war verloren, als er mich hochhob und ich auf so etwas wie einer harten Schulter in luftiger Höhe landete.

Verdammt!

Ich hätte mich nicht mit ihm anlegen sollen!

***

Es roch intensiv nach Sonnenuntergang, frischem See und Wald, als ich wieder abgesetzt und meine Arme nach oben gezogen wurden, um an irgendetwas gefesselt zu werden. Gestreckt und hilflos stand ich da und versuchte, meine Atmung zu beruhigen, genau wie meinen hämmernden Puls.

Es ging alles so schnell, dass ich kaum reagieren konnte, und eine Art von Schock mich gefangen und taub hielt. Diese

Situation war noch nicht in mein Hirn gesickert, so fühlte ich mich geradezu denkgelähmt. Als jedoch eine Weile lang nichts geschah, fing es wieder an zu arbeiten.

»Wer auch immer du bist, wieso auch immer du mich hier festgebunden hast, du hast keine verdammte Ahnung, mit wem du dich hier anlegst. Was auch immer du von mir willst oder wer auch immer dir etwas dafür geboten hat, mein Vater kann dir das Doppelte von dem geben, was du dir wünschst. Solltest du mich aber gegen meinen Willen auch nur mit der Fingerspitze berühren, wird er dich finden und deinen schlimmsten Albtraum wahrmachen!«, zischte ich und war verwundert, wie fest meine Stimme klang – fest und hasszerfressen.

Plötzlich erfüllte ein grässliches Reißen die friedvolle natürliche Geräuschkulisse und kurz darauf strich kühler Wind um meinen fast nackten Körper. Mein Kleid hing nämlich nur noch in Fetzen an mir. Er hatte einfach eines meiner Lieblingskleider zerrissen und ich war ihm halb nackt hilflos ausgeliefert. Mit aller Macht musste ich die Tränen zurückdrängen, und das Rauschen in meinen Ohren nahm zu. Es zog sich regelrecht durch meinen Kopf und drohte, mir die Luft zu rauben, als mir klar wurde, in was für einer Situation ich mich befand.

Eli! BLEIB COOL!

Nachdem ich die Panik erneut in mir hatte niederringen können, wurde es still um mich, zu still. Ich vernahm nichts, kein Atmen, kein Geräusch von Schritten. Geschlagen ließ ich den Kopf sinken.

Ich fühlte ein Kribbeln im Rücken, wie von tausend Ameisen, und dann eine Zungenspitze, die einmal von meiner Wirbelsäule bis hinauf in meinen Nacken bis zu meinem Haaransatz leckte und erschauerte heftig. Scheiße, wieso fing es gerade an, warm und verlangend in meinem Schritt zu pochen und mein Bauch zu schwirren, so wie immer, wenn Kristov in meine Nähe kam? Der Angreifer packte meine Haare, riss meinen Kopf zurück und dann waren seine Lippen direkt an meinem Ohr.

»Dein Daddy also? Hast du vergessen, wessen Frau du bald bist?«, wisperte mir eine allzu bekannte, männliche Stimme völlig kontrolliert ins Ohr, und ich wusste nicht, ob ich vor Erleichterung in Tränen ausbrechen oder erneut völlig ausflippen sollte!

Stattdessen keuchte ich auf, als er einfach so mein Bikinioberteil nach oben über meine Brüste schob, sodass der Wind jetzt auch meine verräterisch aufgestellten Nippel umspielte. »Hast du vergessen, wem das hier gehört? Dachtest du wirklich, ich würde zulassen, dass jemand außer mir dies hier mit dir tut?«

Noch ehe ich mich entscheiden konnte, ob meine Antwort wütend oder erleichtert ausfallen würde, kniff er mir in einen Nippel. Wieder entrang sich meinen Lippen ein raues Keuchen, sonst nichts, mein Hirn war wieder einmal wie leergefegt. Mein Atem beschleunigte sich rapide und meine Nippel wurden noch härter, streckten sich seinen wissenden Fingern nur so entgegen. Ich konnte nicht mehr anders; mit einem lauten hingebungsvollen Stöhnen streckte ich den Rücken durch, als er immer wieder sanft an ihnen zupfte und die empfindlichen Spitzen reizte, was kleine erregende Elektrostöße direkt in meine pochende Mitte schickte. Ich wurde so unsagbar feucht und meine Intimmuskeln zuckten mit jeder hauchzarten Berührung zusammen, die er mir gab.

»Wann wirst du endlich verstehen, dass du es magst, mir zu gehören. Dass es nicht so schlimm ist, wie es sich anhört und nur Vorteile für dich hat.« Langsam ließ er beide Hände meinen Vorderkörper herabgleiten und biss mir leicht ins Ohrläppchen. »Du sollst nicht Nein zu mir sagen, denn ich bin der einzige Mann, der wirklich weiß, was du brauchst.«

Mit diesen Worten versenkte er zwei Finger in mir, und das Einzige, was über meine Lippen kam, war ein gestöhntes. »Oh Gott«, und ich drängte mich dabei seiner Hand entgegen.

Ich war so unglaublich feucht, bereits kurz davor zu kommen, und das nur von seinen Worten und den paar Berührungen.

»Was wirst du ab jetzt immer sagen, wenn ich etwas von dir fordere?«, fragte er heiser in mein Ohr und trat einen Schritt zurück. Ich biss mir auf die Unterlippe und keuchte auf, als sein Penis auf meinen Hintern klatschte. »Sag es, Elina! Oder ich werde dich nicht ficken! Und glaube mir, ich weiß, was ich dir damit antue. Ich rieche deine Lust förmlich in der Luft!« Mit einem Ruck riss er mir einfach mein Höschen weg.

»Du bist unglaublich!«, japste ich schockiert. Ich hätte niemals gedacht, dass der gut erzogene Kristov mit den tadellosen Manieren so *versaut* sein konnte, auch wenn es unsagbar heiß war.

Dann spürte ich seine Lippen über meine streichen, ganz sanft, ganz zart im Gegensatz zu seinen bestimmten harten und doch rauen Worten. »Wenn du willst, dass ich es auch schmecken kann, dann sag es. Jetzt.«

»Verdammte Scheiße«, knurrte ich und ruckelte an meinen Fesseln, was ihn leise lachen ließ und heiße Schauer über meinen gesamten Körper jagte.

»Vernehme ich da gerade ein Mimimi?«, provozierte er mich samten.

Oh verdammt noch mal! Gemächlich wickelte er sich meinen Pferdeschwanz um die Hand und zog meinen Kopf zurück.

»Sag es, süße Eli. Ein einziges Wort, es ist einfacher, als du denkst.« Damit küsste er mich, und ich spürte seine heiße, harte Erregung direkt an meinen Bauch, der sich verlangend zusammenzog. Das war der Moment, in dem mein Gehirn sich völlig verabschiedete und nur noch meine Gefühle und Kristov präsent waren. Die Worte kamen mir so leicht und selbstverständlich über die Lippen wie mein Atem. Ich wollte das hier und sah ein, dass ich mich längst in ihm verloren hatte.

»Ja, Kristov! Ja!«

»Geht doch!«, triumphierte er, packte ein Knie, hob mich mit dem anderen Arm an meinem unteren Rücken hoch und drang im nächsten Augenblick in mich ein.

»Oh verdammt, ja!«, schrie ich, als sich seine gesamte Länge in meine feuchte Enge schob. Ich ließ den Kopf nach hinten fallen, gab mich ihm völlig hin, vertraute seinen starken

Armen, die er beide um mich legte. Dann gab es kein Zurück mehr.

Er stieß einmal in mich, noch einmal und noch ein drittes Mal – harte, tiefe Stöße. Schon explodierte ich, ich konnte es einfach nicht mehr zurückhalten. Viel zu lange hatte ich darauf gewartet, ihn wieder fühlen zu können, zu angestaut war meine Lust. Ich drängte mich noch näher an ihn, als er sein Gesicht an meinen Hals drückte und auch kam.

Das war alles für mich, und würde es auch immer sein.

Das war es wert, und ich wusste, ich hatte nicht umsonst gekämpft.

30. Dont feel anymore

Gia

Der heftige Bass vibrierte wunderbar dröhnend durch meinen Bauch. Meine Haare klebten nass in meinem Nacken, genauso wie das knappe, mit silbernen Pailletten verzierte Kleid an meinem Körper. Meine Füße steckten in hohen Stiefeln und mein Körper bewegte sich ganz von allein zu dem satten elektrischen Beat, der mich davontrug.

Mit geschlossenen Augen gab ich mich – bereits seit Stunden – der Musik hin und würde das auch noch in den nächsten Stunden tun.

Nach einiger Zeit fühlte ich wieder die eigentliche Müdigkeit in mir, ein leichtes Abklingen der Euphorie, die durch meine Blutbahn rauschte, und ich verließ meine derzeitige Tanzpartnerin – Evelina –, um mich zu der VIP-Lounge zu begeben.

Ich musste zurück zu dem abgestumpften Zustand, den ich in der Zeit mit meiner Mutter dauerhaft aufrechterhalten hatte, und *das weiße Gold* auf dem Tisch vor mir war genau das Mittel der Wahl, was mir dies ermöglichen würde.

Nicht denken, nicht fühlen – nur sein, war die Devise.

Schwer ließ ich mich auf den für mich reservierten Sessel fallen, natürlich von meinen Bodyguards begleitet, und schob mit meiner Platin-American-Express, die auf dem Glastisch lag, etwas von dem weißen Zeug zu einer Line. Achtlos warf ich sie wieder auf den Tisch. Dann beugte ich mich vor, packte das Goldröhrchen, hielt mir ein Nasenloch zu und beförderte eine weitere Ladung *Vergessen* scheinbar direkt in mein Gehirn. Ich hielt mir danach die Nase zu und lehnte mich nach hinten, kämpfte mit den Tränen, weil es so brannte, als würde es meine Nasenscheidewand sofort verätzen, was es höchstwahrscheinlich auch tat, und wartete auf den nächsten Schub Endorphine, der mich überschwemmen würde.

Er kam! Und ich grinste, nahm den Drink, der hier stand, schluckte mit purem uralten Cognac die Scheiße runter, die sich bitter und ekelhaft meinen Hals herabschleimte, und sprang wieder auf.

Von meinen vier Bodyguards flankiert stürzte ich wieder auf die Tanzfläche und gab mich nur der Musik hin. Nur tanzen, nur sein, nicht denken. Hauptsache nicht denken!

Nach sechs Stunden war ich am Ende meiner Kräfte und musste aufgeben. Hangcock, einer meiner Bodyguards, trug mich ins Auto, aber nicht, ohne mir vorher drei Gläser Wasser einverleibt zu haben. Davon nahm zwar das Kopfdrehen ab, aber die Übelkeit zu.

Während ich mich quer über die Rückbank der Limousine legte, fiel mein Blick auf mein Handy, das ich ihm Auto gelassen hatte und das gerade aufleuchtete. Ich musste nicht nachschauen, um zu wissen, wer mich anrief.

Ich beobachtete es einfach weiter, bis es aufhörte, nur um sofort wieder los zu vibrieren.

Ich nahm es, wobei ich einige Schwierigkeiten hatte, und sah schließlich auf das Display – 20 verpasste Anrufe, 16 Nachrichten. Also ich hätte mit mehr gerechnet. Einige Sekunden schwebte ich mit dem Finger über dem Knopf, um die Nachrichten zu öffnen, aber diese Zeit reichte, damit ich mich an all die schrecklichen Dinge erinnerte. Mein Herz zog sich ruckartig zusammen, meine Luftröhre wurde enger und mein Magen rebellierte wild, dann drückte ich einfach den Ausknopf des Handys und warf es aus dem Fenster.

Einige Meter darauf mussten wir stehenbleiben, denn der Alkohol und das Drogengemisch, das ich mir eingeworfen hatte, mochten sich wohl nicht und traten nun gemeinsam den Weg nach oben durch meine Speiseröhre an.

***

Eli

Ich wusste immer noch nicht, wie ich es ihm sagen sollte, und die Uhr tickte.

Tick tack. Tick tack. Tick tack. Hick hack.

Er wird dich verlassen! Einfach so stehen lassen und nie wieder zurückkehren.

Und wenn er dich nicht verlässt, dann wird es trotzdem unschön, mehr als unschön!

Aber ich hatte meine Gründe gehabt! Gute Gründe!

Die müsste ich ihm nur erläutern. Kristov wusste selbst, was für ein Leben er führte, und er würde einsehen, dass dies nichts für ein Kind gewesen wäre! Ich musste nur an seinen vernünftigen Menschenverstand appellieren, zumindest, wenn der erste Sturm vorüber war, vor dem ich aber echt Schiss hatte.

Also sagte ich auch während der Rückfahrt nichts. Feige, aber wahr.

Frank 1 fuhr. Kristov und ich saßen auf der Rückbank, ich an ihn gekuschelt – er hatte den Arm um mich gelegt und seine Wange an meinen Kopf gelehnt –, wissend, dass meine *Happy-mit-Kristov*-Zeit bald vorüber sein würde.

Die Digitaluhr zeigte, dass es sieben war. Um acht würde Lili heim kommen und dann … dann … Oh, ich wünschte, ich könnte mich einfach in Luft auflösen. Aber das ging nicht, ich würde bleiben und es ertragen müssen.

Ich führte ihn in meine Wohnung, als wäre es der Gang zum Schafott, zog ihn zur Couch, setzte mich auf seinen Schoß, vergrub mein Gesicht an seiner Brust und sagte – ratet mal – nichts!

»Wieso bist du so nervös«, murmelte er in mein Haar. Ich hörte das Schmunzeln in seiner Stimme. Nach Schmunzeln war mir gerade echt nicht zumute. Ganz im Gegenteil! Vor Nervosität schlug mein Herz schneller, und mein Mund trocknete langsam aber sicher aus. Eigentlich hatte ich mir nichts anmerken lassen, tat es auch jetzt nicht. Ich zappelte weder rum noch gab ich anderweitig zu erkennen, dass mir etwas auf der Seele brannte. Umso erschreckender, dass er dennoch ahnte, wie es mir gerade ging. So wie immer. Gruslig aber wahr.

Ich wusste, ich *musste* es tun. Ich *musste es ihm sagen*, wenn ich eine Zukunft mit ihm wollte. *Jetzt*! Es duldete einfach keinen Aufschub mehr!

Hätte ich es nicht vor mir hergeschoben, so ungefähr sechs Jahre, wäre ich jetzt nicht in dieser Lage gewesen. Aber andererseits …

»Wie du weißt, habe ich dir damals einen Brief geschrieben«, nuschelte ich an seiner Brust, seufzte dann aber und lehnte mich etwas zurück, um ihm in die ruhigen grauen Augen zu sehen.

»Ja, und wie du weißt, habe ich ihn verbrannt.« Er strich mir eine Haarsträhne hinters Ohr.

»Wieso?«, platzte es aus mir heraus. Es wäre so viel einfacher gewesen, wenn er es nicht getan hätte! Dann hätte er es schon gewusst! Ich meine, ich hatte nie vorgehabt, es ihm zu verheimlichen, und die Hoffnung, ihn jemals wiederzusehen, hatte ich irgendwann aufgegeben. Wieso mich ihm aufdrängen und ihm ein Kind aufzwingen, das er nicht wollte? Schließlich hatte ich angenommen, er hätte den Brief gelesen und sich deswegen nicht gemeldet!

Verdammt, ich war unschuldig! Blöd nur, dass es sich momentan nicht gerade danach anfühlte. Eher nach schuldig im Sinne der Anklage, 1.000 Jahre Sexentzug!

»Weil ich mit dir abschließen musste. Ich musste dich gehen lassen, damit du ein normales Leben führen kannst, und hätte ich nur eine Zeile von dir gelesen, wäre es dahin mit meiner Zurückhaltung gewesen. Ich wäre in meinen Jet gestiegen und zu dir geflogen. Ich hätte es nicht geschafft, mich fernzuhalten.« Er ließ den Kopf zurückfallen. »Okay, das habe ich nun auch nicht, aber … aber ich habe es wenigstens versucht. Für dich. Verstehst du das?«

»Ja!« Ich kaute auf meiner Unterlippe rum, denn verdammt, ich verstand ihn wirklich. Aber … »Es gab einen Grund, wieso ich dir diesen Brief schrieb, Kristov«, wisperte ich, und er sah mich unter seinen dunklen langen Wimpern heraus forschend, aber auch mit einem leichten Schmunzeln in den Augen an.

»Das habe ich mir schon fast gedacht, Elina.«

»Das ist nicht lustig!«, knurrte ich. Er runzelte die Stirn und richtete sich wieder auf, als er erfasste, dass ich nicht zu Späßen aufgelegt war.

»Was ist los?« Nun wurde auch er ernst, und das machte das alles nur schlimmer. Ich sah ihn an, legte meine Fingerspitzen an seine Wange und strich langsam daran herab. »Du müsstest mittlerweile wissen, wie ich für dich empfinde oder anders ausgedrückt, dass ich dich liebe und all den Kram.«

Er lachte nicht. Sein Blick blieb ernst. »Das weiß ich.«

»Und ich möchte dich nicht verletzen. Das ist das Letzte, was ich will. Dennoch könnten es die nächsten Worte. Nein, sie könnten es nicht, sie *werden* es. Ganz sicher. Trotzdem muss ich es dir sagen. Und ich würde dich bitten, meine Gründe zu überdenken. Zu überdenken, wieso ich das tun musste, was ich getan habe.«

Sein Blick wurde immer dunkler, er nahm meine Hand, zog sie von meiner Wange und sah mich an. Streng. Kompromisslos und kalt. Ich wusste, dass er so sein musste, um sein Herz zu schützen, und doch erschauerte ich heftig.

»Was willst du mir sagen, Elina? Spuck es einfach aus!« Nun klang er knallhart und der letzte Rest von meinem süßen verständnisvollen Kristov war verschwunden. »Willst du das hier beenden? Willst du mich fortschicken? Wenn es so ist, dann sag es gleich!«

»Nein! Ich habe Ja zu dir gesagt und nichts wird meine Meinung noch ändern!«

»Was ist es dann? Geht es um diesen Pisser Hunter?«

»Was?« Mit großen Augen sah ich ihn an.

»Glaube nicht, ich wüsste nicht, dass du bei ihm warst, nachdem ich dir meinen ersten Antrag gemacht hatte!«

Boah! »Das war ja wohl kein Antrag, das war eine Katastrophe, und nein, es geht nicht um Heath, und nein, ich hatte auch nichts mit ihm und würde auch nie etwas mit ihm anfangen.« Langsam wurde ich sauer. »Darum geht es nicht!«

»Um was geht es dann, sag es mir einfach!«

Gott im Himmel, ich konnte es einfach nicht sagen, aber mir kam zum Glück ein Gedankenblitz.

Ich stand auf, ging zu meiner Bücherwand, holte von unten ein Fotoalbum heraus und gab es ihm mit den Worten: »Schau es dir an!«

Dann zog ich mich ans andere Ende des Raumes zurück, lehnte mich an den Esstisch und umschlang mich selbst mit den Armen. Mein Herz hüpfte mir bis zum Hals, als ich ihn dabei beobachtete, wie er die Stirn runzelte, über den Einband strich und das Album dann öffnete – mit seinen sicheren schönen Händen.

Ich wusste, was er auf der ersten Seite sehen würde. Das Ultraschallbild von Lili, an dem Tag, als ich erfahren hatte, dass ich schwanger war. Mit Mum war ich damals in der Praxis gewesen, sie hatte Händchen gehalten, wie bei jedem weiteren Schritt der Schwangerschaft. Ich sah genau, wie er es überflog, wie er das Datum erblickte und wie die Farbe aus seinem Gesicht wich.

Es nahm einen hoch konzentrierten Ausdruck an und seine große sichere Hand zitterte, als er jetzt umblätterte. Zum ersten Foto von Lili direkt nach der Geburt, mit mir zusammen – total fertig, aber überströmt mit Glück und Endorphinen –, das Mum nach elf aufreibenden Stunden gemacht hatte. In diesen Stunden war ich endgültig vom Mädchen zur Frau geworden. Was hatte ich geweint, als ich das kleine Bündel mit den pechschwarzen Haaren und den hellblauen Augen das erste Mal auf dem Arm hielt.

Ein weiteres Foto war daneben, von Mum, Dad, Robbie, Lili und mir. Eine Stunde nach der Geburt. Ich war immer noch total happy, wie alle anderen auch. Dad hatte sogar Tränen in den Augen. Dann folgte noch eins von mir, wie ich das erste Mal Windeln wechselte und mich total blöd anstellte. Dad hatte es mir dann zum Glück aber gezeigt.

Kristov blätterte weiter – seine Miene eine unbewegte Maske.

Es kamen einige Fotos von Lili als Baby. Mit ihrem ersten Schnuller, von ihrer ersten Fahrt nach Hause, bereits zwei Tage nach der Geburt, denn Mum hatte mich bei sich haben wollen, und mir war es auch lieber gewesen. Dann viele Bilder von meiner Prinzessin, okay, eigentlich meiner Räubertochter, mit allen aus der Familie, sogar mit den Hunden.

Dann, wie sie langsam älter wurde, und wie ihre Augen immer weiter diese spezielle Färbung annahmen.

Das Album umfasste nur Fotos von den ersten zwei Jahren – ein wunderschönes kleines Mädchen mit tiefschwarzen Locken und eisgrauen Augen – ganz der Papa –, war aus ihr geworden.

Das letzte Bild zeigte sie in nichts weiter als einem knallblauen Badeanzug und mit einem BumBum in der Hand. Lili liebte BumBum nämlich über alles. Sie strahlte in die Kamera mit ihren zwei kleinen Zähnchen und ich lag im Hintergrund auf einer Liege im Schwimmbad, auch ein BumBum in der Hand. Das Foto hatte Dad mit seiner Kamera gemacht und wie immer ihre überragende, vorwitzige und rebellische Schönheit perfekt eingefangen.

Als Kristov das Album schloss, war es totenstill im Raum, und er war so weiß wie eine Wand. Er sah mich nicht an, sondern starrte gefühlte Äonen auf den dunkelblauen Ledereinband, auf dem seine Hand lag.

Ich hatte keine Ahnung, was ich sagen sollte; keine Ahnung, wie er reagieren würde, aber ich wusste, er hatte die richtigen Schlüsse gezogen. Eine andere Antwort gab es einfach nicht, nicht mit ihrem Aussehen, denn sie sah ihm zu ähnlich.

Gott! Was sollte ich jetzt nur machen?

»MAMA«, brüllte es mit einem Mal aus dem Flur, und meine Augen wurden groß, während Kristovs Kopf herumruckte. »Weißt du was?«, brüllte es weiter und trampelnde Schritte näherten sich, während ich dachte, jeden Moment umzukippen. »Tante Alex hat gesagt, dass es gar keinen Weihnachtsmann ...« Lili kam ins Zimmer gerannt, wehendes Haar, zerrissene Latzhose – wie hatte sie das nur wieder geschafft? –, mit einem Einhorn-Pflaster auf der Stirn – vermutlich eine neue Platzwunde –, und blieb wie angewurzelt vor dem Mann stehen, der auf unsere Couch saß und ein Fotoalbum von ihr in den Händen hielt.

Ich brachte sonst *nie* Männer mit nach Hause. Deswegen war dieser Anblick mehr als ungewöhnlich.

Sturmgrau traf auf Sturmgrau.

Der Vater sah das erste Mal im Leben seine Tochter, die ihn immer noch völlig verdattert anstarrte. Beide verzogen auf genau dieselbe Art das Gesicht zu einem Stirnrunzeln und legten langsam den Kopf schief, genau auf dieselbe Seite, beide scannten sich genauestens von oben bis unten – es war fast komisch, wenn ich nicht kurz vor einer Tränenflut gewesen wäre.

Es machte den Anschein, als ob beide sich in diesem Moment erkannten, und als Lilis Blick zu mir schnellte, wusste ich, dass sie ahnte, wer da vor ihr saß. Mein schlaues kleines Mädchen.

30. Lilith Isabel Wrangler

»Mama, wer ist das?« Die fordernden Worte meiner kleinen Tochter rissen mich aus meinem Schock. Sie stand nun vor mir und hatte die Hände in die Hüften gestützt. Mein Blick schnellte zu Kristov, er starrte sie immer noch völlig reglos an. Ich leckte mir über die ausgetrockneten Lippen, dann ging ich vor ihr in die Hocke.

»Das ist ein Freund, ein sehr guter Freund von mir, mein Schatz.«

»So wie Heath?«, fragte sie und zog eine Augenbraue hoch.

»Nein!« Kristovs ruhige Stimme zerriss mich innerlich fast, und mein Blick glitt wieder zu ihm. Er hatte einen Arm um die Lehne gelegt und schaute mich lauernd und äußerst warnend an. So intensiv, dass mir angst und bange wurde. »Ich bin nicht so ein Freund wie Heath«, meinte er leise.

»Und wer bist du dann? Das ist nicht sehr höflich, dass du dich nicht mal vorstellst!«, wandte sich jetzt meine Tochter mit immer noch in die Seite gestützten Armen ihm zu, und die

Ohrspitzen des großen Mafiabosses wurden tatsächlich knallrot. Ha!

»Entschuldige, ich vergaß meine Manieren«, murmelte er, erhob sich viel gefasster, als ich erwartet hatte, und ging vor meiner – vor seiner – Tochter in die Hocke.

Oh Gott!

Die Tränenflut bahnte sich wieder an, aber so was von!

»Mein Name ist Kristov Romanov und wie heißt du?« Er hielt ihr seine Hand entgegen.

Sie nahm sie, sah ihm fest in die Augen und meinte: »Na geht doch! Mein Name ist Lili – Lilith Isabel Wrangler!« Sein Blick schnellte zu mir, und für einen kurzen Moment erkannte ich den blanken Schmerz in seinen Augen, bevor sich die Mauer wieder davorschob, er leicht grinste und ihre kleine Hand nicht etwa schüttelte, sondern den Kopf beugte und ihr einen Handkuss gab.

»Es ist mir eine Freude, dich kennenzulernen, Lilith. Was für ein außergewöhnlicher Name. Heißt das nicht die Nächtliche?«

Sie wurde knallrot und kicherte aufgeregt. »Ja!« Voller Stolz grinste sie ihn an, verschränkte die Hände hinter dem Rücken und streckte ihren Bauch raus.

»Okay, Lilith warum …«

»Du darfst mich Lili nennen!«, erlaubte sie ihm königlich, und er schmunzelte traurig.

»Lili …« Das war das Zärtlichste, was ich je aus seinem Mund gehört hatte, und ich schniefte auf – er ignorierte mich völlig. »Ich muss kurz mit deiner Mutter unter vier Augen sprechen, ja?«

»Ja, aber nur kurz!«

»Ich verspreche es.«

»Okay!« Er grinste sie noch mal an, stand dann auf, und als er mich wieder ansah, war jegliches Grinsen auf seinem attraktiven Gesicht erloschen. Mir wurde übel, als er mich durchs Wohnzimmer hinweg musterte, unsere Tochter immer noch zwischen uns.

»Auf ein Wort, Elina.« Damit drehte er sich um und marschierte in den Flur, ohne noch einmal zurückzublicken, und ich wusste, ich saß in der Scheiße. Tief! Bis zur Nase! Mindestens!

***

Sobald ich Lili ins Bad geschickt hatte, damit sie sich bettfertig machte, ging ich mit wild klopfendem Herzen in den Flur, wo er schon auf mich wartete. Und zwar angezogen.

Mein Magen sackte fast in meine Zehen und sofort stiegen mir wieder Tränen in die Augen.

»Lass es.« Er hob die Hand und stoppte mich, bevor ich nur anfangen konnte. »Ich werde jetzt gehen. Sei dir sicher, du willst jetzt nicht in meiner Nähe sein«, sagte er mit kontrollierter Stimme, aber ich hörte den harten Klang darin, hörte das leichte Beben, hörte, wieviel Selbstbeherrschung es ihn kostete, jetzt nicht durchzudrehen.

Oh Gott!

»Wirst du morgen wieder da sein?«

»Ich werde ab jetzt immer da sein.« Somit drehte er sich um und ging, ließ mich einfach allein im Flur zurück. Und verdammt! Es tat weh!

Es tat mehr weh, als wenn er mich angebrüllt hätte, irgendwas zerschlagen oder komplett ausgeflippt wäre.

Aber ich wusste, ich musste ihn gehen lassen, ihm den Freiraum geben, den er jetzt dringend benötigte. Ich wusste, dass er sich erst abreagieren musste und dass er uns seinen Ausraster nicht antun wollte.

Ja, *uns*.

***

In dieser Nacht machte ich kein Auge zu. Ich war in Gedanken nur bei Kristov und wie es ihm wohl gerade ging. Lili schlief heute bei mir im Bett, denn Tatsache war, ich brauchte meine kleine Räubertochter einfach bei mir. Wohl wissend, dass es ihr gut ging.

Mein Handy hatte ich sicher 100 Mal in der Hand, doch er rief nicht an oder meldete sich anderweitig.

Es war ungefähr vier Uhr, als ich mal wieder aus einem ekelhaften Halbschlaf schreckte, weil ich dachte, gehört zu haben, dass er zurückkam. Aber das war nicht der Fall, ich lag immer noch nur mit meiner Tochter in meinem Bett, also schrieb ich ihm.

Kristov. Ich mache mir Sorgen um dich. Und egal, was du jetzt von mir denkst, ich habe es getan, um unsere Tochter zu schützen. Um sie zu schützen, würde ich alles tun. Aber ich wollte dich nie verletzen! Das alles hatte ich dir bereits in dem Brief geschrieben! BITTE MELDE DICH!

Als ich die Nachricht abschickte, sah ich gar nichts mehr vor Tränen. Ja, ich hätte vielleicht warten sollen, bis er hier war und ich mit ihm darüber reden konnte, aber ich wollte, dass er es wusste.

***

Er antwortete natürlich nicht, und als mich mein Wecker am nächsten Morgen um halb sieben mit seinem ätzenden Ton weckte, fühlte ich mich, als hätte ich drei Minuten geschlafen.

»Guten Morgen, Sonnenschein!« Lilis Mund drückte sich auf meinen. Sie sprang aus dem Bett und riss die Vorhänge auf, sodass ich stöhnte. »Raus aus den Federn!«

»Das ist mein Text!«, brummte ich.

»Nicht mehr, Mama.« Damit holperte und polterte sie aus dem Zimmer und ich vergrub stöhnend das Gesicht in den Kissen. Und dann hörte ich nichts mehr von ihr.

Wahrscheinlich verplemperte sie ihre Zeit mit Malen, so wie in jeder freien Minute, denn sie wollte genauso eine Künstlerin werden wie meine Mutter – ihre Oma. So würde sie niemals rechtzeitig in die Schule kommen. Also stand ich schließlich auf, was mich echt jede Menge Überwindung kostete, und schlurfte ihr in Höschen und meinem einfachen weißen Schlafshirt hinterher in den Wohnraum, wo ich wie angewurzelt stehen blieb. Denn da saß sie am gedeckten Küchentisch und schmatzte genüsslich vor sich hin. Eier und Speck und Orangensaft.

Mein Blick glitt von ihr in die Kochecke, in der Kristov stand, als wäre er niemals weggewesen, und noch eine Portion

Eier briet.

Kurz scannte ich seinen Rücken. Er hatte sich umgezogen, trug nun ein graues Hemd und eine schwarze Anzug-Hose. Auch sein Haar wirkte frisch gewaschen. Doch als er sich zu mir umdrehte und mich mit seinem stechenden Blick förmlich aufspießte, sah ich tiefe Ringe unter seinen Augen.

Offensichtlich hatte er ebenfalls heute Nacht nicht bis kaum geschlafen. Er sagte kein Wort zu mir, wandte sich wieder ab, als wäre ich nicht im Raum. Ich stand einige Sekunden da und wusste nicht, was ich tun sollte. Aber offen mit ihm sprechen war momentan schon mal nicht möglich. Lili saß in ihrem Spiderman-Pyjama – *»Mama ich trage keine Nachthemden, ich bin doch keine Prinzessin«* – auf ihrem Stuhl, ihre nackten Beinchen wippten lustig vor sich hin, während sie summend ihr Mahl einnahm.

Ich straffte mich und ging in meine Kochecke. *Meine Kochecke*!

»Darf ich?«, fragte ich Kristov und griff an ihm vorbei zu der Kanne mit Kaffee.

Er trat einen Schritt zur Seite und gab mir etwas Rührei auf einen Teller. Keine nette Verzierung, kein nichts. Dann reichte er mir den Teller, drehte sich um und machte sich daran, die Pfanne abzuwaschen.

Er ignorierte mich! Das war ja wohl nicht wahr! Fassungslos stellte ich den Teller ab.

»Lili, geh deine Zähne putzen!«, presste ich durch zusammengebissene Zähne hervor, ohne Kristovs Rücken aus den Augen zu lassen.

»Aber …«

»*Geh*!«

»Och, ist ja gut!« Sie sprang vom Stuhl und verkrümelte sich schmollend. Ja, es war hart, dass ich jetzt so eklig mit ihr sprach, aber in mir brodelte es.

Sobald wir allein waren, wollte ich ihn am Arm packen und herumwirbeln, aber als hätte er es geahnt, kam er mir zuvor, nahm stattdessen meinen und drückte mich ruckartig nach hinten gegen den Kühlschrank, wo er mich stahlhart festhielt. In seinen Augen tobte nicht nur ein laues Lüftchen, sondern ein ganzer Orkan.

»Nur damit das klar ist, du berührst mich nicht, außer ich erlaube es dir!«, artikulierte er sehr bestimmt, und ich erschauerte.

»W… was?«

»Du wirst auch nicht mit mir sprechen, außer ich erlaube es dir!«

»Kristov …«

»Und du wirst jetzt in dein Schlafzimmer gehen und für euch beide packen. Wir fliegen in zwei Stunden ab.«

»Wie bitte?«, knurrte jetzt auch ich.

»Du und meine Tochter – ihr werdet mit mir kommen«, erwiderte er. Ich riss die Augen weit auf und verengte sie dann.

»Das hast du nicht zu entscheiden! Kristov, ich weiß, ich habe Scheiße gebaut und du fühlst dich verraten, aber lass uns normal darüber reden, bitte!« Ich wollte ihm meinen Arm entreißen und mich von ihm entfernen, aber mit einem Mal packte er meine beiden Arme und drückte mich zurück gegen den Kühlschrank – so heftig, dass er erzitterte und mir die Luft wegblieb.

»Du hast keine Ahnung, wozu ich gerade fähig bin, Elina. Reiz mich nicht!«

»Fick dich!«, zischte ich ihm zu, während ich versuchte, an dem Kloß in meinem Hals vorbei zu atmen. »Willst du mich von dir treiben, willst du, dass ich dich hasse und sie zwangsläufig auch, weil sie mich an dich erinnert? Dann führ dich weiter so auf! Ich hatte Gründe, wieso ich das getan habe. Gründe, wieso ich sie von dir und deiner Welt fernhalten wollte. Und die kennst du sehr gut! Du wolltest selber nicht einmal, dass ich etwas damit zu tun habe, weil es zu gefährlich ist, aber deine Tochter willst du jetzt in diesen Zeiten mitten auf den Präsentierteller stellen? Vergiss es, da sage ich: *Nur über meine Leiche!* Da musst du mich eigenhändig töten.« In seinen Augen flackerte etwas auf, aber es war mir egal, ich war zu wütend. Ich schnappte mir einfach ein Messer aus dem Messerblock und hielt es mir an den Hals. »Da, bitte! Beende deine elenden Qualen, eliminiere die Verräterin, wenn es dir dann besser geht!«

»Nimm das Teil weg«, knurrte er nur. Ich legte es weg, merkte dabei, wie sehr meine Hände bebten und versuchte, sanfter und ruhiger mit ihm zu sprechen.

»Ich reise mit dir nach Russland, wie geplant. Sie bleibt hier – in Sicherheit, wo sie hingehört –, und wir werden das wie zwei erwachsene Menschen klären. Unter uns!« Er trat einen Schritt von mir zurück, schloss einen kurzen Moment die Lider und strich sich durch die Haare. Als er die Augen wieder öffnete, wirkten sie wie blanker Stahl, und er sprach wie ich sehr ruhig, sehr leise und vor allem autoritär.

»Ich werde sie mitnehmen. Genau wie dich – und es gibt nichts, was du dagegen tun kannst. In meiner Welt ist das, was ich sage, Gesetz, und das wirst du jetzt lernen, Elina! Du hast mich betrogen und mein Vertrauen mit Füßen getreten. Wenn du nicht erfahren willst, wie ich mit Verrätern umgehe, wirst du ab jetzt tun, was ich dir sage.«

Wow!

»*Du* drohst *mir*?«

»Oh, das ist keine Drohung, süße Elina.« Er hob eine Hand, umfasste meinen Hals hauchzart, kaum merkbar und strich mit dem Daumen über meine Kehle. Meine Nackenhaare stellten sich auf und ich erstarrte auf der Stelle. So sanft er mich berührte, so kalt wurde mir unter seinem erbarmungslosen Blick. Dem Blick eines eiskalten Killers. Sein Finger glitt über meinen Hals nach unten und trotz dieser mehr als heftigen Situation baute es sich auf – dieses Knistern, diese Stimmung, diese atemlose Spannung. Er strich mit dem Daumen über meinen rasenden Puls und murmelte: »Das ist ein Versprechen!«

Dann zog er den Finger zurück, drehte sich um und marschierte davon.

Völlig atemlos, mit weichen Knien, ließ er mich schon wieder zurück – und ziemlich verzweifelt, wenn ich ehrlich war.

32. Pain

Kristov

Keine Ahnung, wie ich es geschafft hatte, aber irgendwie kam ich am Krankenhaus an und stürmte durch den Gang. Nach heute Nacht, in der ich wie ein Obdachloser durch die Stadt geirrt war, fühlte ich mich gerädert, müde und ausgelaugt – ganz besonders nach den zwei Flaschen Wodka, die ich geleert hatte. Nur meinen zwei Bodyguards, die mich aufgelesen und in mein Hotelzimmer geschleppt hatten, hatte ich es zu verdanken, dass ich nicht immer noch irgendwo in der Gosse lag.

Vielleicht hatte ich eine Stunde geschlafen, dann war ich aufgeschreckt – wissend, was zu tun war – und hatte mich frisch gemacht. So schnell es ging war ich zu ihr gefahren, hatte Frühstück für verdammt noch mal *meine* Tochter zubereitet und wäre fast gestorben, als sie an diesem Morgen in einem Spiderman-Pyjama in die Küche gekommen war – mit ihren grauen, so schlauen Augen und einem Blick, der mir direkt unter die Haut ging.

Ab dem ersten Moment war klar, dass die Liebe, die ich für Elina empfand, nichts gegen das war, was mich durchrauschte, wenn ich in das Gesicht meiner Tochter sah – mein eigen Fleisch und Blut.

Dabei hatte ich schon gedacht, die Liebe zu Elina würde meinem Herzen irgendwann zu viel werden. Oh nein, erst dieses kleine Wesen machte mich wirklich schwach. Und die Mutter gab mir noch den Rest, indem sie mich dermaßen zur Weißglut trieb, dass ich nur noch rot sah.

Ich musste meine Wut an irgendwem auslassen – und ganz ehrlich, es blieb nur eine Option!

Also stürmte ich in das Zimmer des Wranglers, eigentlich fest entschlossen, einfach sein Leben zu beenden, denn irgendjemand musste für dieses Fiasko büßen, und am besten geeignet war jener Mann, der in den vergangenen Jahren fast so etwas wie mein Freund geworden war – der einzige Freund, den ich je gehabt hatte – und dem niemals ein einziges Wörtchen über die Lippen gekommen war, dass ich eine verdammte Tochter hatte!

Im Grunde wollte ich ihn umbringen. Allerdings hatte ich nicht damit gerechnet, ein heulendes Häufchen Elend vorzufinden, als ich durch die Tür stürmte.

Er richtete sich sofort keuchend in seinem Bett auf und versteckte das verdammte Handy neben sich, bevor er sich über die Augen strich und mir einen trotzigen Blick zuwarf, während ich wie angewurzelt im Türrahmen stehen blieb.

»Was willst du hier, Romanov?«, zischte er mich an, und seine verdammte Stimme bebte. Seine Augen waren vom Heulen blutunterlaufen, sein Gesicht käseweiß, eingefallen, so wie das immer geschieht, wenn man sich im Krankenhaus befindet und die Ärzte dir die Scheiße aus dem Körper doktorn.

Vorgestern erst hatte er einen Giftgasanschlag überlebt, also sah er natürlich total beschissen aus, aber nicht so!

Verdammt!

Sein Anblick in diesem peinlichen Krankenhaushemdchen, so gebrochen, so schwach, so am Ende, nahm mir sofort jeglichen Wind aus den Segeln und ich knurrte: »Du bist ein verdammter Komiker«, ehe ich die Tür leise hinter mir schloss. Als Erstes riss ich das Fenster auf, damit die frische Luft diesen elenden Gestank hier drin ersetzte, dann sah ich mich zu ihm um.

»Du fragst mich, was ich will, Wrangler? Ich sag dir, was ich will! Informationen! Ich sag nur ein Wort: Lili, und wenn du mit deiner Erklärung fertig bist, will ich wissen, was hier zur Hölle noch mal los ist.«

Er wischte sich erneut über die Augen, schloss sie gequält und ließ sich nach hinten in die Kissen fallen, dann legte er einen Arm quer über sein Gesicht und sagte nichts! Nicht einen Ton. Ich wusste, dass er versteckt hinter seinem Arm heulte. Verdammt war das unangenehm! Ich wollte wieder verschwinden, und mich nur noch weiter betrinken, so wie das eigentlich mein Plan gewesen war, aber ich konnte nicht.

Immer und immer wieder dachte ich an diese grauen Augen, die meinen so ähnelten und mich sofort bis in den letzten Winkel meines Körpers gescannt hatten. An die Augen meiner Tochter. Was würde sie davon halten, wenn ich einen Freund in einer seiner dunkelsten Stunden einfach allein ließ?

Verdammt, ich ahnte bereits, dass diese verdammte Frage allem vorangehen würde, was ich jemals wieder entschied zu tun, und wie sehr das die Dinge verkomplizieren würde. Besonders, wenn wir wieder in Russland wären.

»Sie hat dir einen Brief geschrieben.«

»Oh ja, natürlich, und es gibt auch kein Telefon, das sie hätte benutzen können, um kurz zu sagen: *Äh hi, ich bin schwanger von dir!* Selbst eine verdammte SMS hätte es getan oder eine Whatsapp-Nachricht. Von mir aus auch über den Facebookmessenger. Selbst Brieftauben hätte ich akzeptiert, oder Rauchzeichen. Irgendwas!« Ganz tief in mir wusste ich, dass ich mich irrational verhielt, aber das war mir in diesem Moment scheißegal.

»Kristov …«

»Ja genau, damit hätte der Satz anfangen können. *Kristov, du hast eine Tochter. Kristov, ich bin schwanger, Kristov, du wirst Vater!*«, knurrte ich. Verdammt! Ich brauchte mehr Alkohol. Ohne würde ich dieses Gespräch nicht durchstehen. Ob es Desinfektionsmittel auch machte? »Du bist verdammt noch mal ihr Bruder und hättest Entscheidungen treffen müssen, die sie nicht treffen konnte! Es wäre deine Pflicht gewesen, mich zu informieren, damit ich dafür hätte sorgen können, dass sie sicher sind! Aber nein, ihr lasst sie als Zielscheibe fröhlich durchs Leben laufen!«

Rob schnaubte abfällig. »Ja klar, Mister Mafiakönig, der immer alles im Griff hat. In welcher Welt lebst du eigentlich? Sie hat in erster Linie getan, was eine gute Mutter tut, sie hat an ihre Tochter, an *eure* Tochter gedacht. Du solltest ihr verdammt noch mal danken!«, platzte es aus ihm heraus und jegliche Schwäche war völlig vergessen. Stechend starrte er mich an. Der große Bruder, der seine kleine Schwester verteidigte, sie immer verteidigen würde, egal was geschah.

»Und ich sollte dir verdammt noch mal die Fresse polieren!«

»Tu das, wenn es dir dann besser geht, aber danach schalte dein Hirn wieder ein und versetz dich in Elis Lage!«

»Die wäre?«

»Kannst du mir an einer Hand abzählen, wie viele Menschen dich umbringen wollen?«

»Nein!«

»Genau diese Leute hätten es auch auf eure Tochter abgesehen, wenn sie von ihr erfahren hätten! Und sei dir sicher, sie wollte es dir sagen! Sie wollte, dass du die Wahrheit erfährst. Den Brief hat sie dir heimlich geschickt, weil es zwei Männer gab, die alles dafür getan hätten, dass du es nicht erfährst, und die sie mit allem, was sie hatten, von dir ferngehalten haben. Ihr Vater und ihr Bruder, ja *ich,* Romanov! *Ich* habe sie zur Vernunft gebracht und ihr klargemacht, dass dein Leben nichts für ein Kind ist. Ich habe bei Gia gesehen …« Mit einem Brüllen stürzte ich mich auf ihn, auch wenn es unfair war, ihn anzugreifen, solange er noch in diesem verdammten Krankenhaus lag. Doch sobald ich nah genug war, hatte er mir schon den Lauf seiner Waffe in die Wange gedrückt. Der Bastard war einfach irre schnell und starrte mich ungerührt an, während seine Kiefermuskeln mahlten. Ich hatte ihn eindeutig unterschätzt.

»Es war das Beste für sie, und du weißt es.« Somit drückte er mich mit dem Lauf von sich weg und ich ließ mich schwer in den Hocker neben seinem Bett sinken und vergrub das Gesicht in meinen Händen.

Mit einem Mal hatte ich keine Kraft mehr und wollte nur noch schlafen. Lange, am besten, ohne jemals wieder aufzuwachen.

»Wie alt ist sie?«

»Sechs.«

»Sechs Jahre«, wisperte ich und fühlte, wie meine Augen feucht wurden.

»Wach verdammt noch mal auf, Kristov! Elina hat das alles für Lili und für dich getan. Die beiden hätten ein unkalkulierbares Risiko für dich dargestellt. Meiner Schwester ging die Sicherheit von Lili, und ja, auch deine Sicherheit, über alles. Deswegen ist sie nach dem Brief nie wieder mit dir in Kontakt getreten. Sie hat für dich und Lili ihr Liebe verleugnet. Sie hat ihr Herz verleugnet und sich von dem ferngehalten, was sie am meisten begehrte. Ihr Leben war die Hölle! Vertrau mir! Und du spielst dich hier auf und machst alle nieder, weil du dich ja so betrogen fühlst. Aber es gibt immer zwei Seiten der Medaille. Das wirst du einsehen müssen. Zumindest, wenn du planst, endlich der Mann und Vater zu sein, den meine Schwester und Nichte brauchen. Wenn das aber nicht so ist, wenn du nicht bereit bist, alles für die beiden zu tun und zu riskieren, wenn das hier nur ein verdammtes Spiel für dich ist, dann sag es mir gleich!«

»Lass mich raten, dann wirst du mich eigenhändig umbringen?«, fragte ich voller Hohn und Rob legte seine Waffe weg. Darauf antwortete er nicht, sondern starrte nur aus dem Fenster. Immer noch so verdammt müde und fertig aussehend. Verdammt!

»Was ist los, Mann?«, fragte ich nach einiger Zeit und er schluckte.

Ohne mich anzusehen, knurrte er. »Gia ist los.«

»Was meinst du damit?«

»Sie war schwanger«, verkündete er eiskalt und ich riss die Augen auf. »Sie war bei dem Anschlag schwanger und sie hat das Baby verloren.«

»Und jetzt ist *sie* verloren?«

Er verzog das Gesicht. »Das trifft es auf den Punkt!«

»Verdammt!« Seufzend strich ich mir durch die Haare.

»Das auch.«

»Als ich aufwachte, war sie nicht da. Keine Nachricht. Nichts. Sie geht auch nicht an ihr Handy oder antwortet auf meine Nachrichten, und ich bin hier an diese Scheiße gefesselt und kann sie nicht suchen.« Er deutete auf die verschiedenen Infusionen, die an ihm hingen. »Meine Werte sind so übel, dass es mich fast umhaut, wenn ich nur aufs Klo will. Verdammte Scheiße, und ich habe keine Ahnung, was sie tut, wie es ihr geht … Sie wird sich für alles die Schuld geben und daran zugrunde gehen.« Er rieb sich müde über das Gesicht.

Ich stand auf und legte ihm meine Hand auf die Schulter. »Ihr geht es sicher so weit gut. Dein Mädchen ist eine Kämpferin und ich werde sie finden.«

»Danke«, meinte er tonlos, ohne mich anzusehen, aber seine Augen funkelten schon wieder so verräterisch, dass ich schleunigst machte, dass ich davonkam.

33. Wranglerclan

Eli

Ich musste zu Robbie. Ich musste mit ihm reden und fragen, was ich tun sollte. Wie ich diesen irren Typen, den ich leider nach wie vor über alles liebte, händeln sollte, und wie ich ihn davon überzeugen sollte, dass er Lili in Sicherheit ließ.

Denn eines war sicher, würde er sie jemals nur wegen seiner Sturheit oder aus einem anderem Grund wissentlich in Gefahr bringen, wären wir geschiedene Leute – obwohl wir noch nicht einmal verheiratet waren.

Außerdem musste ich mit meinen eigenen Augen sehen, dass es meinem Bruder gut ging. Ich musste ihn drücken und ihm zu wispern, dass ich ihn liebte. Früher hatte er mich zwar immer mit seiner Aufpasserei genervt, aber mittlerweile standen wir uns unsagbar nah. Er war meine Vertrauensperson Nummer eins, noch vor Mum, Alex oder Gia, und die Stunden der Angst, in denen ich gedacht hatte, ich würde ihn verlieren, hatten meine Gefühle nur verstärkt.

Also bahnte ich mir, in nichts weiter als einer einfachen Jeans, Chucks, einem *Rolling Stone*-Shirt und einer riesigen

Sonnenbrille meinen Weg durch den langen Flur des Krankenhauses, und rannte frontal in eine Brust, als ich Robbies Tür öffnete.

Eine mir allzu bekannte Brust.

Wütend sah ich hoch in diese eisgrauen Augen, in Augen, die ich so sehr liebte, während er den Kiefer aufeinanderpresste.

»Schon fertig mit Packen?«

»Lass mich vorbei, Romanov!« Er packte mich am Arm, wieder mal, als ich an ihm vorbeiwollte, ohne mich anzusehen, und riss mich ruckartig zurück, direkt vor sich. Verdammt! Er war heiß, wenn er so bestimmend war!

»Sie wird hierbleiben, aber du wirst mit mir kommen und tun, was ich verlange. Deal?«

»Was?«

»Deal oder Nichtdeal, Elina?«

»Du wirst Lili hierlassen?«

»Ja.« Er sah an meinem Kopf vorbei, und ich konnte nicht anders, ich ging auf die Zehenspitzen, schlang meine Arme um seinen Hals und drückte mich an ihn. So wie bei unserer ersten Umarmung nach meiner Kugelraushol-Aktion war es einfach ein Reflex. Egal wie sauer er war, egal, wie gefährlich er wirkte. Ich konnte nicht anders.

»Danke!« Ich küsste seinen Hals. Er erschauerte, aber dann knurrte er und schob mich von sich.

»Du hast zehn Minuten. Ich warte hier auf dich.« Somit stellte er sich in vollem Bodyguard-Modus – jener Modus, in dem er sich immer befand, wenn er mit mir zusammen war – vor die Tür und starrte düster vor sich hin.

Mein verdammt edler Kristov, auch wenn er mir gerade was anderes weismachen wollte.

***

Ich legte mich zu meinem Bruder ins Bett und kuschelte mich an ihn. Er roch noch ein wenig nach sich selbst und nicht nur nach Desinfektion. Mit geschlossenen Augen lauschte ich einige Minuten einfach nur seinem beruhigenden Herzschlag.

Kristov vor der Tür konnte warten, das hier war wichtiger. Unsagbar wichtig sogar.

Als mir wieder einfiel, wie ich in sein lebloses Gesicht geblickt hatte, nicht wissend, ob er jemals wieder diese Augen aufmachen würde, die denen unseres Vaters so sehr ähnelten, stiegen mir wieder die Tränen hoch. Robbie umarmte mich fester, als ich aufschluchzte und mich an ihn klammerte.

»Shhh, es ist alles gut«, wisperte er, und ich hob den Kopf, um ihn anzusehen.

»Nichts ist gut!«, zischte ich ihn an. »Dads Imperium wurde angegriffen! Und ihr hätte alle sterben können!«

»Ich weiß.« Mit einem Seufzen strich er sich übers Gesicht.

»Wie geht's Dad?«, fragte ich ihn. Ich hatte ja mit meinem Vater reden wollen, aber er war wie vom Erdboden verschluckt.

»Was denkst du, wie es ihm geht? Unschuldige Menschen sind unter seiner Obhut gestorben. Er macht sich für all das verantwortlich und hadert mit sich selbst wie noch nie. Aber Tom und Phil sind bei ihm, von dem her werden sie ihn hoffentlich von einem irren Rachefeldzug abhalten.«

»Das hoffe ich auch!« Ich kannte meinen Vater und ahnte, wozu er fähig war, wenn bei ihm alle Sicherungen durchbrannten.

»Was denkst du, wie es jetzt weitergehen wird? Wird Dad weitermachen?«

»Ich habe keine Ahnung, aber das lass mal unsere Sorge sein.«

»Wo ist Gia überhaupt?«, fragte ich meinen Bruder und sah mich um. In den ersten Stunden hatte sie an seinem Bett gesessen und geheult wie ein Schlosshund. Ich dachte schon, sie würde niemals wieder aufhören. Aber jetzt, da Robbie endlich wieder wach war, war sie weg. Das kam mir komisch vor.

»Daheim, sie schläft ein bisschen!« Ich hörte genau den Schmerz in seiner Stimme und richtete mich auf.

»Was ist los bei euch?«

»Nichts! Mach dir keinen Kopf um uns, du hast mit deinem Mafiaboss gerade genug zu tun.«

»Oh, das kannst du laut sagen!« Düster starrte ich die Tür an.

»Lass ihm Zeit«, wisperte Robbie leise. »Wir wussten, dass er so reagieren wird, wenn er es jemals rausfindet, und ganz ehrlich, er verhält sich viel zahmer, als wir erwartet haben, oder? Du hast schon gute Arbeit geleistet.«

»Was?« Schmunzelnd sah ich ihn an.

»Na ja, du hast den großen Mafiaboss schon ganz gut gezähmt, Dompteur Eli.« Jetzt musste ich lachen, und er stimmte mit ein.

»Aber er wird mich trotzdem mit jeder Faser spüren lassen, was ich getan habe. Er wird mir diesen Verrat nicht einfach so verzeihen!« Wieder kuschelte ich mich an die Brust meines Bruders und schloss die Augen, fühlte, wie er mich wieder umarmte.

»Er wird es dir nicht einfach so verzeihen, aber er *wird* dir verzeihen. Er liebt dich.«

»Und ich liebe ihn.«

»Diese verdammte Liebe ist doch ein kleines Miststück, oder? Es wäre um so vieles einfacher, wenn wir uns aussuchen könnten, wen wir lieben.«

»Das können wir aber nicht.«

»Ich weiß, das können wir nicht.« Und dann sagten wir lange nichts mehr, sondern hielten uns nur fest. Wissend, dass, egal, was das Leben noch bereithielt, wir immer einander hatten.

Unseren Wranglerclan.

ENDE

AUSSCHNITT aus HOW TO LIVE WITH A MAFIABOSS

Dies wird der zweite und letzte Teil und erscheint zeitnah in ungefähr zwei bis drei Monaten <3

1.

Der Abschied von Lili war mir verdammt schwergefallen. Ich war doch gerade erst zurück. Aber durch meinen Job als Auslandsjournalistin war sie es gewohnt, längere Zeit ohne mich auskommen zu müssen. Zum Glück war sie bei meiner Mum und dem Rest meiner Familie in den besten Händen, die es nur geben konnte. Zwar hatte ich ein schlechtes Gewissen, dass meine Tochter wegen der Arbeit so wenig von mir hatte, aber dafür nutzte ich die gemeinsame Zeit mit ihr nur umso intensiver und verbrachte sie sehr bewusst.

Das redete ich mir zumindest ein, damit das schlechte Gewissen nicht so groß war, während sich der Privatjet in die Lüfte erhob und die bayerische Hauptstadt, die Wiesen, die Dörfer, die Kirchen, die Alpen – einfach alles – klitzeklein wurden, bis es hinter einer grauen Wolkendecke komplett verschwand.

Kristov Romanov – halb gezähmter Mafiaboss – saß mir in seinem Sessel gegenüber und telefonierte. Was auch sonst?

Ich war so müde, dass ich mich schon bald in meinen Sitz kuschelte, mich selbst umarmte und vor mich hin döste.

Natürlich merkte ich, wie er mich zudeckte, und schmunzelte nur so vor mich hin, denn selbst wenn er so unsagbar sauer und enttäuscht von mir war, weil ich seine Tochter all die Jahre vor ihm geheim gehalten hatte, kümmerte er sich um mich, wie sich ein Mann um seine Frau kümmern sollte.

Nein, Kristov war tatsächlich kein Monster, er war ein Vorbild für die Männerwelt, auch wenn er ab und zu ein paar Fehler machte, wie jeder Mensch. Ähnlich wie mein Vater. Auch wenn es auf den ersten Blick vielleicht nicht so schien, so trug er mich auf Händen.

Ja, mir war klar, dass die erste Zeit in Russland mit Kristov allein nicht schön werden würde und dass ich mir sein Vertrauen erst wieder erarbeiten musste, aber das war es wert.

Er schlenderte in einen hinteren Teil des Flugzeugs – wahrscheinlich, um mich mit seinen Telefonaten nicht zu stören. Dabei war es so ein schönes beruhigendes Geräusch, seiner dunklen Stimme zu lauschen, dass es mir das Einschlafen nur leichter machte. Dennoch driftete ich in eine mehr als aufregende aber gleichzeitig beunruhigende Traumwelt.

Ich war mit Lili im Wald, wie schon so oft.

Sie trug ein weißes Kleid, was eigentlich gar nicht zu ihr passte, denn sie hasste Kleider. Wir gingen Hand in Hand über den ausgetretenen Waldweg, ich zeigte ihr wie so oft die verschiedenen Bäume und nannte die Arten, ebenso wie die diversen Pilze. Einfach alles, was Tom mir mal beigebracht hatte.

Die Sonne schien immer wieder durch das dichte Blätterdach auf uns. Schließlich traten wir auf eine Lichtung in den strahlenden Sonnenschein. Lili rannte vor, verscheuchte ein paar Schmetterlinge, die bunt in den Himmel flogen.

Als ich mich lächelnd an einen Baum lehnte, um ihr zuzusehen, vibrierte mein Handy in der Hosentasche. Ich holte es heraus und sah, dass Kristov mir geschrieben hatte. Allein wenn ich an ihn dachte, schwirrten die Schmetterlinge in meinem Baum umher und ich grinste ganz verliebt. Doch als ich die Nachricht öffnete, fiel mein Lächeln in sich zusammen, denn auf dem Display las ich: Nichts ist so, wie es scheint.

Ich runzelte die Stirn und sah nach oben, alarmiert, weil Lilis Lachen und Jauchzen verklungen und es mit einem Mal totenstill war. Nur ein leichter Wind wehte über das hohe Gras der Lichtung, aber von meiner Tochter war nichts zu sehen oder zu hören. Nicht einmal mehr die Vögel, die uns vorhin auf dem Weg begleitet hatten, zwitscherten noch.

»Lili?«, rief ich.

Es kam keine Antwort, und mein Herz begann, schneller zu schlagen. Ich ging über die Wiese, schaute nach, ob sie sich im hohen Gras versteckt hatte und wiederholte diesmal lauter: »LILI!« Mein Ruf hörte sich absolut gespenstisch an.

Doch auch, als ich in der Mitte der Lichtung ankam und mich umsah, war nichts von meiner Tochter zu sehen. Ich klammerte mich förmlich an mein Handy, um wenigstens einen Halt zu haben und rief sie noch einmal lauter, während die Angst drohte, mich zu lähmen.

Mit einem Mal vernahm ich ein leises Lachen. Ein Lachen, das mich vor Jahren tagtäglich in meine Träume verfolgt, das ich aber schon ewig nicht mehr gehört hatte. Sofort stellten sich meine Nackenhaare auf und ich wirbelte herum, um in die Richtung zu sehen, aus der es gekommen war.

Zwischen den Bäumen bewegte sich etwas – schemenhaft, schwarz, schnell – und Wolken zogen auf, sodass es schlagartig dunkler wurde und ich mir immer mehr vorkam wie in einem Horrorfilm.

»Na, du kleine Schlampe!«, singsangte es plötzlich in meinem Nacken. Ein Atemhauch strich darüber und ich drehte mich sofort um, aber niemand war zu sehen. Nach wie vor war ich allein auf der Lichtung. Ich rieb mir den Nacken, während das Lachen sich hinter den Bäumen bewegte. Es war kalt, es war voller Hohn und Triumph.

»WAS WILLST DU?«, brüllte ich und ballte die Hände zu Fäusten. »DU BIST TOT!«, brüllte ich weiter. Wieder fühlte ich etwas in meinem Nacken – eine eiskalte Hand.

Ich wirbelte herum, um mich direkt gegenüber von Drake Cavalli vorzufinden und in seine eisig blauen, bösen Augen zu sehen. Ein Großteil seines Gesichtes war von Maden zerfressen, die sich um seinen Mund und seine Augenhöhlen wanden und hinauskrochen. Dort, wo die Haut sich bereits zersetzt hatte, war der blanke Knochen zu sehen.

»Denkst du das wirklich?«, hauchte er und griff nach mir.

Ich riss brüllend meinen Arm zurück und schreckte im selben Moment aus dem Schlaf.

Schweißgebadet riss ich meinen Oberkörper nach oben und öffnete ruckartig die Lider. Kristov stand vor mir. Mit angespanntem Gesichtsausdruck sah er auf mich herab und hob eine Augenbraue, als ich ihn mit großen Augen wild keuchend anblickte. Nach wie vor hielt er sich sein Handy ans

Ohr. Hatte er mich etwa beobachtet, während ich geschlafen hatte?

»Ja, sie ist hier. Wir sind in zwei Stunden da. Ich muss jetzt Schluss machen!«, beendete er gerade sein aktuelles Telefonat. Es schien, als würde genau das Lachen, das mich bis in meine Träume verfolgt hatte, nun aus seinem Telefon kommen.

Gänsehaut stellte alle Härchen auf meinem Körper auf, ich schluckte mehrfach, versuchte, meine Atmung zu beruhigen und klar zu denken. Wollte die Panik unterdrücken, die während der letzte Minuten Besitz von meinem Unterbewusstsein ergriffen hatte und mich immer noch in klauenartigen festen Händen hielt.

Wo war ich überhaupt? Ich saß nicht mehr auf meinem Sitz, sondern lag in einem Doppelbett, aber eindeutig in einem separaten Raum des Jets.

»Alles okay?«, fragte Kristov knapp, der immer noch über mir stand. Hatte er mich hierhergetragen?

Ich nickte und fühlte mich miserabel, allein, weil sein distanzierter Blick mir wehtat, und schluckte dann mühsam. Natürlich wusste er, dass ich log, denn er konnte mir ansehen, wie aufgewühlt ich war. Aber da er immer noch wütend auf mich war, ging er nicht weiter darauf ein.

»Gut.« Somit drehte er sich um und schlenderte einfach davon.

Ich ließ mich tief ausatmend nach hinten fallen, rieb mir die Schläfen und redete mir ein: *Ein Traum! Es war ein Traum, Eli!* Aber wieso hatte es sich dann eher wie eine böse Vorahnung angefühlt?

2.

Als wir gelandet waren und endlich standen, wollte ich sofort den Jet verlassen.

Aber keine Chance! Denn kaum ausgerollt, wurde die Tür geöffnet und verschiedene Leute stürmten herein. Zwei Typen mit einer Kleiderstange, auf der einige eingeschweißte Outfits hingen, und eine Blondine mit einem riesigen Koffer. Ihnen folgte mein persönlicher Albtraum. Zumindest fühlte es sich so an.

Es musste eine ungefähr 50-jährige Frau sein, die in ihren jungen Jahren sicher atemberaubend schön gewesen war. Sie trug ein schwarz-weiß-kariertes Kostüm, dazu hohe Stiefel und einen Hut, der an einen zerlaufenen Cupcake erinnerte. Darunter konnte man einen Dutt aus fuchsroten Haaren ausmachen. Die harschen Züge und die Hakennase waren perfekt geschminkt.

Ich erstarrte auf der Stelle, als ich sie erblickte, und taumelte, nachdem ich mich einigermaßen gefasst hatte, ein paar Schritte zurück. Das Weib war einfach nur mega furchteinflößend.

»Drucilla!« Kristovs samtene Stimme erklang hinter mir, und seine Hand fand sich auf meinem unteren Rücken ein. Die erste liebevolle Berührung seit dem Vater-Tochter-Desaster.

»Mister Romanov.« Die Adlernase lächelte schmal, und sie gaben sich angedeutet ein Küsschen links und rechts. Dann wanderte ihr Blick, der alles andere als warm oder freundlich war, zu mir. »Das ist sie also.«

Stolz legte er mir den Arm komplett um die Seite. »Ja, das ist sie.«

»Na, da sollten wir lieber gleich anfangen. Hopp, hopp! Alle warten!« Sie klatschte in die schwarz behandschuhten Hände, und die Leute verteilten sich im engen Raum des Jets. Kristov zog mich der Adlernase hinterher zu der Kleiderstange, und ich folgte völlig verdattert. In meinen Jeans und dem weißen Shirt kam ich mir in ihrer Gegenwart etwas underdressed vor, was wohl jetzt geändert werden sollte.

»Was soll das?«, wisperte ich ihm zu.

»Das ist deine neue Imageberaterin«, informierte er mich kühl, und ließ mich vor der Stange und *Drucilla,* meiner verdammten *Imageberaterin,* stehen! Ich hatte gar nicht gewusst, dass ich ein Image brauchte!

Kurz überlegte ich, zu protestieren, aber ganz ehrlich, dafür war ich momentan erstens zu müde und zweitens hatte ich einiges wiedergutzumachen. Außerdem konnte ich immer noch mit ihm diskutieren, wenn wir allein waren.

Momentan sah mein Plan vor, ihm zu zeigen, dass ich durchaus in der Lage war, das zu tun, was er von mir verlangte! MOMENTAN! Also widersprach ich nicht, während Drucilla mir zwei Kleider hinhielt und dabei wie besessen vor sich hin murmelte. Bevor ich einen lustigen Kommentar von mir geben konnte, wurde ich von ihr schon am Arm gepackt und in den angrenzenden Schlafraum gezerrt.

So schnell hätte mich nicht mal der notgeilste Kerl ausziehen können. Das war rekordverdächtig. Diese Frau war eine Urgewalt, Widerstand zwecklos. Schon stand ich in Unterwäsche vor ihr. Dann wurde ich angezogen wie eine Barbie. Sie besah meinen Körper, zog, schob und machte rum, bis sie mit dem Ergebnis zufrieden war, nur um direkt mit dem nächsten Outfit von vorn zu beginnen!

Nur der Gedanke an Kristov und an das, was ich ihm angetan hatte, gab mir die Kraft, das hier durchzustehen, ohne sie aus dem Jet zu brüllen.

Geschlagen schloss ich die Augen und ließ mich zur High Society Barbie pimpen.

Egal, ob Drucilla oder die unscheinbare Blondine mit dem Koffer, sie alle wussten, was zu tun war. Keiner sprach, beide waren hoch konzentriert.

Kaum steckte ich endlich in einem dunkelblauen Kostüm, bestehend aus Bleistiftrock, weißer Bluse und Jäckchen, mit dem sie zufrieden waren, wurde ich auf das Bett gedrückt und ein Schmink-Koffer neben mir geöffnet.

Die Blondine mit dem einfachen schwarzen Shirt, den gleichfarbigen Lederhosen und den kurzen Haaren schminkte mich. Ich war noch nie geschminkt worden und ich kicherte, weil es so kitzelte, bis Drucilla knurrte, dass wir keine Zeit hatten.

Kristov kam gelangweilt dazu geschlendert, bereits umwerfend aussehend, natürlich. Er lehnte sich mit leisem

Amüsement und alkoholischer Verstärkung, die er locker in einem Glas schwenkte, an den Türrahmen, verschränkte die Arme und beobachtete, wie ich gefoltert wurde. Auch er hatte sich umgezogen, war jetzt in einen perfekt sitzenden weißen Anzug mit blutroter Krawatte gekleidet, der ihn einfach nur unsagbar mächtig und schön machte. Immer wieder fiel mir auf, was für eine einnehmende Ausstrahlung er besaß, sobald er nur einen Raum betrat und ich schluckte.

Dann fingen er und Drucilla an, sich auf Russisch zu unterhalten.

»Also, gehen wir es noch einmal durch …«, fing sie an, und Kristov ratterte gelangweilt herunter.

»Sie hat bei einer Tanzveranstaltung mitgemacht, sie ist Balletttänzerin.«

»Bin ich gar nicht, ich tanze…«, warf ich in meiner Sprache dazwischen.

»Mund zu!«, forderte Blondie mit stark russischem Dialekt und puderte an mir herum. »Ich tansche allesch!«, nuschelte ich mit geschlossenem Mund, wurde aber völlig ignoriert.

»Ihr bürgerlicher Charme und ihr offener Charakter, genau wie ihre natürliche Anmut haben mich sofort völlig in ihren Bann gezogen. Sie war wie ein roher Diamant, bereit von mir geschliffen zu werden.« Ich fragte mich, wie viel Kristov bereits gesoffen hatte, um so einen Stuss runterzurasseln.

Ich nuschelte: »Und wasch scholl ich schagen?« Ich wedelte die Hand der Schminkfrau weg, damit ich normal sprechen konnte. »Dass er Aladin ist, der auf einem riesigen Kamel dahergeritten kam?«

»Gar nichts natürlich!«, zischte mich Drucilla an, als wäre

ich ein aufsässiges Kind. »Sie müssen nur lächeln und gut aussehen, schaffen Sie das?« Sie wirkte eher nicht überzeugt, und langsam, aber sicher glomm eine leichte bis mittelschwere Abneigung gegen diese Frau in mir auf. Ich wollte ihr ja wirklich gern den Marsch blasen, doch ich hielt mich zurück. Ganz, ganz knapp.

Schließlich hatte ich auch gar keine Zeit dazu, denn schon wurde ich auf die Beine gezogen, meine Haare ruppig geöffnet, durchgekämmt und dann zu einem kunstvollen französischen Zopf geflochten.

Außerdem musste ich in weiße Heels schlüpfen, um meinen Hals wurde eine Perlenkette gehängt, um meinen rechten Arm ein paar Armreifen. Dann drückte man mir eine Clutch in die Hand. Der Bleistiftrock wurde noch mal geglättet, die passende Bluse zurechtgezupft und ein paar Strähnen aus meiner Frisur gelöst, ehe Blondie mir noch einen Schimmer Lipgloss auflegte, mich verschwörerisch angrinste, einen Schritt zurücktrat und verkündete: »FERTIG!« – wie bei einem Make-over-Wettbewerb.

Drucilla wirkte immer noch unzufrieden, aber Kristovs Augen funkelten wie Sonnenlicht auf einem See, als er mich von oben bis unten betrachtete. Ich streckte ihm die Zunge raus, sein Mundwinkel zuckte amüsiert.

»Dann gehen wir mal!« Drucilla trennte unsere Blicke und schob ihren knochigen, an ein Skelett erinnernden Körper zwischen uns, packte mich am Arm und zog mich hinter sich her. »Beantworten Sie keine Fragen. Am besten Sie bauen auch keinen Augenkontakt auf, sehen Sie demütig zu Boden! Oder sehen Sie Ihren Verlobten an, nur ihn! Halten Sie sich immer einen Schritt hinter Mister Romanov, niemals überholen. An seine Seite dürfen Sie nur treten, wenn er stehenbleibt.«

»Aber eigenständig Atmen ist erlaubt? Wäre schwierig für mich, das auf Ihren Befehl hin zu unterlassen, es ist nämlich ein Reflex!« Ich konnte es mir beim besten Willen nicht verkneifen.

Kristov hinter mir gluckste leise. Drucilla warf mir einen angewiderten Blick zu und überging die Frage königlich.

»Los geht's!«

Ich reihte mich hinter Kristov ein und wurde sofort von drei seiner Männer umringt, die wie aus dem Nichts aufgetaucht waren. Die anderen blieben im Flugzeug zurück, als wir auf den Flugplatz, durch den Airport – ohne jegliche Kontrollen – und schließlich auf den Ausgang des Gebäudes zusteuerten. Und was ich vor den Scheiben sah, ließ mein Herz schneller schlagen.

Fuck! Vor Schock stolperte ich und drohte den fallenden Schwan zu mimen! Wie aus dem Nichts schlang sich jedoch eine mir allzu bekannte Hand um meinen Oberarm, und ich schaute nach oben, direkt in ein Glasauge. Oh, wow, dass Sergej sich hinter mir eingefunden hatte, war mir völlig entgangen. Ich war unendlich froh, den besten Mann Kristovs und sein amüsiertes, jugendliches Grinsen zu sehen. Er kam mir vor wie der einzig Normale hier.

»Wird schon alles gut werden!«, beruhigte er mich, und ich lächelte ihn knapp an.

»Da bin ich mir nicht so sicher!« Schon fühlte ich Kristovs Finger, die sich um meine Hand schlangen und sie drückten.

Dann öffneten die Bodyguards die Türen und ich wurde von einem wahren Blitzlichtgewitter geblendet, so sehr, dass ich die Orientierung verlor und froh über Kristovs starken Arm war, der sich sofort um meine Hüfte legte und mir half, aufrecht zu bleiben. Mit dem anderen unterstützte er seine Bodyguards und hielt die sicherlich 50 Reporter von uns ab, die immer näher zu kommen schienen, während er mich weiter in Richtung Auto schleifte.

Heilige Scheiße!

Ich war völlig überfordert!

»Wo haben Sie sich kennengelernt? Ist es wahr, dass Sie sie gekauft haben? Wer ist sie wirklich? Stimmt es, dass Sie verlobt sind? Ist sie schwanger? Wann wird das Kind kommen? Ziehen Sie sich dann aus Ihren Geschäften zurück? Was ist mit dem Scheich von Timbu?«

Die unmöglichsten Fragen wurden uns entgegen geschmettert und das Blitzlicht nahm mir die Sicht. Es schienen immer mehr Reporter zu werden, die langsam ungehalten, weil wir nicht antworteten, reagierten und uns zeitweise sogar anrempelten.

Ich hatte immer gedacht, ich hätte keine Platzangst, aber jetzt wurde ich eines Besseren belehrt, denn meine Kehle wurde immer enger. Ich fragte mich, ob diese schreckliche Drucilla wirklich annahm, dass ich mich unter diesen Umständen an eines ihrer Worte erinnern und klar denken konnte.

Aber zum Glück kam die Limousine immer näher, und ehe ich mich versah, wurde ich von Kristov ins Wageninnere geschoben, wo ich mich schwer auf die Rückbank sinken ließ und durchatmete. Ein Bodyguard stieg vorn ein und Sergej auf dem Fahrersitz.

»Alles okay?«, fragte er Kristov, der nickte und mich dann genauer musterte. Ich war immer noch völlig atemlos und mein Gesicht fühlte sich blutleer an, während wir sanft losfuhren.

»Ich hätte dich darauf vorbereiten sollen«, wisperte er mir zu, und mein Kopf ruckte zu ihm herum, so schnell, dass der große Mafiaboss fast zusammenzuckte.

»Ach was«, zischte ich ihn an, holte den Champagner aus dem Behälter und trank direkt aus der Flasche. »Wieso denn? Ist doch total normal, wie eine übergroße Barbie behandelt und dann von einer Horde Paparazzi überrannt zu werden, kaum dass man bei seinem Verlobten daheim ankommt.«

»Ich habe dir gesagt, meine Welt ist eine andere als deine und Moskau anders als Katharinenburg.« Er war mehr als angespannt, machte aber nicht den Fehler, mir den widerlich schmeckenden Champagner abzunehmen.

»Und was meinte Drucie mit Training? Was muss ich trainieren? Brav *Sitz* und *Platz* zu machen? Bevor sie auf die Idee kommt, mich stubenrein zu kriegen. Der Zug ist abgefahren, das bin ich schon.«

»Elina.«

»Gibt's dann Leckerlis, wenn ich Männchen mache oder eine Rolle?«, bohrte ich mit großen Augen weiter und trank noch etwas von dem Champagner. »Kraulst du mich dann auch am Bauchi, wenn ich besonders brav bin?«

Oh verdammt, schmeckte das ekelhaft! Bäh! Ich trank gleich noch einen! Denn mit jedem Schluck fiel ein bisschen mehr Anspannung von mir und ich zählte weitere Kommandos auf, die ich alle noch lernen könnte. Immer untermalt von einem Kichern.

Sergejs schlauer Kommentar: »Ich glaub, sie ist hysterisch. Klatsch ihr eine, Boss!«, und Kristovs düsteres Knurren daraufhin, machten das Ganze auch nicht besser.

»Vielleicht hätten wir Lili doch mitnehmen sollen, dann hätte sie auch gleich gelernt, wo ihr Platz ist.« Seine Augen wurden noch dunkler, und mir fiel sofort ein, dass wir noch nicht über den Berg waren und ich einiges wiedergutzumachen hatte. Dabei hatte ich mir doch geschworen, dass alles hier mit Würde zu ertragen, schlau vorzugehen, taktisch klug.

Mein kleiner Ausbruch hingegen war das genaue Gegenteil davon.

Mit einem Seufzen stellte ich die halb leere Champagnerflasche weg und ließ mich nach hinten in den weichen Sitz sinken.

»Ist schon gut, Romanov, du kannst ja auch nicht aus deiner verdammten Mafiaboss-Promihaut. Ich werde mich schon damit arrangieren.« Ich tätschelte ihm das Knie, er warf mir einen Todesblick zu, worauf ich kicherte.

Schnaubend lehnte Kristov sich auch zurück und rieb sich müde übers Gesicht. »Es tut mir leid, ich hätte dir wirklich sagen sollen, was bei unserer Landung passieren würde.« Ich schmiegte meine Wange versuchsweise ganz an seine Schulter und er zuckte nicht weg.

Gott sei Dank.

»Ja, das hättest du«, wisperte ich und schloss die Lider.

»Wird so was jetzt jeden Tag vorkommen. Werden sie mich überall hin verfolgen wie … wie Prinzessin Di?«

»Ja.«

»Wieso?«

»Ich stamme von Katharina der Großen ab, der Kaiserin von Russland. Und du bist meine Verlobte. Mein Volk bekommt von seinen Adelsfamilien nie genug.«

»Dein Volk?«, fragte ich halb schmunzelnd, halb vor der nächsten Panikattacke stehend. Er schmunzelte nicht. Kein bisschen.

»Es gibt sehr viele, die sich die Monarchie zurückwünschen, und rate mal, wen sie als Oberhaupt wollen.» Sein stechendes Grau wurde einen Tick dunkler, als er mich ansah. »Alle haben die Augen auf dich gerichtet, zumal du dir den begehrtesten Junggesellen des Landes geangelt hast. Sie werden dich von allen Seiten beleuchten, es wird ein Spießrutenlauf und nicht immer schön.«

»Ich kann mir nichts Schöneres vorstellen.«

»Soll ich dich zurückbringen?«

»Nein!«, rief ich empört und kuschelte meine Wange enger an seine Schulter. »Ich krieg das schon irgendwie hin, und dann werde ich dich ganz zähmen.«

»Wie bitte?«, fragte er amüsiert.

Aber ich murmelte nur noch: »Egal«, und schaute aus dem Seitenfenster auf die Stadt, die mich so sehr anzog und gleichzeitig abstieß wie keine andere. Dabei wusste ich, dies war erst der Anfang.

3.

Hatte ich gedacht, dass der Schmuck, die Designerkleidung und der Privatjet übertrieben waren, so wurde mir bald klar, wie sehr ich mich getäuscht hatte, denn wir fuhren an einem Anwesen vorbei, das von den Ausmaßen her ein ganzes Dorf beherbergen könnte. Wir passierten ein hohes Tor, kamen an einem imposanten Brunnen vorbei und steuerten direkt auf eine riesige moderne, geradlinige Architektenvilla zu, vor deren Treppen mindestens 50 Hausangestellte in echten Hausangestellten-Kostümen aufgereiht warteten.

»Wer hat die Pinguine bestellt?«, witzelte ich, aber Kristov verdrehte nur die Augen und stieg aus, ehe er mir aus dem Wagen half. Sergej kümmerte sich derweil um unser Gepäck. Kristov und ich schritten an den demütig gebeugten Köpfen vorbei wie König und Königin.

»Ich muss mal pupsen!«, wisperte ich ihm zu, entlockte ihm aber nicht mal das kleinste Schmunzeln. Blöder Spielverderber.

Auf der Veranda angekommen, war ich froh, den Spießrutenlauf überwunden zu haben. Natürlich pupste ich nicht, das geziemte sich auf diesem Anwesen eindeutig nicht.

Es hätte ja sonst ein akkurat gestutzter Grashalm umfallen können.

Wir traten in eine riesige lichtdurchflutete Halle, natürlich mit Kronleuchter, antiken Möbeln, superteuren Gemälden sowie all dem Quatsch, und er führte mich eine Treppe zur rechten Seite hoch. Hier hingen keine Familienbilder, nichts, aber das Beeindruckendste waren ohnehin der schwarze Marmorboden, den ein roter Läufer zierte, und das mattschwarze Geländer mit den höchstwahrscheinlich echten Golderhebungen.

»Also, selbst für deine Verhältnisse, findest du das nicht ein bisschen protzig?«

»Das ist seit Jahrhunderten unser Familienanwesen in Moskau. Es wird dein Zuhause Nummer eins. Arrangiere dich damit.«

»Nicht die Walt Disney Burg?«, schmollte ich.

»Nicht die Walt Disney Burg«, gab er ungerührt zurück und schritt durch einen Flur, in dem auch roter Teppich lag, und an dessen Wänden garantiert original Picassos und Dalis hingen. Fälschungen kämen für Kristov überhaupt nicht infrage. Am Ende des Flures blieb er vor einer Tür stehen.

»Das ist dein Zimmer«, sagte er und mir fiel fast alles aus dem Gesicht.

»Haben wir kein gemeinsames Zimmer?«

»Nicht vor der Hochzeit!« Ein leichtes, kaum sichtbares Schmunzeln spielte nun um seine sinnlichen Lippen. Er lauerte nur so auf meine Reaktion, wie der Puma auf seine Beute.

»Alter …« Ich seufzte und strich mir über das Gesicht.

»Du willst mich wirklich foltern, oder?«

»Das ist keiner meiner Fetische.«

»Ha ha«, machte ich schlapp. Er öffnete die Tür und wir traten ein. Das Zimmer hätte eines in einem Fünf-Sterne-Superior-Nobelhotel sein können. Teilweise war es in Zirbenholz vertäfelt und roch wunderbar nach Wald und Zirbe. Das Bett stand auf einem Podest, das über zwei Stufen erreichbar war, perfekt dafür gemacht, um sich das Genick zu brechen, wenn man total verpennt mal musste. Dafür war das Bett selbst ein Traum – in Rot und Schwarz gehalten, mit einem riesigen Himmel. Die Wand dahinter war mit schwarz-rotem Samt königlich gemustert und wurde umrahmt durch schwarze Fliesen-Elemente. Ich trat mit offenem Mund näher an sie heran und strich darüber. Darin waren Tanzmotive eingelassen, ein Pärchen wirbelte bei genauer Betrachtung praktisch über die Wand und brachte mich zum Staunen. Aber nicht nur das!

Direkt vor einem französischen Fenster stand eine riesige Badewanne – aus Glas! Daneben befand sich ein schwarzer Kamin, der aussah wie aus Lavastein gefertigt. Die weitere Wand bestand nur aus endlosen Büchern, die scheinbar in der Luft schwebten, mit zwei gemütlichen Ohrensesseln davor. Die Lampen waren mit schwarzen sowie silbernen Diamanten verziert und teilweise in die Decke eingelassen. Andere hingen aber auch rund und verschieden groß herab, wobei sie behagliches, funkelndes Licht spendeten. Es war absolut modern und warm eingerichtet – im Steampunk-Style, gemischt mit natürlichen Elementen. Ganz anders, als ich erwartet hatte. Es war atemberaubend schön und so gemütlich, gleichzeitig modern und luxuriös. Kein bisschen wie ein typisches Prinzessinnenzimmer, was ich ursprünglich angenommen hatte.

»Wow!«, lautete mein einziger Kommentar, der mir zu all dem einfiel. Denn dieses Zimmer war wirklich bombastisch.

»Und du hast noch nicht das Ankleidezimmer, das Bad und deine Terrasse gesehen.« Mit einem Mal stand er hinter mir. Seine Nase befand sich in meinem Haar, seine samtene sexy Stimme direkt an meinem Ohr, und ich erschauerte. »Ich habe alles für dich renovieren lassen und hoffe, ich habe deinen Geschmack getroffen, Miss zukünftige Romanov.« Er strich mir den Zopf aus dem Nacken, ehe er ihn küsste. Augenblicklich glitten meine Lider zu und ich hielt die Luft an.

Ja! Ja! Ja! Er war wieder normal! Gott sei Dank!

»Ich weiß, dass ich viel von dir verlange und du einiges durchmachen wirst, das dich an deine Grenzen bringen wird, da wollte ich dir wenigstens den Aufenthalt hier so angenehm wie möglich gestalten«, wisperte er weiter.

»Das hast du, ich danke dir«, flüsterte ich zurück, um diesen kostbaren Moment nicht zu zerstören. Ich lehnte mich etwas an ihn, und legte meine Hände auf seine großen, die sich auf meinem Bauch eingefunden hatten. »Es ist wirklich unfassbar schön. Hätte ich gewusst, dass du dir so viel Mühe gibst …«, meinte ich mit zitternder Stimme, doch sofort fühlte ich, wie sich sein Körper versteifte, und wusste, ich war zu schnell zu weit gegangen.

Fuck!

»Was? Wärst du dann schon vor sechs Jahren hierher gekommen und hättest mir die Chance gegeben, meine Tochter aufwachsen zu sehen?« Seine Stimme an meinem Ohr war nicht mehr weich und sinnlich, sondern hart wie Stahl.

Verdammt! Das hatte gesessen!

Seine Worte glichen einem Schlag in die Magengegend und das schlechte Gewissen brachte mich beinahe um.

»Lass es mich erklären!« Ich wirbelte zu ihm herum und traf, wie von mir erwartet, auf einen arroganten Blick, auf seine Mauer, die ihn schützte.

»Keine Erklärung dieser Welt kann den Verlust, den ich empfinde, ungeschehen machen. Elina, bemüh dich nicht. Wir essen in einer Stunde, ich möchte dich in dem Roten sehen«, artikulierte er sehr genau und wie die Ruhe selbst, was alles nur schlimmer machte.

Er drehte sich auf dem Absatz um und verließ mit herrischen Schritten mein Zimmer. Und nein, er schlug die Tür nicht zu, aber das leise Geräusch, mit dem er sie schloss, war um einiges vernichtender.

Nein, nichts war noch normal, und ich hatte keinen heißen leidenschaftlichen Mann als Verlobten, sondern einen eiskalten Klotz, den es galt, wieder aufzutauen.

Verdammte Scheiße!

Geschlagen sank ich in meinem schicken Designer-Fummel in den superteuren Sessel neben mir. Würde er mir jemals die Chance geben, ihm alles zu erklären, oder war das hier meine Zukunft?

***

Als ich am nächsten Morgen aufwachte, fühlte ich mich, als hätte ich in meinem bisherigen Leben noch niemals richtig geschlafen. Dieses Bett war absolut phänomenal, noch phänomenaler wäre es gewesen, wenn ich hier hätte nicht allein schlafen müssen.

Aber keine Chance.

Während des wirklich vorzüglichen Essens hatte er kein einziges Wort mit mir gewechselt außer »Danke«, »Bitte«, »Schmeckt's?«, »Schön«. Es war eine Folter, diesem so attraktiven Mann dabei zuzusehen, wie er sich Dinge zwischen die sinnlichen Lippen schob, wie er Messer und Gabel hielt, wie er trank, wie er atmete, ohne mich auf ihn zu stürzen und mit meiner Liebe und Leidenschaft zu überfallen. Ehrlich!

Allein Muschi, die mit einem Mal um meine Beine geschlängelt war, hatte die Stimmung ein wenig aufgelockert. Sie lebte noch und war mittlerweile richtig schmusig. Er hatte sie extra für mich aus Katharinenburg herbringen lassen, zusammen mit ihren drei sechs Wochen alten Kätzchen, die den braunen Kacksalon – den ich wegen den Farben so nannte – ihr eigen nannten und ihn auseinandernahmen.

Katzenbabys! Quietschalarm! Den Salon mit den süßen Fellknäulen hatte er mir vor dem Essen noch gezeigt, falls ich mal abschalten wollte. Allerdings fragte ich mich, seit wann er denn ein Herz für Katzen hatte, denn als ich ihn damals kennengelernt hatte, hatte er Stubentiger nicht ausstehen können. Jetzt liebte er Muschi von ganzem Herzen. Sie hatte ihn in der Samtpfote, das sah man sofort, als er in die Hocke ging, um das maunzende, echt fette, schwarze langhaarige Ding zu streicheln. Genau wie ihre drei kleinen Racker, zwei schwarz und einer strahlend weiß, die sofort angelaufen kamen und seine Hand attackierten.

Ich hatte sie natürlich sofort nach dem Essen aus dem Kacksalon befreit und mit in mein Zimmer genommen. Doch mitten in der Nacht, als sie meine Zehen einfach nicht in Ruhe gelassen und sie mit irgendwas verwechselt hatten, was es unbedingt anzugreifen galt, hatte ich sie wieder zurückgebracht. Da war mir Schlaf doch heiliger als die kleine schnurrende Katzenmeute mit ihren samtigen Pfoten und rosa Näschen … und spitzen Krallen.

Jetzt war es sieben Uhr am Morgen. Keine Ahnung, wann ich dermaßen früh jemals so ausgeruht gewesen war, aber da Kristov gestern was von einem straffen Zeitplan für heute erzählt hatte, blieb ich gleich wach und ging mich frischmachen.

Die Dusche war der reine Himmel. Man konnte sich von allen Seiten anspritzen und massieren lassen und ich verbrachte mindestens eine halbe Stunde darunter. Dann putzte ich mir die Zähne und betrat das Ankleidezimmer, das so groß war wie mein altes Wohnzimmer. Alles war nach Farben und Anlassen geordnet, also Abendkleider, Freizeitkleidung, Sportkleidung. Ich wollte eigentlich nichts davon anziehen, aber fand meinen Koffer nirgendwo, und so griff ich zu einer einfachen Sporthose und einem einfachen weißen engen Shirt. Die Haare band ich mir zu einem Pferdeschwanz zusammen, schlüpfte in die einzigen Schuhe, die flach waren – schwarze Adidas – und ging frohen Mutes nach unten. In den gelben Salon, wo ich bereits erwartet wurde.

Als ich die hagere große Frau in dem heute schweinchenrosa Kostüm sah, wurde mir übel. Sie drehte sich mit einem falschen Lächeln zu mir um, das sofort in sich zusammenfiel, sobald sie mich erblickte. Ich für meinen Teil war auch nicht gerade erfreut, sie zu sehen, hatte ich doch damit gerechnet, meinen Verlobten anzutreffen, wenn er schon nicht die erste Nacht mit mir verbracht hatte. Aber ich war auf dem Holzweg, so was von! Und mir schwante Böses.

»Einen schönen guten Morgen. Und gleich wieder nach oben!«, waren ihrer ersten knappen Worte an mich.

»Gern!«, erwiderte ich. Sie folgte mir, leider so gar nicht außer Puste, obwohl sie mindestens Zwölf-Zentimeter-Absätze trug, als ich wieder nach oben lief, eher um mich vor ihr zu retten, als um ihrem Befehl nachzukommen. Doch sie blieb mir dicht auf den Fersen.

»Sie werden solche Sachen ab jetzt nur noch zum Sport tragen.«

»Wieso?«

»Wie wieso?«

»WIESO? Soll ich es Ihnen buchstabieren?«

»Das geziemt sich nicht für eine Romanov. Eine Romanov hat immer edel und adlig auszusehen, nicht wie eine Studentin, die im Fitnessstudio arbeitet.«

Boah, die Alte nervte mich mit ihrer nasalen Stimme. Ob das Schweinchen diesen Ton wohl trainiert hatte? Ich brauchte Kaffee, um das zu überleben!

»Vielleicht bin ich ja gerade auf dem Weg zum Sport, und wer soll mich hier überhaupt so sehen?«

»Die Hausangestellten natürlich. Sie wissen niemals, ob

sich nicht jemand von der Presse eingeschleust hat!«, wisperte sie mir zu, und mir wurde ganz mulmig.

»Und wann darf ich mich dann mal anziehen, wie ich es möchte?«

»Gar nicht.«

»Gar nicht, super!« Ich ging in mein Zimmer und wollte eigentlich nie wieder rauskommen, aber das Schweinchen mit der Adlernase folgte mir und lief direkt in meinen Ankleideraum, als würde er ihr gehören.

»Betonen Sie Ihre Vorzüge, aber auf eine damenhafte Art.« Sie legte mir eine einfache schwarze Hose und eine weiße Bluse aufs Bett. »So könnte Ihre Freizeitkleidung aussehen, oder so.« Dann suchte sie einen braunen Bleistiftrock und eine weiße Bluse raus. Ich verschränkte die Arme vor der Brust und seufzte. »Sie repräsentieren ab diesem Moment das Haus Romanov, und das hat einen Ruf zu verlieren, also vergessen Sie ab jetzt solches Schuhwerk.«

»Schuhwerk.« Ich kicherte. Sie hätte von der geschwollenen Sprachweise locker mit unserer Camp-Anstandsdame Hannah Hunter mithalten können, aber meine Erheiterung wandelte sich in Entsetzen, als sie mir schwarze, echt gefährlich hohe Pumps auf den Boden stellte.

»Anziehen!« Sie fuchtelte mit der Hand, als wäre ich eine ekelhafte Fliege und verließ mein Zimmer hoch erhobenen Hauptes und mit wiegenden Hüften. »Ich warte unten.«

Mein Blick glitt zum Fenster. Ich war einigermaßen sportlich und da unten war weiches Gras. Wenn ich mich nicht allzu blöd anstellte, könnte ich es schaffen, mich abzuseilen und diesem Albtraum zu entfliehen. Aber andererseits gab es da jemanden, für den es sich zu bleiben lohnte. Egal, ob Eisklotz oder nicht.

Also seufzte ich und zog mir das Shirt über den Kopf.

Du wirst das hier mit Würde meistern und ihn von den Socken hauen. Du wirst ihn dazu bringen, dass er gar nicht anders kann, als dir zu vergeben, und dann wirst du ihm das aristokratische Hirn aus dem Kopf vögeln und ihn zur Vernunft bringen! Genau! Eli, halt dich einfach stumpf an den Plan!

Leichter gedacht als getan, dachte ich wehmütig und schlüpfte auch aus der Hose.

Danksagung

Okay, okay, okay, was soll ich sagen? Die beiden haben mich in ihrem Bann, wie es bis jetzt nur ein Pärchen hatte: Mia und Tristan, und zwar in *Immer wieder Verführung*.

Diese Reise ist noch lange nicht vorbei, dennoch habe ich versucht, euch diesmal nicht mit so einem megakrassen Cliffhanger zurückzulassen, aber hey … es wird megawitzig, wie Kristov sich langsam in ein normales Leben einfinden und von Elina gezähmt wird.

Ich muss sagen, dieser Mann hat es mir angetan. Euch auch?

Was war eure Lieblingsszene? Das interessiert mich immer brennend, genauso wie eure Rezis im Großen und Ganzen, denn sie sind eigentlich alles, wofür ich schreibe.

Ich bedanke mich als Erstes bei Nicole, weil sie auch ein paar Genialitäten hier hinzugefügt und selbst geschrieben hat, sie wird mit jedem Buch besser und ich kann mir nicht mehr vorstellen ohne sie zu schreiben. Ohne sie wäre Kristov nicht Kristov. Sie ist die Erste, der ich alles zeige, von der ersten bis zur letzten Zeile ist sie dabei … Danke Nicole, dass du diesen Weg mit mir gehst und wohin auch immer er uns führen mag

– der Spaß ist es wert! Auch wenn ich dich manchmal foltere und du meine Gemeinheiten immer als Erstes abkriegst – und ja, ihr könnt ihr dankbar sein, denn sie hat euch schon vor einigen Herzinfarkten bewahrt :)

Dann natürlich Bella, die beste Lektorin dieser Welt, mit der ich seit dem ersten Buch zusammenarbeite und noch ganz viele weitere kleine Buchbabys rausbringen will.

Danke ANKE, weil Anke der beste Mensch dieser Welt ist, sorry ist aber so, sie ist meine Seelenverwandte, obwohl wir oft so unterschiedlich sind, und danke an Babels natürlich … die sich mit diesem Cover wieder mal selbst übertroffen hat <3

Ich weiß nicht, wen von diesen ganzen Lieblingsmenschen ich lieber mag, aber ich will mich auch nie entscheiden.

Jetzt hoffe ich, ich habe meinem Namen (Don) alle Ehre gemacht und euch vielleicht auch ein wenig in Elis und Kristovs Bann gezogen? Denn das ist es, wofür ich lebe, ganz ehrlich! Und ja eigentlich sollten Rob und Gia keine so große Rolle mehr spielen, aber ich kann nicht ganz von ihnen lassen! Zu viel Ideen im Kopf!

Ich schmeiß mich gleich an den nächsten Teil und werde versuchen, dass ihr nicht so lange warten müsst, bis dahin warte ich nägelkauend auf eure wunderbaren Rezensionen und drückte jede einzelne von euch, die mich so unsagbar geil unterstützt und meine Bücher auf legalem Weg erwirbt! ICH VERGÖTTERE EUCH!

Eure

echt aufgeregte Bethy!

Lesetipp

Vorgängerteile – Unter deiner Haut – Reihe!
Unter deiner Haut: http://amzn.to/2kvnPBv
In deinem Bann: http://amzn.to/2sUzvOR
Durch das Feuer
Immer wieder – Reihe (The unholy Book of Tristan Wrangler)
Lesetipp, wenn man mehr über Tristan, Mia und Robbies Vorgeschichte erfahren will.
»Die Geschichte wurde schon tausendmal erzählt - er, jung, sexy, knackig und reich. Sie klug, mollig, unsicher, aus armen Verhältnissen … Eigentlich habe ich nicht wirklich damit gerechnet, dass es mich packt - aber wir reden hier von Tristan Wrangler … und der ist wirklich heiß! Und man merkt schnell, dass hinter seiner perfekten äußeren Fassade ein wundervoller Mensch steckt.
Ich mag den Schreibstil von Don Both sehr gerne. Sie kann so dreckig schreiben, wie Tristan grinst!«
(The unholy Book of Tristan Wrangler zum Sonderpreis): http://amzn.to/2c3VpKd

(Immer wieder Verführung Sammelband zum Sonderpreis: https://www.amazon.de/Immer-wieder-Verf%C3%BChrung-Sammelband-ebook/dp/B01C63HCWC/ref=asap_bc?ie=UTF8
(Immer wieder Tristan und Mia: https://www.amazon.de/Immer-wieder-Tristan-Mia-ebook/dp/B012AQ6FPK/ref=asap_bc?ie=UTF8
(Immer wieder ist nicht genug): http://amzn.to/2cq2tT6
(Travel zum Glück): https://www.amazon.de/Tristans-Travel-Gl%C3%BCck-kuschelige-Weihnacht-ebook/dp/B01MYSERYR/ref=pd_sim_351_1?_encoding=UTF8&psc=1&refRID=VDKYHM3BY7S1TJGTR2WW
Wer mehr über Lilian Price und Vladimir Romanov erfahren will:
Mad Love: http://amzn.to/2c3Xt4D
Bad Love: http://amzn.to/2cqdXpI
Und vor allem Ménage à trois (hier geht's um Kristovs Eltern): http://amzn.to/2c3XFkr
Die Towerreihe umfasst noch einen Teil von Kera Jung, allerdings nicht mit den euch bekannten Charakteren: https://www.amazon.de/gp/product/B00LGUV7FK/ref=series_rw_dp_sw
Wer mehr über Luca Cavalli und seine Isabella erfahren will:

Isabella Parker ist zweiunddreißig Jahre alt und hat als erfolgreiche Staatsanwältin beruflich alles erreicht, was man erreichen kann. Privat sieht es ganz anders aus – sie braucht keine Liebe, keine Freunde und keine Familie. Sie ist gern Einzelgängerin, bis sich, im (Zwangs)Urlaub ihre und die Wege des charismatischen Luca kreuzen, der ihr zeigt, was es heißt zu leben.

Einerseits hat sie so einen aufmerksamen, charmanten und attraktiven Mann noch nie getroffen, doch andrerseits existiert da eine dunkle Seite – eine, die ihr zum tödlichen Verhängnis werden könnte.
Als sie davon erfährt, ist es bereits zu spät und sie den subtilen Verführungskünsten des mysteriösen Fremden verfallen.
Womit der erste Zug seines Spiels vollbracht wäre.
Der etwas andere Don Both Roman …
Abgeschlossene Romanze/Erotik/Thriller
Corvo – Spiel der Liebe: http://amzn.to/2cqcmzY

Über die Autorin

Die 30-jährige Tschechin, die in Bayern lebt, fing im Alter von zwölf Jahren an Geschichten zu schreiben, weil sie die beste Kurzgeschichte in der Schule abliefern wollte. Der Plan gelang und sie entdeckte dadurch ihr Talent, Geschichten erzählen zu können.

Während ihrer Schulzeit und ihrer Berufsausbildung als Kinderpflegerin ließ sie ihrer Fantasie als Hobbyautorin freien Lauf. Der Schwerpunkt ihrer Erzählungen lag anfangs meist bei Liebesromanen, und humorvollen Komödien. Jedoch kam auch das Drama, die Fantasy und der Horror nicht zu kurz. Im

späteren Verlauf floss auch immer mehr Erotik ein und diese Kategorie entwickelte sich schnell zu einer ihrer liebsten.
Im Jahr 2010 wagte sie den großen Schritt und stellte einige ihrer Erzählungen auf einer Fanfiktion- Seite einer breiteren Leserschaft zu Verfügung. Ihre Angst Spott und Häme dafür einzustreichen, war mehr als unbegründet. Sie hatte durch ihre provokanten aber ehrlichen Geschichten schnell eine große, begeisterte Leserschaft und gewann einige Wettbewerbe und Preise.
Durch diese Erfolge ermutigt veröffentlichte sie im Jahr 2013 ihren ersten erfolgreichen Roman „Immer wieder Samstags" und gehört seit dem zu einer der meistgelesenen Autoren auf dem ebook- Markt.
Privat engagiert sie sich für den Tierschutz und lebt mit ihren Katzen, ihrem Mann, ihrem Hund Mia und ihrem Sohn im kleinsten Kuhkaff der Welt.

25426020R00215

Printed in Poland
by Amazon Fulfillment
Poland Sp. z o.o., Wrocław